탄생 100주년 문학인 기념문학제
논문집

2020

인간 탐구,
전통과 실존을 가로질러

탄생 100주년 문학인 기념문학제
논문집

2020

인간 탐구,
전통과 실존을 가로질러

방현석·오형엽 외

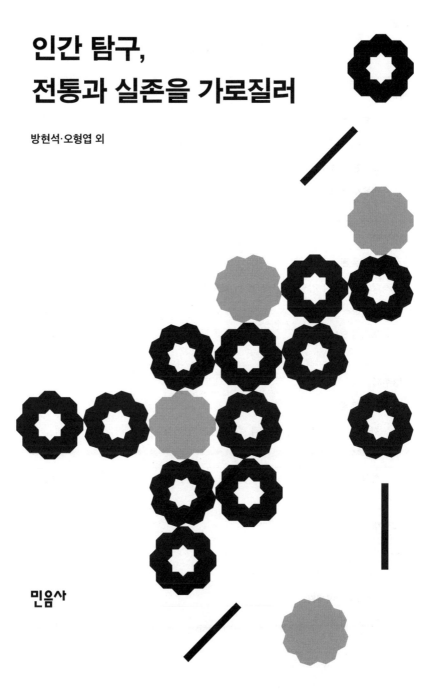

민음사

차례

'한글 사수 세대' 작가들의 삶과 문학

전통과 실존을 가로지른 1920년 탄생 작가들

방현석 | 중앙대 교수

1920년은 우리 역사의 한 분기점이었다. 한 해 전에 일어난 3·1 운동의 파고가 삼천리에 미치지 않은 곳이 없었다. 예기치 못한 일격에 당황한 일제는 침략 정책을 다시 가다듬었고, 항일 운동 세력은 전방위적인 항전에 나섰다.

상해에서 출범한 대한민국 임시 정부를 필두로 만주와 연해주, 미주 지역에도 비 온 뒤 죽순이 솟아오르듯 독립운동 조직들이 모습을 드러냈다. 국내외의 무장 투쟁 세력들도 다시 전열을 가다듬었다. 홍범도, 최진동, 안무가 이끄는 대한독립군과 서일, 김좌진, 이범석이 이끄는 대한군정서(북로군정서), 그리고 이상룡, 지청천, 김동삼이 이끄는 서로군정서 등은 무장 투쟁의 핵심 역량이었다. 김원봉을 단장으로 한 의열단도 조직되었다.

국제 정세도 격동했다. 김규식은 1919년 1월 1차 세계대전 승·패전국의 강화 회의가 열리는 파리로 조선 독립 요구서를 들고 달려갔고, 3월 모스

7

크바에서 창립된 코민테른은 피압박 민족의 계급 운동을 촉진시켰다. 중국에서 5·4 운동이 일어났고, 6월에는 베르사유 강화 조약이 체결되었다. 1920년은 격동하는 국내외 정세 속에서 일제 침략자와 항일 세력이 가장 격렬하게 충돌한 해였다. 대한민국 임시 정부는 이해 2월 대일본 독립 전쟁을 선포했다. 임시 정부의 선전 포고를 항일 무장 투쟁 세력들은 부대의 재편성과 실전으로 뒷받침했다. 그러한 1920년의 역사적 국면을 보여 주는 최고의 사건은 단연 봉오동·청산리 대첩이다.

1920년 6월 3일~7일에 걸친 봉오동 전투에서 홍범도 사령관이 이끄는 대한독립군은 일본군 1개 대대를 섬멸하는 놀라운 전과를 올렸다. 항일 무장 투쟁 과정에서 일본 정규군을 상대로 한 대부대 전투에서 거둔 최초의 승리였다. 만주에 기지를 두고 담대하게 국내 기습 작전을 벌이는 홍범도 부대에 시달리다, 정규전에서마저 치욕적인 패배를 당한 일본군은 1920년 10월 대규모 소탕 작전에 나섰다. 그러나 결과는 일본군의 대패였다. 10월 21일부터 시작된 청산리 전투에서 홍범도와 김좌진이 이끄는 항일 연군은 26일 새벽까지 10여 회의 치열한 전투를 벌였고, 적의 연대장을 포함한 1200여 명을 사살하는 전과를 올렸다. 봉오동 전투에서 청산리 전투로 이어진 항일 연군의 승리는 지금까지와는 다른 수준의 독립 투쟁에 대한 가능성을 열어 보였다.

독립 전쟁, 봉오동 전투 승전 100주년 기념식이 열하루 전인 6월 7일 열렸다. 적군 1200여 명을 사살한 전투에서 산화한 독립군 중에 이름이 기록되고, 그 이름이 호명된 사람은 한 손 손가락으로 꼽을 만큼의 숫자도 되지 않았다. 국경 너머에서 불귀의 객이 된 그 '무명 전사'들의 백골을 해방된 조국은 수습하지 않았고, 아직 그 이름조차 호명해 주는 사람이 없다.

기념한다는 것은 엄중한 일이다. 더구나 나라의 예산을 들여 무엇인가를 기념하는 일에는 나라와 국민을 위해 기념할 만한 가치 있어야 마땅하다. 이 행사의 정식 명칭은 '탄생 100주년 문학인 기념 문학제'이다. 무엇보다 먼저, 마땅히 우리는 기념해야 할 대상과 가치를 생각해야 한다. 필자는 이 행사가 모호한 명칭과는 달리 '기념'보다는 '학술'에 그 무게를 두고 있음을 다행스럽게 생각한다. '기념'의 성격을 가진 행사라면 지금까지와는 다른 기준으로 대상 작가를 선정해야 한다고 본다. 만약 지금까지와 같은 기준으로 대상 작가를 선정하려면 '기념'이라는 용어의 사용에 더 신중해야 하며, 학술적 행사로 그 성격 규정을 더 분명히 할 필요가 있다.

한 작가가 공동체에 남긴 공헌이 무엇이었는지를 살펴보는 학술 행사에야 누가 대상이 된다고 해도 상관이 없을 것이다. 그러나 공적으로 문학인을 기념할 때는 그만한 문학적 성취와 사회적 기여가 있어야 마땅하다. 작가가 자신의 공동체에 기여한 공헌의 대부분은 추상적 기호인 언어로 이루어지는 것이지만 그들의 언어가 공동체에 미치는 영향이 그만큼 크기 때문에 사회적 존중이 따르는 것이다. 그러므로, 탄생 100주년을 맞아 오늘 이 자리에서 거명되는 작가들이 곧 기념의 대상이 되는 것은 아니다. 탄생 100주년을 맞은 작가들이 거둔 미학적 성취와 사회적 기여를 되짚어 보고 역사적으로 기념할 가치가 어느 지점에 있는지를 살피는 것과 함께 청산하고 극복해야 할 내용이 무엇인지도 밝히는 과제가 이 자리에 주어져 있다.

올해 탄생 100주년을 맞은 문학인들은 일제의 식민 지배 체제에 대한 새로운 도전이 일어난 1920년에 태어났다. 곽하신, 김대형, 김동사, 김봉룡, 김상옥, 김영덕, 김용익, 김정진, 김준성, 김태길, 김형석, 문영일, 안병욱, 이동주, 이범선, 이종환, 이채우, 임헌도, 장돈식, 조연현, 조지훈, 추식 등이 그들이다.

대일 독립 전쟁을 선포한 해에 태어난 이들은 어떤 시대를 살면서 문학을 했는가. 먼저 그들의 삶과 문학을 올바로 이해하기 위해서는 그들이 문학을 시작한 출발점을 살펴볼 필요가 있다.

1920년 탄생 작가의 등장과 조선어 말살 정책

1920년에 태어난 작가들이 문학을 시작한 것은 대부분 10대 후반 무렵인 1930년대 후반부터였다. 사회적으로 일본 침략자들이 전시 동원 체제를 전면화하고, 문화적으로 각급 학교의 한글 사용을 금지한 시기에 이들은 중등 교육을 마치고 전문 학교나 대학에 진학했으며 문학에 첫발을 디딘 것이다.

1936년 12월 일본은 치안유지법 위반자를 감시하기 위한 '조선사상범 보호관찰령'을 제정하고, 경성·함흥·청진·평양·신의주·대구·광주에 보호관찰소를 설치해 항일 '사상범'을 '보호 관찰'이라는 미명 아래 구금·감시했다. 1937년 2월에는 '대화숙'을 만들어 항일 '사상범'을 강제로 가입시키고 친일 활동을 강요했다. 1938년 중반부터는 "황국 신민으로서 사상 국방 전선에서 반국가적 사상을 파쇄 격멸하는 전사가 되겠다."라는 선서를 시키고 전향한 항일 사상범들로 '시국대응전선(全鮮)사상보국연맹'을 만들어 친일 선전전에 투입했다. 일본 침략자들은 1941년 2월 전향을 거부하는 항일 사상범을 적법 절차 없이 체포·구금할 수 있도록 '조선사상범예방구금령'을 제정하고 예방구금소를 설치, 운영하기 시작했다. 이해에 '대화숙'에 편입된 항일 사상범이 9,825명에 달했다.

일제가 조선의 모든 학교에서 조선어 교육은 물론 조선어의 사용마저 금지하고 일본어를 국어로 교육하기 시작한 1938년을 전후하여 1920년 출생 작가들은 전문학교나 대학에 진학해 문학을 시작했다.

김상옥은 1938년 《문장》에 초회 추천을 받고, 3년 뒤인 1941년 《동아일보》 신춘문예에 시조 「낙엽」을 발표하며 문단에 나왔다. 그는 이미 동인지 《아》에 작품을 발표한 것을 시작으로 동인지 《맥》 등에도 작품을 발표한 바 있었다. 곽하신도 1938년 《동아일보》 신춘문예에 단편 「실락원」으로 당선하고, 이듬해 《문장》에 「마냥모」와 「사공」을 추천받아 문단에 나왔다. 조지훈은 김상옥이나 곽하신보다 한 해 뒤인 1939년 4월 《문장》에 시 「고풍의상」을 추천받은 것을 시작으로, 그해 11월 '승무'를, 이듬해인 1940년 「봉황수」를 잇따라 추천받고 문단에 나왔다. 조연현은 동인지 《아》와 동인지 《시림》을 통해 작품을 발표했고 일간 신문 등에도 글을 실었다. 이동주는 1940년 6월 《조광》에 시 「귀농(歸農)」 등을 발표하면서 작품 활동을 시작했다.

해방 후에 문학을 시작한 한하운과 이범선 등을 제외하면 이처럼 1920년생 작가들은 10대 후반이던 1938년 전후로 문단에 등장했다. 항일 무장 투쟁이 정점에 다다른 해에 태어난 이들은 일제가 우리말 사용을 금지하고 '폐성창씨' 정책을 시행하던 시기에 문학을 시작한 것이다.

조선어학회 사건과 '한글 사수 항전' 시기 작가의 선택

10대에 문단에 나온 1920년생 작가들에게 주어진 첫 번째 선택은 일제의 전시 동원 체제에 순응하고 복종할 것인가, 아닌가였다. 일제가 친일 행위를 강요할 대상이 될 정도로 그들의 문명(文名)은 아직 뚜렷하지 않았다. 그렇기에 일제의 전시 동원 체제에 대한 이들의 순응 여부는 자기 결정권에 근접한 영역으로 보는 것이 타당할 것이다.

일제의 전시 동원 체제에 협력하지 않는 쪽을 선택한 작가의 행로는 조지훈을 통해 확인할 수 있다. 시인의 이름을 얻은 다음 조지훈이 간 곳은 오대산 월정사 강원이었다. 강원의 강사를 맡아 피신한 그는 한시와 불경을 공부하고 지방을 유람하며 시간을 보냈다.

> 그가 나를 찾아온 것은 1940년 봄이었다. 그의 나이 21세, 우리가 《문장》 추천을 거친 이듬해였다. 하지만 그 당시 나는 지훈을 만난 일이 없었다. …… 그가 온다는 전보를 받고 '조지훈 환영'이라는 깃발을 들고 역으로 나갔다. …… 밤물결처럼 치렁치렁한 장발을 날리며 경주 역두에서 내게로 걸어오던 지훈은 틀림없이 수수한 흰 두루마기를 입고 있었다.
> ── 박목월, 「처음과 마지막 ── 지훈에의 회상」, 《사상계》(1968. 7)

이렇게 일제를 피해 사찰과 지방을 떠돌던 조지훈이 1942년 조선어학회의 『조선말 큰사전』 편찬에 참여한 것은 부친의 영향이 컸던 것으로 보인다. 그의 부친 조헌영(1900~1988)은 와세다 대학교 영문학과를 졸업한 한의학계의 실력자였다. 다방면의 엘리트 지식인 조헌영은 조선어학회 표준말 사정 위원과 『큰사전』 편찬전문위원을 지낸 독립운동가였다. 부친이 참여한 조선어학회의 핵심 사업이었던 『조선말 큰사전』 작업에 발을 들여놓았던 조지훈은 제대로 일을 해 보기도 전에 '조선어학회' 사건에 걸려들었다.

1942년에 발생한 조선어학회 사건은 '조선사상범예방구금령'을 앞세워 수많은 항일 지식인들을 전향시킨 일본 침략자들의 마지막 목표물을 처리하는 과정이었다. 1942년까지 조선에 남아 있던 유일한 지식인 조직이 '조선어학회'였다. 1921년 조선어연구회로 출범한 조선어학회는 1938년 시행된 조선어 사용 금지와 '폐성창씨' 정책에도 굴하지 않고 조선어 연구와 『조선말 큰사전』 편찬 작업을 계속했다.

1942년에 일어난 조선어학회 사건의 시발점은 홍원경찰서 고등계 형사들이 압수한 영생여고보 4학년 박영희의 일기장이었다. 한 해 전 일본 유학을 마치고 귀국한 박영희의 삼촌 박병엽은 홍원의 전진역에서 일본인 형사 후카자와의 검문에 조선어로 대답했고, 화가 난 후카자와는 박병엽을 잡아넣을 구실을 찾기 위해 그의 집을 압수 수색했다. 아무리 뒤져도 박병엽을 잡아넣을 무언가가 나오지 않자 조카인 영생여고보 학생 박영희의 방에 있던 일기장까지 샅샅이 뒤졌다. 그 일기장을 통해 금지된 조선어 교육을 하고 민족정신을 가르친 정태진이라는 교사가 있었다는 걸 알아내고 '별건 수사'를 시작한 것이었다. 이미 영생여고보를 그만두고 서울로 간 정태진을 잡아들인 홍원경찰서는 조선어학회에서 『조선말 큰사전』 편찬 작업을 하고 있던 정태진을 매개로 사건을 키우기로 기획하고 대대적인 검거 작업에 들어갔다. 정태진을 필두로 홍원경찰서 구치소에 수감된 조선어학회 관계자만 이윤재, 이극로, 최현배, 김윤경, 장지영, 이희승,

정인승, 한징 등 29명이었다. 난장치기, 코에 고춧가루 물 붓기, 뒷짐 묶어 천정 매달기, 손톱과 발톱 사이에 죽침 꽂기, 인두로 손가락과 발가락 지지기, 전기 고문, 목 조르기……. 그들 대부분은 일본 경찰의 온갖 잔인한 고문을 당했고 그 후유증으로 이윤재와 한징은 옥사했다.

조선어학회 사건으로 연행되어 조사와 고문을 받았지만 조선어학회에 관여한 기간이 일천했던 조지훈은 석방되었다. 그러나 석방이 끝일 수 없었다. 일단 항일 사상범으로 체포된 인물은 '전선(全鮮)사상보국연맹'의 대상자가 되었다. 이미 문단에는 '조선문인보국회'가 만들어져 전향자와 자발적인 친일 '황국 신민' 작가들이 어용 잡지 《국민문학》을 통해 일제 찬양 작품을 양산하고 있었다. '조선문인보국회' 가입을 이 핑계 저 핑계로 회피하던 조지훈은 문단의 위험한 기피 인물이 되었다. 더 피하기 어려운 것은 징병이었다.

1943년부터 일제는 강제 징병을 개시했다. 1920년 전후에 태어나 학교를 다닌 청년들은 강제 징병 대상이었고, 그래서 이 세대는 '학병 세대'로 불리게 되었다. 장준하 선생(1918년생), 김준엽 총장(1920년생), 이병주 작가 (1921년생), 정해동 총장(1923년생) 등과 같이 실제 학병으로 징집되었거나, 학병으로 나가지 않았지만 같은 세대인 지학순 주교(1921년생), 김수환 추기경(1922년생) 등을 통칭해 '학병 세대'라고 부르는 것은 당대를 규정하는 핵심적인 시대 조건이 '징병'이었던 세대이기 때문이다. '학병 세대'를 언급할 때 조지훈의 이름이 빠지지 않는 이유도 '징병'이 그의 청년기를 크게 좌우한 시대 조건이었기 때문이다.

징병을 피해 낙향한 조지훈은 1944년 '폐침윤' 진단을 받았다. 1945년 3월에는 징병 번호까지 부여받아 삭발하고 신체검사를 받았지만 '노무 감내 불능' 판정을 받아 학병을 면했다.

김상옥도 큰 맥락에서 조지훈과 비슷한 길을 걸었지만 과정과 환경은 매우 달랐다. 충무에서 태어나 충무에서 성장한 김상옥은 충무에서 윤이상 등과 함께 항일 성향의 활동으로 체포되어 곤경을 치렀지만 친일을 선택하지 않았다.

김상옥과 조지훈의 가장 중요한 공통점은 그들의 작품이 우리 민족의 고유한 전통에 근거한다는 것이었다. 이는 두 측면을 가지고 있었다. 한 측면은 당대 현실과 일정한 거리를 두고 있으므로 일제의 공안적 시선에서 비교적 안전할 수 있는 반면, 다른 한 측면은 고유한 민족적 서정도 '민족적'인 것을 지향한다는 점에서 근원적 불온성을 지니고 있었다. 그러므로 그들의 문학 세계는 근원적으로 친일적이기 어려운 동시에 반일의 위험성도 줄여 주었다. 그런 면에서 일제의 공안적 시선에서 비교적 안전할 수 있었던 이들이 위험을 자초한 것은 문학 외적인 활동이 더 컸다고 볼 수 있다. 조지훈은 조선어학회의 『조선말 큰사전』 작업에 개입했고, 김상옥은 충무에서 작은 서점을 열고 윤이상 등과 반일 성향의 활동을 도모했다.

그러나 엘리트 명문가 출신인 조지훈과 달리 가난한 갓집 선비의 아들로 태어난 김상옥은 보통학교의 월사금을 내지 못해 학교에서 쫓겨났고, 활판인쇄소에서 문선공과 조판공으로 생활을 영위하며 습작기를 보냈다. 학위가 없어 여러 중등학교의 강사로 전전했지만 자존심을 꺾은 적이 없었다. 독학으로 익힌 서화에서도 일가를 이루어 높은 평가를 받았다. 미군 부대에서 화가 박수근과 가까이 교유했던 소설가 박완서가 자기 딸의 첫 월급봉투를 주고 산 김상옥의 서화는 아직도 박완서 선생이 거처했던 아치울의 집에 걸려 있다. 김상옥은 조지훈과는 또 다른 서민적 품격과 인간미를 지닌 시인으로 생을 일관했다. 한국 정부와 불화하며 이국에서 생을 마감한 옛 친구 윤이상의 고향 추모제를 떠맡고, 그를 끝까지 옹호했으며 정리가 각별했던 아내가 세상을 떠난 다음 식음을 전폐하고 엿새 뒤 조용히 세상을 하직할 때까지 그의 시와 삶은 '맵시'를 잃은 적이 없었다.

조연현은 조지훈, 김상옥과 두 가지 점에서 비슷하고, 두 가지 점에서는 사뭇 달랐다. 셋 모두 비슷한 점은 10대 후반에 이미 작품 활동을 시작했고, 일제에 의해 곤경을 당했다는 이력이다. 본인의 기록과 여러 연보에 따르면 조연현은 조지훈이 조선어학회 사건으로 곤경을 치르기 한 해 앞선 1941년에 '학생 사건에 연좌되어' 다니던 혜화전문학교를 퇴학당했다. 조지훈, 김상옥과 다른 두 가지는 작품 활동 방식과 자신의 행적에 대한 설명 방식이다. 조지훈과 김상옥은 당시의 제도화된 등단 절차의 하나인 문예지 추천을 통해 작품 활동을 시작한 반면 조연현은 매우 능동적으로 동인지 발간을 통해 작품 활동을 시작했다. 조지훈과 김상옥이 해방 전 자신이 발표한 글과 행적을 매우 자세히 밝히고 있는 것에 반해 조연현은 상당히 과묵했다.

조연현이 언급하지 않은 부분에 대해 평론가 김명인에 이어 홍기돈이 아래의 논문에서 강하게 문제를 제기한 바 있다.

조연현이 친일의 욕망이 스며 있는 평론을 발표하기 시작한 것도 이즈음 부터이다. 처음 발표한 친일 논문 「동양에 대한 향수」가 《東洋之光》 1942년 5월호에 실렸던 것이다. '토쿠다 엥겡'(德田 演鉉)이란 이름으로 발표된 이 글에는 소속이 '惠化專門 興亞科'라고 되어 있다. 뿐만 아니라 「오카쿠라 텐신(岡倉天心)에 대하여」(《東洋之光》, 1942. 9.~10)에도 그는 '惠化專門' 소속으로 나타난다. 그리고 그의 「亞細亞復興論 序說」(《東洋之光》, 1942. 6)은 《東洋之光》의 현상공모 誌上 결전 학생웅변대회에서 3등으로 뽑힌 작품이다. 그러니 이 또한 조연현이 주장하는 "학생 사건에 원인이 되어 퇴교를 당하고" 운운이 거짓이라는 사실을 증명하는 셈이 된다.

— 홍기돈, 「욕망 위에서 흔들리는 야지로베에(균형 인형)의 사이비 지성」
중에서

홍기돈에 이어 정종현도 조연현과 같은 청년문학가협회에 참여한 이상로가 1948년 10월 《국제신문》에 발표한 「문단 공개장 — 부일 문학청년의 말로」를 환기시키며 조연현이 "23세 때 德田演鉉으로 창씨개명한 후 《동양지광》, 《국민문학》, 《신시대》, 《내선일체》 등의 잡지에 다수의 일본어 평론을 발표"했으며 "이 시기에 조연현 문학의 원형이 형성"되었다는 의견을 피력했다. 《동양지광》과 《국민문학》 등은 전문이 일어로 된 친일 잡지들이었다. 우리 문학의 최대 수치로 기억되어야 할 《국민문학》은 1941년 11월 창간하여 해방되던 1945년까지 38호를 발간하며 "일본 문학과 대립해서 조선 문학이 있는 것은 아니고, 일본 문학의 일환으로서 조선 문학이 있는 것이다."라고 주장한 최재서를 중심으로 부지런하고도 줄기차게 친일에 앞장선 잡지였다.

1920년 탄생 작가들의 1940년대 활동이 그들의 사회적 공헌과 문학적 의의를 가늠하는 데 중요한 이유는 제국주의 침략자들에 맞서 모국어를 지키고자 했던 사람들이 가혹한 고문과 살인적 수형 생활을 견디며 한글 사수 항쟁을 벌이던 기간이었고, 그들은 청년 작가들이었기 때문이다.

1942년에 검거된 조선어학회 사건 관련자들의 1심 재판이 끝난 것이 1945년 1월이었다. 함흥지방재판소는 "고유 언어는 민족의식을 양성하는 것이므로 조선어학회의 사전 편찬은 조선 민족정신을 유지하는 민족 운동의 형태이다."라고 판시하고 이극로 징역 6년, 최현배 징역 4년, 이희승 징역 2년 6개월, 정인승 징역 2년, 정태진 징역 2년을 선고했다. 이들 가운데 이미 구금 기간이 선고 형량을 넘은 이들도 8·15 해방이 될 때까지 감옥에서 나오지 못했고, 이윤재, 한징은 감옥에서 생을 마쳤다.

1942년부터 1945년 해방의 순간까지 이어진 고난에 찬 조선어학회의 '한글 사수 투쟁'은 항일 무장 투쟁사에서 차지하는 1920년의 봉오동·청산리 대첩에 버금가는 모국어를 지켜 낸 위대한 '문화 항전'의 이정표였다.

1920년생 작가들은 바로 이 '한글 사수 항전'의 기간에 신진 작가로 활동한 이들이다. 일제가 한글 사용을 금지시킨 1938년부터 해방을 맞이한 1945년까지 문단에 나온 이 세대는 일제의 식민 지배 정책에 따른 '학병 세대'가 아니라 민족의 정신을 지킨 빛나는 '한글 사수 항전 세대'로서의 정체성을 가져야 하며, 그렇게 명명되는 것이 마땅하다. 그 정신에 부합하는 문학과 삶의 길을 걸어간 작가를 우리는 이 시대의 대표 작가로 기념하고 연구해야 할 것이다. 문학평론가로서 조연현의 성취와 업적을 평가하는 과정에서도 이 시기 그의 활동과 작품에 대한 연구는 생략할 수 없는 중요성을 지닌다.

사회가 작가들을 존중하고 기념하는 일에 야박하지 않은 이유는 그들이 당대의 정신을 다루는 모국어의 수호자들이기 때문이다. 작가들은 그 가치와 중요성에 상응하는 책임을 지닌 존재이다. 프랑스를 비롯한 유럽에서 나치 협력자들을 처벌하는 과정에서 국민의 정신 활동에 관계하는 일에 종사한 자들에게 무엇보다 엄중했던 이유도 여기에 있을 것이다.

잘못된 진영 대결 구도와 소수자, 특별한 작가들

모국어 말살 정책에 맞선 '한글 사수' 항전의 기간에 민족과 모국어를 배신하고 친일을 한 작가들은 해방된 나라에서 스스로 통렬히 반성하고, 책임을 지는 것이 당연하다. 그러나 다른 분야와 마찬가지로 우리 문학도 잘못된 진영 대결 구도로 치달으면서 좌우 모두 잘못된 과거를 반성하지도 청산하지도 못했다. 그 결과는 진영 간의 대결을 극단화하고, 그 극단의 종착지인 전쟁의 참화로 이어졌다. 1930년 후반에 등단하여 '한글 사수' 항전의 시대를 통과한 작가들은 해방 공간에서 감당해야 할 문학의 책무를 찾기도 전에 진영 대결의 행동대가 되고 말았다.

우리는 이 지점에서 일제 강점기 말 한글 사수 투쟁의 현장에 온갖 고문을 당하고 해방과 함께 감옥 문을 나선 조선어학회원들이 해방 공간에서 훼손된 조선어를 회복하기 위해 바친 '순수'의 열정을 떠올리지 않을 수 없다. 조선어학회 사건의 첫 희생자로 가장 오랜 기간 조사와 고문을 당했던, 친일의 티끌 하나 묻힌 적이 없는 정태진과 같은 이들은 널려 있는 입신출세의 기회와 이어지는 유혹에도 곁눈길 한 번 하지 않고 『조선말 큰사전』 편찬에 전념했다. 영어 몇 마디만 해도 행세를 하던 해방 공간에서 1920년대 미국 우스터 대학교 학부를 수석 졸업하고 컬럼비아 대학교 대학원에서 석사 과정을 마치고 4개국어에 능통했던 그는 군정청의 장관도, 국회의원도 마다하고 6·25 전쟁 중에도 『큰 사전』 편찬 작업에서 손을 떼지 않고 그 일을 하다가 세상을 떠났다. 우리 문학에서도 정태진처럼 국민 모두 함께 기념하자고 내세울 수 있는 자랑스러운 작가들의 행적과 빛나는 모국어의 성취를 조사하고 발굴하고, 연구하는 작업이 절실하다. 그런 면에서 김대형, 김동사, 김봉룡, 김영덕, 김용익, 김정진, 문영일, 이종환, 이채우, 임헌도, 장돈식, 추식을 비롯한 1920년대생 작가들 모두에 대해 두루 살펴보고 우리가 기려야 할 가치를 찾아보지 못한 아쉬움과 안타까움이 크다.

해방과 함께 분명하게 확립해야 할 '한글 사수' 세대로서의 정체성을 외면하고 잘못된 진영 대결 구도를 만들고, 양 진영 모두 이 구도를 활용하는 상황 속에서도 여성과 소수자의 목소리를 통해 문학의 길을 모색한 1920년대생 작가들도 있었다. 곽하신은 해방 직후 《여성문화》를 발간하고 여성들의 새로운 세계관 확립과 주체적인 역할을 주창했다. 1949년 《신천지》 4월호에 「전라도길」 등의 시를 발표하면서부터 작품 활동을 시작한 한하운은 소외된 자의 눈으로 우리 사회의 부조리와 모순을 타격하는 시를 선보이며 반향을 불러일으켰다.

이 악마의 38선은 피비린내 나는 한국의 사형선이다. 제2차 세계대전 후 일본의 항복으로 말미암아 미국과 소련이 한국을 양단한 인위적인 경계선이다. 이 38선으로 말미암아 단일 민족인 우리나라를 정치, 경제, 문화와 사상마저라도 두 동가리로 짤라 논 주검의 선이며, 천추의 원한이 가시지 않을 적대 행위의 비극을 마련한 선이다.

— 한하운, 『나의 슬픈 반생기』 중에서

평론가 장이지는 한하운의 이러한 진술을 근거로 제시하며 그가 단순한 소수자성에 머물지 않음은 물론 '국가가 개인의 기본권을 침해하는 메커니즘'을 폭로하고 외세가 우리 민족 개인의 '자유로운 이동을 제한'하는 부조리까지 드러냈다고 보았다.

한하운보다 늦게 문단에 나와 뚜렷한 성취를 남긴 1920년생 작가로 이범선을 빼놓을 수 없다. 1955년에 문단에 나온 이범선은 한국 전쟁의 비극성과 깊은 내상을 뛰어나게 형상화한 작품으로 강한 인상을 남겼다. 특히 「오발탄」과 「사망 보류」는 한국 전쟁이 드리운 긴 그림자의 실체를 예리하게 일깨워 준다. 이범선이 보여 주는 한국 전쟁의 비극성은 이 전쟁에 던져진 사람들 사이에 공감과 연대감이 존재하지 않았다는 사실에서 출발한다. 그러한 사실은 한국 전쟁과 곧잘 비교되는 베트남 전쟁을 다룬 소설과 이범선의 소설을 비교해 보면 더욱 선명하게 드러난다.

수원역에서였다. 마지막 기차가 역에 닿자 죽은 벌레에게 달려드는 개미 떼처럼 피난민들이 매달렸다. 제각기 앞을 다투어 화물차 꼭대기로 기어올라 보따리를 끌어올리기 시작하였다. 용산역을 떠날 때에 벌써 많은 사람들을 채 다 못 태우고 온 화물차였다. 그러니 어디 감히 발을 붙일 자리도 없었다. (중략) 그 바람에 밧줄마저 놓친 보따리 임자는 다시 플랫폼으로 내려갔다. 또 입에다 밧줄을 물고 기어 올라왔다. 애써 보따리를 다시 끌어올렸다. 그러자 애꾸눈이는 재차 굴려 떨어뜨렸다. 또 욕지거리였다. 그러나 보따리 임자의 처지로서는 언제 기차가 떠날지 모르는 판에 싸우고만 있을 수는 없는 노릇이었다. 그는 하는 수 없이 또 플랫폼으로 내려갔다. 이러기를 세 번째 애꾸눈이는 보따리를 집어던졌다.

"여보, 거 너무하지 않우."

이 모양을 보다 못해 철이는 애꾸눈이를 나무랐다.

"너무하긴 뭐가 너무하우. 그렇게 동정심이 많거든 당신이 내리구 그 자리에 태워 주구려."

— 이범선, 「사망 보류」 중에서

기차에 올라오려는 다른 피난민이 타지 못하게 막는 애꾸눈이의 모습을 이범선이 그린 장면이다. 이 장면과 비교할 작품은 베트남의 대표 작가 바오닌의 단편 「물결의 비밀」이다.

물은 이미 마을을 덮쳤다. 나는 집에 돌아가 가까스로 아내를 지붕 위로 끌어올릴 수 있었다. 우리 부부가 올라앉은 초가지붕이 시커먼 어둠 속으로 휩쓸려 떠내려갔다. 초가지붕이 막 조각나려 할 때, 신의 도움으로 마을 사당 앞 보리수나무 줄기에 걸렸다. 이미 한 무더기의 사람들이 나뭇가지마다 매달려 있었다. 아내와 나를 나무에 오르게 하려고 수많은 손들이 뻗어 왔다.

— 바오닌, 「물결의 비밀」 중에서

이범선 소설의 피난민들은 기차를 타고 있고, 바오닌 소설의 피난민들은 나뭇가지에 매달려 있다. 한국의 피난민은 기차에 오르려는 다른 피난민이 못 타게 막는다. 애꾸눈이의 말대로 내가 살기 위해서다. 그러나 그것은 표면에 나타난 결과적 현실이고 그 바탕에는 이 전쟁을 치르고 있는 사람들 사이에 공감과 연대감의 부재가 있다. 이 전쟁을 왜 치러야 하는지에 대한 공감도, 함께 이겨 내고 같이 살자는 연대감도 존재하지 않는다. 대부분의 한국인들은 왜 일어났는지 이유조차 알 수 없는 전쟁을 감당해야 했다. 이와 달리 베트남의 피난민들은 자신도 겨우 가지에 매달려 있으면서 다른 피난민에게 서로 손을 뻗어 온다. 전쟁을 치르는 사람들 사이에 공감과 연대감이 존재하는 것이다. 그것은 결코 인간성의 문제나 친소 관계의 문제가 아니다. 한국 전쟁은 전쟁의 불가피성에 대한 공감이나 함께 이겨 나가자는 연대감 위에서 시작된 전쟁이 아니었기에 그 전쟁에 내던져진 인간의 내상은 더 깊었다. 이들이 입은 깊은 내상과 한없이 위태로웠던 실존이 바로 이범선 소설의 실체였다.

이 밖에도 1920년생 문학인으로 소설가 김준성과, 수필가 김형석, 안병욱, 김태길 등이 있다. 김준성은 한국 전쟁 기간인 1952년 문예지 《협동》

의 현상 공모에 단편 소설 「닭」으로 당선한 독특한 이력의 작가다. 산업 은행과 한국은행 총재, 경제부총리를 지낸 뒤 삼성전자 회장과 ㈜대우의 회장을 거쳐 이수그룹을 창립한 기업인으로 살면서 작품을 발표했다. 그의 대표작으로 꼽히는 중편 「흐르는 돈」은 돈의 미시적 기능과 거시적 기능, 인간의 본성을 새롭게 보여 주었다. 왕성하게 사회 활동을 하면서도 소설을 쓰고, 말년까지 문학에 대한 천착을 버리지 않았던 그에 대한 연구 분석은 작가층이 얇은 우리 문학의 현실에 비추어 유의미한 작업이 될 것이다.

수필가 김형석, 안병욱, 김태길은 전쟁의 내상을 안은 채 고단한 시대를 살아야 했던 한국인들에게 위로를 안겨 주면서 1960년대를 수필의 시대로 부르게 만든 주역들이다. 철학을 전공한 이들의 문필 활동은 한국 사회의 독서층과 문학의 외연을 넓히는 데 기여했다. 이들이 출현한 배경과 활동을 재평가하는 과정에서 우리는 전쟁을 통과하는 것 못지않게 급격히 변화하는 코로나 19 이후 시대의 문학에 대한 상상력을 얻을 수도 있을 것이다.

해방 공간에서 김구 선생이 주창했던 "세계로부터 부러움을 받는 문화 강국 대한민국"이 허무맹랑한 소망이 아니었음을 현실로 확인하고 있는 2020년에, '독립 전쟁, 봉오동·청산리 전투 승전 100주년'에 우리는 1920년 탄생 작가들의 발자취를 함께 살피고 있다.

대일 선전 포고를 뒷받침하는 봉오동·청산리 대첩 승전의 해에 태어나 '한글 사수' 항전기에 문학 활동을 시작하고, 민족 해방의 공간에서 행동대의 역할을 수행한 작가들의 삶과 문학의 궤적을 통해 오늘의 우리 문학과 작가들이 서 있는 자리와 감당해야 할 과제를 다시 가늠해 볼 수 있기를 기대한다.

한(恨), 신명(神明), 그늘의 전통과 현대시

이재복 | 한양대 교수

1 현대시와 전통

한국 현대시에서 전통을 이야기한다는 것은 어떤 의미일까? 근대 이후 한국 현대시는 이전의 시와는 다르게 규정된다. 우리가 말하는 현대시는 근대의 이념이나 근대적인 제도에 의해 탄생한 것이다. 이러한 발생론적인 배경은 한국 현대시를 근대 이전의 시와 연속이 아닌 단절의 차원에서 보게 했다. 근대의 이념과 제도 내에서 현대시가 탄생했다는 점을 고려한다면 이 관점은 나름 설득력을 지닌다. 하지만 근대의 이념과 제도의 탄생이 전적으로 이전과의 단절을 통해 이루어진 것일까? 이 물음에 대한 답은 이미 하나의 형식 — 연속이면서 단절 — 으로 정립된 지 오래다.

한국 현대시가 근대의 산물이고, 이것이 이전의 시와는 다른 새로움의 영역을 지니고 있음은 부인할 수 없는 사실이다. 하지만 그 새로움이란 무엇에 대한 혹은 무엇으로부터의 새로움인가? 그것은 바로 근대 이전의 시

23

에 대한 새로움인 것이다. 이렇게 새로움의 대상이 근대 이전의 시라면(근대 이전의 시를 새롭게 한 것이라면) 현대시와 근대 이전의 시 사이에는 단절의 논리만으로는 해명할 수 없는 일이 발생하는 것이다. 근대 이후의 자유시든 근대 이전의 한시나 시조든 이것들은 모두 '시'라는 양식이 기본적으로 지니고 있는 짧고 함축성 있는 언어, 행과 연의 형식, 운율(리듬), 고백과 독백 지향적 목소리, 자아와 세계와의 동일시 등을 특성으로 한다.

이런 점에서 볼 때 근대 이후의 시와 이전의 시 사이에는 강한 연속성이 존재한다고 할 수 있다. 이 연속성은 시가 지니는 본질적인 속성을 말해 주는 것인지도 모른다. 이것은 비단 우리 시에만 국한된 것은 아니다. 동서양의 시라는 양식이 지니는 공통된 특성이라고 할 수 있다. 이렇게 되면 시는 근대라는 범주를 넘어 인류 역사 전체를 가로지르는 보편적이고 원형적인 양식으로 존재하게 되는 것이다. 시가 지니는 의미를 이런 식으로 규정하면 인류 보편의 연속성은 드러나지만 그 보편성 내로 수렴되어 버린 각각의 특수한 차원의 연속성은 제대로 드러나지 않을 수도 있다. 이것은 서로 다른 특성을 보이는 것까지 하나로 묶는 동일성의 위험 때문이다. 각각의 특수한 차원의 연속성이 드러나지 않는다면 우리가 알고 싶어 하는 한국 현대시와 근대 이전의 우리 시 사이에 존재하는 특징적인 연속성을 발견할 수 없을 것이다.

근대의 "새것 콤플렉스"[1]에 빠져 근대 이전의 것에 대해서는 낡고 무가치한 것으로 간주해 버리는 경향이 있어 온 것이 사실이다. 이로 인해 둘 사이의 연속적인 흐름을 깊이 있게 탐색하여 그것을 우리 시사 혹은 문학사 내에서 새롭게 규정하고 개념화하여 하나의 지식(학문) 체계를 정립하는 데까지 나아가지 못하게 된다. 그러나 여기에 대한 반성과 성찰이 없었던 것은 아니다. 일제 강점 아래에서 최남선, 박은식을 중심으로 일어났던 국학 혹은 조선학 운동, 1950년대 이후 백철, 조지훈, 김동리, 이형기, 정태

---

1) 김윤식·김현, 『한국 문학사』(민음사, 2011), 25쪽.

용에 의해 제기된 전통론, 그리고 1960년대 이후 김지하, 조동일, 채희완을 중심으로 활발하게 전개된 민족 문화 운동 등은 우리의 사회, 문화적 전통 내에서 예술, 사상, 학문의 길을 모색하려 한 의미 있는 시도로 볼 수 있다. 이들에 의해 제기된 '불함(不咸)', '풍류(風流)', '지조(志操)', '구경(究竟)', '멋', '한(恨)', '신명(神明)', '그늘', '생명' 등은 서구와는 차별화되는 우리 고유의 사상과 정신을 내포하고 있다는 점에서 전통의 재발견을 통한 새로운 가치 체계와 세계관 정립의 계기를 제시한 것으로 평가할 수 있다.

그러나 과연 이러한 우리 것에 대한 성찰과 탐색이 근대 이후 서구의 그것과 일정한 길항 관계를 유지하면서 역사적 발전의 한 축을 담당해 왔다고 자신 있게 이야기할 수 있을까? 근대 이후 전개된 급격한 서구화와 산업화의 격랑 속에서 우리의 전통적인 가치와 의미를 담지하고 있는 이러한 잠재성 있는 질료들은 뚜렷한 구체적 형상을 짓지 못한 채 산발적으로 일어났다 소멸하거나 예외적인 것으로 간주되어 단순한 호기심의 대상으로 인식되어 온 것이 사실이다. 시에서의 전통 논의 역시 이와 다르지 않다. 흔히 어떤 한국 현대시가 전통을 계승하고 있다고 이야기할 때 그 전통이란 것은 주로 우리의 정서나 리듬 그리고 그 형식의 차원에서의 계승을 가리킨다고 할 수 있다. 이를테면 김소월의 시가 우리의 고유 정서인 한을 기반으로 하고 있다거나, 그것이 우리의 전통 양식인 민요조의 가락과 기승전결의 전통적 형식을 따르고 있다고 하는 것이 바로 그것이다.

우리 현대시의 전통에 대한 논의가 이런 차원에서 이루어져 왔다는 것은 김소월 이외에도 백석, 정지용, 김영랑, 서정주, 박목월, 조지훈, 박재삼, 김지하 등에서도 확인되는 바이다. 이 시인들의 시에서 드러나는 우리의 전통적인 정서, 리듬, 형식은 근대의 제도화된 시의 정의와 개념으로는 온전히 수렴되지 않는 우리 현대시의 한 흐름이다. 이 흐름을 한국 현대시와 전통이라는 차원에서 온전히 수렴하기 위해서는 먼저 이 각각의 시인들의 시에 드러나는 시의 정서, 리듬, 형식을 정치하게 읽어 내는 일이 중요하다. 그런데 여기에서의 문제는 이들의 시가 드러내는 정서, 리듬, 형식

등을 수렴하여 그것을 현대시와 전통이라는 차원에서 해석하려 할 때, 그 전통 다시 말하면 오랜 시간 동안 우리 민족의 의식과 정신이 구체화된 형식에 대한 구체적이고 포괄적인 이론이 정립되어 있느냐 하는 점이다. 산발적인 전통 논의가 아니라 그것을 전체적으로 아우를 만한 어떤 이론이나 미학 체계가 정립되어 있어야 이 시인들의 시가 은폐하고 있는 전통의 세계를 온전히 해명할 수 있을 것이다.

이동주 시인의 시가 드러내는 이러한 전통의 세계를 온전히 이해하고 그것을 기반으로 시사적인 의미를 도출해 내기 위해서는 무엇보다도 우리의 전통 일반을 아우르는 미학에 대한 개념이 정립되어 있어야 한다. 우리 현대 시인들 중에 한국적인 전통을 가장 잘 계승한 시인으로 평가받고 있는 이동주 시인의 시를 해석하기 위해 이 글에서는 '정', '삭임', '풀이', '한', '신명', '그늘', '멋' 등의 미학 용어와 개념을 사용할 것이다. 이 용어와 개념들은 전통 세계를 들추어내기 위해 단순하게 나열된 것이 아니라 이동주 시를 온전히 해석하기 위해 그 시의 전체적인 흐름을 통해 자연스럽게 드러난 것들이다. '한국 현대시가 계승한 우리의 전통이 이런 것이다.'라고 말하기에는 그것이 한 시인을 대상으로 한 것이기 때문에 미흡한 점이 있을 수밖에 없다. 하지만 그럼에도 불구하고 의미를 찾는다면 우리 현대시가 계승하고 있는 우리의 전통이 이런 것이고, 그것이 이런 데서 유래해서 이러한 맥락과 관계를 형성하면서 하나의 미학으로 정립되어 가는 과정임을 이해하는 데 적지 않은 도움이 되리라고 본다.

2 정(情)의 발현과 시의 주름

한국 현대시의 전통을 이야기할 때 맨 앞자리에 놓여야 할 것이 바로 '정'이다. 이것은 현대시 중에서 특히 서정시를 중심으로 전통에 대한 논의가 진행되어 온 저간의 사정을 통해서도 알 수 있다. 시인 혹은 인간에게 정이란 누구나 지니고 있는 마음의 한 양태로 그것은 외부의 사물이나 대상과의 관계를 통해 생겨난다. 이런 점에서 정은 임시적이고 가변적이다. 인간의 변하지 않는 항구적인 마음을 표상하는 '성(性)'과 여기에서 차이가 난다. 정과 성은 서구의 '파토스(pathos)'와 '에토스(ethos)'에 대응된다. 우리의 정과 서구의 파토스는 외부 사물과의 관계를 전제하기 때문에 그것의 행위 주체의 주관에 좀 더 밀착되어 있다. 외부 사물이나 대상에 마음이 발현되어 그것에 일정한 감정을 느끼게 된다. 흔히 인간이 느끼는 희(喜)·노(怒)·애(哀)·락(樂)·애(愛)·오(惡)·욕(慾) 같은 감정들은 그것을 행하는 주체와 외부 대상과의 사이에 수수 관계를 잘 말해 주는 예이다.

서정시의 서정(抒情)이 '정을 펼치다'라는 점을 고려한다면 둘 사이에서 벌어지는 관계에 대해 보다 깊이 있게 들여다보는 일은 중요하다. 넓은 차원에서 보면 사물에 정을 투사하는 일은 서정시의 기본 조건이 되는 것이다. 하지만 우리 시에서의 그것은 특별한 데가 있다. 이로 인해 우리만의 독특한 특성을 지닌 서정 혹은 서정시가 탄생한 것이다. 그렇다면 그 특별함이란 무엇일까? 이 의문에 많은 이들이 답했고, 그것을 종합해 보면 한국인에게 정은 자발적으로 흘러넘칠 정도로 주관적인 이해와 판단의 과정을 통해 발생한다는 것이다. 이 자발적 흘러넘침의 단적인 예를 우리는 이조년의 시 「이화(梨花)에 월백(月白)하고」[2]에서 발견한다. 이 시는 "나"와 "자규(子規)" 사이의 정의 관계에 초점을 두고 읽을 수 있다. 그런데 흥미로운 것은 그 정의 관계가 "나"의 일방적 투사에 있다는 점이다. "나"는 자신의 "일지춘심(一枝春心)"을 "자규"가 알든 말든 개의치 않고 그 마음을 "자규" 혹은 또 다른 대상에게 투사하고 있는 것이다.

이 투사 과정에서 시인이 발견한 것은 "다정(多情)도 병"이라는 사실이다. 그 '정 많음'으로 인해 "잠 못 들어" 하지만 시인은 그것을 뉘우치거나 반성하기보다 그 자체로 즐기고 있다. 자신이 스스로 그것이 병인 줄 알면서도 즐기는 태도는 분명 일반적 양상은 아니다. 그것이 병이라면 그에 대

---

2) 김홍규 외 편, 『고시조 대전』(고려대 민족문화연구소, 2012) 참조.

해 부정적인 태도를 취하는 것이 일반적이지 이렇게 그것을 적극적으로 긍정하는 태도는 정 혹은 서정에 대한 새로운 해석을 낳는다. 정이 깊어지고 흘러넘쳐 병이 된 상태지만 그것을 부정이 아닌 긍정의 태도로 인식함으로써 그것이 절망이나 파국이 아닌 그것을 넘어서 새로운 차원으로 나아갈 수 있는 어떤 전망을 잠재적으로 내재하고 있는 그런 구조가 탄생하는 것이다. 이 독특한 정의 구조를 우리는 '한(恨)'이라고 명명할 수 있을 것이다.

이처럼 한국인에게 정은 "오랜 고통과 체념과 감수로 인한 '한'(恨) 맺힘과 근원이 맞닿아 있는 독특한 감성이고 관계성"이다. 이런 점에서 우리의 정은 서양의 "개인주의적이고 사회 계약적인 관점이 잘 담아내지 못하는 독특한 관계성을 내포"하고 있을 뿐만 아니라 "강제성에 의해 이루어지는 병리학적인 집단 자아, 또는 사회적 획일주의를 만들어 내는 집단의식"과는 거리가 멀다. 또한 그것은 "감성적으로 인식하는 우리 지향적 관계성"이며, "주체들이 스스로를 타자에게 개방하여 서로 상호 침투하는 관계성으로 말미암아 생성적 주체들이 되어 가"[3]는 그런 관계성이다. 정이 지니고 있는 이러한 속성에 대해 앤 조는 "정은 서양적 사랑 문화에 가려져 빛을 발하지 못하고 억눌려 왔지만 분명한 사랑의 한 차원임"을 주장하고 있고 또 "정은 소위 아가페, 에로스, 필리아의 차원을 모두 함축하고 있는 개념"[4]이라고 말한다. 한국인이 지니는 정의 문제를 '한', '우리 지향적 관계성'과 '타자 개방성'의 차원에서 바라보고 있는 이들의 논리는 정이 독특한 우리만의 정서라는 것을 잘 말해 준다.

이동주의 시에 드러난 정 역시 이와 다르지 않다. 정이 많아서 그 역시 깊이 병이 들었지만 그것을 부정하거나 멀리하지 않고 오히려 그것을 긍정

---

3) 김정두, 「사랑, 사랑의 신학 그리고 한국인의 정」, 《한국조직신학논총》 40집, 2014, 295~296쪽.

4) Wonhee Anne Joh, "The Transgressive Power of Jeong" in *Postcolonial Theologies* (2004), 152, 156쪽.

하거나 즐긴다.

마음에 동상(凍傷)을 입어
눈 내린 밭엔 미쳐 버린다.

—「고독」 부분

달아, 달아, 고운 달아,
환장하게 밝은 달아,

—「안히리」 부분

춥고 가난스런 겨울이여
안녕!

슬픔도 소매를 털면
오히려 정을 남기네.

—「봄맞이」 부분

나이가 들수록
묵은 정에 약해진다.

—「엽신」 부분

이 시에 나타난 이미지는 시적 자아의 '상처' 입은 모습이다. 이 상처는
일종의 마음의 병이다. 이렇게 된 이유는 물론 "정" 때문이다. "정"의 결핍
이 아니라 넘침으로 인해 시적 자아는 그것을 발생하게 하는 대상으로부
터 벗어나지 못하게 되어 상처를 입기도 하고 또 그것을 넘어서기도 한다.
가령 「고독」에서 시적 자아의 "마음"의 "동상"과 "미침"은 모두 자신이 당
한 상처의 극단화된 표현으로 볼 수 있다. 마음이 극단화의 경향을 드러

내게 된 원인은 정의 흘러넘침 때문이다. 정이 결핍되어 있으면 대상에 대한 마음의 애착이나 집착, 더 나아가 고착 상태는 나타나지 않는다. 이 시에서 보이는 이러한 정의 흘러넘침은 「안히리」의 "환장하게"에서도 동일하게 나타난다. 시적 자아의 "환장"은 그 대상인 "달"을 겨냥하지만 그것은 "달"의 차원에서 발생한 것이라기보다는 자신의 주관적인 마음(정) 차원에서 발생한 것이라고 할 수 있다.

정은 이렇게 극단화된 상태로 드러나기도 하지만 그것은 또한 「봄맞이」와 「엽신」에서처럼 자연스럽게 삶의 과정을 통해 드러나기도 한다. 이것은 시간의 흐름 속에서 지나가 버린 것이 "정"의 형태로 시적 자아의 마음에 남게 됨으로써 만들어진 것이다. 하지만 이 역시 시적 자아의 주관성이 강하게 작용한 결과라고 할 수 있다. 대상이 아니라 자기 자신의 주관 내에 정이 놓이게 되면 그것은 이렇게 시간이 지나도 쉽게 사라지지 않고 남아 끊임없이 의식의 표층으로 출몰한다. 우리는 종종 "그놈의 정이 뭔지." 혹은 "정 때문에 산다."라는 말을 한다. 정이 우리 삶을 추동하고 가능하게 하는 하나의 동력으로 작용한다는 것은 그것의 자장 안에서 살아온 사람들에게는 낯선 말로 들리지 않을 것이다. 정이 하나의 삶의 원리로 작동하는 세계에서 산다는 것은 그것을 매개로 하여 탄생하는 여러 현상들에 대한 이해가 필요하다는 것을 의미한다.

이처럼 이동주의 시는 정을 매개로 한다. 이 정은 다양한 형식과 내용을 발생시키지만 그것은 많은 부분 '마음'과 관계되어 있다. 정이 마음의 범주 내에서 그것을 매개로 하여 발생시키는 것은 그 정의 속성과 운용 정도에 따라 결정된다. 우리의 서정에서 그 정 많음을 통해 암시받을 수 있는 것은 서구의 낭만주의에서 볼 수 있는 감성, 비합리성, 관념성 등의 세계라기보다는 그것을 삶의 원리와 구조 내에서 적절하게 조절하고 풀어내는 과정에서 드러나는 '한', '신명', '그늘' 같은 세계라고 할 수 있다. 「고독」과 「안히리」에 드러난 '미치고 환장'할 정도로 넘치는 정 많음을 어떻게 삭이고 풀어낼 것인가? 만일 이것을 온전히 풀어내지 못한다면 정이 내재하고 있는 잠재적인 질료성은 형상의 차원으로 드러나지 않을 것이다. 또한 삭임과 풀이의 과정과 방식을 인간 차원의 지식 체계 내에서 행하느냐 아니면 자연이나 우주 같은 차원으로 확장하여 그것을 행하느냐에 따라 정을 매개로 하여 만들어지는 세계는 그 모습을 달리할 것이다.

이동주의 서정은 이러한 고민에 대한 답을 한, 신명, 그늘이라는 우리의 전통적인 미학 세계 내에서 제시하고 있다. 그의 서정은 한, 신명, 그늘로 이루어진 주름이다. 한, 신명, 그늘 각각이 주름처럼 켜켜이 쌓인 지평 내에서 서로 교차하고 재교차하면서 그의 시 혹은 그의 시의 서정은 이루어진다. 그의 시가 한국적인 전통을 계승하고 있다면 그것은 이 각각의 세계를 이런 방식으로 구현하고 있기 때문이다. 정이 매개하는 한, 신명, 그늘은 어떤 종합이나 예견된 결론을 겨냥하고 있는 것이 아니라 끊임없는 차이와 겹침을 통해 불확정적이고 비결정적인 세계를 겨냥한다. 한, 신명, 그늘이 기존의 서정의 개념과 범주를 어떻게 넓히고 또 변화시키는지에 대한 관심은 전통의 현대적 변용과 계승이라는 차원에서 또 다른 서정(시)의 길을 제시하고 있다는 점에서 의의가 있다.

3 삭임과 풀이 혹은 산조와 율의 언어

정이 서정의 기반을 이룬다고 할 때 그 '정'이란 무엇인가? '정이 어떤 사물에 접해 발현하는 것(情者見物而動者也)'[5]이라면 그 정은 마음의 움직임을 말한다. 이것은 마음이 주가 되고 사물이 종이 됨을 뜻하는 것이기도 하다. 마음과 사물 사이의 이러한 관계는 사물에 대한 정이 무관심이나 평정의 상태를 벗어나 과도한 집착과 자기애의 상태에 빠지기 쉬움을 말해 준다. 마음이 이렇게 움직이기 때문에 정을 통한 온전한 만족이란

---

5) 『漢書』,「東平王思王宇傳」.

성취될 수 없다. 이 마음의 관계 혹은 구조 내에는 '결핍'이 존재할 수밖에 없고, 이것이 다양한 감정 — 서운함, 그리움, 원망, 슬픔, 서러움, 한탄, 연민 등 — 을 발생시킨다. 가령 내가 어떤 대상에게 많은 정을 주었다고 하자. 그런데 상대가 나한테 그만한 정을 주지 않는다면 분명 나는 그에게 서운함을 느낄 것이다. 이때 여기에서 말하는 서운함에는 '상대에 대한 공격성과 퇴영성' 그리고 그것을 '초극하려는 속성'[6]이 동시에 존재한다.

서운함이 쌓여 마음의 상처를 입으면 상대에게 깊은 원한을 품을 수도 있고, 또 그것을 자신의 탓으로 돌릴 수도 있다. 후자처럼 느낄 경우 그것은 마음의 외부로의 표출이 아닌 내부로의 투사나 응축으로 볼 수 있다. 이렇게 되면 나는 그 마음을 홀로 견디면서 살아 내야 하는 상황에 놓인다. 특히 정이 많은 사람은 그럴 가능성이 높다. 정이 많으면 상대에 대한 연민도 많아 자신의 공격성으로 상대가 고통받는 것을 원하지 않을 뿐 아니라 그것을 못 견뎌 할 것이다. 정이 많으면 마음의 주체인 내 안에서 그 상처를 견디면서 그것을 살아 내야 하는 이런 구도는 독특한 심리 구조를 낳는다. 정이 많은 것이 상처 혹은 병이 되는 심리 구조란 이타성의 범주 내에 있으면서도 그것을 행하는 주체의 주관성이 강하게 작용하는 혹은 주관성의 범주 내에 있으면서도 그것을 행하는 주체의 이타성이 강하게 작용하는, 역설적이고도 모순적인 구조이다.

정이 많아 병이 깊다는 것은 마음에 일정한 변화가 일어났음을 의미한다. 그 변화의 상태를 우리는 '한(恨)'이라고 명명할 수 있을 것이다. 이런 점에서 한은 정의 범주 내에서 발생한 독특한 심적 차원의 사건이다. 하지만 그것을 발생하게 한 조건이라든가 그것이 지니는 특수한 성격과 다른 감정들과의 차이, 우리의 문화 자질로서의 아이덴티티 등에 대해서는 아직 구체적으로 밝혀진 것이 없다. 정말로 정이 많으면 한도 많은 것일까? 또 정이 많은 것이 정말로 병일까? 이런 의문에 대해 이조년의 「이화에 월

6) 천이두, 『한의 구조 연구』(문학과지성사, 1994), 33쪽.

백하고」와 조지훈의 「완화삼(玩花衫)」은 의미심장한 암시를 제공하지만 그것만으로 이 문제를 풀기에는 시 자체의 예가 너무 단편적이고 비유적이라 무리가 따른다.

그러나 이러한 한계에도 불구하고 정과 한 혹은 정 많음과 한 많음 사이에는 충분한 개연성과 함께 인과성이 존재한다는 사실이다. 한에 대한 정의와 개념, 이론의 미비는 그 대상이 빈약해서라기보다는 그것을 은폐하고 있는 텍스트에 대한 포괄적이고 구체적인 고찰이 이루어지지 않았기 때문이라고 할 수 있다. 또한 한을 정의 범주 내에서 규정하고 이론화하여 일정한 계보를 정립하려 하지 않고 그것을 한 자체에 집중해 이것이 지니는 고유성과 특수성을 밝히려는 시도들이 이루어진 것도 중요한 원인이라고 할 수 있다. 우리가 흔히 정(精)과 한(恨)을 아울러 '정한(情恨)'이라고 말하지만 정은 한의 상위 개념이며, 한은 정에서 분류되는 다양한 감정들 중의 하나인 것이다. 정이 어떤 과정을 거쳐 어떻게 한을 발생 시키는지 그것을 세심하게 들여다보지 않으면 안 된다. 정이 그렇듯 한도 정의 범주 내에 있기 때문에 그것은 '천성(天性)을 어지럽힐 정도'로 변화와 변형을 기본 속성으로 하는 '마음의 움직임(動)'[7]이라고 할 수 있다.

정이 많아 그것이 깊어지면 한으로 발전할 가능성이 높은 것이 사실이다. 정이 많다는 것은 그만큼 마음의 움직임이 많다는 뜻이고, 이렇게 되면 그것들 사이의 관계가 서로 복잡하게 얽힐 수 있다. 이 얽힘의 과정에서 마음은 이어지지 못하고 맺힌다. 이 맺힘이 풀어지지 않고 오래 지속되면 한이 된다. 그래서 우리는 이러한 상태를 '한이 맺혔다'라고 이야기하는 것이다. 이것은 한이 성립하려면 반드시 맺힘의 과정이 있어야 함을 말해 준다. 한 혹은 마음의 응어리로서의 이 맺힘은 마음의 주체가 은폐하고 있는 결핍 혹은 상처의 정도와 그것에 대한 자의식의 정도가 클수록 더 견고해진다. 마음의 주체가 지닌 이러한 상처는 자신에 대한 억누름을

---

7) 윤재근, 『시론(詩論)』(둥지, 1990), 29쪽.

전제한다는 점에서 외적 표출보다 내적 응축으로서의 성격을 드러낸다. 한이 맺혀 있고 응축되어 있기 때문에 그것을 푸는 일은 무엇보다도 중요하다.

그러나 한은 자연스럽게 혹은 손쉽게 풀리는 것이 아니다. 맺혀 있고 응축된 마음을 풀기 위해서는 그것을 어르는, 다시 말하면 그것을 삭이는 과정이 있어야 한다. 한이 다른 감정과 다른 이유가 바로 여기에 있다.

> 훅훅 불을 뿜는 밭이랑에
> 팍팍한 호미 끝 피맺힌 울음도
>
> 분(粉)살이 뽀얀 한 시절 고운 청춘도
> 물 위에 홀로 띠운 댓잎인가 하옵니다
>
> 이대로 먼 후일에 서러운 백합 되어
> 그대 비명 앞에 다소곳 필지라도
>
> 큰 뜻 섬겨 조용히 사약을 마시듯
> 받들어 외줄기 붉은 마음이야 오직 하오리까
>
> ──「사연」 부분

이 시에 드러난 시적 자아의 감정은 '서러움'이다. 서럽다는 것은 원통하고 슬프다는 것이다. 시적 자아의 서러움은 순간적이고 일시적인 감정이 아니다. 그것은 오랜 삶의 과정에서 생겨난 것이다. "불을 뿜는", "팍팍한" 삶의 과정에서 여러 감정들이 맺히고 그것이 응축되어 "서러운" 감정을 낳은 것이다. 시적 자아가 삶과 부딪힐 때마다 감정이 생겨나고 그것을 외적으로 표출하기보다는 내적으로 끌고 들어와 억누르면서 오랜 시간 견디어 온 것이다. 외적으로 표출하지 않은 채 그것을 내적으로 응축하는 태도를 보임으로써 그 감정은 "피맺힌 울음"의 성격을 지니게 된 것이다.

시적 자아의 감정이 이렇게 "맺힌 울음"으로 드러난 데에는 무엇보다도 그것이 시간의 구조 내에 있다는 점에 있다. 시적 자아의 고백을 통해 알 수 있는 것은 그 감정이 과거로부터 현재를 거쳐 미래로 이어지고 있다는 사실이다. "고운 청춘"과 "먼 후일"로 표상되는 시간의 구조 내에서 시적 자아의 감정은 점점 강화되어 드러남을 알 수 있다. 특히 "먼 후일"로 표상되는 미래 시간 내에서의 시적 자아의 태도는 한의 한 극단을 보여 주고 있다. "여인이 한을 품으면 오뉴월에도 서리가 내린다."고 한 우리의 한의 정서를 엿볼 수 있을 만큼 "비명 앞"의 "서러운 백합"과 "외줄기 붉은 마음"이 드러내는 이미지는 강렬하다. 시적 자아(여인)의 한 맺힌 감정이 삶과 죽음을 초월해 지속된다는 것은 한의 성격을 잘 말해 준다. 한이 많아 그것을 이승(삶)에서 풀어내지 못하면 온전한 죽음(저승)을 맞이할 수 없다는 우리의 귀신 이야기는 삶과 죽음을 초월해 지속되는 한의 성격을 드러낸 것에 다름 아니다.

그런데 만일 이러한 한이 맺힌 상태로 계속 이어진다면 어떤 일이 벌어질까? 아마 그 한은 밝음이 없는 어둠의 상태로 존재할 것이다. 이것은 밝음이 어둠보다 더 우월한 가치를 지니고 있다는 것이 아니라 밝음이 있으면 어둠이 있고 또 어둠이 있으면 밝음이 있어야 함을 말하는 것이다. 한 차원에서 또 다른 차원으로의 질적 도약이 마음을 통해 이루어질 때 한은 온전히 그 존재성을 지닐 수 있다는 의미이다. 어쩌면 이것은 한이 지니는 '음양(陰陽)의 구조'를 이야기한 것인지도 모른다. 한이 질적 도약을 하기 위해서는 맺힌 것을 어르고 풀어야 한다. 이 어름의 행위가 바로 '삭임'이다. 한 맺힌 마음을 잘 삭이지 않으면 그것의 질적 도약은 일어날 수 없다.

풍류야 붉은 다락
좀먹기 전일랬다

진양조, 이글이글 달이 솟아
중머리 중중머리 춤을 추는데,
휘몰이로 배꽃 같은 눈이 내리네.

당! 흥……
물레로 감은 어혈, 열두 줄이 푼들
강물에 띄운 정이 고개 숙일리야.

(중략)

학도 죽지를 접지 않은
원통한 강산

울음을 얼려
허튼 가락에 녹여 보다.
이웃은 가시담에 귀가 멀어
홀로 갇힌 하늘인데

밤새 내 가얏고 운다.
　　　　　　　　　　　　　　—「산조 1」부분

　맺힌 한을 삭이고 풀기 위한 시인의 방식은 "산조"이다. 산조는 음악이
지만 여기에서의 그것은 우리의 가야금 독주를 의미한다. 한이 독특한
우리의 정서라는 점을 감안한다면 그것을 삭이고 푸는 방식으로 산조(가
야금 독주)를 택한 것은 멋스러운 선택임이 틀림없다. 시인이 삭이고 풀려
는 것은 마치 "물레로 감은 어혈"처럼 얽혀 있고 맺혀 있는 그런 "강산"이
다. "강산"이 "어혈"로 이루어졌다는 것은 세계를 하나의 흐름으로 인식

하고 있음을 말해 준다. 그런데 이 흐름에는 가락(리듬)이 있고 또 장단(멜로디)이 있다. 이 가락과 장단을 우리는 자연에서도 발견할 수 있고, 인간 사회나 역사 심지어 우리의 평범한 일상에서도 발견할 수 있다. 그래서 음악은 한 사회와 국가의 풍속을 재는 척도로 인식되어 온 것이다.[8]

시 속 '나'의 "원통한" 감정을 발생시킨 대상은 "강산"이다. '나'에게 "강산"은 하나의 "울음"의 덩어리인 것이다. 이 덩어리를 삭이고 풀기 위해 '나'는 "밤새" "가얏고"를 연주한다. 하지만 "울음" 덩어리로 된 견고한 감정, 즉 맺힌 한을 삭이고 푸는 일은 결코 간단치 않다. 여기에 "밤새" "가얏고"를 연주하는 이유가 있다. "물레로 감은 어혈"처럼 얽혀 있는 이 감정을 삭이고 풀기 위해서는 그것을 닮은, 다시 말하면 그것(어혈)만큼 유연하면서도 자연스러운 흐름을 지닌 그 무엇이 필요하다. 시인은 그것을 "산조(음악)"에서 발견했다. '혈'이 흐르듯 "나"는 "가얏고"를 느리게(진양조), 그것보다 조금 빠르게(중머리, 중중머리) 그리고 아주 빠르게(휘몰이)로 연주하면서 얽혀 있는 감정을 어른다. 이 어름 혹은 삭임의 과정이 한의 구조 내에서 가장 중요하다고 볼 수 있다. 삭임의 과정이 제대로 이루어지지 않으면 얽힌 감정은 다음 단계로 이행되지 못한 채 퇴행의 차원으로 전락하고 말 것이다.

감정의 퇴행이 일어나면 한이 지니는 특유의 멋이 드러나지 않는다. 한이 다른 감정이나 정서와 다른 이유 중의 하나는 이런 삭임의 과정이 존재하기 때문이다. 삭임의 방식을 산조로 택한 것, 또 산조 내에서도 그것을 진양조, 중머리, 중중머리, 휘몰이 등의 방식을 택한 것은 한의 구조를 결정짓는 중요한 선택으로 볼 수 있다. 이것은 마치 판소리에서 '시김새'를 어떻게 가져가느냐에 따라 판소리의 전체 구조와 분위기가 달라지는 것과 다르지 않다. 판소리에서 시김새를 넣을 때 소리를 떨거나 음정에 다양한 높낮이를 주면 그 소리는 한결 미묘하게 들린다. 산조든 아니면 판소리든

---

8)　장파, 백승도 옮김, 『장파 교수의 중국 미학사』(푸른숲, 2012), 44~58쪽.

이 삭임(시김새)을 통해 맺힌 감정(한)을 풀어내기 때문에 다른 소리, 특히 서양의 소리와 차이를 드러내게 되는 것이다. 삭임의 과정에서는 미묘함이 일어나는데, 가령 "퉁소 소리에 달이 튕기치"(「월화곡(月華曲)」)기도 하고, "노을이 흔들리는 서러운 울음"(「응달에 서서」)이 드러나기도 한다. 또 "빈 항아리"가 "바람에 절로 울"(「숲」)기도 하고, "피를 선지에 그으면 연꽃이 피"(「나의 피」)[9]기도 한다.

맺힌 한을 삭임의 과정을 통해 풀어내는 것, 여기에 「산조 1」의 묘미와 이동주 시의 묘미가 있다. 그의 '산조'는 시인이 겨냥하는 한의 정서를 구현하는 가장 중요한 방식 중의 하나이다. 산조에 대해 그가 얼마나 마음을 쓰고 있는지는 자신의 시집 표제를 『산조』, 『산조어록』으로 한 것만 보아도 알 수 있다. 그의 시를 읽다 보면 "율(律)을 살리기 위해 시의 상(想)과 상(象)이 희생되어 버린 경우를 자주 마주치게" 된다. 이것은 그가 "시의 상(想)이나 상(象)보다도 율(律)"을 "더 귀하게 여긴"[10] 시인이라는 것을 의미한다. 「산조 1」에서 알 수 있듯이 그의 시의 율은 맺힌 한을 어르고 푸는 데 절묘하게 작용하고 있을 뿐 아니라 그것을 통해 그의 시의 멋을 구현하는 데 중요한 기여를 하고 있다. 이런 맥락에서 볼 때 그의 시는 '삭임이 좋다'고 할 수 있다.

---

9) 최종민은 한국 전통 음악의 특징으로 다음과 같은 것을 들고 있다. 첫째, 우리 전통 음악은 음양오행에 근거를 두고 있다. 이 음양오행에 근거하여 율과 장단, 시김새가 생성되고 그것을 중심으로 발전하였다. 둘째, 한국 음악은 화성보다 리듬 혹은 장단을 중시하여 그것이 정간보로 나타났다. 이 정간보는 리듬이 정해진 정간에 음높이를 적은 기록 체계이다. 이것은 우리 전통 음악이 리듬의 역사라는 것을 말해 준다. 셋째, 우리 전통 음악은 리듬을 중심으로 이루어졌기 때문에 선율을 구성하는 각 음이 음악적인 문맥 속에서 독특한 시김새와 의미를 갖는다. 넷째, 우리 전통 음악은 장음과 단음의 조합으로 이루어진다. 다섯째, 우리 전통 음악은 장단을 통해 알 수 있듯이 그 리듬과 강약이 호흡에 기반하고 있다. 여섯째, 우리 전통 음악은 연주자와 작곡자가 분리되지 않는다. 일곱째, 우리 전통 음악은 여백의 미 특히 시간의 여백을 강조한다. 여덟째, 우리 전통 음악은 청중이 참여할 수 있는 열린 형식으로 되어 있다.(최종민, 『한국 전통 음악의 미학 사상』(집문당, 2005) 참조)

10) 윤재근, 「이동주론」, 《현대문학》, 1979. 6.

4 신명 혹은 공능(功能)의 감각

이동주의 시가 맺힘, 삭임, 풀이라는 한의 구조를 드러내고 있다는 것은 우리 현대시의 전통과 관련하여 시사하는 바가 크다. 이 한의 구조는 고대 우리 시가로부터 이어져 온 한국적인 정서를 잘 드러낼 뿐 아니라 이를 통해 서구의 근대적 개념 아래 정립된 우리 현대시의 구조와 일정한 길항 관계를 유지하고 있다고 볼 수 있다. 맺힌 한을 삭이고 푸는 이 구조는 그 자체로도 중요한 의미를 지닌다. 한의 구조가 우리 시 고유의 아이덴티티를 정립하는 데 중요한 발생론적 근거를 제공한다는 점에서 그렇고, 또 그것이 우리 시 전반의 외연과 내포를 확장하고 강화하는 데 일정한 기여를 한다는 점에서 그렇다.

한이 한국적 정서이고 우리 시 고유의 아이덴티티라는 데 이의를 제기할 사람은 거의 없을 것이다. 이는 분명한 사실이고 이미 여기에 대해 적지 않은 근거 제시와 논증이 있어 왔다. 하지만 이 대목에서 우리가 간과하지 말아야 할 것이 있다. 비록 한이 한국적 정서이고 우리 시 고유의 아이덴티티 정립에 발생론적인 근거를 제공하기는 하지만 그것만으로 이 논의를 종결할 수 없다는 점이다. 우리는 아무런 의심 없이 종종 한국인의 정서 혹은 한국 문화의 궁극이 '한에 있다'고 말한다. 이것은 한이 완료형이 아니라 진행형이라는 사실을 간과한 데서 비롯된 것이다. 한은 맺고, 삭이고, 푸는 데서 완결되는 구조가 아니라 또 다른 차원을 향해 열려 있는 그런 구조이다. 한은 진행형이며 그것의 완성은 '신명(神明)'에 있다.

신명은 한 이후에 오는 감정이다. 맺힌 한이 삭임의 과정을 거쳐 풀리면 그때 비로소 신명이 도래한다. 이런 점에서 한이 없으면 신명도 없는 것이다. 신명 혹은 신명이 나려면 맺힌 한을 온전히 삭이고 풀어야 한다. 한이 많고 깊을수록 신명도 많고 그만큼 강렬할 수밖에 없다. 신명은 동아시아적인 세계관의 산물이다. 동아시에서의 신명은 '신(神)'의 공능(功能)'을 뜻한다. 이때 신은 '천지(天地)'이며, 공능은 '그 신이 행하는 모든 생성(生成) 능력'을 말한다. 이런 점에서 신명은 '천지신명(天地神明)'인 것이다. 한이 인간 정의 발현이라는 점을 고려한다면 신명에 대한 이러한 정의는 낯설게 느껴질 수 있다. 하지만 신명을 '천지의 마음'[11]으로 놓고 들여다보면 이야기는 달라진다. 인간의 마음에서 한이 발현하듯이 천지의 마음에서 신명이 발현한다고 보면 되는 것이다. 한과 신명의 발현 차원이 다르다는 점은 한에서 신명으로의 이행이 질적 도약의 개연성을 지니고 있다는 것을 의미한다.

그러나 한에서 신명으로의 질적 도약에는 일정한 조건이 전제되어야 한다. 이것은 한이 외적 표출이 아니라 내적 응축을 지향한다는 점과 무관하지 않다. 신명은 이와는 달리 내적 응축보다는 외적 표출을 지향한다. 내적으로 삭이고 풀어내 응축된 한을 신명의 차원으로 이행하기 위해서는 외적 표출이라는 가시적인 차원이 요구된다. 한의 비가시적인 차원(숨겨진 차원)을 신명의 가시적인 차원(드러난 차원)으로 이행하는 것은 우리의 정서가 음양 혹은 '그렇다'와 '아니다'(不然基然)'[12]의 논리에 의해 작동한다는 사실을 잘 말해 준다. 한과 신명을 모두 포괄하는 논리의 정립은 우리의 정서

---

11) 『詩緯』참조, 『緯書』의 하나. 『緯書』는 중국 전한 말기부터 후한에 걸쳐 유학의 경서(經書)를 신비주의적으로 해석한 책이다. 역위(易緯), 서위(書緯), 시위(詩緯), 예위(禮緯), 악위(樂緯), 춘추위(春秋緯), 효경위(孝經緯) 등의 칠위(七緯)가 있다.

12) 불연기연(不然其然)은 동학의 핵심 원리로『동경대전』(1880)에 잘 드러나 있다. 『동경대전』은 동학의 창시자 최제우가 한문으로 작성한 동학 경전이다. 이 경전은 문(文)과 시문(詩文)으로 되어 있으며, 그중 동학 사상의 주를 이루는 것은 문(經編)이다. 이 문은 포덕문(布德文)·논학문(論學文)·수덕문(修德文)·불연기연(不然其然) 등으로 구성되어 있다. 포덕문은 동학이 출현할 수밖에 없는 시대적 당위성을 기술한 글이고, 논학문은 서학과 동학의 차이와 도의 진정한 본체에 대해 기술하고 있는 글이다. 수덕문은 동학과 유학과의 비교를 통해 동학의 핵심 논리를 기술한 글이고, 불연기연은 우주 만물의 이치를 불연과 기연의 관계하에서 밝히고 있는 글이다.(윤석산, 「東經大典』 연구」, 《동학연구》 3집, 한국동학학회, 1998, 174~178쪽) 사물의 그러한 차원과 그렇지 않은 차원을 동시에 고려해야 한다는 점에서 일견 모순되어 보인다. 하지만 그 역설이 중층적인 이중 생성과 새로운 질서의 잠재적 가능성을 포괄한다는 점에서 새로운 진화론을 제시한 것으로 볼 수 있다.

일반에 대한 이해와 해석에 핵심적인 원리를 담고 있다고 할 수 있다.

여울에 몰린 은어 떼

삐비꽃 손들이 둘레를 짜면
달무리가 비잉, 빙 돈다

가아웅 가아웅 수우워얼 래에
목을 빼면 설음이 솟고……

백장미(白薔薇) 밭에
공작(孔雀)이 취했다

뛰자 뛰자 뛰어나 보자
강강술래

뇌누리에 테프가 감긴다
열두 발 상모가 마구 돈다

달빛이 배이면 술보다 독한 것

기폭이 찢어진다
갈대가 스러진다

강강술래
강강술래

—「강강술래」

위의 시는 한과 신명을 동시에 보여 주는 걸작이다. 이 시를 통해 우리는 한이 어떻게 신명으로 질적 도약을 하는지 알 수 있다. "강강술래"를 하는 이들의 한은 "여울에 몰린 은어 떼"와 "목을 빼면 설음이 솟고"에 잘 드러나 있다. 이들이 "몰린" "여울"은 급경사에 물의 흐름이 빠른 곳이다. 외부 세계로부터의 억압이 가해지고 그것이 이들을 '응어리'지게 할 수 있는 그런 상황이다. 응어리진 것은 그것을 삭이고 풀어야 하는데 그것의 구체적인 행위가 바로 "목을 빼"는 것이다. 안으로 응축되어 응어리진 "설음"이 "목을 빼"자 "솟"구쳐 오른다. 한풀이가 시작된 것이다. 하지만 목을 빼는 행위만으로 그 한을 온전히 풀어내고 여기에서 더 나아가기에는 한계가 있다.

맺힌 한을 삭이고 풀어 신명으로 나아가기 위해서는 보다 적극적인 방식이 요구된다. 맺힌 한을 삭이고 풀어 신명에 이르기 위한 방식으로는 '말', '노래', '춤'이 있을 수 있다. 하지만 그것을 말로 풀 때, 노래로 풀 때 그리고 춤으로 풀 때 그 정도가 다르다. 그 정도는 말보다는 노래, 노래보다는 춤일 것이다. 또한 그것은 말과 노래, 노래와 춤, 춤과 말일 때와 말, 노래, 춤을 함께할 때 그 정도가 다를 것이다. 이 방식 중에서 강도가 가장 큰 것은 말, 노래, 춤을 함께할 때라고 할 수 있다. 그런데 말, 노래, 춤을 함께하는 방식과 더불어 우리가 간과하지 말아야 할 것은 '그것을 혼자 할 때보다 여럿이 함께할 때 신명의 정도가 배가된다'[13]는 사실이다. 이런 점에서 보면 "강강술래"는 신명을 위한 최적의 방식이라고 할 수 있다.

"강상술래"는 말, 노래, 춤이 모두 동원될 뿐 아니라 그것을 여럿이 함께하는 놀이이기 때문에 신명을 위한 최적의 조건이 갖추어져 있을 뿐 아니라 그 신명이 인간의 차원을 넘어 천지의 차원 내에서 발현된다는 점에서 심원함과 심오함을 더해 준다. 천지의 신이 "강강술래"를 하는 이들의 몸에 내려 그 기운으로 활동이 이루어지기 때문에 그것은 '신내림'의 경우

---

13) 이재복, 『몸과 그늘의 미학』(도서출판 b, 2016), 384쪽.

처럼 망아(忘我)와 황홀경에 빠져 광폭한 몸짓을 불러일으키게 한다. 시에서 "뛰자 뛰자 뛰어나 보자"나 "뇌누리에 테프가 감긴다", "열두 발 상모가 마구 돈다" 그리고 "기폭이 찢어진다", "갈대가 스러진다" 등이 바로 그 광폭한 몸짓의 구체적인 표현이라고 할 수 있다. 이 정도까지 신명이 오르면 그것은 일종의 '난장' 혹은 '난장판'이 벌어진 것으로 볼 수 있다.

그러나 그것은 극단적인 무질서만을 의미하는 것은 아니다. 여기에는 무질서 속의 질서, 다시 말하면 그렇다(드러난 차원)와 아니다(숨겨진 차원)의 이중적이고 중층적인 원리가 작동하고 있는 것이다. 이들이 광폭하게 "강강술래"를 하고 있지만 이들이 그리고 있는 것은 '둥근 원'이다. 둥근 원은 소외와 배제의 원리가 아니라 융화와 포용의 원리를 기반으로 한다. 각자의 개체성을 존중하면서 그것을 전체 차원에서 아우르는 것이 바로 둥근 원이 내포하고 있는 세계이다. 이것은 "강강술래"의 신명이 천지신명이기 때문에 그것을 행하는 이들의 내면에는 천지 혹은 우주 만물의 시간이 흐르고 있고,[14] 이들의 동작 하나하나에 신명이 밖으로 나가기도 하고 또 들어오기도 하면서 '끊임없이 활동하는 무(無)'[15]의 공간을 형성한다. "강강술래"의 시간과 공간이 닫힌 구조가 아닌 열린 구조를 드러낸다는 것은 연희자의 몸이 천지와 한 몸으로 움직이기 때문이다. 연희자의 몸과 천지의 몸이 분리되거나 단절되어 있는 것이 아니라 하나로 연결되어 있기 때문에 연희자의 몸이 움직일 때마다 천지의 몸 역시 움직이면서 새로운 차원의 변화와 생성을 불러일으키는 것이다.

"강강술래"에 드러나는 신명이 천지의 기운 내에서 일어나는 행위라는 사실은 이 시의 세계를 민족 미학의 범주 내에 두게 한다. 맺힌 한을 풀어 이르게 되는 신명이 천지의 마음의 발현이라는 해석은 "강강술래"가 드러내는 그 둥근 원의 메타포를 해석하는 데도 적용된다. 이 시가 은폐하고 있는 것처럼 우리 정신문화 전통 내에서의 신명은 고립과 소외의 산물

---

14) 김지하, 『탈춤의 민족 미학』(실천문학사, 2004), 62쪽.
15) 위의 책, 100쪽.

이 아니다. 우리의 신명은 "강강술래"처럼 각자가 자신의 안에 있는 신령 (神靈)스러운 기운을 밖으로 표출하면서 발생하는 우리의 독특한 어우러 짐의 미학이다. 우리의 신명(어우러짐)이 왜 전체주의적인 집단의식이나 광기, 신비주의의 초월 등과 구별되는지 이해할 수 있을 것이다. 신명의 이러한 어우러짐은 그래서 공능적인 것이다. 서로 반대되고 일치하지 않는 것도 아우르는 이 '반대일치(反對一致)의 역설' 같은 것에 기반하기 때문에 폭발적인 생명력을 지닐 수 있는 것이다.

한의 삭임이나 신명의 풀이는 이렇게 서로 다른 것을 아우르는 역설의 논리로 인해 우리의 삶과 밀착되어 있는지도 모른다. 어떻게 '달빛의 달콤함'과 '술의 독함'(「강강술래」)이 어우러질 수 있는지, "고인 눈물"로 어떻게 "무지개가 뜨"(「시론(詩論)」)는지 또 "꽃은" 왜 "무덤 위에 피워야 하"고, "씨앗을 뿌릴 때는" 왜 "가시관을 써야" 하며, "꽃에는" 왜 "아픈 눈물이 얽혀 있"(「꽃·2」)는지 한과 신명에서의 역설을 이해하지 못하면 납득하기 어려울 것이다. 어쩌면 그것을 한낱 시적 허용(표현) 차원으로 이해하게 될지도 모른다. 어떤 고통스러운 상황에서도 좌절하지 않고 그 역의 논리를 끌어들여 그것을 삶의 동력으로 삼은 이 한과 신명은 우리 민족의 정서 혹은 우리 시의 진화에 일정한 상상력을 제공해 온 것이 사실이며, 그것은 여전히 현재 진행형을 넘어 미래형으로 존재한다고 할 수 있다.

5 그늘의 멋과 시의 지평

이동주 시의 세계를 정, 한, 신명의 차원에서 살펴보았다. 그의 시에서는 이러한 일련의 흐름이 일관되게 이어지면서 하나의 독특한 미학을 형성하고 있다고 할 수 있다. 그런데 이 미학은 우리의 전통적인 정서나 시가의 흐름을 반영하고 있을 뿐 아니라 그것을 포괄하는 것이어서 '현대시와 전통', '전통과 시인의 개성' 같은 것을 논할 때 하나의 준거가 될 수 있다. 한국 서정시가 어떤 미학적 전통을 지니고 있는지에 대해 수많은 논의가 있어 왔지만 그것을 정, 한, 신명의 관계 안에서 구체적으로 밝힌 경우는 없다고 해도 과언이 아니다. 그것은 여기에 해당되는 시가 없어서라기보다는 우리의 전통 미학에 대한 깊이 있는 탐구가 없어서라고 할 수 있다.

이런 점에서 이동주의 시는 매력적이다. 그의 시에서 정, 한, 신명은 우리가 억지로 이것에 대한 개념이나 이론의 틀(型)을 만들어 도출해 낸 세계가 아니다. 그의 시는 이 흐름들을 온전히 담지하고 있다. 이것들은 그의 시를 들여다보면 쉽게 발견할 수 있는 개념들이다. 어쩌면 이것은 지식이나 이론의 습득을 통해 시인이 성취한 것이라기보다는 자신의 삶 속에서 자연스럽게 체득한 것이라고 할 수 있다. 시인이 자신의 삶 속에서 그것을 몸으로 느끼고, 인지하고 그리고 이해하고 판단한 것이 정, 한, 신명인 것이다. 이런 점에서 그것은 우리의 집단 무의식 속에 은폐되어 있는 '원형(archetype)' 같은 것이라고 할 수 있다. 우리의 서정시에서의 '정'이 이런 세계의 흐름들을 포괄하고 있는 개념이라면 그것은 우리 서정의 층위를 보다 두텁게 하고 이를 통해 잠재태로서의 우리 시의 미학을 정립하는 데 중요한 준거를 제공할 것이다.

그러나 이동주의 시 혹은 우리 서정시의 미학을 정립하는 데 정, 한, 신명의 개념들로 충분할까? 어떤 관점을 선택하느냐에 따라 다르긴 하지만 이 개념들을 하나의 연속선상에서 파악해 온 저간의 사정을 고려해 볼 때 무언가 미흡함이 남는 것이 사실이다. 정도 그렇고, 신명도 그렇지만 한은 이미 독립적으로 많은 논의가 되어 왔기 때문에 이런 의문이 지적 과잉으로 비칠 수도 있다. 하지만 정, 한, 신명을 아우르는 보다 큰 개념이 있을 수 있다면 이야기는 달라질 수 있지 않을까? 정, 한, 신명은 정의 발현에서 생성된 것들이고, 그 정이 내적 응축을 지향하면서 한이 맺히고, 그것을 삭이고 풀어 신명에 이르는 흐름이 여기에 있음을 살펴보지 않았던가? 그런데 여기에서 우리가 한 가지 간과한 것이 있다. 정에서 한, 한에서 신명으로의 흐름을 가능하게 한 것이 무엇인가 하는 점이다. 시인 혹은 "강강술래"를 추는 사람들을 신명에 이르게 하는 힘은 이들 안에 있다. 그런 데 이들 안에 있는 힘이 무엇인지 그것을 일찍이 간파한 사람은 다름 아 닌 수운 최제우이다.

수운은 자신이 한문으로 작성한 동학 경전인 『동경대전』(1880)[16]에서 '지기(至氣)'의 문제를 제기하는데 이 개념 속에 그 답이 있다. 이것은 한 마디로 수운의 크고 깊은 우주적 인식을 드러낸 개념이다. 수운은 이 지 기를 '혼돈한 근원의 우주 질서(混元之 一氣)'라고 명명한다. 이것은 우주 의 생성 원리를 '지기일원(至氣一元)'으로 보았다는 것을 의미한다. 지기일 원이란 우주를 물(物)과 심(心)으로 이원화하여 보지 않고 오직 일원 곧 지기의 운동으로 보고 있음을 말한다. 이때 그에게서 지기란 '內有神靈 外有氣化 一世之人 各知不移者也'[17]가 잘 말해 주듯이 그것은 안으로 신 령한 기운을 가진 생명(인간) 각자 각자의 자율적인 진화를 표현한 것이 다. 수운은 우주가 신에 의해 창조된 것이 아니라 인간 내면의 자율적인 진화를 통해 생성된 것으로 본 것이다. 이런 맥락에서 보면 이 자율적인 진화로서의 지극한 기운(至氣)은 새로운 인식 주체, 창조 주체가 지니고 있는 핵심 인자가 된다.

이 지기가 바로 '그늘'이다. 그런데 이 '그늘'은 그 연원을 동북아시아의 사상과 철학에 두고 있다. 그늘에 대한 사유 방식은 '주역과 노자와 장자 그리고 위진현학' 등 이른바 '삼현철학(三玄哲學)'[18]에서의 '음양(陰陽)'에 대한 해석의 과정을 통해 잘 드러날 뿐만 아니라 『주역』을 새롭게 해석한 김항의 『정역』에서 그 논리와 의미가 구체화되기에 이른다. 『정역』에서의 핵심 원리 중에 하나가 바로 "영동천심월(影動天心月)"[19]이다. 여기에서 알

---

16) 최제우, 윤석산 주해, 『東經大典』, 「論學文」(동학사, 1996) 참조.

17) 위의 책, 83쪽.

18) 탁양현, 「그늘과 그림자의 사유 방식: 三玄(易, 老, 莊)을 중심으로」, 《동양철학연구》 68집, 동양철학연구회, 2011, 135쪽.

19) 『정역』 십오일언 "先后天周回度數", "觀淡莫如水, 好德宜行仁, 影動天心月, 勸君尋 此眞."

수 있듯이 천심월을 움직이는 것은 다름 아닌 '그늘[影]'이다. 『정역』에서의 그늘(그림자)은 "서구의 빛의 형이상학"과는 다른 "동양의 별의 생리학"으로 그것은 "눈의 작은 이성"이라기보다는 "몸의 큰 이성"[20]이며, 결국 전자(이성)는 후자(몸)에 종속될 수밖에 없다. 니체의 사유에 입각해서 보면 그늘은 결국 몸으로 수렴되는 세계에 다름 아니다. 그늘은 '몸이 생성하는 지극한 기운'이라고 할 수 있다. 『정역』과 수운의 논리대로라면 몸은 신령 혹은 신기를 내재하고 있다.

그러나 이 신기(신령)는 많은 요인들에 의해 억압되어 있으며, 이로 인해 이 억압된 것을 밖으로 표출하는 것이 중요한데 이때 요구 되는 것이 바로 그늘이다. 그런데 이 그늘은 쉽게 얻어지는 것이 아니다. 수운의 동학 사상에 기반하여 자신의 생명론[21]과 율려론(숭고론)을 정립한 김지하는 그늘을 '활동하는 무(無)'로 정의한다. 그에 따르면 "인식 주체와 끊임없이

---

20) 원동훈, 「니체와 '그늘'의 사유」, 《니체연구》 26집, 한국니체학회, 2014, 273쪽.

21) 김지하의 생명론과 율려론의 기반을 이루고 있는 것은 '역(易)'의 사상이다. 이때의 역이란 변화와 생성의 차원에서 우주를 해석하고 있는 『주역』의 철학에 근간을 두고 있으면서 그것을 새롭게 해석한 김일부의 『정역』과 최제우의 『동경대전』 같은 저술에서 그 원리를 찾아 그의 사유 내에서 미학적으로 체계화된 개념을 말한다. 그에게 이 역의 사상은 '민중'과 '생명'을 바라보는 중심 원리로 작동하면서 '한', '신명', '율려' 그리고 '흰 그늘'이라는 우리의 자생적인 민족 미학을 정립하는 데 결정적인 근거와 계기를 제공해 왔다. 그는 역의 차원에서 한의 신명으로의 전환 혹은 한과 신명의 교호 작용을 해석하고 있을 뿐 아니라 율과 려의 모순적이고 역설적인 통합, '흰'과 '그늘'의 이중 결합 등을 해석함으로써 서구의 선택과 배제의 논리를 기반으로 하는 변증법적인 형이상학과는 다른 사유 체계와 독특한 미학적 원리를 제시하고 있다. 특히 그의 미학의 결정체라고 할 수 있는 '흰 그늘'은 이 역의 사상이 낳은 최후의 결과물이다. 흰 그늘에서 그는 한과 신명이 어우러진 그늘의 개념을 넘어 그 그늘을 변화, 생명, 추동하는 바탕이 되는 존재에 대해 말한다. 그가 말하고 있는 이 존재가 바로 '흰'이다. 따라서 그냥 그늘이 아니라 '흰 그늘'인 것이다. 이러한 흰 그늘이라는 개념의 설정은 그늘의 어둠과 상대되는 '흰'의 밝음을 전제하는 음양 혹은 역의 원리에서 비롯된 것이라고 할 수 있다. 하지만 그늘이 이미 한(어둠)과 신명(밝음)을 담지하고 있다는 점에서 흰 그늘은 그늘의 확장된 개념일 뿐 그것을 새로운 미학의 원리로 간주하는 데는 무리가 있어 보인다. 그늘의 차원 내에서 그가 제기하고 있는 한, 신명, 율려 등에 대한 논의가 좀 더 깊어지는 것이 하나의 온전한 미학의 정립을 위해 필요한 일이 아닐까?

생성하는 인식 내용 사이"에 움직이는 "미묘한 중간 의식이 바로 그늘"[22]
이라는 것이다. 이 그늘에 이르기 위해서는 반드시 "삭이고 견디는 인욕
정진(忍辱精進)하는 삶의 자세 곧 시김새"[23]가 전제되어야 한다는 것이다.
그의 논리대로라면 어떤 생성물, 그것이 시든 강강술래든 아니면 판소리
든 '시김새' 다시 말하면 지극한 기운이 없는 것은 그늘이 없는 것이 된다.
'그 시에 그늘이 없어' 혹은 '그 소리에 그늘이 없어'라고 하면 그것은 하
나의 미학으로서의 성립 조건을 상실했다는 것을 의미한다. 우리가 이동
주의 시를 정, 한, 신명의 흐름으로 보고 이 과정에서 삭임의 중요성을 이
야기한 것을 상기한다면 이 삭임 역시 그늘(지기)을 성취하기 위한 인욕정
진의 한 태도로 볼 수 있다.

　우리가 판소리에서 소리꾼이 그늘을 지니기 위해 한을 맺고 그 맺힌 것
을 삭이고 풀어서 신명 나는 판을 벌이는 것처럼 혹은 이동주의 시가 정
에서 한, 한에서 신명으로의 질적 도약을 위해 산조(삭임)와 광폭한 몸짓
(강강술래)을 수행한 것처럼 어떤 미학의 성립에는 반드시 그늘의 원리가
작동해야 한다. 우리는 종종 '지금, 여기'에서 서정시의 존재 이유를 묻는
다. 서정시가 이 음험하고 부조리한 시대에 존재해야 하는 이유는 그것이
시인의 지극한 기운에 의해 쓰인 것이기 때문이다. 만일 서정시 혹은 시에
그늘이 없다면 그것을 시라고 할 수 있을까? 이런 점에서 이동주의 시를
통해 제기한 정, 한, 신명, 맺힘, 삭임, 풀이, 멋, 공능 등의 개념과 그것을
아우르는 그늘의 개념이 우리 시의 미학을 정립하는 데 하나의 작은 계기
가 되었으면 한다.

---

22)　김지하, 『생명과 자치』(솔, 1996), 272~273쪽.
23)　김지하, 『흰 그늘의 미학을 찾아서』(실천문학사, 2005), 48~50쪽 참조.

제1주제에 관한 토론문

허혜정 | 숭실사이버대 교수

이재복 교수님의 「한, 신명, 그늘의 전통과 현대시」를 잘 읽었습니다. 고백하건대 이동주 시인의 시에 대해 그다지 깊이 접근해 본 적은 없습니다. 이번에 교수님의 논문을 통해 이동주 선생님의 시 세계에 대해 소중한 정보들을 얻게 되어 감사드립니다. 특히 '전통'의 문제와 관련지어, '정(精)'과 '한(恨)', '신명(神明)', '그늘', '생명'이 이동주 시인의 시 세계의 특질을 조명하는 데 유효한 관념이 될 수 있다는 점이 흥미로웠습니다.

　논문에서 지적하신 바와 같이 전통미학의 세계 안에서 이동주 시인의 시적 상상력을 특질화하신 선생님의 입론은, 근본적으로 반전통에서 출발하는 근대 미학의 보완적 이론을 위한 전초 작업이라는 느낌을 받았습니다. 아직은 포괄적인 이론이 정립되어 있지 않지만 전통의 세계를 해명할 수 있는 단초와 특성을 이동주의 시편들이 보여 준다고 지적하신 내용은 매우 중요한 부분이라 판단됩니다. "이동주 시인의 시가 드러내는 이러한 전통의 의미를 도출해 내기 위해서는 무엇보다도 우리의 전통 일반을 아우르는 미학에 대한 개념이 정립되어 있어야 한다."라는 교수님의 주장에 기본적으로 공감하면서 몇 가지 질문을 올리고자 합니다. 아울러 본 논문에서 다소 아쉽게 느껴졌던 부분들에 관한 소견을 조심스럽게 말씀드리고 싶습니다.

첫째, "정(情)의 발현과 시의 주름"을 읽으면서 궁금해진 것은 이동주 시인만의 특징적인 시론적 주장들이 있는가 하는 점입니다. 많은 근대시인들이 근대성에 대한 문학적 반응으로서 상이한 문학적 실험들을 전개해 왔습니다만 그 모든 지류들 속에서 이동주 시인은 어떤 자각적인 창작을 했는지 궁금해집니다. 본래 "사물에 정을 투사하는 일은 서정시의 기본 조건"이고 "정은 많은 부분 '마음'과 관계되어 있다."라고 서술하신 부분들을 읽으며, 제게는 당대의 많은 시인들이 공감하고 변용해 온 낭만주의 시론이 떠올랐고 자유시 형성기에 시인들이 치밀하게 논의했던 시론적 주장들과 딱히 변별되는 지점을 찾기 어려웠습니다. 외람되게도 그래서 이동주 시의 정서적 특질과 미의식을 선명히 대변하는 데 있어 '한'과 '신명' 같은 원리는 그다지 예리한 지점이 아니라는 생각이 들었습니다.

교수님께서는 산조와 율의 언어에서 시적 자아의 감정이 맺힘과 어름, 삭임, 풀어헤침의 신명으로 드러나는 방식에 이동주 시의 묘미가 있고 '산조'는 시인이 겨냥하는 한의 정서를 구현하는 가장 중요한 방식 중의 하나라고 지적하셨습니다. 제가 읽기에도 이동주의 시는 서러움과 고뇌를 삭힘으로써 무아적 상념(無我的 想念)으로까지 가닿는 비감 어린 정서를 보여주는 듯합니다. 이러한 시적 정서와 태도, 제재 등에 주목하면 한의 미학은 아주 정확한 지적이라 생각됩니다. 본래 한에는 응축, 체념의 의미가 있는 것인데 단순히 세속적인 포기나 단념이 아니라 진실한 마음의 영역에 들어가 세속적인 외계와의 경계를 잊어버리거나 단절함으로써 초월적인 일념(一念)의 상태에 이르는 것을 뜻합니다. 교수님께서는 이러한 한의 원리 같은 전통미학이 아직 시학적 분석에 적용될 만큼 이론화되어 있지 않음을 아쉬워 하셨는데, 저의 소견으로는 이미 고전시학에서 적지 않게 이론화되어 있고 현대의 시론적 논의도 풍부하다고 판단됩니다. 특히 한의 미학적 원리를 '체념'과 연관지은 천이두 선생의 논의가 기억에 남습니다.

제가 오히려 감탄하며 읽었던 부분은 "그의 '산조'는 "율(律)을 살리기 위하여 시의 상(想)과 상(象)이 희생되어 버린 경우를 자주 마주치게" 되고, 이것은 그가 "시의 상(想)이나 상(象)보다도 율(律)"을 "더 귀하게 여긴 시인"이라는 교수님의 지적이었습니다. 왜냐하면 한의 원리는 곧 체념과 닿아 있기 때문이라 생각됩니다. 그래서 더욱 이동주 시인의 시론에 대한 궁금증이 생깁니다. 한편으로는 시인이 자신의 미학을 주장한다는 것이 글쓰기의 이중 구속이 되기 때문에 텍스트 해독에서는 무시해야 된다고도 생각하지만, 이동주 시인이 과연 맺힘과 삭임, 풀어헤침의 원리를 어떤 용어로 표현하였는지도 점검해 볼 만한 문제라고 판단되었습니다. 그에 관해 혹시 들려주실 바가 있으시면 여쭙고 싶습니다.

둘째 질문은 "신명 혹은 공능(功能)의 감각"에서 한이라는 "내적 응축"이 신명이라는 "외적 표출"로 승화되는 미적 원리를 포괄하는 논리의 정립을 위해 굳이 수운 선생까지 멀리 갈 필요가 있을까? 하는 질문을 드리고 싶습니다. 질문을 조금 더 구체화하겠습니다. 교수님께서는 이동주의 시에서 드러나는 '정, 한, 신명, 맺힘, 삭임, 풀이, 멋, 공능, 그늘' 등을 우리 시의 미학에서 매우 중요한 개념으로 파악하셨고, 이런 전통적 한의 원리를 담아낼 수 있는 이론의 틀(型)을 설계하는 데 수운 선생의 '지기(至氣)'의 개념 속에 그 답이 있다고 말씀하셨습니다. "수운의 크고 깊은 우주적 인식을 드러낸 개념"이 "창조 주체가 지니고 있는 핵심 인자"이고 지기가 바로 '그늘'이라고도 주장하셨습니다.

그러나 이러한 논지 전개 방식에 대해 저는 약간 생각을 달리합니다. 교수님의 서술에는 어떤 부연 설명이 곁들여져야 한다고 생각하기 때문입니다. 미학 원리를 주로 한 근대 문학 담론과 궁극적으로는 종교적 교설인 수운 선생의 논리에 동질성의 기반이 가능한지 의문입니다. 수운의 '지기(至氣)'와 언어를 통한 응축과 풀어헤침, 즉 이동주의 신명과 그늘, 산조의 율격 등이 매우 다른 것이라고 저는 봅니다. 오히려 당대의 시인들이 생명, 율어, 정(情) 등에 관해 매우 정치한 논의를 전개했다는 점을 주목해야 한다고 생각합니다. 근대 사조의 수용과 새로움에 대한 고민, 그와 동시적인 전통에 대한 인식의 발생 속에서 정과 설움, 생명의 원리 등을 창작으로 실현코자 했던 이들은 이동주 시인에 한정된 것은 아닙니다. 이미 1910년대 최두선의 논의(「문학의 의의에 대하여」, 《학지광》 3호, 1915)에서 생명의 표현은 곧 '정'(精)에 대한 강조로 나타나고, 1920년대의 안확, 황석우와 박영희와 심지어는 염상섭, 1930년대에는 박용철의 시론 등에서도 대단히 넓게 확인할 수 있습니다. 이런 다양한 논의들은 많은 경우 서구의 낭만주의자들이 '낭만적 자아'에 부여했던 성찰적 개념과 시인의 생활 정서의 번안이라는 점에서 착상되곤 합니다. 당대의 생명이란 것은 문인들에게 있어 시대적인 인식에서 구성된 실존의 개념이며, 그 생명 원리를 통해 예술의 정수를 성취하고자 했던 낭만적 이론의 변용인 셈입니다. 그러나 교수님의 논문은 이동주 시대의 수많은 논의들은 물론 이동주 자신의 시의식을 짚어 낼 만한 시론을 다루지 않으셨습니다. 사실 이 논문을 읽고 가장 아쉬운 점이 이것이었고, 이 점으로 인해 정과 한, 신명, 그늘 등에 대한 개념 폐기에 공감을 하지만 근본적인 문제가 잘 해결되지 않고 있다고 느꼈습니다.

게다가 이동주의 시적 특질을 수운 선생의 개념에 의탁한다면 그늘 등의 의미가 상당히 달라질 것 같습니다. 오히려 박종화와 같이 전통을 통해 현대시의 세련화를 추구했던 '열'(熱)과 '용'(勇)과 '력'(力)의 문학론 등과 견주어 변별성을 드러내는 것이 더욱 이동주 시의 독특성을 짚어 내는 전략이 아닐까 생각됩니다. 아니라면 천년이 넘도록 체화되어 온 전통미학을 이론화하고자 했던 고전시학의 용어나 낭만주의적 관점의 영향 속에서 논의하는 것이 더욱 설득력이 있지 않을까 판단됩니다. 내적인 서정의 응축과 순수 정서의 표출(근대 문학의 예술성 확립)이 충돌하거나 모순되지 않는 지점이 '신명'이라면, 그늘 또한 마찬가지일 것입니다. 현실이 너무나 어둡기 때문에 질병과 밀실같이 대단히 '증상'적인 정조를 취했던 한국의 근대시인들의 사례나, 그늘진 '우수'의 미학을 지향해 온 서구 낭만주의의 서정이 이동주의 시의식에도 밑금처럼 가로놓이지 않을까요? 그렇기 때문에 더욱 시론적 질문이 보강될 필요는 없을까요? 제가 이런 질문을 드리는 것은 근대와 전통이 변별되거나 만나는 지점에 대한 논의를 위해서도 필요한 질문이라 판단되기 때문입니다.

셋째 질문입니다. 산조에서 엿보이는 율어 의식이 '산조'라는 율격을 택했을 때 이것이 민요 같은 다른 율격을 추구했던 시인들의 사례와 본질적으로 '한'의 원리에서 다른 것입니까? 또한 상징주의자들의 순수시, 즉 음악성에 절대성을 부여하는 미의식과 변별되는 것입니까? 이러한 질문을 드리는 이유는, 시형의 모방이 시의 모방이 아니라 시는 더 깊고 근원적인 '우리'의 영혼, 정서를 담아내느냐 아니냐에 따라서 논의되어야 한다는 자각을 이미 근대시인들이 많이 가지고 있었고, 그에 따라 비록 산조는 아니라도 (전통 문학과 근대 문학의 단절성을 인식하며) 서정시의 순수한 고백성을 '율'로 승화시킨 사례가 많았기 때문입니다. 때문에 저는 상을 지우고 율을 드러내는 창작 방식이 서구 미학에 대한 반동일 수도 있지만 서구 미학의 관점과도 무관하지 않다는 생각을 해 봅니다. "우리의 고유하고 유일한 것들이 있다."라고 주장하는 데 있어 늘 우리는 매우 고집스러운 경향이 있습니다. 하지만 그러한 논리가 한국의 전통을 바라보는 데 오히려 한계가 되지 않을까 하는 고민도 안고 있기에 교수님의 고견을 듣고 싶습니다.

마지막 질문은, 전통미학을 아우르는 커다란 이론 틀에 대한 교수님의 갈증을 어떤 이론적 설계로 해결해 가고 계신지 궁금해서 질문을 드립니다. 외람되게도 교수님께서 감행하시고자 하는 전통미학에 저도 한동안 골몰했던 것 같습니다. 현대시론을 전공한 제가 고전 문학 연구를 근 15년간 끌고 왔으니까요. 때로 전통이라는 것은 언어적으로나 문화적으로나 귀속성의 의지가 만들어 낸 추상의 대문자가 아닐까 하는 생각도 해 봅니다. 우리가 전통이라 말하고 싶어 하는 그 어떤 것들이 현재의 이론들로 잘 해명되지 않는 또 다른 이론 틀을 필요로 한다는 데 동의하기에 마지막으로 논문을 쓰시면서 다 담지 못하셨던 교수님의 생각을 조금 더 듣고 싶습니다. 그 이론의 설계를 위해 하고 계신 작업이 있으신지요? 평소에 제가 해 온 고민을, 깊고 치열하게 해 주신 교수님의 발제에 감사드리며 선생님의 고견을 여쭙고 싶습니다. 감사합니다.

이동주 생애 연보

1920년	2월 28일(음력), 전남 해남군 현산면 읍호리에서 아버지 이해영(李海瑛)과 어머니 이현숙(李賢淑) 사이에서 1남 1녀 중 외아들로 태어남. 본관은 전주, 아호는 심호(心湖). 읍호리는 전주 이씨의 집성촌으로 이조참판 이재범의 종손자로 태어남. 가산이 기울어 12세 때 외가인 공주로 이사해 공주고등보통학교까지 다님.
1927년(8세)	현산초등학교 입학. 이 학교는 증조부 이재범이 사랑에 사재를 들여 세운 달산학교로 현재는 현산초등학교로 개명.
1932년(13세)	달산학교 졸업.(13회)
1933년(14세)	공주고등보통학교 입학.
1935년(16세)	《매일신보》 학생란에 시 「추억(追憶)」이 실림, 원고료 1환을 받음.
1937년(18세)	공주고등보통학교 졸업. 어머니가 염소를 팔아 마련해 준 7환을 가지고 상경.
1940년(21세)	조지훈을 흠모하여 혜화전문학교 불교과 입학. 윤길구, 송영철 등과 함께 기거하면서 고학을 함. 문학 동기생으로 정태용, 조영임, 이원섭 등이 있었음.
1942년(23세)	혜화전문학교 2년을 중퇴하고, 고향 해남으로 귀향.
1943년(24세)	《조광》에 시 「귀농(歸農)」, 「상열(喪列)」, 「별리부(別離賦)」 등을 발표. 강제 징용을 피하기 위해 목포시청, 면사무소(해남 황산)에 근무.

1945년(26세)	해남군 황산면사무소 근무. 장남 우선 출생.
1946년(27세)	좌경 단체인 목포예술문화동맹에 가담. 오덕, 심인섭, 정철 등과 4인 공동 시집 『네 동무』 간행. 이 시집에 「무궁화 노정」 등 12편의 시 발표. 광주 《호남신문》 문화부장 취임.
1948년(29세)	김동리의 「무녀도」를 읽고 좌경 문학 활동 중단 후 상경하여 《신사조사》에 취임. 그 후 서울 《연합신문》 문화부 차장이 됨.
1949년(30세)	차남 우명 서울에서 출생.
1951년(32세)	첫 시집 『혼야(婚夜)』를 호남공론사에서 간행.
1952년(33세)	차재석을 중심으로 시 동인지 《시정신》을 목포에서 간행. 전라남도문화상 수상.
1955년(36세)	시집 『강강술래』를 호남출판사에서 간행.
1959년(40세)	전북 이리로 이사. 남성고 교사로 취임. 원광대학교, 전북대학교 출강.
1960년(41세)	한국문인협회상 수상. 장녀 수정이 이리에서 출생.
1962년(43세)	전북 전주로 이사.
1965년(46세)	1월, 한국문인협회 임원 개편에서 이사가 됨. 당시 곽종원, 정한모, 전숙희, 차범석, 신석초, 김상옥 등이 이사로 선임됨. 5월, '제4회 문예상' 장려상 수상. 문학, 미술, 음악, 연예 4개 분과에서 문학 부분 장려상 수상. 상금 4만 원 받음. 문학 본상은 조연현이 받음. 숭실대학교 출강.
1966년(47세)	부친 이해영 사망.
1967년(48세)	서라벌예술대학 출강.
1967년(48세)	『언제까지나: 영원한 한국의 시』를 한림출판사에서 펴냄.
1968년(49세)	2월, 한국예술문화단체총연합회(예총) 산하 회장단 선거에 문제가 있었고, 산하 한국문인협회에서도 상임이사 이종환을 이형기로 바꾸는 바람에 소란해져 이사직을 사퇴. 6월, 「신문학 60주년 기념 심포지엄」에 '시에 있어서 한글 전용 문제'를

발표한 박목월 토론자로 참여. 시 「강강술래」가 백병동에 의해 가곡으로 작곡됨.

1969년(50세)	한국문인협회 시분과위원장 취임. 9월, 월간문학사 주최 「신화와 문학 심포지엄」에 토론자로 참여.

1969년(50세) 한국문인협회 시분과위원장 취임. 9월, 월간문학사 주최 「신화와 문학 심포지엄」에 토론자로 참여.

1970년(51세) 《월간문학》 상임편집위원으로 취임. 서정주가 회장으로 추대된 《불교문협》을 결성하고 운영위원이 됨. 7월, 「신문학 60년 결성, 문학 대강좌」 발간 추진. 10월, 「한국 문학 심포지엄」 참가.

1971년(52세) 주월 한국군사령부의 초청으로 월남 방문. 모친 이현숙 사망. 9월, 《월간문학》이 폐간 위기 맞음.

1972년(53세) 시 전문지 《풀과 별》 발간에 참여.

1973년(54세) 한국문인협회 사업간사로 취임.

1974년(55세) 12월, 시 「강강술래」가 황병기에 의해 작곡되어 국립극장소극장에서 공연됨.

1977년(58세) 한국문인협회 부이사장으로 취임.

1978년(59세) 서정주의 세계 일주로 한국문인협회 이사장 대행. 한양대부속병원에서 위암 수술을 받음.

1979년(60세) 1월 28일(음력 1월 1일), 서울 은평구 역촌동 1번지 30호에서 위암으로 사망. 장례는 예총회관에서 한국문인협회장으로 거행됨. 유해는 경기도 장흥 신세계 공원묘지에 묻힘. 시 선집 『산조(散調)』를 우일문화사에서 간행. 실명 소설집 『빛에 싸인 군무(群舞)』를 문예비평사에서 간행.

1980년 아들 우선에 의해 유고집 『산조여록(散調餘錄)』을 서래헌에서 출간. 11월 3일, 해남 대흥사 입구에 '심호 이동주 시비'가 세워짐. 비문에는 시 「강강술래」가 새겨짐.

1982년 11월, 수필집 『그 두려운 영원(永遠)에서』가 태창문화사에서 간행됨.

1987년 11월, 『이동주 시집』이 범우사에서 간행됨.

1993년	11월, 실명 소설집 『실명 소설로 읽는 현대 문학사』가 현대문학에서 간행됨.
1996년	시 「강강술래」가 이미현에 의해 작곡됨.(예당음향)
1997년	11월 14일, 한국문인협회가 현대 문학 표징 사업의 일환으로 해남 대흥사 입구의 '심호 이동주 시비' 현대문학표징비 제막식 거행.
2010년	12월, 『이동주 시 전집』(송영순 엮음)이 현대문학에서 간행됨.
2011년	9월, 심호 이동주 문학제가 전라남도 해남에서 열림.
2014년	5월, 『이동주 시선』(김선주 엮음)이 지식을만드는지식에서 간행됨.
2020년	6월, 대산문화재단과 한국작가회의 주최로 '탄생 100주년 문학인 기념문학제' 개최.

이동주 작품 연보

발표일	분류	제목	발표지
1943. 6	시	귀농(歸農)	조광 6호
1943. 9	시	상열(喪列)	조광 9호
1943. 11	시	별리부(別離賦)	조광 11호
1946. 2	시집	네 동무(4인 시집)	목포예술문화동맹
1950. 1	시	황혼(黃昏)	문예 2권 1호
1950. 3	시	새댁	문예 2권 3호
1950. 4	시	혼야(婚夜)	문예 2권 4호
1951. 3	시집	혼야(婚夜)	호남공론사
1951. 5	시	항구	갈매기 1권 3호
1951. 5	시	목련(木蓮)/진달래	갈매기 1권 4호
1951. 6	시	좁은 문의 비가	신문학 1호
1951. 12	시	봉선화, 강강술래	신문학 2호
1952. 5	시	해녀(海女)	문예 3권 2호
1952. 7	시	황토밭엔 태양도 독하다	신문학 3호
1952. 9	시	기우제(祈雨祭)/서귀포(西歸浦)	시정신 1집
1953. 6	시	뜰	문예 4권 6호
1953. 10	시	들국화/바다/연륜(年輪)	시와 산문
1953. 11	시	해후(邂逅)	협동 41호
1953. 11	시	바다	영문 11호

발표일	분류	제목	발표지
1954. 1	시	등잔밑	문예 5권 1호
1954. 4	시	목련/봄	신천지 9권 4호
1954. 5	시	진달래/못	현대공론 2권 1호
1954. 6	시	노을/숲	시정신 2집
1955. 1	산문	신년도 나의 문화적 포부	현대문학 통권 1호
1955. 1. 11	시	새해	동아일보
1955. 2	시	대불(大佛)	현대문학 통권 2호
1955. 5	시	꽃	시정신 3집
1955. 5. 13	산문	한과 여운과 우리 문학	조선일보
1955. 8	시	초상(肖像)	문학예술 2권 3호
1955. 9. 13	산문	현대 해석과 문학 정신	조선일보
1955. 10	시	기우제(祈雨祭)	현대문학 통권 10호
1955. 11	시	상장(上狀)	동국문학 1호
1955. 12	시집	강강술래	호남출판사
1956. 6	시	꽃샘	현대문학 통권 18호
1956. 8	시	노을	사상계 4권 8호
1956. 9	시	강 언덕에 서서	시정신 4집
1956. 9. 10	산문	멋의 의미	조선일보
1956. 11	시	사막(沙漠)에서	문화예술 3권 11호
1957. 4	시	마을	현대문학 통권 28호
1957. 7	시	독백	월간문학
1957. 9	시	노을	현대문학 통권 33호
1957. 11	시	고도산견(古都散見) —— 기행시초	현대문학 통권 35호
1958. 3	시	뮤즈의 초상	현대문학 통권 39호

발표일	분류	제목	발표지
1958. 3	시	사랑의 계절(季節)	여원
1958. 8	시	우주엽신(宇宙葉信)	현대문학 통권 44호
1958. 10	시	홍타령	현대문학 통권 46호
1958. 12	시	낙엽(落葉)	사조 1권 7호
1959	시	하오유한(下午有恨)	목포문학 창간호
1959. 3	시	산조(散調) 1	현대문학 통권 51호
1959. 4	시	산조 2	사상계 7권 4호
1959. 5	시	오월의 시	여원
1959. 7	시	산조 3 ― 구천동	현대문학 통권 55호
1960. 4	시	산조 4	현대문학 통권 64호
1960. 7	시	태교(胎敎)	사상계 8호
1960. 9	시	신부행진(新婦行進)	여원
1961	산문	한과 멋(한국 전후 문제 시집)	신구문화사
1961. 1	시	한(恨)/대흥사(大興寺)/꿈	현대문학 통권 73호
1961. 7	시	응달에 서서	현대문학 통권 79호
1961. 9·10	시	한 2	사상계 9권 10호
1961. 12	시	강강술래	신문학
1961. 12	시	한 3	현대문학 통권 84호
1962. 3. 28	산문	문학 작품과 표절 ― 좀 더 양심의 터전을 굳건히 닦자	조선일보
1962. 8	시	광한루(廣寒樓)	현대문학 통권 92호
1963. 1	시	독백	현대문학 통권 97호
1963. 6	시	길	현대문학 통권 102호
1963. 6	산문	나의 처녀작을 말하다 ― '나의 처녀 시절'	현대문학 통권 102호

발표일	분류	제목	발표지
1963. 10	시	한(恨)	세대 1권 5호
1963. 12	시	분화(焚火)	사상계 11권 12호
1964. 4	시	당신에게	여상
1964. 5	시	도박(賭博)	현대문학 통권 113호
1964. 5	시	수렵(狩獵)	문학춘추 1권 2호
1964. 7	시	꿈	사상계 12권 7호
1964. 11	산문	현대시와 서정의 문제	문학춘추 1권 8호
1965. 2	시	나들이	문학춘추 2권 2호
1965. 5	시	남산(南山)에서	신동아 9호
1965. 9. 30	산문	신문학 이후의 수필 정리	조선일보
1965. 10	시	꽃과 노인(老人)	시문학 7호
1965. 10. 26	시	가을의 연가(戀歌)	대한일보
1966. 2	시	배가 나와 시를 못 쓴다	시정신 5집
1966. 2. 19	시	우수(雨水)	대한일보
1966. 2. 24	시	봄맞이	동아일보
1966. 4	시	나의 피	현대문학 통권 136호
1966. 4	시	현대시론(現代詩論)	세대 4권 4호
1966. 6	시	춘한(春恨)	문학 1권 2호
1966. 6	산문	인물 데상 ― 김현승	현대문학 통권 138호
1966. 7	시	파고다 공원	시문학 16호
1966. 10	시	가을과 호수	사상계 14권 8호
1967. 1	산문	시의 이해와 지도 ― 중고 교과서를 중심으로	새교육 19권 1호
1967. 3	산문	시의 이해와 지도 ― 국어 교과서를 중심으로	새교육 19권 3호

발표일	분류	제목	발표지
1967. 3	시	설리춘(雪裡春)	신동아 31호
1967. 10. 14	시	낙엽길	경향신문
1967. 11	편저	언제까지나: 영원한 한국의 시	한림출판사
1967. 11. 28	산문	화제의 파계승, 고은	경향신문
1967. 12	시	강강술래	현대문학 통권 156호
1968	가곡	강강(술래)	백병동 작곡
1968. 5	시	여수(旅愁)	사상계 16권 5호
1968. 6	산문	무기교 상태의 기교라야 최고다	월간문학 2권 6호
1968. 8	시	삼등열차(三等列車)	현대문학 통권 164호
1968. 10. 10	시	슬픈 우상(偶像)	동아일보
1968. 10. 10	산문	동아시단 —— 우상과 영웅에 대한 연민	동아일보
1968. 11	시	잔월(殘月)	월간 1권 1호
1969. 1	시	잡가(雜歌)	현대문학 통권 169호
1969. 11. 22	시	격문(檄文)	동아일보
1969. 12	산문	순문예지의 시란(詩欄)은 빛을 잃어 간다	월간문학 2권 12호
1970. 1	시	금지 구역	현대문학 통권 181호
1970. 1	산문	시단의 문제작	월간문학 3권 1호
1970. 11	산문	문단기화론(文壇奇火論)	세대 8권 11호
1970. 12	산문	가을은 시가 여무는 달	월간문학 1권 12호
1971. 2	시	바다	예술서라벌 6호
1971. 4	시	산조(散調)	현대시학 3권 4호
1971. 8	산문	수혈하듯 작품을 썼다	현대문학 통권 200호

발표일	분류	제목	발표지
1971. 9	산문	나의 시작 노트 — 변모	시문학 2호
1971. 11	시	산(山)	시문학 4호
1972. 2	시	산	시문학 7호
1972. 5	시	김포공항(金浦空港)/ 내 유품(流品)은	지성
1972. 8	시	길풀과 별 2호	
1972. 8	시	못	월간문학 5권 8호
1972. 11	시	숲	현대문학 통권 215호
1973. 4. 14	시	한 III	동아일보
1973. 10	시	오수(午睡)	문학사상 13호
1973. 12	시	모란(牡丹)	월간문학 6권 9호
1974. 7	시	꽃	현대문학 통권 235호
1974. 7	시	고향	시문학 36호
1974. 12. 21	합창	강강술래(황병기 작곡)	국립극장소극장
1975. 4	시	사나이는	현대문학 통권 244호
1975. 7	시	독백	월간문학 77호
1976. 5	시	휘파람/안히리/여수(旅愁)	현대문학 통권 257호
1976. 6	시	전에 없던 일	한국문학 32호
1976. 8	시	비문(碑文)	월간문학 90호
1977. 8	시	우리들의 가난은	현대문학 통권 272호
1978. 8	시	산조여록(散調餘錄) 1 — 병상 일기(病床日記)	현대문학 통권 284호
1978. 9	시	산조여록 2 — 창/길/피에로	현대문학 통권 285호
1978. 10	시	산조여록 3 — 북암(北庵)/ 남도창(南道唱)/사모곡(思母曲)	현대문학 통권 286호

발표일	분류	제목	발표지
1978. 11	시	산조여록 4 — 시론(詩論)/들녘에서/김포공항	현대문학 통권 287호
1978. 12	시	산조여록 5 — 자다가 일어나/눈물/고향	현대문학 통권 288호
1979. 1	시	산조여록 6 — 기도/섣달/모일(某日)/참선	현대문학 통권 289호
1979. 1	시	만월	한국문학 7권 1호
1979. 2	시 선집	산조	우일문화사
1979. 2	시	산조여록 7 — 낙일(落日)/귀로/손	현대문학 통권 290호
1979. 3	시	산조여록 8 — 무제/남도(南道) 가락/이토록 애절한 정을	현대문학 통권 291호
1979. 4	시	대부의 가훈/누가누가 더 클까/새타령/날-굿이	현대문학 통권 292호
1979. 4	시	엽신(葉信)	한국문학 7권 4호
1979. 5	소설	빛에 싸인 군무(群舞)	문예비평사
1980. 5	시집	산조여록	서래헌
1982. 11	산문집	그 두려운 영원에서	태창문화사
1987. 11	시집	이동주 시집	범우사
1993. 11	소설	실명 소설로 읽는 현대 문학사	현대문학
1996	음반	강강술래(이미현 작곡)	예당음향
2010. 12	시 전집	이동주 시 전집	현대문학
2014. 5	시선집	이동주 시선	지식을만드는지식

작성자 이재복 한양대 교수

조지훈 시의 미학적 원천 연구

청각성과 존재성의 미학을 중심으로

오형엽 | 고려대 교수

1 서론

조지훈(1920~1968)은 1939년《문장》에 「고풍의상(古風衣裳)」과 「승무(僧舞)」가, 1940년에 「봉황수(鳳凰愁)」가 정지용에 의해 추천되어 등단했으며, 『청록집』(1946), 『풀잎단장(斷章)』(1952), 『조지훈 시선』(1956), 『역사 앞에서』(1959), 『여운(餘韻)』(1964) 등의 시집을 간행했다. 또한 그는 시론집 『시의 원리』(1953)를 비롯한 문학론, 수필집 『지조론』(1962) 등의 에세이, 그리고 『한국 문화사 서설』(1964)을 비롯한 민족문화학 연구서를 집필하는 등 다방면의 활동을 보여 주었다. 1968년 조지훈이 영면한 이후 시를 포함한 그의 저술들을 모아 전 7권의 『조지훈 전집』(일지사, 1973)이 간행되었고, 다시 전 9권의 『조지훈 전집』(나남출판, 1996)이 간행되었다.[1] 조지

---

1) 조지훈의 등단과 저서 소개는 졸고, 「조지훈 시의 청각적 이미지와 시 의식」, 《한국언어문화》 40집, 한국언어문화학회, 2009a, 128쪽 참고.

훈은 시인이자 민족문화학의 초석을 닦은 학자이며 사회적·역사적 현실에 적극적으로 개입하는 실천적 지성인이기도 했다. 조지훈은 왕성한 시창작 활동 못지않게 민속학과 역사학을 두 축으로 하는 민족문화학 연구를 개척했으며, 1950년 한국 전쟁에 종군 기자로 참전하고 1960년 4·19 혁명을 위시한 역사의 흐름에 개입하는 등 행동하는 지성의 표본을 보여 주었다. 이처럼 전인적 인격으로 다방면에 선구적 자취를 남긴 조지훈의 문학적·학문적·사회적 업적은 그동안 수많은 연구의 대상이 되어 왔는데, 이 글은 조지훈의 시 세계[2]를 중심으로 고찰을 진행하고자 한다.

조지훈의 시에 대한 선행 연구들을 주제나 관점별로 유형화하여 정리해 보자. 선행 연구의 범주를 시적 변모에 따르는 순차적 범주와도 결부시킨다면, 조지훈의 시를 생애·학문·한국적 미의식·사상 등의 종합적 관점에서 고찰하는 연구,[3] 조지훈 시에 대한 문학사적·계보적 연구,[4] 「지옥기」 시편 및 등단작을 비롯한 초기 시에 대한 연구,[5] 「고풍의상」·「승무」 등으로 대표되는 민족 정서 및 선(禪)적 세계에 대한 연구,[6] 서경시·생태시·서

---

2) 조지훈의 작품 세계를 시적 변모를 따라 순차적으로 범주화한다면, 크게 다음의 7가지 유형을 설정할 수 있다. 습작 시기의 작품과 그에 혈맥이 닿는 작품들인 「지옥기(地獄記)」 시편, 《문장》의 추천을 받을 무렵 「고풍의상」, 「승무」 등으로 대표되는 민족 정서에 대한 애착과 사라져 가는 것에 대한 애수의 세계, 선미(禪味)와 관조에 초점을 두고 슬픔이 배제된 서경시(敍景詩)의 세계, 낙향 중의 방랑 시편으로서 한만(閑漫)한 동양적 정서의 세계, 「풀잎단장」으로 대표되는 자연과 인생, 사랑과 미움에 대한 고요한 서정의 세계, 해방·한국 전쟁·4·19 혁명 등 한국 현대사의 흐름에 지사적 정신으로 개입하는 사회 시편, 귀로(歸路)의 정서에 기대어 휴식의 여훈을 남기는 제4시집 『여운』 이후의 시편 등이 그것이다.

3) 김인환, 「조지훈론」, 『다른 미래를 위하여』(문학과지성사, 2003), 124~165쪽.

4) 김종길, 「지훈시의 계보」, 『조지훈 연구』(고려대 출판부, 1978), 9~18쪽; 오세영, 「지훈 시의 문학사적 위치」, 《민족문화연구》 22호, 고려대 민족문화연구소, 1989, 23~54쪽.

5) 김흥규, 「조지훈의 초기작 「지옥기」 시편에 대하여」, 『한국 현대시사 연구』(일지사, 1983), 523~532쪽; 김명인, 「지훈 시의 초기 시고(考)」, 《경기어문학》 7집, 경기대 국어국문학회, 1986, 216~219쪽; 엄성원, 「조지훈의 초기 시 연구」, 《한국문학이론과비평》 35집, 한국문학이론과비평학회, 2007, 59~83쪽; 최동호, 「조지훈의 등단 추천작과 그 시적 전개」, 《한국시학연구》 28호, 한국시학회, 2010, 389~411쪽.

정시·향가와의 관련성 등 시의 양식적 특성에 대한 연구,[7] 이미지와 시적 상상력에 대한 연구,[8] 운율적 특성에 대한 연구[9] 「범종(梵鐘)」을 비롯한 후기 시에 대한 연구,[10] 조지훈의 한시에 대한 연구,[11] 다른 시인과의 상호 텍스트성 연구[12] 등을 들 수 있고, 조지훈 시에 대한 종합적 연구로서 학위 논문[13]에 이르기까지 광범위한 영역에서 조지훈의 시 세계가 규명되어

6) 김동리, 「자연의 발견」, 『문학과 인간』(청춘사, 1952), 69쪽; 오탁번, 「지훈 시의 의미와 이해」, 『현대 문학 산고』(고려대 출판부, 1976), 177~178쪽; 정한모, 「초기 작품의 시 세계」, 『조지훈 연구』(고려대 출판부, 1978), 21~22쪽; 서준섭, 「불교적 소재의 시적 변용과 그 의미」, 『한국 대표시 평설』, 정한모·김재홍 편(문학세계사, 1983), 252~258쪽.

7) 김문주, 「조지훈의 '서경시'에 함축된 시적 전통의 성격」, 《한국문학이론과비평》 35집, 한국문학이론과비평학회, 2007, 9~29쪽; 김옥성, 「조지훈의 생태시학과 자아실현」, 《한국문학이론과비평》 37집, 한국문학이론과비평학회, 2007, 199~224쪽; 이승원, 「조지훈 시의 내면 구조」, 『20세기 한국 시인론』(국학자료원, 1997), 295~309쪽: 박노준, 「사라진 것에 대한 향가와 조지훈 시의 정서」, 『향가여요종횡론』(보고사, 2014).

8) 김기중, 「지훈 시의 이미지와 상상적 구조」, 《민족문화연구》 22호, 고려대 민족문화연구소, 1989, 23~54쪽; 박남희, 「조지훈 시의 유기체적 상상력 연구」, 《한국문예비평연구》 24집, 한국현대문예비평학회, 2007, 5~28쪽; 송기한, 「조지훈 시의 유랑 의식 연구」, 《한중인문학연구》 23집, 한중인문학회, 2008, 19~39쪽; 이희중, 「조지훈 시의 애상성 연구」, 《비평문학》 30호, 한국비평문학회, 2008, 131~152쪽; 졸고, 「조지훈 시의 청각적 이미지와 시 의식」, 《한국언어문화》 40집, 한국언어문화학회, 2009a, 127~158쪽; 서철원, 「조지훈 시의 헤테로토피아 양상 연구」, 《비평문학》 70호, 한국비평문학회, 2020, 125~155쪽.

9) 조창환, 「조지훈 초기 시의 운율과 구조」, 《한국문예비평연구》 25집, 한국현대문예비평학회, 2008, 5~28쪽.

10) 김윤식, 「심정의 폐쇄와 확산의 파탄」, 『한국 현대 작가 논고』(일지사, 1974); 『조지훈 연구』, 앞의 책, 134~152쪽; 송재영, 「조지훈론」, 『조지훈 연구』, 앞의 책, 153~172쪽; 최동호, 「조지훈의 「승무」와 「범종」」, 『평정의 시학을 위하여』(민음사, 1991), 66~84쪽.

11) 최태호, 「지훈의 한시 연구」, 《한국학논집》 36집, 근역한문학회, 2013, 285~305쪽.

12) 고형진, 「조지훈의 「완화삼」과 박목월의 「나그네」의 상호 텍스트성 연구」, 《한국문예비평연구》 42집, 한국현대문예비평학회, 2013, 133~160쪽.

13) 박호영, 「조지훈 문학 연구」, 서울대 박사 학위 논문, 1988; 서익환, 「조지훈 시 연구」, 한양대 박사 학위 논문, 1989; 김기중, 「청록파 시의 대비 연구」, 고려대 박사 학위 논문, 1990; 최승호, 「1930년대 후반기 시의 전통 지향적 미의식 연구」, 서울대 박사 학위 논문, 1994.

왔다.[14) 이 글은 선행 연구의 성과들을 토대로 조지훈 시의 미학적 원천에 대해 새로운 관점의 탐색을 시도하고자 한다. 조지훈 시의 미학적 특성으로서 지금까지 주로 시각적 이미지에 의한 회화적 상상력과 색채·풍경·율동 등에 대한 묘사가 중시되어 왔지만, 이것을 원천적으로 뒷받침하면서 동시에 그것과 혼용되는 음악적 선율에도 주목해야 한다고 필자는 주장한 바 있고,[15) 그 연장선에서 조지훈 시의 청각적 이미지를 '자연의 소리', '악기의 소리', '침묵' 등의 세 가지 계열로 구분하고 시 의식과의 상관성을 고찰한 바 있다.[16) 이 글은 이 두 연구를 토대로 조지훈 시의 미학적 특성과 그 원천에 대해 좀 더 예각적으로 고찰하고자 한다.

이 글은 조지훈의 시 세계를 선행 연구들이 주로 제시한 시각성의 미학을 보완하기 위해 청각성의 미학과 존재성의 미학이라는 두 가지 층위에서 고찰하고, 이 둘이 결합되면서 상호 조응하는 양상을 통해 조지훈 시의 미학적 원천에 근접하고자 한다. 이를 위해 조지훈 시의 청각성의 미학으로서 '소리의 배음'과 '적막의 여운'을 추출하고 존재성의 미학으로서 '밤의 아우라'와 '승화의 거점'을 추출한 후, 이 두 가지 미학이 결합되면서 상호 조응하는 양상을 통해 조지훈 시의 미학적 원천을 규명하려 한다. 그동안 선행 연구에서 조지훈 시의 미학은 주로 「고풍의상」·「승무」 등의 민족 정서에 대한 애착과 애수의 세계, 선미와 관조에 초점을 두는 서경시 등에 대한 탐구를 통해 시각적 형상화에 의한 색채·형태·풍경·율동 등의 묘사가 중심을 이루어 왔다. 이 글은 이러한 시각성의 미학을 표면적 미학으로 인정하면서도 심층적인 영역에서 원천으로 작용하여 표면적 미학을 생성시키는 동시에 그것과 혼용되는 특성을 '소리'가 '적막'과 결부되는 청각성의 미학에서 발견하고, 이를 토대로 조지훈 시의 첫 번째 미학적 원천을

---

14) 조지훈 시의 선행 연구에 대한 검토는 졸고, 앞의 글, 2009a, 129~130쪽 참고.

15) 졸고, 「매체와 시적 시선 — 1960년대 시의 문화 인식」, 《서정시학》 2009 봄호, 서정시학, 2009b, 29~50쪽.

16) 졸고, 앞의 글, 2009a, 127~158쪽.

'소리의 배음'과 '적막의 여운'이라는 개념으로 해명하고자 한다. 한편 그 동안 선행 연구에서 조지훈 시의 미학은 핵심적인 상징들 중에서 '꽃'·'촛 불'·'별' 등의 해석을 동반하며 진행되었는데, '밤'에 대해서는 주목하지 않 거나 단순히 시간적 배경이나 어두운 현실이라는 통상적인 의미로 해석되 어 왔다. 이 글은 이러한 해석 방식에 이의를 제기하면서, '밤'의 상징이 보 다 심층적인 영역에서 미학적 원천을 이루면서 시각성의 미학 및 청각성의 미학뿐 아니라 '세속적 욕망의 승화와 초월'을 가능케 하는 시적 주체의 존 재론적 상황이자 미학적 거점(據點)이라는 사실을 확인하고, 이를 토대로 조지훈 시의 두 번째 미학적 원천을 '밤의 아우라'와 '승화의 거점'이라는 개념으로 해명하고자 한다. 그리고 이 두 가지 특성이 결합되면서 상호 조 응하는 양상을 통해 조지훈 시의 미학적 원천을 규명하고자 한다.

2 청각성의 미학 ─ 소리의 배음(背音)과 적막의 여운

제1시집 『청록집』(1946)에 수록된 「봉황수(鳳凰愁)」는 조지훈이 《문장》 의 추천을 받을 무렵 민족 전통에 대한 애착과 애수의 세계를 보여 주는 동시에, 나라 잃은 슬픔을 장엄한 어조로 진술한다는 점에서 지사적 풍모 가 잘 나타난다.

벌레 먹은 두리기둥 빛 낡은 丹靑 풍경 소리 날러간 추녀 끝에는 산새도 비들기도 둥주리를 마구 쳤다. 큰 나라 섬기다 거미줄 친 玉座 위엔 如意珠 희롱하는 雙龍 대신에 두 마리 봉황새를 틀어 올렸다. 어느 땐들 봉황이 울 었으랴만 푸르른 하늘 밑 鼇石을 밟고 가는 나의 그림자. 佩玉 소리도 없었 다. 品石 옆에서 正一品 從九品 어느 줄에도 나의 몸 둘 곳은 바이 없었다. 눈물이 속된 줄을 모를 량이면 봉황새야 九天에 呼哭하리라.

　　　　　　　　　　　　　　　　　　　　　　── 「봉황수」(1939)[17]

이 시는 주제 의식의 측면에서 민족 전통에 대한 애착, 사라져 가는 것에 대한 애수뿐 아니라 나라 잃은 회한, 위정자의 사대주의에 대한 비판 등을 표현한다는 점에서, 조지훈의 등단작이면서도 시 세계 전체를 관통하는 전반적 특성을 함축하고 있다. 반면 이 시의 특이성은 시적 형태 및 어법의 측면에서 산문시 및 진술을 구사하는 점에서 발견된다. 조지훈이 『청록집』에 수록한 12편의 작품들 중 이 한 편만이 산문시 형태이고, 이후 시편들에서도 산문시가 간헐적으로 나타난다는 점에서, 조지훈의 시 세계에서 산문시가 가지는 위상을 점검할 필요가 있다. 제2시집인 『풀잎단장』의 「풀밭에서」(1949)와 「절정」(1949), 제3시집인 『조지훈 시선』의 「지옥기」(1952)와 「손」(1948) 등의 산문시들을 살펴보면, 공통적으로 추상적이고 관념적인 내용을 직설적인 진술로 표현하는 어법을 보여 주는데, 그 방식은 대부분 의식과 무의식이 교차하는 내면적 흐름을 제시하고 있다. 조지훈의 시 세계에서 민족 정서 및 선적 세계, 서경시, 서정시 등에서 자유시가 주류를 이루면서 산문시가 실험적으로 시도되는 것은, 시적 기법 및 어법의 측면에서 시각적 이미지를 통한 색채·형태·풍경·율동 등의 묘사가 중심을 이룬다는 사실과 연관될 수 있다. 요약하면, 시적 형태 및 어법의 측면에서 조지훈 시의 주류를 이루는 것은 자유시와 묘사인데, 이때 묘사는 시각적 이미지를 활용하여 회화적으로 형상화하는 기법을 동반한다. 인용한 시의 경우는 전반부의 장면 묘사가 후반부에서 화자의 내면 정서 표출로 이어지면서 시적 어법이 묘사에서 진술로 전이되는 과정을 보여 준다.

그런데 이 시에서 색채·형태·장면 등의 시각적 묘사와 함께 청각적 이미지의 묘사가 중요한 비중을 차지한다는 점에 주목할 필요가 있다. "벌레 먹은 두리기둥 빛 낡은 단청", "여의주 희롱하는 쌍용 대신에 두 마리 봉황새", "푸르른 하늘 밑 추석을 밟고 가는 나의 그림자" 등의 시각적 이미지

17) 조지훈, 『조지훈 전집 1 ─ 시』(나남출판, 1996), 25쪽. 이하 이 글에서 다루는 조지훈의 시는 모두 이 책에서 인용하고, 괄호 안에 창작 연도를 표시한다.

들은 민족적 전통 및 권위에 대한 애착과 그 상실에 대한 회한이라는 주제를 표현하는 효과적인 형상화 방식이지만, "풍경 소리 날러간 추녀 끝"에서 "어느 땐들 봉황이 울었으랴만", "패옥 소리도 없었다" 등을 거쳐 "눈물이 속된 줄을 모를 량이면 봉황새야 구천에 호곡하리라"에 이르는 청각적 이미지들도 중요한 형상화 방식으로 제시된다. 시각적 이미지의 묘사가 전통이 상실되고 훼손된 흔적을 제시한다면, 청각적 이미지의 묘사는 그것에 대한 회한과 염원까지 제시하고 있다. 조지훈의 시에서 청각적 이미지의 묘사가 차지하는 중요성은 선행 연구들에서 간과되어 왔는데, 후기 시에 속하는 다음의 시를 통해 청각성의 미학에 대해 검토해 보기로 하자.

무르익은 果實이
가지에서 절로 떨어지듯이 종소리는
虛空에서 떨어진다. 떨어진 그 자리에서
종소리는 터져서 빛이 되고 향기가 되고
다시 엉기고 맴돌아
귓가에 가슴속에 메아리치며 종소리는
웅 웅 웅 웅 웅……
三十三天을 날아오른다 아득한 것.
종소리 우에 꽃방석을
깔고 앉아 웃음짓는 사람아
죽은 者가 깨어서 말하는 時間
산 者는 죽음의 神秘에 젖은
이 텅하니 비인 새벽의
空間을
조용히 흔드는
종소리
너 향기로운

果實이여!

── 「범종(梵鐘)」(1964)[18]

  제5시집 『여운』(1964)에 수록된 「범종」은 조지훈의 시의 구조화 원리를 이루는 묘사적 기법을 선명하게 보여 준다. 이 시는 초기 시인 「승무」와 함께 민족적 전통 및 선적 상상력을 보여 주는 후기 시의 대표작으로 평가될 수 있다. 하강과 상승, 비움과 충만이 상호 교차되는 우주적 생성론의 차원, 혹은 유와 무를 통합하는 불교적 상상력의 차원을 소리와 빛과 향기로 가득 찬 시적 감각의 구도 속에 완벽하게 결합하고 있기 때문이다. 여기에서 중요한 부분은 '범종'이 근본적으로 시각적 형태가 아니라 청각적 소리로서 인식되고 있다는 점이다. 작품의 전체적 구성은 네 개의 문장으로 이루어지는데, 각 문장의 주어가 공통적으로 '종소리'라는 점을 주목할 수 있다. 이 시의 기본적 구도는 "종소리"를 "과실"에 비유함으로써, 청각적 이미지("종소리")가 시각적 이미지("빛")와 후각적 이미지("향기")로 전이되는 변용의 과정으로 이루어진다. "과실"로 비유된 "종소리"의 하강과 상승, "죽은 자"와 "산 자", "깨어서 말하는 시간"과 "죽음의 신비"가 상호 교차되는 "텡하니 비인 새벽의/ 공간"은 조지훈 시 의식의 원형질을 함축하고 있으며, 우주적 생성론이라는 주제 의식이 감각과 사유의 조화 가운데 변증법적으로 통일되어 있다.

  앞에서 분석한 두 편의 시, 즉 조지훈의 등단작인 「봉황수」(1939)와 마지막 시집 『여운』에 수록된 「범종」(1964) 사이에는 25년의 시간적 격차가 존재한다. 조지훈 시 세계의 거의 전체를 관통하는 여정 동안 큰 비중을 차지하는 미학적 방법론은 표면적 미학인 시각적 이미지의 묘사를 원천에서 뒷받침하면서 동시에 그것과 혼용되는 심층적 미학으로서 청각적 이미지의 묘사이며, 따라서 소리나 선율은 민족적 전통에 대한 애착과 그 상실

───────────────

18) 위의 책, 219쪽.

로 인한 애수, 죽음과 탄생이 상충하면서 생성시키는 공허와 무한의 세계 등을 형상화하는 미학적 원천으로서 작용한다고 볼 수 있다. 이 가설을 검증하기 위해서 제2시집 『풀잎단장』에 수록된 「앵음설법(鶯吟說法)」(1941)과 제3시집 『조지훈 시선』에 수록된 「대금」(1947)을 차례로 살펴보자.

벽에 기대 한나절 조을다 깨면 열어제친 窓으로 흰 구름 바라기가 무척 좋아라

老首座는 오늘도 바위에 앉아 두 눈을 감은 채로 念珠만 센다

스스로 寂滅하는 宇宙 가운데 몬지 앉은 經이야 펴기 싫어라

篆煙이 어리는 골 아지랑이 피노니 떨기남에 우짖는 꾀꼬리 소리

이 골안 꾀꼬리 고운 사투린 梵唄 소리처럼 琅琅하고나

벽에 기대 한나절 조을다 깨면 지나는 바람결에 속잎 피는 古木이 무척 좋아라

—「앵음설법」(1941)[19]

이 시에서 수행승으로 보이는 화자는 "두 눈을 감은 채로 염주만" 세는 "노수좌"와는 달리, "흰 구름"과 "바람결"과 "고목"으로 형상화되는 자연의 풍경을 완상(玩賞)한다. "고목"에 "속잎 피는" 모습, 즉 생명이 발현하는 자연 현상의 근원적 자리에는 "스스로 적멸하는 우주"가 존재한다. "적멸"은 일체의 번뇌에서 해탈한 불생불멸(不生不滅)의 높은 경지인 '열반(涅

---

19) 위의 책, 62쪽.

槃)'을 의미하므로, "적멸하는 우주"는 세속적 욕망의 고뇌와 갈등에서 벗어난 우주적 무한의 세계라고 볼 수 있다. 무(無)인 동시에 충만한 무한의 세계는 "흰 구름"과 "바람"의 이동을 통해 근접할 수 있는 세계인데, 화자는 "속잎 피는 고목"을 통해 불완전하게나마 그 세계를 엿볼 수 있다. 이러한 인간적 노력과 한계가 "꾀꼬리 고운 사투린 범패 소리처럼 낭낭"하다는 표현에서 중첩되어 형상화된다. "꾀꼬리" 소리와 "범패 소리"는 공통적으로 세속적 욕망의 고뇌와 갈등을 정신적 승화를 통해 해소함으로써 우주적 생명의 근원에 근접하려는 노력 및 그 불완전성이라는 의미 맥락을 가지기 때문이다.[20] 특히 주목할 만한 부분은 주제 의식을 형상화하는 방식이 표면적으로 "흰 구름"과 "속잎 피는 고목"의 시각적 이미지로 형상화되지만, 더 핵심적인 위상을 차지하는 것은 "꾀꼬리" 소리와 "범패 소리"라는 청각적 이미지라는 점과, 이 청각적 이미지를 "적멸하는 우주"의 "적막" 가운데 묘사함으로써 유현(幽玄)한 깊이를 배후에서 발생시킨다는 점이다.

어디서 오는가
그 맑은 소리

처음도 없고
끝도 없는데

샘물이 꽃잎에
어리우듯이,

촛불이 바람에

---

20) 졸고, 앞의 글, 2009a, 137~138쪽 참고.

흔들리누나

永遠은 귀로 들고
刹那는 눈앞에 진다

雲霄에 문득
기러기 울음

사랑도 없고
悔恨도 없는데

無始에서 비롯하여
虛無에로 스러지는

울리어 오라
이 슬픈 소리

—「대금(大笒)」(1947)²¹⁾

이 시는 그동안 선행 연구들에서 분석 대상이 되지 못했지만, 조지훈
시의 핵심적인 주제와 그것을 형상화하는 미학적 방식이 결부되어 나타난
다는 점에서 주목할 만하다. 화자는 "어디서 오는"지 알 수 없고 "처음도"
"끝도 없는" "맑은 소리"를 들으며 "촛불이 바람에/ 흔들리"는 모습을 본
다. "대금" 소리의 청각적 이미지와 "촛불"의 시각적 이미지가 조응하는
양상인데, "영원은 귀로 들고/ 찰나는 눈 앞에 진다"라는 문장이 조지훈
시의 주제 의식과 그 형상화 방식을 동시에 응축한다. 조지훈의 시 세계에

---

21) 조지훈, 앞의 책, 118~119쪽.

서 "찰나"는 삶의 충동과 세속적 욕망이 교차하는 현실적 고뇌 및 유한의 세계와 연관되고, "영원"은 정신적 정화와 승화를 통해 지향하는 형이상학적 무한의 세계와 연관된다. 따라서 시인이 현실에서 경험하는 고뇌 및 유한의 세계는 시각적 이미지로 형상화되면서 "눈앞에" 지듯이 하강의 속성을 가지며 변전되는 반면, 정신적 승화를 통해 지향하는 무한의 세계는 청각적 이미지로 형상화되면서 "귀로 들" 듯이 상승의 속성을 가지며 보존된다. '귀로 듣고'가 아니라 "듣고"라고 표현하는 부분은 시 의식 및 표현의 특이성을 노출하면서 "대금" 소리의 청각적 이미지가 "영원"으로 표현되는 우주적 무한의 세계로 상승하는 지향성을 가짐을 확인시킨다. "듣고"는 "진다"와 대구를 형성하면서 상승과 하강의 대비적 구도를 형성하기 때문이다.

여기에서 중요한 부분은 조지훈 시의 미학적 원천을 이루는 청각적 이미지가 '고요'나 '침묵'에 가까운 '배음'으로 형상화되면서 '적막의 여운'을 형성한다는 점이다. 시의 전반부에서 "대금" 소리는 "어디서 오는"지 알 수 없고 "처음도" "끝도 없는" "맑은 소리"라는 점에서 '배음'으로 형상화되는데, 이로 인해 "샘물이 꽃잎에/ 어리우듯이" "촛불이 바람에/ 흔들리"는 여운의 미학이 형성된다. '소리의 배음'과 '적막의 여운'은 조지훈 시의 심층적 영역에서 미학적 원천을 이루어 시각적 이미지의 묘사라는 표면적 미학을 생성시키는 동시에 전통에 대한 애착과 애수를 동반하면서 우주적 무한의 세계에 대한 염원과 회한을 형상화한다. 시의 후반부에 등장하는 "기러기 울음"이라는 청각적 이미지도 "무시에서 비롯하여/ 허무에로 스러지는" 세계, 즉 무인 동시에 충만한 무한의 세계로 진입하는 "슬픈 소리"로 형상화되고 있다. 이 점에 주목하여 앞에서 인용한 시들을 재음미하면, 「봉황수」에서 "풍경 소리", "봉황"의 "울"음, "패옥 소리" 등의 청각적 이미지는 침묵의 방식으로 묘사되고, 「범종」에서 "종소리"는 "아득한 것", "텅하니 비인 새벽의/ 공간을/ 조용히 흔드는" 것으로 묘사되며, 「앵음설법」에서 "범패 소리처럼 낭랑한" "꾀꼬리 소리"는 시 전체를 지배하는 "적멸하는 우주"의 적막 속에서 묘사되고 있음을 확인할 수 있다.

3 존재성의 미학 ── 밤의 아우라와 승화의 거점

제1시집 『청록집』에 수록된 「완화삼(玩花杉)」은 조지훈 시의 전체적 의미 구조를 응축하고 있으며, 시적 깊이와 밀도뿐 아니라 형상화의 수준 및 구성적 완결성의 측면에서도 높이 평가할 수 있는 작품이다.

차운 산 바위 우에
하늘은 멀어
산새가 구슬피
우름 운다

구름 흘러가는
물길은 七百里

나그네 긴 소매
꽃잎에 젖어
술 익는 강마을의
저녁노을이여

이 밤 자면 저 마을에
꽃은 지리라

다정하고 한 많음도
병인 양하여
달빛 아래 고요히

흔들리며 가노니……

—「완화삼 — 목월(木月)에게」(1942)²²⁾

　이 시의 1연에는 전체적 배경으로서 "산 바위"(지상)와 "하늘"(천상)의 이원적 구도가 제시되고, 그 사이에 "우름" 우는 "산새"(생명)가 등장한다. "구슬피/ 우름" 우는 "산새"는 극복할 수 없는 이원적 간극으로 인해 슬픔에 빠지는 존재를 표상한다. 1연이 지상과 천상의 거리를 보여 주는 수직적 구도를 가진다면, 2연은 천상의 "구름"과 지상의 "물길"이 나란히 흘러가는 수평적 구도를 가진다. 3연에는 "나그네"와 더불어 "꽃잎"과 "저녁노을"이 등장한다. "꽃잎"은 조지훈 시의 핵심적 상징들 중 하나로서 생명의 잠재성이 현실화된 모습을 표상하는데, 따라서 "산새"와 "나그네"로 표상되는 시적 주체가 고뇌와 슬픔에 찬 유랑에서 환희와 위안을 얻을 수 있는 대상이다.²³⁾

　이 시에서 중요한 부분은 "산새"의 "우름"이 드러내는 청각적 이미지가 "꽃잎", "저녁노을", "달빛" 등이 형성하는 시각적 이미지를 배후에서 뒷받침하는 미학적 원천이 된다는 점과, "밤"이 내포하는 정체 및 의미이다. "저녁노을"은 일견 "꽃잎"의 절정이자 최후라고 해석할 수 있다. 생명이 자신의 잠재력을 최대한 발휘하는 순간은 절정의 순간이자 죽음에 직면하는 순간이기 때문이다. 그런데 화자는 왜 "이 밤 자면 저 마을에/ 꽃은 지리"라고 예감하는 것일까? "밤" 동안 생명의 잠재성이 현실화된 "꽃잎"이 피어 있는 상태가 유지되다가 아침에 진다면, '밤'이 어떤 상황을 의미하는지 확인할 필요가 있다.

　누구가 부르는 듯
　고요한 밤이 있습니다.

---

22)　위의 책, 34쪽.
23)　졸고, 앞의 글, 2009a, 132~133쪽 참고.

내 영혼의 둘렛가에
보슬비 소리 없이 나리는
밤이 있습니다.

여윈 다섯 손가락을
촛불 아래 가즈런히 펴고

紫檀香 연기에 얼굴을 부비며
울지도 못하는 밤이 있습니다.

하늘에 살아도
우러러 받드는 하늘은 있어
구름 밖에 구름 밖에 높이 나는 새

창턱에 고인 흰 뺨을
바람이 만져 주는
밤이 있습니다.

—「밤」(1942)[24]

   이 시에서 "밤"은 "고요"하고 "보슬비"도 "소리 없이" 내린다. "밤"의
"고요"는 일견 고독과 슬픔의 세계를 형상화하는 듯하지만, 화자가 "영혼
의 둘렛가"에서 무한의 경지를 대면하거나 엿볼 수 있는 존재론적 상황을
의미한다고 해석할 수 있다. "촛불"과 "자단향 연기"가 "우러러 받드는 하
늘", 즉 궁극적 무한의 세계를 염원하는 화자의 태도를 암시한다면, "울지
도 못하는" 것은 현세적 갈등과 고뇌를 정화하고 무한의 세계로 진입하는

---

24) 조지훈, 앞의 책, 51쪽.

것이 고통스럽고 지난한 일이라는 사실을 말해 준다. 5연에서 "하늘에 살아도/ 우러러 받드는 하늘"이 "있어" 구름 밖"으로 "높이" 나는 "새"는, 화자의 또 다른 자아로서 "나그네"의 한계를 넘어 무한의 세계에 근접하는 존재라고 간주할 수 있다. 6연의 "바람"은 "구름 밖"으로 날지 못하는 화자의 "창턱에 고인 흰 뺨"을 위로함으로써 화자와 "새" 사이의 간극을 연결하는 이미지라고 볼 수 있다.[25]

「완화삼」에서 "달빛 아래 고요히/ 흔들리며 가"는 화자와 함께 "꽃잎"의 개화가 유지되는 "밤", 「밤」에서 "구름 밖에 높이 나는 새"와 함께 "촛불"이 존재하는 "밤" 등을 통해 "밤"의 속성을 유추할 수 있다. 두 작품에 등장하는 "꽃"과 "촛불"은 세속적 고뇌와 갈등을 정화하고 승화시켜 정신적 무한의 세계로 진입하려는 상승적 지향성인데, "밤"은 이 지향성을 성립시키는 시적 주체의 존재론적 상황이자 미학적 거점을 의미한다고 볼 수 있다. 조지훈 시에 나타나는 "밤"의 정체와 의미에 근접하기 위해 다음의 작품을 살펴보기로 하자.

꽃이 지기로소니
바람을 탓하랴

주렴 밖에 성긴 별이
하나둘 스러지고

귀촉도 울음 뒤에
머언 산이 닥아서다.

촛불을 꺼야 하리

25) 졸고, 앞의 글, 2009a, 152쪽 참고.

꽃이 지는데

꽃 지는 그림자
뜰에 어리어

하이얀 미닫이가
우런 붉어라.

묻혀서 사는 이의
고운 마음을

아는 이 있을까
저어하노니

꽃이 지는 아침은
울고 싶어라.

— 「낙화(洛花)」(1943)[26]

지금까지 이 시에 대해 많은 분석 및 해석이 행해졌는데, 이 글은 '밤'과 "아침"의 대립적 구도를 중심으로 새로운 해석을 시도해 보고자 한다. 1연의 "꽃", 2연의 "별", 4연의 "촛불" 등은 상호 친연성을 가지는 이미지 계열을 이룬다. "별"이 우주적 무한의 세계와 연결되는 통로를 상징한다면, "꽃"은 생명의 잠재성이 현실화된 존재를 상징하고, "촛불"은 존재가 무한의 세계에 근접하기 위해 시도하는 인간적 정화와 승화를 상징한다고 해석할 수 있다. 따라서 "꽃이 지"고 "별"이 스러지며 "촛불"을 끄는 것은 무

---

26) 조지훈, 앞의 책, 28~29쪽.

한의 세계로 진입하는 연결 고리가 끊어지고 소멸되는 현상인데, "바람을 탓"할 수 없는 이유는 "바람"으로 인해 "꽃이 지"는 것이 아니기 때문이다.[27] 이 시에서 "꽃이 지"는 원인은 "아침"의 도래와 관련성이 깊다고 볼 수 있다. 1연의 "꽃이 지"고 2연의 "별"이 "스러지"며 3연의 "촛불"을 "꺼야 하는" 것은 9연의 "꽃이 지는 아침"에서 보이듯, 모두 "아침"이 오는 상황과 밀접히 연관된다. "별", "촛불" 등과 친연성을 가지는 "꽃"은 "아침"이 오기 때문에 지는데, 이때 발생하는 것이 3연의 "귀촉도 울음"과 9연의 화자의 "울고 싶"은 마음이다.

여기서 중요한 부분은 "묻혀서 사는 이의/ 고운 마음"의 의미와 위상이다. 무한한 생명의 근원과 연결되는 통로인 "별"과 그것에 근접하기 위한 존재의 정신적 승화로서 "꽃" 및 "촛불"은 모두 "밤"의 세계에서 존재한다. 따라서 "밤"은 단순히 시간적 배경이나 어두운 현실이라는 통상적 의미가 아니라, 무한의 세계를 추구하는 "묻혀서 사는 이"의 거처로서 존재론적 상황을 의미하는 것이다. 즉 "묻혀서 사는 이의/ 고운 마음"은 "아침"이 오면 소멸하는 "밤"의 세계이고, "꽃"과 "촛불"이 "별"의 통로를 통해 무한의 세계를 염원하는 화자의 내면 공간이다. 8연의 "아는 이 있을까/ 저어하"는 화자의 두려움은 무한으로 연결되는 이 "밤"의 세계가 화자 내면에 존재하는 은밀한 심층의 세계임을 암시한다. 그렇다면 앞에서 분석한 「완화삼」의 "밤", 「밤」의 "고요한 밤"뿐 아니라 「대금」에서 "촛불"이 등장하는 "밤"도 이와 유사한 주체의 존재론적 상황으로서, 슬픔과 고뇌의 세계에서 우주적 무한의 세계로 비약적으로 진입하는 정화 및 승화의 미학적 거점(據點)을 형성한다고 볼 수 있다.[28] 결국 '밤의 아우라'는 우주적 무한의

---

27) 「앵음설법」의 "바람"("지나는 바람결에 속잎 피는 고목"), 「대금」의 "바람"("샘물이 꽃잎에/ 어리우듯이,// 촛불이 바람에/ 흔들리누나"), 「밤」의 "바람"("창턱에 고인 횐 뺨을/바람이 만져 주는") 등을 참고하면, "바람"은 근원적 생명과 무한의 세계에 근접하는 동력을 제공하기도 하고, 그 정화와 승화의 지향성이 좌절될 때 위안을 주는 모습으로 나타나기도 한다.

28) 졸고, 앞의 글, 2009a, 142쪽 참고.

세계를 추구하는 주체의 존재론적 상황이자 '승화의 거점'이 되면서 조지훈 시의 미학을 배후에서 뒷받침하는 원천을 이루는 것이다.

4 청각성과 존재성의 결합 — '적막 속 소리'와 '밤을 통한 승화'의 상호 조응

조지훈의 시에서 청각성의 미학은 '소리의 배음'과 '적막의 여운'을 중심으로 표면적 미학인 시각성의 미학을 생성시키는 동시에 그것과 혼융되면서 전통에 대한 애착과 애수, 무한의 세계에 대한 염원과 회한 등을 형상화한다. 그리고 존재성의 미학은 '승화의 거점'인 '밤의 아우라'를 중심으로 무한의 세계를 추구하는 주체의 존재론적 상황으로 형상화된다. 이 두 가지 심층적 미학 즉 '적막 속 소리'와 '밤을 통한 승화'가 결합되어 상호조응함으로써 조지훈 시의 미학적 원천을 이룬다.

> 하늘로 날을 듯이 길게 뽑은 부연 끝 풍경이 운다
> 처마 끝 곱게 늘이운 주렴에 半月이 숨어
> 아른아른 봄밤이 두견이 소리처럼 깊어 가는 밤
> 곱아라 고아라 진정 아름다운지고
> 파르란 구슬빛 바탕에 자주빛 호장을 받친 호장저고리
> 호장저고리 하얀 동정이 환하니 밝도소이다
> 살살이 퍼져나린 곧은 선이 스스로 돌아 曲線을 이루는 곳
> 열두 폭 기인 치마가 사르르 물결을 친다
> 초마 끝에 곱게 감춘 雲鞋 唐鞋
> 발자취 소리도 없이 대청을 건너 살며시 문을 열고
> 그대는 어느 나라의 古典을 말하는 한 마리 蝴蝶
> 蝴蝶인 양 사푸시 춤을 추라 蛾眉를 숙이고……
> 나는 이 밤에 옛날에 살아 눈 감고 거문곳줄 골라 보리니

가는 버들인 양 가락에 맞추어 흰 손을 흔들어지이다

—「고풍의상」(1939)[29]

시적 화자는 일차적으로 중심 제재인 "호장저고리"의 색채와 "선" 등 외관을 묘사하면서 "춤"의 율동을 권유한다. 기(1~3행) — 승(4~8행) — 전(9~12행) — 결(13~14행)의 구성 속에서 '승'과 '전'에 해당하는 부분이 "고풍의상"의 외관에 대한 시각적 묘사와 춤에 대한 권유를 표현하는 부분이다. 여기에서 주목할 부분은 '기'와 '결'에 제시된 일련의 청각적 이미지의 특성이다. "풍경이 운다", "두견이 소리" 등의 자연의 소리(기)와 "거문곳줄", "가락에 맞추어" 등의 악기의 선율(결)은 의상에 대한 시각적 묘사(승)와 춤에 대한 권유(전)를 발생시키는 미학적 원천인 동시에, 이러한 풍경 및 율동과 분리되지 않고 혼용되어 조지훈 시의 미학적 구조를 완성시키는 중요한 요소로 작용한다.[30] 의상의 외관과 춤의 율동에 대한 시각적 묘사를 배후에서 뒷받침하는 미학적 원천인 소리와 선율은 "아른아른 봄밤이 두견이 소리처럼 깊어 가는 밤"에서 보이듯, '적막의 여운'과 결부되어 현묘(玄妙)한 아우라를 생성시킨다. 그래서 "거문곳줄"의 "가락"은 "두견이 소리"와 더불어 유한한 현세적 고뇌와 갈등을 통과하여 무한한 생명의 근원을 추구하는 예술적 노력으로 형상화된다.

또 하나 주목할 부분은 이러한 '소리의 배음'과 '적막의 여운'이 "밤"이라는 시적 주체의 존재론적 상황이자 정화 및 승화의 거점과 긴밀히 결합하여 상호 조응하면서 형상화된다는 점이다. "고풍의상"의 화려한 색채와 우아한 율동에 대한 묘사는 "반월"의 조명에 의해 "곱"고 "아름다"움, "환하"고 "밝"음 등이 현상되지만, "나"가 "이 밤에 옛날에 살아 눈 감고 거문곳줄 골라" 보는 모습을 통해 "밤"이 현실의 고뇌를 예술적으로 정화하는 존재론적 상황이자 승화의 거점이 됨을 확인할 수 있다. 결국 「고풍

---

29) 조지훈, 앞의 책, 26쪽.
30) 졸고, 앞의 글, 2009a, 148쪽 참고.

의상」은 표면적 미학인 외관과 율동에 대한 시각적 묘사뿐 아니라 그것을 배후에서 생성시키는 청각성의 미학인 '소리의 배음'과 '적막의 여운'을 형상화하고, 여기에 시적 주체의 존재론적 상황이자 '승화의 거점'인 '밤의 아우라'까지 형상화한다는 점에서, 조지훈 시의 세 가지 미학이 종합된 작품이라고 볼 수 있다. 「고풍의상」뿐만 아니라 대부분의 연구자와 독자들이 조지훈의 대표작으로 간주하는 「승무」·「낙화」 등의 시를 음미하면 이세 가지 미학적 특성을 종합하는 공통점을 가지는데, 이 글은 이러한 관점에서 조지훈 시의 미학적 원천을 새롭게 규명하려는 목적을 가지고 진행된다. 「승무」를 고찰하기 전에 '적막 속 소리'와 '밤을 통한 승화'가 긴밀히 조응하면서 형상화되는 다음의 작품을 살펴보기로 하자.

다락에 올라서
피리를 불면

萬里 구름ㅅ길에
鶴이 운다

이슬에 함초롬
젖은 풀ㅅ잎

달빛도 푸른 채로
산을 넘는데

물우에 바람이
흐르듯이

내 가슴에 넘치는

차고 흰 구름.

다락에 기대어
피리를 불면

꽃비 꽃바람이
눈물에 어리어

바라뵈는 紫雲山
열두 봉우리

싸리나무 새순 뜯는
사슴도 운다.

—「피리를 불면」(1946)[31]

 이 시의 기본 구도는 화자가 "피리를 불면" "학이" 울고 "사슴도" 우는
장면으로 이루어진다. 화자가 부는 "피리" 소리에 "학"과 "사슴"이 "울음"
으로 화답하는 것이다. 화자의 "피리" 소리는 "만리 구름ㅅ길"을 따라가
는 나그네의 유랑 의식이 지닌 내면적 슬픔과 그 정화를 표현하므로, 이
것에 호응하는 "학"과 "사슴"의 "울음"도 설움과 그 정화의 차원을 내포
한다고 볼 수 있다. "꽃비 꽃바람"은 "꽃"이 지는 장면을 "비" 및 "바람"의
이미지와 결부시키는데, "꽃"이 지는 것은 생명의 본질이자 절정이 추락
하고 쇠락하는 비극적 상황을 암시한다. 따라서 화자가 "눈물에 어리어"
"바라뵈는 자운산"은 신비로운 자연의 세계를 암시하는 동시에, "만리 구
름ㅅ길"과 등가적인 의미 맥락을 가지는 나그네의 유랑 과정을 의미하기

---

31) 조지훈, 앞의 책, 30~31쪽.

도 한다.[32] 이 시는 악기의 선율에 자연의 소리가 호응하면서 조지훈 시의 미학적 원천인 '소리의 배음'과 '적막의 여운'이 전경화되는 양상을 보여 준다. "푸른" "달빛", "흰 구름", "자운산" 등의 색채 감각 및 "꽃비 꽃바람"의 시각적 형상화와 조화를 이루는 "적막 속의 소리"의 세계는 "달빛"에 의해 노출된 '밤의 아우라'에 의해 감싸이면서 시적 주체의 존재론적 상황이자 '승화의 거점'을 배후에서 형성한다.

風流 가얏고에 이는 꿈이 가이없다 열두 줄 다 끊어도 울리고 말 이 心思라.

줄줄이 고로 눌러 맺힌 시름 풀이랐다 머리를 끄덕이고 손을 잠간 슬적 들어

뚱 뚱 뚱 두두 뚱뚱 흥흥 응 두두 뚱 뚱 調格을 다 잊으니 손끝에 피맺힌다.

구름은 왜 안 가고 달빛은 무삼일 저리 흰고 높아 가는 물소리에 靑山이 무너진다.

　　　　　　　　　　　　　　　　　　　　　　—「가야금(伽倻琴)」(1947) 부분[33]

'풍류 가얏고'라는 표현은 "가야금" 연주가 "풍류"와 깊은 관련이 있음을 알려 준다. "풍류"는 "꿈"과도 연결되는데, 여기서 "꿈"은 무엇을 의미하는 것일까? "열두 줄 다 끊어도 울리고 말 이 심사"는 "줄줄이 고로 눌러 맺힌 시름"과 함께 화자의 심정이 설움과 정한(情恨)으로 가득 차 있음을 암시한다. 이 "심사"와 "시름"을 풀어주는 것이 "가야금" 연주이므로, "꿈"은 설움과 정한을 정화시켜 도달하는 궁극적 무한에 대한 갈망이라고 해석할 수 있을 것이다. 이 시도 "가야금"을 연주하는 동작 묘사와 음

---

32) 졸고, 앞의 글, 2009a, 146~147쪽 참고.
33) 조지훈, 앞의 책, 73쪽.

향 묘사를 결부해 형상화하는데, 이 둘의 융합이 음악적 규칙을 뜻하는 "조격(調格)"이라는 시어로써 표현되고 있다. "조격을 다 잊"고 "손끝에 피맺"힐 정도로 연주에 몰입하는 태도는, 현세적 고뇌와 갈등을 정화하고 승화하여 정신적 무한의 세계로 진입하려는 의지를 보여 준다.[34] 악기를 연주하는 동작 묘사는 "흰" "달빛"의 색채 이미지와 결부되고, 음향 묘사는 "물소리"의 "배음"과 결부되어 '적막의 여운'을 조성하는 동시에 "달빛"으로 암시되는 '밤의 아우라'에 의해 감싸이면서 복합적인 미학을 형성한다. '밤의 아우라'는 작품의 배후에서 미학적 원천으로 작용하는 '소리의 배음'과 '적막의 여운'이 악기를 연주하는 동작 및 색채를 묘사하는 시각성의 미학을 파생시키면서 융합되는 과정에서 무한의 세계로 상승하려는 '승화의 거점'으로 작용한다.

　　얇은 紗 하이얀 고깔은 고이 접어서 나빌네라

　　파르라니 깎은 머리 薄紗 고깔에 감추오고
　　두 볼에 흐르는 빛이 정작으로 고와서 서러워라

　　빈 臺에 黃燭불이 말없이 녹는 밤에
　　오동잎 잎새마다 달이 지는데

　　소매는 길어서 하늘은 넓고
　　돌아설듯 날아가며 사뿐이 접어올린 외씨보선이여

　　까만 눈동자 살포시 들어
　　먼 하늘 한 개 별빛에 모도우고

---

34) 졸고, 앞의 글, 2009a, 145쪽 참고.

복사꽃 고운 뺨에 아롱질 듯 두 방울이야
세사에 시달려도 煩惱는 별빛이라

휘여져 감기우고 다시 접어 뻗는 손이
깊은 마음속 거룩한 合掌인 양 하고
이밤사 귀또리도 지새우는 三更인데

얇은 紗 하이얀 고깔은 고이 접어서 나빌네라

─「승무(僧舞)」(1939)[35]

선행 연구들은 이 시를 고찰할 때 주로 시각적 이미지에 초점을 맞추고, 시작 기법에 대한 분석도 풍경이나 율동의 묘사에 치중하고 있다. 시각적 이미지를 중심으로 형상화되는 회화적 기법은 주로 "하이얀"과 "파르라니"의 대비적 색채, "나비"와 "박사"와 "외씨보선"의 형태적 이미지, "두 볼에 흐르는 빛"과 "황촉불"이 "까만 눈동자"와 "별빛"의 대칭적 구도로 전개되는 "빛"의 이미지 등을 중심으로 전개되면서 시의 전면에 등장한다. 그런데 이처럼 시각성의 미학을 토대로 형성되는 표면적 미학의 원천을 이루는 것은 "빈 대에 황촉불이 말없이 녹는"의 "적막"과 "귀또리도 지새우는 삼경"의 "귀또리" 울음소리가 결합되는 청각적 이미지의 유현한 세계이다. '적막의 여운' 속에서 울리는 '소리의 배음'인 "귀또리" 소리는 대비와 조화의 이중적 구도를 이루면서 슬픔과 정화가 길항하는 신비로운 '밤의 아우라'를 형성한다. 이 아우라는 현세의 "번뇌"와 "먼하늘 별빛" 사이의 간극을 더 아득하게 하는 동시에, 이 간극을 견디고 극복하게 하는 어떤 유현한 깊이를 발생시킨다.

따라서 이 시에서 "적막"과 "귀또리" 소리는 "빛"의 시각적 이미지들에

---

35) 조지훈, 앞의 책, 40쪽.

비해 부수적인 이미지인 듯하지만, 사실은 "빛"의 이미지들과 그것이 함축하는 정신적 지향성을 근저에서 생성시키는 발생적 원천이라고 볼 수 있다. '세속적 번뇌'와 그 정화와 승화로서 '별빛에의 지향'이라는 중심 주제는 '적막'의 시공간 속에 개입하는 유일한 청각적 이미지인 "귀또리" 울음소리를 통해 그 현묘(玄妙)한 깊이를 획득하는 것이다.[36] 이 시는 표면적 미학인 풍경이나 율동에 대한 시각적 묘사뿐 아니라 그것을 배후에서 뒷받침하는 청각성의 미학인 '소리의 배음'과 '적막의 여운'을 형상화하고, 여기에 시적 주체의 존재론적 상황이자 '승화의 거점'인 '밤의 아우라'까지 형상화한다는 점에서, 조지훈 시의 세 가지 미학이 종합된 작품이라고 볼 수 있다. 결국 조지훈 시의 미학은 색채·형태·풍경·율동 등의 묘사에 근거하는 표면적 미학인 시각성의 미학, 이것을 배후에서 뒷받침하는 두 가지 미학적 원천인 소리와 적막이 결합된 '적막 속 소리'라는 청각성의 미학, 주체의 존재론적 상황이자 지향인 '밤을 통한 승화'라는 존재성의 미학 등의 세 가지 미학이 유기적으로 종합된 결정체라고 간주할 수 있을 것이다.

5 결론

이 글은 조지훈의 시 세계를 선행 연구들이 주로 제시한 시각성의 미학을 보완하기 위해 청각성의 미학과 존재성의 미학이라는 두 가지 층위에서 고찰하고, 이 둘이 결합되면서 상호 조응하는 양상을 통해 조지훈 시의 미학적 원천에 근접하고자 했다. 이를 위해 조지훈 시의 청각성의 미학으로서 '소리의 배음'과 '적막의 여운'을 추출하고 존재성의 미학으로서 '밤의 아우라'와 '승화의 거점'을 추출한 후, 이 두 가지 미학이 결합되면서 상호 조응하는 양상을 통해 조지훈 시의 미학적 원천을 규명하려 했다. 이 글은 조지훈의 시에서 색채·형태·풍경·율동 등의 묘사에 근거하는 시

---

36) 졸고, 앞의 글, 2009a, 153~154쪽 참고.

각성의 미학을 표면적 미학으로 인정하면서도, 이것을 생성시키는 동시에 그것과 혼융되는 청각성의 미학을 '소리'가 '적막'과 결부되는 양상으로 해명하고, '밤'의 상징이 보다 심층적인 영역에서 시각적 이미지 및 청각적 이미지의 묘사뿐 아니라 '세속적 욕망의 승화와 초월'을 가능케 하는 시적 주체의 존재론적 상황이자 미학적 거점이라는 사실을 확인하고 이를 토대로 존재성의 미학을 해명했다.

조지훈의 시에서 청각성의 미학은 '소리의 배음'과 '적막의 여운'을 중심으로 표면적 미학인 시각성의 미학을 생성시키는 동시에 그것과 혼융되면서 전통에 대한 애착과 애수, 무한의 세계에 대한 염원과 회한 등을 형상화한다. 그리고 존재성의 미학은 '승화의 거점'인 '밤의 아우라'를 중심으로 무한의 세계를 추구하는 주체의 존재론적 상황을 형상화한다. 이 두 가지 심층적 미학, 즉 '적막 속 소리'와 '밤을 통한 승화'가 결합되어 상호 조응함으로써 조지훈 시의 미학적 원천을 이룬다. 「고풍의상」은 표면적 미학인 외관과 율동에 대한 시각적 묘사뿐만 아니라 그것을 배후에서 생성시키는 청각성의 미학인 '소리의 배음'과 '적막의 여운'을 형상화하고, 여기에 시적 주체의 존재론적 상황이자 '승화의 거점'인 '밤의 아우라'까지 형상화한다는 점에서, 조지훈 시의 세 가지 미학이 종합된 작품이라고 볼 수 있다. 「고풍의상」뿐만 아니라 대부분의 연구자와 독자들이 조지훈의 대표작으로 간주하는, 「승무」·「낙화」 등의 시를 음미하면 이 세 가지 미학적 특성을 종합하는 공통점을 가지는데, 이 글은 이러한 관점에서 조지훈 시의 미학적 원천을 새롭게 규명하려는 목적을 가지고 진행되었다.

「승무」에서 '적막'과 '귀또리' '소리'는 '빛'의 시각적 이미지들에 비해 부수적인 이미지인 듯하지만, 사실은 '빛'의 이미지들과 그것이 함축하는 정신적 지향성을 근저에서 생성시키는 발생적 원천이라고 볼 수 있다. '세속적 번뇌'와 그 정화와 승화로서 '별빛에의 지향'이라는 중심 주제는 '적막'의 시공간 속에 개입하는 유일한 청각적 이미지인 '귀또리' 울음소리를 통해 그 현묘한 깊이를 획득하는 것이다. 이 시는 표면적 미학인 풍경이나 율동에 대한 시각적 묘사뿐만 아니라 그것을 배후에서 뒷받침하는 청각성의 미학인 '소리의 배음'과 '적막의 여운'을 형상화하고, 여기에 시적 주체의 존재론적 상황이자 '승화의 거점'인 '밤의 아우라'까지 형상화한다는 점에서, 조지훈 시의 세 가지 미학이 종합된 작품이라고 볼 수 있다. 결국 조지훈 시의 미학은 색채·형태·풍경·율동 등의 묘사에 근거하는 표면적 미학인 시각성의 미학, 이것을 배후에서 뒷받침하는 두 가지 미학적 원천인 소리와 적막이 결합된 '적막 속 소리'라는 청각성의 미학, 주체의 존재론적 상황이자 지향인 '밤을 통한 승화'라는 존재성의 미학 등의 세 가지 미학이 유기적으로 종합된 결정체라고 간주할 수 있을 것이다.

참고 문헌

조지훈, 『조지훈 전집 1 — 시』, 나남출판, 1996

고형진, 「조지훈의 「완화삼」과 박목월의 「나그네」의 상호 텍스트성 연구」, 《한국문예비평연구》 42집, 한국현대문예비평학회, 2013, 133~160쪽

김기중, 「지훈 시의 이미지와 상상적 구조」, 《민족문화연구》 22호, 고려대 민족문화연구소, 1989, 23~54쪽

_____, 「청록파 시의 대비 연구」, 고려대 박사 학위 논문, 1990

김동리, 「자연의 발견」, 『문학과 인간』, 1952

김문주, 「조지훈의 '서경시'에 함축된 시적 전통의 성격」, 《한국문학이론과비평》 35집, 한국문학이론과비평학회, 2007, 9~29쪽

김명인, 「지훈 시의 초기 시고(考)」, 《경기어문학》 7집, 경기대 국어국문학회, 1986, 203~229쪽

김옥성, 「조지훈의 생태시학과 자아실현」, 《한국문학이론과비평》 37집, 한국문학이론과비평학회, 2007, 199~224쪽

김윤식, 「심정의 폐쇄와 확산의 파탄」, 『한국 현대 작가 논고』, 일지사, 1974

_____, 「심정의 폐쇄와 확산의 파탄」, 『조지훈 연구』, 고려대 출판부, 1978

김인환, 「조지훈론」, 『다른 미래를 위하여』, 문학과지성사, 2003

김종길, 「지훈 시의 계보」, 『조지훈 연구』, 고려대 출판부, 1978

김흥규, 「조지훈의 초기작 「지옥기」 시편에 대하여」, 『한국 현대시사 연구』, 일지사, 1983

박남희, 「조지훈 시의 유기체적 상상력 연구」, 《한국문예비평연구》 24집, 한국

현대문예비평학회, 2007, 5~28쪽

박노준, 「사라진 것에 대한 향가와 조지훈 시의 정서」, 『향가여요종횡론』, 보고사, 2014

박호영, 「조지훈 문학 연구」, 서울대 박사 학위 논문, 1988

서익환, 「조지훈 시 연구」, 한양대 박사 학위 논문, 1989

서준섭, 「불교적 소재의 시적 변용과 그 의미」, 『한국 대표시 평설』, 정한모·김재홍 편, 문학세계사, 1983

서철원, 「조지훈 시의 헤테로토피아 양상 연구」, 《비평문학》 70호, 한국비평문학회, 2020, 125~155쪽

송기한, 「조지훈 시의 유랑 의식 연구」, 《한중인문학연구》 23집, 한중인문학회, 2008, 19~39쪽

송재영, 「조지훈론」, 『조지훈 연구』, 고려대 출판부, 1978

엄성원, 「조지훈의 초기 시 연구」, 《한국문학이론과비평》 35집, 한국문학이론과비평학회, 2007, 59~83쪽

오세영, 「지훈 시의 문학사적 위치」, 《민족문화연구》 22호, 고려대 민족문화연구소, 1989, 23~54쪽

오탁번, 「지훈 시의 의미와 이해」, 『현대 문학 산고』, 고려대 출판부, 1976

오형엽, 「조지훈 시의 청각적 이미지와 시 의식」, 《한국언어문화》 40집, 한국언어문화학회, 2009a, 127~158쪽

_____, 「매체와 시적 시선 ─ 1960년대 시의 문화 인식」, 《서정시학》 2009년 봄호, 서정시학, 2009b, 29~50쪽

이승원, 「조지훈 시의 내면 구조」, 『20세기 한국시인론』, 국학자료원, 1997

이희중, 「조지훈 시의 애상성 연구」, 《비평문학》 30호, 한국비평문학회, 2008, 131~152쪽

정한모, 「초기 작품의 시 세계」, 『조지훈 연구』, 고려대 출판부, 1978

조창환, 「조지훈 초기 시의 운율과 구조」, 《한국문예비평연구》 25집, 한국현대문예비평학회, 2008, 5~28쪽

최동호, 「조지훈의 「승무」와 「범종」」, 『평정의 시학을 위하여』, 민음사, 1991

_____, 「조지훈의 등단 추천작과 그 시적 전개」, 《한국시학연구》 28호, 한국

시학회, 2010, 389~411쪽

최승호, 「1930년대 후반기 시의 전통 지향적 미의식 연구」, 서울대 박사 학위

논문, 1994

최태호, 「지훈의 한시 연구」, 《한국학논집》 36집, 근역한문학회, 2013, 285~

305쪽

제2주제에 관한 토론문

이선이 | 경희대 교수

이 글은 조지훈 시의 미학적 원천을 새로운 관점에서 밝히려는 흥미로운 시도를 수행하고 있습니다. 지금까지 조지훈 시의 미학적 특징에 대해서는 적지 않은 논의가 진행되어 왔습니다. 기존 논의는 주로 의고적(擬古的)인 것을 추구한 민족 혹은 전통미학에 관한 것, 선미(禪味)나 선취(禪趣)를 보이는 불교미학에 관한 것, 여기에 더하여 시론의 요체인 "우주의 생명의 직관"(「시의 생명」)을 중심으로 하는 고전주의적 유기체 시론이 갖는 동양미학에 관한 것이 중심이 되어 왔습니다. 이러한 기존 논의가 주로 시각적 이미지나 시적 묘사에 주안점을 두어 진행되었고, 꽃·촛불·별 등이 중심 상징으로 논의되었다면, 이와 달리 이 발표는 '소리'와 '밤'의 모티프에 주목하면서 청각적 이미지와 밤의 상징성을 중심으로 조지훈 시의 미적 원천을 규명하고자 했습니다. 기존의 민족(전통), 불교, 동양을 중심에 둔 조지훈 시의 미학적 특징에 대한 연구가 대개 시의 표면에 드러나는 가시적인 특징에 주목하면서 시적 지향점을 규명했다면, 이 글은 이러한 특징과 지향성을 가능하게 하는 미학적 방법 또는 전략으로서 근원적 이미지와 상징을 밝히고 있다는 점에서 일정한 차이를 보입니다. 이런 맥락에서 볼 때, 이 글의 논점은 '시각적 이미지에서 청각적 이미지로, 표층적 이해에서 심층적 이해로'로 요약될 수 있습니다.

이 글은 조지훈 시의 미학적 원천을 규명하고자 하는 시각과 논점이 분명하고, 이를 이미지와 상징을 중심으로 충실하게 입증하고 있기 때문에 글의 논지와 관점에는 대체로 동의합니다. 하지만 부분적으로 추가적인 해명이 필요한 부분이 있고, 더 나아가 이 논의와 관련하여 좀 더 고려해 봄직한 몇 가지 사안이 있어 이에 대한 저의 생각을 말씀드리는 것으로 토론자의 소임을 다하고자 합니다.

먼저, 추가적인 해명이 필요한 부분입니다. 2장에서 시도한 시 「앵음설법」에 대한 해석 부분입니다. 발표자는 '꾀꼬리의 울음소리'가 '범패 소리'에 비유되는 청각적 이미지에 주목하면서 이에 대해 "이 청각적 이미지를 "적멸하는 우주"의 '적막' 가운데 묘사함으로써 유연한 깊이를 배후에서 발생시킨다."라고 해석하고 있습니다. 이 시에서 시적 화자는 조용한 절방에 앉아 벽에 기대 졸다 깨어나 세상을 바라보고 있습니다. 이 상황은 그 자체로 "스스로 적멸하는 우주"일 수 있으며, 화자는 "먼지 앉은 경이야 펴기도 싫어라"라고 진술하고 있습니다. 이 시의 전반부에 해당하는 이 3행까지에서 시적 화자가 보이는 태도와 후반부의 화자의 태도에서 정서적 변화를 찾기는 어렵습니다. 따라서 이 시에서 '꾀꼬리 울음'은 생의 감각을 일깨우는 시적 장치이거나 혹은 적막함(고요함)을 각인시키는 시적 장치 정도로 해석될 수는 있지만 이것이 "유현(幽玄)한 깊이를 배후에서 발생시킨다."라고 볼 수 있는가 하는 점입니다. 시적 화자는 이미 적멸의 세계에 들어서 있는 존재이고, 꾀꼬리 울음 이전과 이후에 시적 화자가 갖는 태도나 인식에 깊이를 견인할 만한 차이를 보이지 않는다고 판단되기 때문입니다. 이 시에서 꾀꼬리 울음은 고요함 속에서도 움직임이 있음을 보여 줌으로써 음양의 조화와 균형을 직시하는 정중동(靜中動)의 경지를 보여 주고 있고, 이러한 태도는 시의 전반부에서 화자가 보여 주는 태도와 다르지 않다고 생각합니다. 따라서 이에 대해서는 부가적인 해명이 필요할 것으로 보입니다.

　다음으로 고려해 볼 점은, 시각적 이미지와 청각적 이미지의 연관성입니다. 두 이미지의 연관성을 논의하기 전에 먼저 언급하고 싶은 점은 청각적 이미지에 대한 해석에서 예를 들고 있는 시편들의 논리적 적절성입니다. 이 글에서는 시각적 이미지가 시의 표면적 의미를 형성한다면 청각적 이미지는 시의 배음(背音)으로 형상화되면서 적막의 여운을 형성하는 데 기여한다고 보고 있습니다. 이 과정에서 청각적 이미지는 시각적 이미지를 강화하는 기능을 담당한다고 보았습니다. 하지만 그 예로 제시된 작품 중「범종」이나「대금」의 경우, 시각적 이미지에 비해 청각적 이미지가 두드러지는 시편이라서 청각적 이미지가 배음의 기능을 한다고 보기는 어렵습니다. 특히「대금」의 경우, 시각적 이미지인 "샘물이 꽃잎에/ 어리우듯이"나 "촛불이 바람에/ 흔들리누나"가 청각적 이미지의 배음으로 기능하는 것은 아닐까 하는 생각이 들기도 합니다. 이 시편들에서 청각적 이미지는 시의 배음으로 형상화되기보다는 청각적 이미지 자체가 주음으로 부각되고 있다고 볼 수도 있기 때문입니다. 따라서 이 시편들이 조지훈 시에서 청각적 이미지가 중요한 기능을 담당한다는 주장을 뒷받침하는 논거가 될 수는 있지만 배음으로 기능한다는 논거가 된다고 보기에는 다소 무리가 있습니다. 이러한 논리가 입증되기 위해서는 시각적 이미지와 청각적 이미지가 적절한 병치를 이룬 예를 중심으로 논리가 전개되어야 설득력을 가질 수 있을 것입니다. 또한 여기에서 더 생각해 볼 수 있는 점은, 또 다른 예시인「고풍의상」처럼 시각적 이미지가 지배적인 이미지로 활용되지만 적막의 여운을 형성해 내는 청각적 이미지가 병치되는 경우에 있어서 청각적 이미지의 역할입니다. 실제로 한 편의 시에서 시각적 이미지와 청각적 이미지는 시적 주제와 시적 정서를 형성하는 데에 상호 협력적 관계로 읽어 내는 것이 생산적이지 않을까 합니다. 이 글에서는 청각적 이미지가 시각적 이미지의 미학성을 강화하는 원천이 된다고 해석하고 있지만, 전체적으로는 청각적 이미지를 강조하기 위해 시각적 이미지를 표면적 미학으로 국한시킴으로써 두 이미지 사이의 위계화가 전제되어 있다고 판단됩니다. 이렇게 읽어 내면 이미지들의 중첩에서 발생하는 효과를 놓칠 수 있겠다 싶은 생각이 듭니다. 한 편의 시 속에서 시각적 이미지와 청각적 이미지는 언제나 상보적으로 기능한다는 점에서 두 이미지 사이의 연관성에 대한 섬세한 고려가 필요한 것이 아닐까 합니다.

　마지막으로, 조지훈이 우리 문화를 체계적으로 논리화한『한국 문화사 서설』과『한국학 연구』에서 한국적 미의식으로 명명한 '멋'과 이 글에서 주목한 조지훈 시의 미학적 원천과는 어떤 연관성을 가질까 하는 질문을 해 보게 됩니다. 조지훈은 한국 문화를 민족 문화라는 관점에서 계보화하면서 한국적 사상은 '휴머니즘'이고 한국적 미의식은 '멋'이라고 규정했습니다. 조지훈이 한국적 미의식이라고 생각한 '멋'은 보편적 미의식이 한국적으로 변형된 것으로서 그 특징은 서로 다른 이질적 미의식들을 융합하고 통일해 내는 역량이라고 보았습니다. 범박하게 요약하자면 '멋'은 일종의 미적 포용성을 의미하는데, 이 한국적 미의식과 이 글에서 주목하고 있는 조지훈 시의 미학적 원천과는 어떤 연관성을 가질 수 있을지에 대해 의견을 듣고 싶습니다.

조지훈 생애 연보

1920년	12월 3일(음력), 경북 영양군 일월면 주곡동에서 부 조헌영, 모 유노미의 3남 1녀 중 차남으로 출생.
1925~1928년 (만 5~8세)	조부 조인석에게 한문 수학, 영양보통학교 재학.
1929년(9세)	「피터팬」, 「행복한 왕자」, 「파랑새」 등을 읽었으며 첫 동요를 작사함.
1931년(11세)	형 조세림과 소년 문집 『꽃 탑』을 꾸밈.
1934년(14세)	와세다 대학교 통신강의록 공부.
1935년(15세)	첫 시 습작.
1936년(16세)	첫 상경. 부친의 지인인 오일도의 시원사에서 머묾. 인사동 '일월서방' 개장. 조선어학회에 관계. 보들레르, 와일드, 도스토예프스키, 플로베르 독서. 「살로메」 번역. 초기작 「춘일」 및 「부시」 지음. 「된소리에 대한 일 고찰」 발표.
1938년(18세)	김동삼 선생 장례 당시 한용운을 만남. 홍로작 찾아봄.
1939년(19세)	《문장》 3호에 「고풍의상」 추천됨. 동인지 《백지》에 「계산표」, 「귀곡지」 발표. 12월, 「승무」 추천받음.
1940년(20세)	2월, 「봉황수」 추천받음. 김위남과 결혼.
1941년(21세)	3월, 혜화전문학교 졸업. 4월, 오대산 월정사 불교 외전강사 취임. 12월, 상경.
1942년(22세)	3월, 조선어학회 『조선말 큰사전』 편찬위원. 10월, 이로 인해 검거돼 심문받음. 경주로 내려감. 박목월과 교유.

1943년(23세)	9월, 낙향.
1945년(25세)	8월, 조선문화건설협의회 회원. 10월, 한글학회 『국어 교본』 편찬 및 명륜전문학교 강사. 11월, 진단학회 『국사 교본』 편찬.
1946년(26세)	2월, 경기여자고등학교 교사. 3월, 전국문필가협회 중앙의원. 4월, 청년문학가협회 고전문학부장. 박두진, 박목월과 3인 공저 『청록집』 간행. 9월, 서울여자의과대학(서울의전) 교수.
1947년(27세)	2월, 전국문화단체총연합회 창립위원. 4월, 동국대학교 강사.
1948년(28세)	10월, 고려대학교 문과대학 교수.
1949년(29세)	10월, 한국문학가협회 창립위원.
1950년(30세)	7월, 문총구국대 기획의원장. 10월, 종군 후 평양 방문. 부 조헌영 납북.
1951년(31세)	5월, 종군문인단 부단장.
1952년(32세)	제2시집 『풀잎단장』 간행.
1952년(33세)	시론집 『시의 원리』 간행.
1956년(36세)	제3시집 『조지훈 시선』 간행. 자유문학상 수상.
1958년(38세)	만해 한용운 전집 간행위원회 구성. 수상집 『창에 기대어』 간행.
1959년(39세)	민권수호국민총연맹 중앙위원. 공명선거전국위원회 중앙위원. 시론집 『시의 원리』 개정판 간행. 제4시집 『역사 앞에서』 간행. 수상집 『시와 인생』 간행. 번역서 『채근담』 간행.
1960년(40세)	한국교수협회 중앙의원. 세종대왕기념사업회 이사. 3·1독립선언기념비건립위원회 이사. 고려대 아세아문제연구소 평의원.
1961년(41세)	세계문화자유회의 한국본부 창립위원. 국제시인회의 한국대표로 벨기에 크노케 방문. 한국 휴머니스트회 평의원.
1962년(42세)	고려대 한국고전국역위원장. 『지조론』 간행.
1963년(43세)	고려대 민족문화연구소 초대 소장. 『한국 문화사 대계』 제6권 기획. 『한국 민족운동사』 집필.
1964년(44세)	동국대 동국역경원 위원. 수상집 『돌의 미학』 간행. 『한국 문

화사 대계』 제1권 『민족·국가사』 간행. 제5시집 『여운』 간행. 『한국 문화사 서설』 간행.

1965년(45세)	성균관대학교 대동문화연구원 편찬위원.
1966년(46세)	민족문화추친위원회 편집위원.
1967년(47세)	한국시인협회 회장. 한국신시60년기념사업회 회장.
1968년(만48세)	5월 17일(양력) 새벽 5시 40분, 기관지 확장으로 영면. 양주군 마석리 송라산에 묻힘.
1972년	남산 '조지훈 시비' 건립.
1973년	일지사에서 『조지훈 전집』 총 7권 출간.
1978년	고려대학교 출판부에서 『조지훈 연구』 출간.
1982년	향리에 '지훈 조동탁 시비' 건립.
1996년	나남출판사에서 『조지훈 전집』 총 9권 출간.
2001년	나남출판사에서 『지훈 육필 시집』 출간.
2006년	고려대학교 교정에 조지훈 시비 건립.

조지훈 작품 연보*

발표일	분류	제목	발표지
1939. 4	시	고풍의상(등단작)	문장
1939. 7	시	계산표/귀곡지/우림령	백지
1939. 8	시	공작/부시	백지
1939. 8. 24	시	과물	동아일보
1939. 9	시	남경충/진단서/향향어	백지
1939. 12	시	승무(등단작)	문장
1940. 2	시	봉황수(등단작)	문장
1940. 3	산문	약력과 느낌 두 셋	문장
1940. 5	시	제월지곡/편경	문장
1940. 7. 9	산문	서창집: 역일시론(亦一詩論)	동아일보
1940. 11	산문	서창집	문장
1940. 12	시	아침	문장
1941. 4	시	정야	문장
1946	시	고사 1/고사 2/낙화/무고/ 산방/완화삼/율객/파초우/ 피리를 불면	청록집
1946. 1	시	바램의 노래	학병

---

* 시와 산문으로 분류하고, 산문 안에는 시론 계열의 글을 포함시켰음.

발표일	분류	제목	발표지
1946. 3	산문	시의 신비	상아탑
1946. 7	산문	서평: 청자부	동아일보
1947. 1. 1~4	산문	병술 시단의 후검: 문단 1년의 총결산	동아일보
1947. 1. 14	산문	인간 노작: '잊히지 않는 모습'에서	동아일보
1947. 3	산문	순수시의 지향: 민족시를 위하여	백민
1947. 4	산문	민족 문화의 당면 과제: 그 위기의 초극을 위한 의의의 반구에 대하여	문화
1947.0 5	시	빛을 찾아 가는 길	죽순
1947. 7	산문	자연과 문학	부인
1947. 7	시	유곡	백민
1947. 8	산문	무국어	대조
1947. 10	산문	시정신의 옹호	예술조선
1947. 11. 6	산문	생명의 문학: 유치환의 시에 대하여	경향신문
1948. 1	시	마을	백민
1948. 4	산문	정치주의 문학의 정체	백민
1948. 4	산문	조선 예술의 원형: 고전 국문학의 배경을 위하여	예술조선
1948. 6	시	고사	동국
1948. 6	시	꽃 그늘에서	민성
1948. 10	산문	문학의 근본 과제: 문학의	백민

발표일	분류	제목	발표지
		독립성과 종속성에 대하여	
1948. 11. 23~24	산문	입명의 문학: 김동리 평론집 '문학과 인간'에 대하여	경향신문
1948. 12. 30	산문	예술 정신을 태반으로 한다	고대신문
1948. 12	시	흙을 만지며	대조
1949. 1	산문	문학의 예술성과 공리성: 문학의 근본 과제/ 김동리 시론집: 문학과 인간에 대하여	백민
1949. 2. 12	산문	램프를 켜 놓고	경향신문
1949. 2	시	대금	죽순
1949. 4	시	색시	죽순
1949. 5	산문	교육과 정치와	조선교육
1949. 5. 18~20	산문	시대의 윤리: 최문환 씨 근작에 관하여	연합신문
1949. 8	산문	상반기의 학계	문예
1949. 8	시	풀밭에서	문예
1949. 9	시	길	민족문화
1949. 10	산문	고전주의의 현대적 의의: 민족 문학의 지향에 관한 노트	문예
1949. 11	시	편지	민성
1949. 12~ 1950. 1	산문	슬픈 인간성	문예
1950. 2	산문	조선 문화의 성격: 풍토적 환경과 민족성	민족문화

발표일	분류	제목	발표지
1950. 3. 18	산문	모색에서 자각으로	고대신문
1950. 4	산문	현대 문학의 고전적 의의: 민족 문학의 전통을 위한 시론	문예
1950. 4	산문	자연과 문학	부인
1950. 6	시	그리움	문예
1950. 8	산문	시의 언어적 생성: 시론 노트초	시문학
1951. 5	시	지옥기	신천지
1951. 6	산문	시의 전기에 대하여	시문학
1952	시	가야금/고목/고사/낙엽/ 달밤/도라지꽃/묘망/ 바다가 보이는 언덕에 서면/ 밤/사모/산/산길/석문/송행/ 암혈의 노래/앵음설법/의루취적/ 절정/창/풀잎단장/향문	풀잎단장
1952. 1	시	도리원에서	문예
1952. 5	산문	서남행	문예
1952. 12. 31	산문	고행의 유열 김용팔 씨와 그 시집 『폐허』	동아일보
1953. 3	시	언덕길에	문예
1953. 8	산문	등산임수탄	신천지
1954. 1	산문	국어 철자법 개정 문제	문예
1954. 3	산문	방우산장산고	문예
1955. 1. 4	산문	55년 시정신의 구상: 서정의 감미 속에서	동아일보

발표일	분류	제목	발표지
		감돌 것인가	
1955. 2	시	경상	사상계
1955. 1~	산문	1월의 시단~4월의 시단	현대문학
1955. 5			
1955. 5	산문	신라 국호 연구 논고:	고려대 기념 논문집
		신라원의고(新羅原義巧)	
1955. 6	시	월광곡	현대문학
1955. 11	산문	10월의 시단	현대문학
1955. 12	산문	나의 역정: 시주반생자서	고대문화
1956	시	계림애창/고조/기도/꽃새암/	조지훈 시선
		낙백/낙화 1/낙화 2/매화송/	
		민들레꽃/밤길/북관행 1/	
		북관행 2/산 1/산 2/선/송행 1/	
		송행 2/염원/영/영상/운예/유찬/	
		정야 1/정야 2/춘일/코스모스/	
		학/향문/호수/화체개현	
1956	시	포옹	문학예술
1956. 1	시	손	현대문학
1956. 1	시	어둠 속에서/종소리	문학예술
1956. 3	산문	현대시의 방법적 회의:	현대문학
		2월의 시를 중심으로	
1956. 5	시	별리	여원
1956. 5	산문	현대시의 문제: 모더니즘 비판	시연구
1956. 7	산문	두 개의 방법: 해석학적	문학예술
		방법과 의미론적 방법	

발표일	분류	제목	발표지
1956. 8	산문	지성과 문화	신태양
1956. 12. 22	산문	서평: 박두진 시선	동아일보
1958. 7	시	꽃피는 얼굴	사상계
1958. 7	산문	한국 문화의 성격	사조
1958. 8	산문	한국 문화의 위치: 한국 문화사관 노트	사조
1958. 9	산문	한국 문화의 발전	사조
1958. 9	시	찔레꽃	여원
1958. 10	산문	한용운론: 한국의 민족주의자	사조
1958. 11	산문	한국의 신앙	사조
1959	시	그대 형관을 쓰라/그들은 왔다/ 역사 앞에서 기다림/너는 지금 삼팔선을 넘고 있다/ 눈오는 날에/다부원에서/ 동물원의 오후/마음의 태양/맹세/ 벽시/봉일천 주막에서/불타는 밤거리/ 비가 나린다/비혈기/빛을 부르는 새여/ 사육신 추모가/산상의 노래/새아침에/ 서울에 돌아와서/석오 동암 선생 추도가/ 선열 추모가/십자가의 노래/언덕 길에서/ 여기 괴뢰군 전사가 쓰러져 있다/ 역사 앞에서/연백촌가/ 우리 무엇을 믿고 살아야 하는가/ 이기고 돌아오라/이날에 나를 울리는/ 인촌 선생 조가/잠언/전선의 서/ 절망의 일기/종로에서/죽령 전투/	

발표일	분류	제목	발표지
		천지호응/첫 기도/청마우거유감/	
		패강무정/풍류병영/피빛 연륜/	
		해공 선생 조가	
1959. 6	시	빛	사상계
1960. 1	시	귀로	사상계
1960. 1. 21	산문	시·시조선 후감	동아일보
1960. 3	산문	지조론: 변절자를 위하여	새벽
1960. 5	산문	선비의 직언: 격동기에 있어서의 지성인의 사명	새벽
1960. 7	산문	한국 시의 동향: 1959년 시단 총평	사상계
1960. 7	산문	절제와 위의: 불의를 고발한 학생에게 스승된 애성은 이렇게 권려한다	새벽
1960. 9. 15~ 1960. 9. 16	산문	문단 통합에 앞서야 할 일 서정주 씨의 문단 대동 단결론을 읽고	동아일보
1961. 8	시	꿈 이야기	사상계
1962. 1	산문	운명의 극복	새길
1962. 5	산문	현대시사의 반성: 신문학 50년	사상계
1962. 9. 15	산문	교육과 정치	고대신문
1962. 12	산문	당신들 세대만이 더 불행한 것은 아니다	사상계
1963	산문	세대교체론 시비	문화방송
1963. 2	산문	우국의 서	동아춘추

발표일	분류	제목	발표지
1963. 3	산문	전통의 현대적 의의	신세계
1963. 3	산문	어떤 길이 바른 길인가	사상계
1963. 4	산문	좀 더 냉정히 생각하자: 위기의 극복을 위한 제언	사상계
1963. 6	시	혼자서 가는 길	세계
1963. 8	산문	반세기의 가요 문화사: '개화가사'로부터 '해방의 노래'까지	사상계
1964. 6~7	산문	한국 현대시 문학사	문학춘추
1964. 6~ 1965. 3	산문	한국 현대 문학사	문학춘추
1964. 10	산문	'사꾸라'론	신동아
1965. 7	산문	교육 문화 정책상의 비판과 제언	자유
1965. 8	산문	나의 시의 편력: 자전적 시론	사상계
1966. 1	산문	폭풍·암흑 속의 혁명가: 한국의 민족시인 한용운	사상계
1966. 3~ 1966. 6	산문	의친왕 탈출 사건 비사: 방우한화 (1)~(4)	신동아
1966. 7	산문	연정사·윷놀이 해제	고려대 어문논집
1966. 12	산문	서낭간고: 주곡의 서낭 신앙에 대하여	신라가야문화
1967. 9. 22	시	바위송	중앙일보
1967. 10. 29	시	장지연 선생 묘비 제막일에	조선일보
1967. 10. 29	시	행복론	한국일보

발표일	분류	제목	발표지
1968. 1	시	병에게	사상계
1968. 2	산문	문화 건설은 병행돼야 한다	정경연구
1968. 11	산문	현대시의 계보: 신문학 60년	월간문학
1968. 7	시	섬나라 인상	신동아

작성자 오형엽 고려대 교수

한하운 문학의 형성 배경과 주제 의식*

장이지 | 제주대 교수

1 문제 제기

한하운은 함경남도 함주군 동천면 쌍봉리에서 청주 한씨 집안의 장남으로 태어난다. 한하운의 출생 연도는 그 자신이 여러 차례에 걸쳐 다르게 이야기해 그동안 논란의 대상이 되어 왔다.[1] 『보리피리』(1955), 『한하운 시 전집』(1956), 『나의 슬픈 반생기』 3판(1961)에서 그는 1919년 2월 24일생임을 밝히고 있다. 그러나 청주 한씨 족보, 한국근대문학관 소장 「약력 및 작품 연보」(1964년 작성), 『새빛』(1965. 1.)의 연보, 『52인 시집』(신구문화사, 1968)의 약력에는 그의 생년이 '1920년생'으로 되어 있다. 이러한 혼란은 그의

---

*   이 논문은 《한민족문화연구》 70(2020. 6. 30)에 게재된 논문을 다소 수정한 것임을 밝혀 둔다.

1)   최원식(2014), 「한하운과 『한하운 시초』」, 《민족문학사연구》 54, 민족문학사학회, 475~501쪽.

이리농림학교 학적부가 발견되면서 새로운 국면을 맞는다.[2] 학적부에는 그의 출생이 '다이쇼 10년(1921) 2월 24일생'으로 나와 있다. 학적부의 기록을 믿어야 할 것이다. 그러나 실제로 그가 태어난 해는 1920년일 수 있고, 1921년은 출생 신고를 한 해인지 모른다. 그가 1919년에 태어났다고 한 것은 이북 출신자들이 월남하여 가호적을 만드는 과정에서 선택한 것으로 여겨진다.('신원증명원', 인천광역시 소장) 3·1 운동과 자신의 출생을 결부시킴으로써 자신의 삶에 역사적인 의미를 덧대고자 한 것이 아닌가 싶다.

한하운은 『한하운 시초』(1947/1953) 이후 인간사에서 『보리피리』, 『한하운 시 전집』, 문화교육출판사에서 『시화집』(1962), 무하문화사에서 『정본 한하운 시집』(1964) 등의 시집을 출간한다. 이 일련의 출판에서 특징적인 점은 출판이 거듭될 때마다 이전의 시들을 재수록하고 있다는 점이다. 게다가 박거영이 인간사에서 낸 『한하운 시 감상』(1959), 한하운이 신흥출판사에서 낸 『황토길』(1960)에도 『보리피리』까지 그의 시들이 재수록되어 있다. 이러한 현상은 전후 그의 시가 얼마나 큰 인기를 얻었는지 보여 준다. 많은 사람이 그의 불우한 삶을 동정하면서 그에 대해 알고 싶어 했다. 그에 편승해 한하운은 『나의 슬픈 반생기』(1958)를 내놓는다. 이러한 출판면에서의 특징은 그의 문학을 이해하는 데 의외로 중요한 의미가 있다.

지금까지 한하운의 전기적인 사항은 『나의 슬픈 반생기』를 참조하는 일이 많았다. 그러나 이 책을 단순히 사실의 기록으로만 보는 것은 조심스럽다. 『한하운 시 전집』의 약력에는 "현재 인천 근처에서 대장편 소설 4부작을 집필 중"이라는 언급이 있는데, 『나의 슬픈 반생기』는 그가 구상한 장편 소설과 관련이 있으리라 짐작된다. 『나의 슬픈 반생기』는 그의 한센병 투병 일기이고, 공산주의 체제에서의 탈출기이며, 연애담으로서 비단 그의 전기적인 면만이 아니라 문학적인 토대, 기질을 이해하는 데 중요한 자료이다. 이 책의 집필 동기는 작가 자신이 월북 작가인 이병철이 만들어 낸

---

2) 김현석(2017), 「한하운의 '역사 만들기'와 '인간 개업' 선언」, 부평역사박물관 엮음, 『다시 보는 한하운의 삶과 문학』(소명출판, 2017), 125~197쪽.

가상 인물이고 『한하운 시초』가 북한 문화공작의 일환이라는 세간의 의심, 즉 한하운 시집 사건(1953)에 답하고자 한 데서 찾아지곤 한다. 1950년대 자기 서사는 반공 이데올로기와 관련되어 논의되곤 하지만, 그보다도 전쟁을 겪은 사람들이 자기의 기구한 체험을 말하고자 한 데 더 근본적인 원인이 있다.[3] 한하운이 돋보이는 점은 국가가 시간과 공간을 통제함으로써 개인의 기본권을 침해하는 메커니즘을 '38선'의 의미를 물음으로써 폭로하고 있는 점이다.

소련군과 보안대원의 총격으로 쓰러진 사람들, 한탄강에서 강 건느다가 빠져 죽은 사람들, 경계선을 중심 삼아서 살인과 강간과 강도를 하는 사람에게 죽은 사람들, 총에 맞아 죽은 사람들, 길을 잃고 동사한 사람들 등등, 이 얼마나 몸서리나는 38선인가? (중략) 이 악마의 38선은 피비린내 나는 한국의 사형선이다. 제2차 대전 후 일본의 항복으로 말미암아 미국과 소련이 한국을 양단한 인위적인 경계선이다. 이 38선으로 말미암아 단일 민족인 우리나라를 정치, 경제, 문화와 사상마저라도 두 동가리로 짤라 논 주검의 선이며, 천추의 원한이 가시지 않을 적대 행위의 비극을 마련한 선이다.[4]

한하운의 정치적 관점은 일견 반공주의로 보이지만, 인용한 부분에서는 외세에 의해 주권국이 되지 못하는 설움과 원한도 느껴진다. '북위 38도'라는 임의의 숫자가 주권이 있는 민족 사이에 경계를 만들고, 자유로운 이동을 제한한다는 사실을 그는 부조리하다고 느낀다. "나도 문둥병에 걸렸지만, 조국도 문둥병에 걸렸다."라고 그는 해방기의 정치적 상황을 비판한다.[5] 이러한 태도는 민족주의 담론으로 이해할 수 있지만, 반권력·반체

---

3) 1950년대 자기 서사는 해방기의 자기 서사에 이어져 있음에 주목할 필요가 있다. 해방기의 자기 서사 역시 '전쟁'(태평양 전쟁)의 산물이라는 점을 부정할 수 없다.
4) 한하운, 「마의 삼팔선을 넘다!」, 『나의 슬픈 반생기』(인간사, 1958), 223~224쪽.
5) 한하운, 「다시 태양 앞에 섰으나」, 위의 책, 209쪽.

제적인 그의 기질에서 기인한 면도 있다.

『나의 슬픈 반생기』에는 자기 잘못이 아님에도 그가 국가 권력의 탄압을 받는 화소가 자주 나온다. 1945년 봄, 그는 사상 혐의로 헌병대 창고에서 하룻밤을 보낸다. 1946년 함흥 쌀값 파동 때 학생들의 데모에 휩쓸려 들어가는 바람에 교화소 신세를 진 일도 있다. 1947년 동생의 반정부 투쟁 모의가 발각되어 옥고를 치른다. 이 억울한 탄압의 화소는 그동안 반일·반공주의를 강화하는 에피소드로 여겨진 면이 있다. 그러나 이 '하지 않은 일로 인한 처벌'은 그 자체가 『한하운 시초』의 중요한 모티프라는 점에 주목해야 한다. '죄'에는 행위에 의한 것과 존재에 의한 것이 있거니와, 『한하운 시초』에는 한센병 환자라는 '존재'에서 기인한 죄에 대한 철학적인 물음이 들어 있다.

한하운은 이 '존재의 죄'마저 승인해 줄 수 있는 대타자를 끊임없이 갈구한다. 『나의 슬픈 반생기』가 '소설'에 근접해 간 면이 있다면, 그것은 그를 무조건 사랑하고 승인해 주는 여성 'R'의 캐릭터 조형에서 찾을 수 있다. 'R'은 그가 한센병에 걸렸다고 해도 그의 곁을 떠나지 않는다. 'R'은 여자의 몸으로 38선을 넘어 남한에 가서 구하기 어려운 치료약을 구해 오기도 한다. 'R'의 헌신적인 사랑에 대해 그는 "R이 있는 곳이 정말로 내가 있어야 할 유일한 땅"이며 "그 땅이 지옥이라도 좋다."라고 고백한다.[6] 그러나 어머니가 돌아가시고 'R'의 소식도 끊기자 그는 다시 목숨을 걸고 월남한다. 그의 월남은 이 대타자의 상실이라는 면에서 중층적인 고향 상실의 성격을 띤다. 『나의 슬픈 반생기』에 드러난 반권력·반체제적인 기질, '존재의 죄'를 거부하는 태도, 모성적인 대타자를 잃은 고독과 고향 상실은 그대로 한하운 문학의 전체적인 윤곽을 형성한다. 이 논문에서는 『나의 슬픈 반생기』에 드러난 이상의 특질이 그의 시에도 드러난다는 것을 논증할 것이다.

한하운 문학을 대상으로 한 선행 연구는 한센병자의 순수 문학이라는

---

6) 한하운, 「한탄강을 건너 다시 북한 땅으로」, 위의 책, 265쪽.

관점,[7] 정치적인 맥락 속에서 그의 타자성을 검토하는 관점[8]으로 구분할 수 있다. 전자의 경우는 한센병 문학의 특수성을 강조하면서, 한하운이 한센병자로서의 '서러움'을 어떻게 서정적으로 승화하는지에 초점을 두는 경향이 있다. 한센병 문학으로서 한하운의 시사적인 의의는 결코 무시할 수 없다. 그러나 이 경우 그의 시는 과연 독자적인 것인지 그 문학적인 영향 관계를 먼저 따져 보아야 한다. 또 한하운의 병을 운명으로 보기보다는 그가 왜 한센병을 '벌'로 인식하고 그 '벌'을 거부했는지 해명하는 작업이 필요하다. '한센병 문학', '휴머니즘 문학'이라고 쉽게 말하지만, 그것의 실체를 구체적으로 밝히려는 노력은 상대적으로 드문 것 같다. 후자의 경우는 한하운의 월남인으로서의 타자성, 한센병자로서의 소수자성을 강조하면서, 국민 국가 담론이 어떻게 한 개인을 규율하고 길들이는지에 관심을 기울이는 경향이 있다. 그러나 이 경우 한하운의 문학을 반공·민족주의적인 맥락 속으로 환원해 버릴 우려가 있다. 한센병자로서의 타자성은 공산주의자로서의 그것과 과연 교환 가능한 것일까. 시대적인 문맥 속에서 그런 교환이 일어났다고 해도 당사자는 그것을 다르게 느낄 수 있다. 한하운의 문학 행위는 오로지 자신의 존재를 증명해야 하는 전후의 정치적인 분위기의 소산일까. 그것은 먹고사는 문제이기도 하다. 따라서 한하운 문학의 전체상을 파악하기 위해서는 그의 한센병자로서의 특수성과 전후의 정치·사회적 맥락을 중층적으로 검토해야 한다.

---

7) 김신정(1996), 「고통의 객관화와 "인간"을 향한 희구」, 《현대문학의 연구》 7, 한국문학연구학회, 241~262쪽; 고명철, 「'나해방'을 향한 울음의 시학」, 한하운·고명철 엮음, 『한하운 시선』(지식을만드는지식, 2013), 231~242쪽; 고봉준(2017), 「세계 상실에 맞선 생명의 영가」, 《사이》 23, 국제한국문학문화학회, 237~268쪽; 조은하(2018), 「한하운 시 의식 변모 양상」, 《한국시학연구》 56, 한국시학회, 217~249쪽.

8) 최명표(2005), 「한하운 시의 정치시학적 연구」, 《현대문학이론연구》 26, 현대문학이론학회, 345~365쪽; 한순미(2012), 「서러움의 정치적 무의식」, 《사회와 역사》 94, 한국사회사학회, 297~332쪽; 정우택(2014), 「한하운 시집 사건'(1953)의 의미와 이병철」, 《상허학보》 40, 상허학회, 147~184쪽.; 박연희(2017), 「한하운 시에 나타난 월남 의식과 '문둥이' 표상」, 《사이》 23, 앞의 책, 207~236쪽.

이 논문에서는 한하운의 한센병 문학으로서의 실질적인 내용을 '존재의 죄에 대한 항거' 관점에서 해명하고자 한다. 그리고 월남 이후 그가 유리걸식의 신세를 벗어나 문인 사회로 진입해 가는 과정을 시적 영향 관계, 사회적 네트워크 등을 통해 재조명할 것이다.

2 시적 영향 관계

『한하운 시초』의 특징을 살펴보기 전에 그 시적 영향 관계를 간략하게라도 정리해 둘 필요가 있다. 한하운의 시에는 기성 시인·작가의 흔적이 많이 남아 있다. 「全羅道길」은 오장환의 「붉은 산」이나 이용악의 「슬픈 사람들끼리」를 연상시킨다. 애초에 그는 전문 시인이 아니라 호구지책으로 시를 팔고 다닌 사람이다. 『한하운 시초』 초판은 한하운의 저작이 아닌 이병철의 편저 형태로 출간된다. 그 재판에는 저자와 상의 없이 개작한 시(「행렬」), 한 행이 삭제되어 훼손된 시(「버러지」), 목차와 본문의 제목이 다른 시(「냉수 마시고 가련다」)가 실려 있고, 후속 시집에서도 한하운은 이런 미숙한 부분을 바로잡으려 하지 않는다. 이런 정황은 『한하운 시초』가 습작기 작품임을 의심하게 한다. 따라서 이 시집에 실린 시가 근대적 시인이 쓴 독자적인 창작인지 검증하는 것이 전혀 무의미한 일만은 아닐 것이다.

먼저 호조 타미오(北條民雄)의 영향을 거론할 수 있다.

"인간이 아니에요. 생명입니다. 생명 그 자체, 목숨 그 자체입니다. 내 말 알아주시겠습니까, 오다 씨. 저 사람들의 '인간'은 이미 죽어서 없어져 버렸습니다. 다만 생명만이 펄떡펄떡 살아 있는 것입니다. 왠지 끈덕지지요? 누구라도 문둥이가 된 순간, 그 사람의 인간은 망합니다. 죽습니다. 사회적 인간으로서 죽는 것만이 아닙니다. 그런 얄팍한 멸망이 결코 아닙니다. 폐병이 아니라 폐인(廢人)입니다. 하지만 오다 씨, 우리는 불사조입니다. 새로운 사상, 새로운 눈을 가질 때, 전연 나자(癩者)의 생활을 획득할 때, 다시 인간으로서 되살아나는 것입니다."

— 호조 타미오, 「생명의 초야」 부분[9]

사람이 아니올시다.
짐승이 아니올시다.

하늘과 땅과
그사이에 잘못 돋아난
버섯이올시다 버섯이올시다.

다만
버섯처럼 어쩔 수 없는
정말로 어쩔 수 없는 목숨이올시다.

— 한하운, 「나」 부분

　호조 타미오의 영향에 대해서는 일찍이 이병철이 지적한 바 있다. 그는
호조 타미오가 "자몰과 염세와 병리에 대한 수긍으로써 어떤 지배성 앞
에 굴복"했다고 평가한다.[10] 그러나 이 평가는 정확한 것이라고 할 수 없
다. 「생명의 초야」에서 호조 타미오는 나자(癩者)는 인간이 아니라 목숨
그 자체이며, 나자가 이미 죽어 버린 과거의 '인간'에 얽매이기보다 나자임
을 인정한 가운데 새로운 '인간'으로 부활할 수 있다고 등장인물의 입을
통해 말한다. 이병철은 "시인 하운의 문학 정신은 항상 자기를 부정하고
그 부정을 또 부정"한다고 설명하고 있는데,[11] 이는 호조 타미오의 방법론

---

9)　　北條民雄, 『北條民雄 小說 隨筆書簡集』(講談社 文藝文庫, 2015), 47쪽. ※ 졸역. 初出
　　　《文學界》, 1936. 2; 단행본은『いのちの初夜』(創元社 1936).
10)　이병철, 「한하운 시초를 엮으면서」, 《신천지》, 1949. 4, 176쪽.
11)　위의 글, 177쪽.

이기도 하다. 인간을 부정하고 한센병자도 어쩔 수 없는 하나의 '목숨'이라는 점을 내세운 「나」의 시적 구도는 「생명의 초야」의 "인간이 아니에요. 생명입니다. 생명 그 자체, 목숨 그 자체입니다."라는 대사를 그대로 옮겨 놓은 것처럼 보인다. 호조 타미오의 소설 속 주인공은 과거의 멀쩡했던 자신에 얽매여 자살 충동을 느끼지만, 그것을 실행하지 못한다. 「마키 노인」(1935)에서도 호조 타미오는 죽지 못하는 젊은 한센병자를 등장시키거니와, 이는 "그래도 살고싶은것은 살고싶은것은/ 한번밖에없는 자살을 아끼는것"(「봄」)이라는 한하운의 시로 이어진다.

한하운의 시에는 김소월의 영향이 엿보인다. 그는 "김소월 시의 부서질 듯한 슬픔에 서러워서 눈물을 짓곤 하였다."라고 고백한다.[12] 그러나 이 고백은 왠지 변죽을 울리는 느낌이다.

붉은 電燈.
푸른 電燈.
머나먼 밤하늘은 새캄합니다.
머나먼 밤하늘은 새캄합니다.

서울 거리가 좋다고 해요,
서울 밤이 좋다고 해요.
붉은 電燈.
푸른 電燈.
나는 가슴의 속모를 곳의
푸른 電燈은 孤寂합니다.
붉은 電燈은 孤寂합니다.

— 김소월, 「서울 밤」 부분[13]

12) 한하운, 「나의 시작 수업」, 『황토길』(신흥출판사, 1960), 13쪽.
13) 김소월, 『소월 시집』(정음사, 1956), 130~131쪽.

빨간불이 켜진다.
파란불이 켜진다.

자동차 전차 할 것 없이
사람들은 모두들 신호를 기달려 섰다.

나도 어엿한 누구와도 같이
사람들과 사람들과 사람들 틈에 끼여서
이 네거리를 건너가 보는 것이다.

아 그러나
성한 사람들은 저이들끼리
앞을 다투어 먼저 가 버린다.

— 한하운, 「꼬오·스톱」 부분

황금찬은 조연현에게 들은 이야기라면서 「꼬오·스톱」의 표절 의혹을
제기한다.[14] 구체적으로 어떤 작품의 표절인지 황금찬이 밝히고 있지는
않지만, 김소월의 「서울 밤」과의 영향 관계를 검토할 필요가 있어 보인다.
두 시는 모두 신호등의 불빛을 언급하는 것으로 시작한다. 공통적으로 시
골 사람이 서울 거리에서 본 풍경을 그린다. 게다가 두 시인이 그리는 정
서도 타향에서 느끼는 소외감이라는 점에서 일치한다. 물론 한하운의 시
에는 한센병자로서의 자격지심이 엿보인다. 그러나 그것만으로 이 시의 독
창성을 말하기에는 부족하다. "붉은 전등"을 "빨간불"로 고치고 있는 점
은 '영향에 관한 불안'을 드러낸다.
「바라건대는 우리에게 우리의 보습대일 땅이 있었더면」의 "東이랴, 南

---

14) 황금찬, 「한하운의 시」, 『돌아오지 않는 시간의 저편』(신지성사, 2000), 315~317쪽.

北이랴./ 내 몸은 떠가나니, 불지어다"는 「자벌레의 밤」의 "첩첩한 어둠 속에 浮標처럼 떠서/ 가릴 수 없는 東西南北에 지친 사람아."와 유사하다. 한하운은 「업과」에서도 '동서남북'이라는 시어를 쓴다. 단순히 시어만을 문제 삼는 것이 아니다. 김소월 시의 "내 몸은 떠가나니"의 동적 이미지가 「자벌레의 밤」의 "나의 상류에서/ 이 얼마나 멀리 떠내려온 밤이냐."에서도 반복되고 있다. 두 시가 모두 뿌리를 잃고 떠밀려 가는 삶을 그리고 있다는 점에서 유사하다.

한하운의 「개구리」는 구사노 신페이(草野心平)의 개구리 연작에서 자유로울 수 없다. 구사노 신페이는 꾸준히 개구리와 관련된 시를 써 왔는데, 의성어와 의태어로 개구리의 형상을 나타낸 것으로 유명하다. "るるるるるるるるるるるるるるる"(「춘식(春殖)」 전문)라는 연못에 낳은 개구리 알을 형상화한 『제백계급(第百階級)』(1928) 소재의 시는 한하운의 「개구리」와 비교해 볼 만하다.[15] 'ㄱ', 'ㄹ'의 자음에 모음을 결합한 한하운 「개구리」의 시행은 일본어로 개구리를 '돌아가다'라는 뜻으로도 풀이할 수 있는 '가에루(かえる)'와 관계가 있다. 구사노 신페이도 '가(か)'와 '라(ら)' 단을 많이 활용하여 개구리 연작을 시도했다.

한하운의 시는 이렇게 표절과 영향의 경계에 아슬아슬하게 걸쳐 있다. 그러나 『한하운 시초』에 그의 독자적인 부분이 전혀 없는 것은 아니다. 그것은 그가 한센병자라는 점에서 기인하지만, 그 구체적인 양상을 '한센병 문학'으로 손쉽게 환원하지 않으면서 가시화하는 작업이 요청된다.

3 '존재의 죄'를 거부하는 신체적 언어: 『한하운 시초』의 경우

한하운은 데뷔 이전에 이미 명동의 유명 인사였다. 최영해는 카페 몬파르레스 근처에서 한하운과 박용주가 만난 것을 인상적으로 묘사한 바 있

---

15) 草野心平, 「春殖」, 村上菊一郎 編, 『近代文學鑑賞講座 第20卷』 4版(角川書店, 1967), 213쪽.

다.[16] 한하운은 월남 이후 명동에서 걸식하다가 점차 문인들의 눈에 띈다.[17] 그에게는 월남인·한센병자로서의 기구한 내력이 있고, 그의 기괴한 행각은 일종의 스펙터클로서 알려지게 된다. 게다가 그는 오래 살지 못할 것처럼 보였다. 이병철은 한하운의 시를 엮어 내면서 "불우의 시인 하운은 오늘 시를 쓰고 싶어도 쓰지 못하게 되었다. 손꾸락이 떨어져 버렸다. 지난겨울의 추위에 시력마저 잃어버렸다."라고 쓴다.[18] 조영암도 최태응의 전언을 옮기면서 한하운의 상태를 "안면 대부분이 부화해 갔고" "안막이 흐려 잘 보이지 않으나" 실명에 가깝다고 비관적으로 묘사한다.[19] 한하운이 문단의 공식적인 절차를 거치지 않고 파격적으로 지면을 얻게 된 것은 그가 곧 죽을 운명이라는 '죽음에서 빌려 온 권위'에 힘입은 바 크다.

『한하운 시초』의 시적 세계는 죽음을 예기하게 한다. "버드나무 밑에서 지까다비를 벗으면/ 발가락이 또 한 개 없다."(「전라도(全羅道)길」), "간밤에 얼어서/ 손가락이 한 마디/ 머리를 긁다가 땅우에 떨어진다"(「손가락 한 마디」) 등 신체 탈락의 이미지는 한센병자 특유의 증상을 재현한 것으로 죽음에 관한 불안을 불러일으킨다. "배꼽 아래 손을 넣으면/ 三十七度의 體溫이/ 한 마리의 썩어 가는 생선처럼 밍클 쥐여진다"(「목숨」), "썩은 육체 언저리에/ 내 헒과 菌과 悲와 哀와 愛를 엮어/ 펫목처럼 창공으로 흘려 보고파"(「하운(何雲)」)에 나타난 부패의 이미지도 한센병자의 실존적인 고뇌를 보여 준다. 신체 탈락과 부패는 죽음으로의 불가역적인 근접을 나타낸다. 그것은 회복할 수 없는 손상이기에 시적 화자는 자기 비하의 감정에 빠지게 된다. 그래서 그의 시에는 자신의 처지를 강물에 떠밀려 가는 "벌레"에 빗댄다든지(「자벌레의 밤」) "벌레"를 약으로 먹어야 하는 처지를 비관하는(「버러지」) 비유가 등장한다. "버섯"(「나」)이나, "문들레꽃"(「봄」)처럼 보

---

16) 최영해, 「간행자의 말」, 한하운, 『한하운 시초』 재판, 앞의 책, 96~99쪽.
17) 한하운, 「생명과 자학의 편력」, 『황토길』, 앞의 책, 37~40쪽.
18) 이병철, 앞의 글, 177쪽.
19) 조영암, 「하운의 생애와 시」, 한하운, 『한하운 시초』 재판, 앞의 책, 83쪽.

잘것없는 식물에 자신을 투사하는 전략도 같은 맥락에서 이해할 수 있다.

"성한 사람들"(「꼬오·스톱」)과 "문둥이"(「전라도길」)는 서로 섞일 수 없다. 언제나 자신의 편인 어머니마저 돌아가시고(「어머니」), 여성들은 그를 외면한다.(「여인」) 이 시집에서 여성들은 그에게 거리를 둔다. 그리고 "야멸친" 시선으로 그를 본다.(「추억 1」) 그는 여성을 통해 구원받지 못하고 소외감을 느낀다. 자연도 그를 품어 주지 않는다. "전라도길"은 애초에 "숨막히는 더위뿐"이었고(「전라도길」), "森羅萬象은 相互扶助의 깍지를 끼고" 그를 받아주지 않는다.(「냉수 마시고 가련다」) 「전라도길」, 「삶」, 「막다른 길」, 「자화상」에 반복적으로 쓰인 형용사 '낯설다'는 뿌리 뽑힌 자의 소외감과 막막함을 드러낸다.

이 시집의 중핵은 천형 의식에 있다. 한하운은 이 지상에서의 소외감, 외로움, 정처 없음을 일종의 '천벌'로 인식한다. "죄명은 문둥이……/ 이건 참 어처구니 없는 罰이올시다."(「벌」)나 "여기 있는 것 남은 것은/ 辱이다 罰이다 문둥이다."(「삶」), "億劫을 두고 나눠도 나눠도/ 그래도 많이 남을 罰이올시다 罰이올시다."(「나」) 등이 대표적인 경우이다. 특히 「벌」에서 그는 "벌"이 부당함을 역설한다. 그에게 주어진 "벌"은 위법 행위에 대한 것이 아니다. 잘못한 행위에 대한 죄가 아니라 존재에서 기인한 죄를 묻는 것이기에 그는 하늘에 대고 벌의 부당함을 토로한다. 이 '존재의 죄'를 갚는 길은 죽음밖에 없다. 존재를 소거하지 않고는 죄에서 벗어날 길이 없는 것이다. 그 죄를 상상적으로 벗어난 것이 "나는/ 나는/ 죽어서/ 파랑새 되리."(「파랑새」)라는 예외적인 작품이다. 이 시에서 그는 죽음을 통해 자신의 존재를 초월한다. 그러나 더 많은 경우 그는 "한 번밖에 없는 자살"(「봄」)을 아낀다. 그의 생존 본능은 이 시집에서 '가다'라는 동사로 응축된다. 그냥 서 있는 것은 자신의 실존적 조건을 떠오르게 한다. '서서 우는 문둥이'의 이미지는 「행렬」과 「수수야곡(愁愁夜曲)」에 반복적으로 등장한다. 서 있는 것은 자신의 그림자를 보게 한다.(「자화상」) 또 그것은 건강한 사람들끼리 다 가 버린 건널목에 자신을 홀로 남겨 놓게 한다.(「꼬오·스톱」)

따라서 이 '존재의 죄'에서 벗어나는 길은 '가는[行]' 방법밖에 없다. "가도 가도 千里 먼 全羅道길"(「전라도길」), "주막도 비를 맞네/ 가는 나그네"(「비오는 길」)에 나타난 것처럼 갈 수밖에 없다. 심지어 아이들의 한글 공부 소리마저 그에게 "가라"(「개구리」)고 한다. 그러나 이 가는 행위에 종착점이 없다는 데 주목해야 한다. '존재의 죄'에서 벗어나고자 하는 그의 시도는 가도 가도 끝이 나지 않는 길이었다.

4 자연의 회복, 혹은 순수 문학론적인 세계: 『보리피리』와 박거영

1953년의 필화 사건은 한하운에게 전화위복의 기회가 된다. 그는 여러 매체에 이름이 오르내리면서 유명해진다. 그리고 박거영의 도움을 얻어 다시 문학계로 돌아온다. 박거영은 함남 원산 출신으로 1933년 《조선중앙일보》를 통해 등단한 이후 상해에서 교민 신문 성격의 《대한일보》를 공동 발행했으며, 해방 이후 귀국해 '인간사'라는 출판사를 운영한다. 1948년에는 김광균, 박용구 등과 시낭독연구회를 결성하여 활동한다. 한하운과 박거영은 고향이 지리적으로 가까웠다. 그들은 '황초령'이라는 잃어버린 시원의 풍경을 공유한다. 한하운은 박거영의 「황초령」(《신천지》, 1950. 6.)을 읽었고, 박거영에게 그 감동을 말한 바 있다.[20] 한하운은 '황초령'을 화전민의 '인정'이 남아 있는 곳으로 그린다. "일생을 이 망각의 고원에 묻어 버리고 살까" 했다는 한하운의 술회는 "황초령 턱마루/ 흰 구름 그늘속에// 이대로 넌지시/ 푹 주저앉아야겠다"라고 한 박거영의 시와 공명한다.[21] 또 "당신들은/ '따리아'를 가슴에 안고/ 모두 즐겁게 가시는구려// 나는 분명히/ '박거영'이올시다// 나는/ 혼자만 여기/ 이렇게 서 있읍니다"(「애가」)에서처

---

20) 한하운, 「나시인 사건」, 『황토길』, 앞의 책, 160~162쪽.

21) 박거영, 「황초령」, 《신천지》 1950. 6, 158~159쪽; 한하운, 「황무지 개척의 열광」, 『나의 슬픈 반생기』, 앞의 책, 52쪽.

럼 박거영도 남한 사회에서 소외감을 느끼고 있었다.[22] 실존 인물인지 그 존재 자체를 의심받은 한하운과 그는 같은 처지였다. 『보리피리』는 박거영이 여러 곳 손을 본 것이라는 증언도 있지만,[23] 그 정도로 한하운과 박거영은 불가분의 관계였다.

"冬眠 六年後 이번 처음 不過 이개월 동안의 奔忙中에서 急作히 지난 放浪旅情을 엮은" 것은 박거영의 부단한 격려가 있었기 때문이라고 한하운은 말한다.[24] 그리고 불과 1년 만에 『한하운 시 전집』이 인간사에서 발행된다. 『한하운 시초』와 『보리피리』를 합친 데 지나지 않은 것이었다. 서정주 서문과 조영암 해설, 이영자 감상문, 박거영 간행사가 덧붙었다. 특히 주목되는 것은 이영자의 글이다.

그가 문둥이였기에 독자의 눈물을 흘릴 만한 시를 쓸 수 있었다고 나는 생각한다. 다행이라 할까 그가 문둥이가 아니었더라면 그는 한 방울 아침 이슬과도 같이 잠간 생겼다가 아무 흔적도 없이 사라져 가는 범인이 되었을 것이 틀림없는 것이다. 일시적인 그의 육신의 편안함이 행복이라면 더 말할 나위도 없이 지금의 그는 불우한 인생이라 하겠다.

앞서 말하기를 그는 부인할 수 없는 불우의 시인이라 하였으나 나는 여기서 그것을 부정한다. 불우의 인간이라면 몰라도 불우의 시인이라 하면 크나큰 오점이 있다.[25]

이영자는 성신여고 학생이다. 일반인의 글이 문인의 전집에 실린 것은

22) 박거영, 「애가」, 김종문 편, 『전시 한국 문학선 시편』(국방부 정훈국, 1955), 137~138쪽.
23) 김규동의 회고에는 사실과 다른 부분이 있으므로 신중하게 검토할 필요가 있다. 가령 『보리피리』를 1949년 무렵의 시집으로 회상하고 있는 점, 서정주가 인간사에서 창작 교재를 낸 일이 없다고 한 점 등은 사실과 다르다. 김규동, 「기인 박거영」, 『나는 시인이다』 (바이북스, 2011), 255~258쪽.
24) 한하운, 「자서」, 『보리피리』(인간사, 1955).
25) 이영자, 「한하운의 시와 인간」, 한하운, 『한하운 시 전집』(인간사, 1956), 180~181쪽.

극히 이례적이다. 이것은 한하운이 일반 독자들 사이에서 많이 읽히고 있었다는 방증으로 내세울 만하다. 이영자는 한하운의 지병이야말로 그를 이인(異人)이게 하는 조건이라고 적는다. 한하운의 존재 그 자체를 인정한 평가이다. 일반인의 '간증'과도 같은 감상문을 전집 뒤에 붙인 박거영의 출판 감각도 눈여겨볼 만하다.

인간사는 그 후에도 한하운의 『나의 슬픈 반생기』, 박거영의 『한하운 시 감상』을 출간한다. 특히 후자는 『한하운 시 전집』의 원고에 박거영의 단평을 붙인 체제이다. 한하운의 시는 불과 몇 년 사이에 재탕, 삼탕으로 활용된 셈이다.[26] 그의 시는 해설서의 형식으로도 널리 읽힌다. 그는 인기 작가가 된 것이다.[27]

『보리피리』는 '시론'이 강조된 시집이다. 시인은 자신만의 시론이 있어야 한다고 한하운은 여러 번 강조한다. 그가 시론으로서 내세운 것은 "자연과 인생을 정확히 관찰"하는 것으로 수렴된다.[28] "나의 시정신은 인간의 존엄성과 지난날에는 인식하지 못한 만유에의 진선미와 외경이다."는 그 변주에 지나지 않는다.[29] 박거영의 평가를 검토해 보는 것도 무의미한 일은 아닐 것이다.

제2부(※『보리피리』─ 인용자)의 시들은 제1부(※『한하운 시초』─ 인용자)의 시보다는 훨씬 작자의 통곡이 밑으로 까라앉은 느낌을 준다. 시의 형태도 제1부에서는 퍽으나 직접적이고 육성 그대로의 표현을 취하였는데, 제2부에서는 이런 직정적인 표현이 많이 가시어지고, 그 대신에 자연을 관조하는

---

26) 이외에도 『황토길』(신흥출판사, 1960), 『시화집』(문화교육출판사, 1962) 등이 있다. 시화 집에는 기존의 시 이외에 「생명의 노래」, 「서울의 봄」, 「도라지꽃」, 「한강수」, 「명동거리 (3)」, 「은진미륵」 등 여섯 편의 작품이 추가되어 있다.

27) 1960년 8월 기준, 『보리피리』는 7판, 35,000부를 찍었다.(「슬픔이 낳은 기쁨을 안고 기구한 반생을 걸어온 시인 한하운」,《경향신문》 1960. 8. 17, 3면)

28) 한하운, 「나의 시작 수업」, 『황토길』, 앞의 책, 13쪽.

29) 한하운, 「시에 대한 喃語」, 백철 외 편, 『52인 시집』(신구문화사, 1968), 511쪽.

눈이 폭을 넓히고 있다. 시적 감흥으로 볼 때 제2부의 시들은 제1부보다 약할지 모르나, 그 대신 무게 있는 내용과 침착한 관조는 작가의 정신적 성장을 보여 주는 것이라 하겠다.[30)

'통곡'이 잦아든 것은 한하운이 유리걸식의 생활을 청산하고 구라(救癩) 사업에서 자신의 소명을 찾은 것과 관련이 있다. 몸 둘 곳을 찾은 것이다. 『한하운 시초』에서 '자연'은 가도 가도 끝이 없는 가혹한 자연이다.(「전라도길」) 그러나 『보리피리』의 '자연'은 한센병자가 지친 몸을 쉴 수 있는 '합일'의 세계로 그려진다. '자연'과 한센병자의 생명 의지는 이제 모순 관계가 아니다. "폭신한 파랑 잔듸는/ 생명의 태반"(「청지유정(靑芝有情)」)이고, 소외감이 증폭되던 밤은 "또 하나의 생명과 영혼이 태어나는"(「부엉이」) 시간이 된다. 떨어진 꽃을 밟고서 평화롭던 옛날로 돌아가는 「답화귀(踏花歸)」의 '자연'도 가혹한 세계와는 거리가 멀다. 『보리피리』에서 한하운은 모성적인 공간으로서의 '자연'을 회복한다. 표제시 「보리피리」에서 모든 인간사의 그리움은 '피리 불기=시'를 통해 '자연'으로 승화된다.

『보리피리』에는 신체 탈락과 부패의 그로테스크한 이미지가 드러나지 않는다. 『한하운 시초』가 지극히 현세적이고 신체적인 세계라면, 『보리피리』는 상대적으로 확장된 시간·공간 감각과 관념의 세계를 이룬다. "天然은 太古의 榮光 그대로"(「무지개」), "億劫을 두고/ 오늘도 갈매기와 더부러 늙지 않는 너의 靑春"(「해변(海邊)에서 부르는 파도(波濤)의 노래」), "침울한 내 病室에 久遠의 마스콭"(「리라꽃 던지고」), "아득히 아득히 몇 億劫을 두고 두고"(「인골적(人骨笛)」) 등 한하운은 '영원'이라는 관념에 매달린다. 『한하운 시초』가 "가도 가도"의 신체적인 시간을 그린 것과 대조적이다. "아슬한 은하수 만리"(「답화귀」), "지구의 한 토막이 무너져/ 둥 둥 떠간다"(「양자강(揚子江)」), "蒙古라 하늘 끝 亞細亞의 北僻"(「인골적」) 등은 장대한 규

30) 박거영, 『한하운 시 감상』(인간사, 1959), 106쪽.

모의 공간 감각을 보여준다. "모든 靈魂이 쉬는 밤"(「부엉이」), "人間의 靈魂의 그리움"(「무지개」), "못살고 죽은 生靈이 운다"(「인골적」) 등 한하운은 "영혼"이라는 시어를 즐겨 쓴다. "영혼"은 『한하운 시초』에는 전혀 나오지 않는 시어이다. 박거영이 가필한 탓일 수 있지만, 그의 '자연'은 「국토편력」의 제목에서 볼 수 있듯이 갑자기 '국가'나 '민족'으로 무리하게 연결된다.

> 이 江山 가을 길에
> 물 마시고 가 보시라
> 水晶 서린 이슬을 마시는 산뜻한 爽快이라.
>
> 이 江山
> 도라지꽃 빛 가을 하늘 아래
> 田園은 豊穰과 結實로 익고
> 빨래는 기어이 白雪처럼 바래지고
> 고추는 太陽을 날마다 닮아간다.
>
> ——「국토편력」 1·2연

> 이제 나보고 病들었다고
> 저 느티나무 아래서 성한 사람들이
> 나를 쫓아냈었다.
> 그날부터 느티나무는 내 마음속에서
> 앙상히 울고 있었다.
>
> ——「국토편력」 7연

「국토편력」의 도입부는 '동일성'의 원리를 잘 따르고 있다. 그러나 한하운은 갑자기 느티나무 이야기를 꺼내더니 이내 마을 공동체에서 타자화된 자신의 경험으로 화제를 옮긴다. 이런 전환은 부자연스럽다. 그리고 이 시에는 "아, 살고 가을길 하늘끝 간데"처럼 의미가 통하지 않는 문장도 있다. 퇴고의 과정에서 '살고'를 지우지 못한 것으로 추정된다. 그런데 이런 오류는 『정본 한하운 시집』에서도 고쳐지지 않는다. 그의 사후에 나온 『한하운 전집』(2010)에서도 물론 원전에 손을 댈 수는 없었다. 이 시는 과연 한 사람이 쓴 것이라고 할 수 있을까.

『보리피리』의 '자연'은 한하운 본심의 세계라기보다 시 공부의 결과로 여겨진다. 단적으로 그것은 '문협파'의 순수 문학론에 근접한 것이다.[31] 박거영은 한하운이 서정주의 눈에 들도록 상당히 공을 들인다. 『보리피리』의 출판기념회가 문인들에게 외면을 받은 탓도 있지만, 『한하운 시 전집』의 출판기념회는 서정주가 인간사에서 낸 『시 창작 교실』의 출판기념회를 겸해 진행된다.[32] 박거영과 한하운은 끝까지 좋은 관계를 유지하지는 못한다. 두 사람은 인세 문제로 다투고 갈라선다. 한하운은 일반 독자의 호응을 얻었지만, 문단에 잘 섞이지 못한다. 「꼬오·스톱」의 예에서처럼 조연현을 포함한 당시의 주류 문인들은 그의 독창성에 의혹을 품고 있었으며, 박거영은 이 의혹에 더욱 부채질하는 말을 하고 다닌다.

5 휴머니즘, 사랑의 실천: 『보리피리』 그 이후

한하운은 자작시 해설집 『황토길』의 서문 앞에 『전쟁과 평화』의 영역(英譯)을 인용하고, 이를 다시 우리말로 옮긴다. "가장 곤란하나 가장 본질적인 것은 ─ 생을 사랑한다는 것이다. 괴로울 때도 사랑한다는 것이다. 생은 모든 것이다. 생은 신(神)이다. 생을 사랑함은 신을 사랑하는 것이다."가 그것이다.[33] 『황토길』이 그의 시론을 집약하는 성격을 띤 책임을 염두에 둘 때, 그가 이른 사상적인 지점은 휴머니즘이었음을 알 수 있다.

---

31) 박연희, 「시인들의 문학적 자기 서사」, 김성연·임유경 엮음, 『동아시아 역사와 자기 서사의 정치학』(앨피, 2018), 308쪽.

32) 「서·한 양씨 출판기념회」, 《동아일보》 1956. 7. 12, 4쪽.

문학이란 기교가 아니라 "인간도의 수련"이요, "서식의 거절을 당한 모진 역경을 초극하게 된 재생된 길"이라고 그는 주장한다.[34] 그의 휴머니즘은 한센병자로서 그가 품고 있던 소망, 거절되지 않는 '인간'이 되고자 하는 마음에 그가 사후적으로 붙인 '이름'이다. 즉 휴머니즘의 이름으로 그는 인간의 권리를 세상에 요구할 수 있게 된 것이다. 그는 '사랑'이 '종교'라고 한 톨스토이의 말을 잘 이해할 수 있었을까. 그는 사실 종교적인 인간은 아니다. 그에게 '사랑'은 보다 세속적인 것이었다.

거절되지 않는 인간이라는 한하운의 개인적인 소망은 우선 여성상의 차원에서 검토할 수 있다. 『한하운 시초』의 여성은 시적 화자를 야멸차게 노려보거나 시적 화자에게 등을 돌리지만, 「리라꽃 던지고」의 'P 양'은 오히려 시적 화자를 동정한다. 『한하운 시초』의 '나'가 어디에서도 받아들여질 수 없는 절대적인 타자라면, 「리라꽃 던지고」의 '나'는 누군가의 사랑을 받는 존재이다. 그 '나'는 『나의 슬픈 반생기』에서처럼 여성의 구애를 물리친다. 그러나 이것은 참으로 문학적인 행위이다. 그의 '거절'은 '그와 같은 거절에도 불구하고' 사랑을 물리치지 않는 여성의 절대적인 승인을 위한 '의식'처럼 여겨진다.

'여성의 승인'이라는 한하운 문학의 주제는 '인간의 승인'과 한 쌍이다. 『한하운 시초』가 「나」, 「자화상」 등 제목에서 단적으로 드러나듯이 주관적인 세계를 그린다면, 「나혼유한(癩婚有恨)」은 한센병자의 결혼식을 제3자적인 위치에서 묘사함으로써 보다 보편적인 위치를 점하고자 한다. 「나혼유한」은 '생명의 본연'으로서의 인간성 탐구로 나아간다. 한센병자도 성한 사람과 똑같은 인간이라는 것이다. 그 평범한 사실을 인정받기 위해 그는 「나는 문둥이가 아니올시다」와 같은 시를 쓴 것이다. 「나는 문둥이가 아니올시다」의 종주먹을 대는 식의 반항적인 어조는 사실 이병철이 한하운의 세계를 소개하면서 강조한 부분이다. 한하운은 그 반항성을 사회주의

---

33) 한하운, 『황토길』, 앞의 책, 1쪽.
34) 위의 글, 11쪽.

와 같은 것이 아니라 전혀 위험하지 않은 휴머니즘과 관련된 것으로 설명한다. 그것은 유물론이라기보다 정신주의로 포장된다.

죽엄을 차저가는 마지막 나의 우름은
高山 三防에 幽明을 痛哭한다.

죽엄을 막는가
바람도 없어라
부엉이는 슬피 우는가.

하늘이 쪼각난 天幕에
十五夜 달무리는
내 등 뒤에 圓을 그린다.

—「삼방(三防)에서」 부분

시적 화자는 죽기 위해 고원으로 올라간다. 그러나 죽지 못한다. 너무 높아 죽음조차 찾아올 수 없는 고원이다. 죽지 못한 시적 화자의 등 뒤에 나타난 '원광'은 죽음을 회피하는 인간 본연의 생존 의지야말로 성스러운 것임을 보여 준다. 이 시는 휴머니즘의 정신주의를 삼방 고원의 높이로 잰다.

1960년대의 한하운은 시에서 점차 멀어져 수필에 치중한다. 그것은 박거영과의 결별에서 어느 정도 원인을 찾을 수 있을지 모른다. 박거영이 훌륭한 시인은 아니었지만, 한하운도 시를 잘 몰랐다. 시는 그에게 어려운 장르였다. 그는 무하문화사를 설립하고 '공론' 동인에 참여한다. 그 공동 선언은 다음과 같다.

隨筆은 思想 情緒에서 비롯하여 보다 直接的 行動的으로 풍겨 내는 生活의 叡智요, 知性의 結晶이다./ 오늘날 '人間'은 切迫한 歷史環境과 生活

現實 속에서 叡智와 知性으로써 '휴머니즘'의 前衛를 삼는다./ 우리는 分野가 다른 各界 사람들끼리 뜻있는 '空論同人'이 되어, 生活哲學으로서의 새로운 隨筆 文學을 樹立한다.[35]

'공론' 동인은 1963년 3월 사회평론사 주간이자 월간《정치평론》의 발행인인 김재완이 '사회평론 수필동인회'를 만들고자 한 데서 출발한다. 김재완이 서중석, 천경자, 박암, 이규복, 김사달, 최신해, 진학문, 한하운, 한태수 등을 개별 접촉하여 초기 멤버의 윤곽이 잡힌다.[36] 김재완은 '상호(常湖)'라는 호를 쓰면서 한하운과 함께 직접 동인지 편집에 관여한다.[37] '공론' 동인의 수필은 1965년 2월부터 한센병 계몽지인 월간《새빛》에 연재되는데, 이는 한하운과의 교섭에 의한 것이었다. 공동 선언의 내용을 보면 '예지'와 '지성', '인간'과 '휴머니즘'이 강조된 것을 알 수 있다. '생활'이라는 말도 많이 쓰였다. 이 선언문은 휴머니즘의 "직접적 행동적"인 실천= "생활철학"으로 이어지는 논리 구조를 취하고 있다.

동인 수필집 『이방인』에 한하운은 「꽃세설」, 「흙전쟁」 두 편의 수필을 싣는다. 그중 「흙전쟁」은 그의 중농주의적인 성향을 잘 보여 준다. 이 글에서 그는 해방 20년을 "경제적 자립 불능"="인간 무능"으로 결산한다. 이 난국의 해결책은 "흙으로 돌아가는 길"밖에 없다고 그는 강변한다. 농림학교 출신다운 발상이다. 그러나 이와 같은 주장은 "식량 부족량 362만 석"이라는 실물 경제의 체감에서 나온 것이기도 하다.[38] 그에게 함흥 쌀 파동을 배경으로 일어난 학생 시위 사건을 「데모」라는 시로 쓴 이력이 있음을 떠올리게 하는 대목이다. 그에게는 생존의 문제야말로 휴머니즘의

---

35) 空論 同人, 「공동 선언」, 『이방인 ─ 공론 동인 수필집』(무하문화사, 1965).
36) 편집부, 「同人會 經過」, 『空論 ─ 제2 수필집』(무하문화사, 1966), 177~180쪽.
37) 1집 편집 후기는 한하운, 김사달, 김재완이 썼고, 2집 후기는 한하운, 최계환, 김재완이 썼다.
38) 한하운, 「흙 전쟁」, 공론 동인, 『이방인』, 앞의 책, 142~143쪽.

문제이고, 곧 생활철학이었다. 『공론 ─ 제2 수필집』 소재의 「흙전쟁 II」
에서 그는 '60年來의 가뭄과 40年來의 홍수'가 겹친 1965년의 상황을 언
급하면서 '치수'의 중요성을 강조한다. "자연을 감정의 樂山樂水의 벗"으
로서만 보지 말고 "산업화하는 효율적 가치"로 보아야 한다는 그의 주장
은 『보리피리』의 자연관에서는 멀리 떠나온 것이었다.[39] 오히려 이 실용적
인 감각이야말로 그의 본래의 자연관이었던 것이 아닐까. 1960년대 안평
농장, 경인종축장 등을 경영한 그의 행보는 실천적 노선으로 이해할 수 있
다. 그는 좋은 사람이 되고 싶었을 것이다. 국가와 민족에 공헌함으로써,
많은 직함을 만들면서 그는 누군가에게 인간으로서 무조건 승인을 받고
싶었을 것이다.

   1973년 7월 20일, 한하운은 십정농장 부지 매입 시 국고보조금 집행과
관련하여 원조 물자를 임의 처분한 돈으로 공무원 등에게 뇌물을 공여한
혐의로 구속된다. 그 후 정상 참작되어 불구속 기소 처분을 받는다.[40] 생
활인으로서 그의 철학과 승인 욕망이 파국을 맞는 순간이었다. 그에게 내
려진 판결은 그의 '존재'에 대한 것이 아니라 '행위'에 대한 것이었다.

6 한하운의 문학사적 위치

   『한하운 시초』에는 김소월, 구사노 신페이 등 기성 시인의 흔적이 많이
남아 있다. 일본 한센병 문학의 선구자인 호조 타미오의 영향도 엿보인다.
그러나 그는 자신의 행위에 따른 죄가 아니라 존재에 부과된 죄를 거부하
는 반항적인 몸짓을 그린 일련의 작품들(「罰」, 「삶」, 「나」)을 통해 평범한 표
절자의 한계를 뛰어넘는다. 그는 생존을 위해 멈추지 않고 앞으로 나아가
고자 한다. 그것이 "가도 가도"의 신체적인 감각으로 그려진다는 점이 개

---

39) 한하운, 「흙전쟁 II」, 공론 동인, 『空論 ─ 제2수필집』, 앞의 책, 160쪽.
40) 「시인 한하운 씨 구속, 나원조물 횡령 혐의」, 《매일경제》 1973. 7. 20, 7면; 「한하운 씨 불
   구속 기소」, 《동아일보》 1973. 8. 4, 7면.

성적이다. 그러나 그 이행의 감각, 신체의 감각 속에서만 그는 생명을 느낀다는 한계를 떠안고 있다. 『한하운 시초』의 '자연'은 시적 화자에게 가혹하기만 하다. '가혹한 자연'은 고향 상실, 절대적 모성의 대타자를 상실했다는 감각의 연속이다. 『한하운 시초』에서 어머니를 제외한 여성들은 그를 인정해 주지 않고 배척한다. 그의 낮은 자존감은 신체 탈락의 그로테스크한 이미지로 재현된다. 그것이 방법론적인 장치였다기보다 정제되지 않은 날것의 육성이었다는 것이 더 충격을 준다.

한하운이 우리 시사에서 중요한 시인으로 자리매김하게 된 데는 인간사 사장 박거영의 역할이 크다. 한하운은 『보리피리』, 『한하운 시 전집』, 『나의 슬픈 반생기』 등을 인간사에서 출판하여 상업적으로 성공한다. 그의 시는 시집뿐 아니라 해설서의 형태로도 널리 읽힌다. 그는 자신의 시 전집에 여고생의 감상문을 싣고, 자작시 해설집의 마지막 장에는 팬레터를 인용한다. 팬의 구애를 소재로 한 시(「리라꽃 던지고」)를 쓰기도 한다. 그러나 1960년대로 접어들어 여러 사회 사업에 치중하면서 그는 자연스럽게 시에서 멀어진다. 1960년대에 쓴 여러 편의 행사시를 위시한 그의 현실주의적인 시는 범인의 시각에서 크게 벗어나지 않는다. 생활인이 된 이상, 그는 체제를 인정할 수밖에 없었다. 공화당 치세에 자유당을 비판하는 정도는 범인의 감각일 뿐이다. 그가 수필 동인인 '공론(空論)'에 적극성을 띤 것은 이 범용화의 결과로 볼 수 있다.

『보리피리』는 '보리'라는 자연 표상과 '피리'라는 '시'의 표상이 조합된 제목에서 알 수 있듯이 순수 문학론적인 세계관에 근접한 시집이다. 이 시집에서 그는 한센병자의 몸이라도 무조건 받아들이는 모성적인 공간으로서 '자연'을 회복하고자 애쓴다. 이 '자연'은 '국토'라는 국민 국가 담론의 이미지로 활강한다. 그는 '자연'의 승인을 매개로 '국가'의 승인도 바란다. '자연'도 '국가'도 그에게는 '고향'을 대신한 절대적인 대타자였다. 다만 이러한 시도는 그의 실감에서 우러나온 것이 아니었던 만큼 「국토편력」에서처럼 파열부를 드러낸다. 그는 첫 시집의 현세적이고 신체적인 세계에서 벗어나 상대적으로 확장된 시간·공간 감각을 획득한다. 그는 아득한 시공간, '영혼'과 같은 관념의 세계에 관심을 보인다. 그는 '나'의 주관적인 세계에서 벗어나 '인간'의 보편적인 세계로 이행해 가고자 한다. 그것은 「나 혼유한」에서 성과를 낸다. 그는 '인간도의 수련'으로서 휴머니즘을 추구해 간다. 그런데 본심의 영역에서 그의 휴머니즘은 한센병자를 인간으로 인정하는 것, 그 속에서 자신을 구원하는 것이었는지 모른다.

한하운 시에 대한 가장 적실한 평가는 『한하운 시 전집』에서 한 여고생이 한 말 속에서 찾아진다. 그는 '존재의 죄'에 대한 벌을 거부하지만, '존재의 죄'야말로 그를 그이게 한다. 삶과 문학을 분리할 수 없다고 보는 문학관에 따르자면, 한센병 문학으로서 그의 문학은 비교의 대상이 없다. 그의 고향 상실은 한센병임에도 자신을 무조건 사랑해 주는 모성적인 대타자의 상실을 포함한 것이었기에 중층적인 것이다. 월남 이후 그의 삶의 편력은 그 잃어버린 대타자로서 연인과 고향, 자연과 국토, 더 나아가 국가를 되찾고자 한 것으로 요약할 수 있다. 승인 욕망에 기인한 그의 길이 항상 성공적인 것은 아니었다. 그의 반골 기질은 곳곳에서 파열음을 낸다. 그러나 그 실패가 항상 다 부정적인 것만도 아니었다. 그가 『나의 슬픈 반생기』에서 '38선'의 정치적인 의미를 말할 때, 거기에는 단순한 반공주의나 국가주의로 환원할 수 없는 비판적 관점이 내재해 있다. 그에 대한 문학사적인 평가는 지금보다 애틋한 시대였던 당대의 삶을 감안하지 않을 수 없다. 그는 국가 권력에 의해 존재를 의심받는 '호적도 없던' 존재이지만, 한편으로 그 억울한 피해자 대표 자격이 그를 인기 작가로 만들었다. 그것은 한하운 자신보다도 그를 둘러싼 출판 환경과 독서 문화에 초점을 맞춘 더 실증적인 점검이 필요하다. 향후의 과제로 남겨 둔다.

참고 문헌

기본 자료

공론 동인, 『이방인 — 공론 동인 수필집』, 무하문화사, 1965

공론 동인, 『공론 — 제2 수필집』, 무하문화사, 1966

김소월, 『소월 시집』, 정음사, 1956

김종문 편, 『전시 한국 문학선 시편』, 국방부 정훈국, 1955

박거영, 『한하운 시 감상』, 인간사, 1959

백철 외 편, 『52인 시집』, 신구문화사, 1968

한하운, 『한하운 시초』, 정음사, 1947/1953

_____, 『보리피리』, 인간사, 1955

_____, 『한하운 시 전집』, 인간사, 1956

_____, 『나의 슬픈 반생기』, 인간사, 1958

_____, 『황토길』, 신흥출판사, 1960

_____, 『정본 한하운 시집』, 무하문화사, 1964

_____, (재)인천문화재단 한하운전집편찬위원회 편, 『한하운 전집』, 문학과
　　지성사, 2010

《경향신문》, 《동아일보》, 《매일경제》, 《신천지》 등

단행본

고명철, 「'나해방'을 향한 울음의 시학」, 한하운·고명철 엮음, 『한하운 시선』,
　　지식을만드는지식, 2013, 231~242쪽

김규동, 「기인 박거영」, 『나는 시인이다』, 바이북스, 2011, 255~258쪽

김현석, 「한하운의 '역사 만들기'와 '인간 개업' 선언」, 부평역사박물관 엮음, 『다시 보는 한하운의 삶과 문학』, 소명출판, 2017, 125~197쪽

박연희, 「시인들의 문학적 자기 서사」, 김성연·임유경 엮음, 『동아시아 역사와 자기 서사의 정치학』, 앨피, 2018, 308쪽

황금찬, 「한하운의 시」, 『돌아오지 않는 시간의 저편』, 신지성사, 2000, 315~317쪽

北條民雄, 「いのちの初夜」, 『北條民雄 小說隨筆書簡集』, 講談社 文藝文庫, 2015

村上菊一郎 編, 『近代文學鑑賞講座 第20卷: 三好達治.草野心平』 4版, 角川書店, 1967

논문

고봉준, 「세계 상실에 맞선 생명의 영가」, 《사이》 23, 국제한국문학문화학회, 2017, 237~268쪽

김신정, 「고통의 객관화와 '인간'을 향한 회구」, 《현대문학의 연구》 7, 1996, 한국문학연구학회, 241~262쪽

박연희, 「한하운 시에 나타난 월남 의식과 '문둥이' 표상」, 《사이》 23, 2017, 국제한국문학문화학회, 207~236쪽

정우택, 「'한하운 시집 사건'(1953)의 의미와 이병철」, 《상허학보》 40, 2014, 상허학회, 147~184쪽

조은하, 「한하운 시 의식 변모 양상」, 《한국시학연구》 56, 2018, 한국시학회, 217~249쪽

최명표, 「한하운 시의 정치시학적 연구」, 《현대문학이론연구》 26, 2005, 현대문학이론학회, 345~365쪽

최원식, 「한하운과 『한하운 시초』」, 《민족문학사연구》 54, 2014, 민족문학사학회, 475~501쪽

한순미, 「서러움의 정치적 무의식」, 《사회와 역사》 94, 2012, 한국사회사학회, 297~332쪽

제3주제에 관한 토론문

김신정 | 한국방송통신대 교수

한하운 문학의 형성과 그 의의에 대해 포괄적이고도 상세하게 조망해 주신 장이지 선생님의 글을 잘 읽었습니다. 많은 독자들이 한하운 문학에 대해 갖고 있는 대체적인 인상은 '한센병 환자', '한센병 문학'이라는 특성과 주로 관련되어 있습니다. 시인 스스로 '한센병자'의 처지와 고통을 강조했고 그러한 체험과 육성의 언어가 그의 문학의 핵심을 이루고 있으며, 지금까지의 연구에서도 '한센인'으로서의 특수성에 집중되어 왔던 측면이 한하운과 그의 문학에 관한 통념을 형성하는 데 많은 영향을 끼쳐 왔다고 생각됩니다. 장이지 선생님의 글은, 한하운과 그의 문학이 지닌 특수성에 제한되지 않고 '한센병자', '한센병 문학'이라는 평가의 실질적인 내용이 무엇인지, 그리고 그가 문인 사회에 진입하는 과정과 시적 영향 관계는 어떠했는지를 두루 살피고 있고, 그 외에도 시집과 자작시 해설집의 출판 상황에 대해서도 상세한 정보를 제공하고 있습니다. 단순히 한하운 문학에 대한 조망에 그치지 않고 그의 문학에 관한 우리의 '인상'이 어떻게 형성되어 왔는지, 조금 더 시야를 넓혀 포괄적이고 중층적인 맥락에서 그 과정과 의의를 정리해 주셔서 저 역시 한하운 문학을 다시 살펴보는 데 크게 도움이 되었습니다. 출생 연도를 포함한 연보의 문제, 그의 문학에 영향을 끼친 시인들, 그 외 전기적인 사항을 새롭게 밝히고 바로잡으며 실증적으로 검토한 내용도 앞으로의 한하운 연구에 많은 도움이 될 것으로 기대합니다. 선생님의 글을 읽으면서, 한하운 문학의 조건에 대한 거시적이고 객관적인 상을 그려 볼 수 있었습니다. 선생님이 해석하신 내용과 평가에 전반적으로 공감하고 동의하면서 몇 가지 질문을 드리겠습니다.

첫째, 선생님께서는 "한하운 문학의 전체상을 파악하기 위해서는 '한센병 문학'으로서의 특수성과 전후의 정치·사회적 맥락을 중층적으로 검토해야만 한다."라고 하셨습니다. 이 두 가지 문제는 지금까지 진행된 한하운 연구의 큰 줄기이기도 합니다. 전자의 연구가 주로 '한센병자', '한센병 문학'이라는 특수성에 집중했다면, 최근 들어 활발하게 진행된 후자의 연구에서는 '월남인'으로서의 타자성과 전후 국민 국가 담론의 맥락에 좀 더 집중하고 있습니다. 선생님께서는, "한센병자"라는 시인의 전기적인 사항이 그의 문학을 손쉽게 "한센병 문학"으로 환원하게 될 가능성, 그리고 후자의 맥락을 강조하는 경향이 역시 그의 문학을 쉽게 "반공·민족주의적인 맥락 속으로 환원해 버릴" 가능성에 대해 우려를 표하고 계십니다.

지금까지의 한하운 연구에서 다소 협소했던 관점과 치우쳤던 경향을 예리하게 지적하고 정확히 문제 제기를 하고 있다고 보입니다. 이 글에서 문제 제기하신 것처럼, 두 가지 특성을 중층적으로 검토하여 한하운 문학의 전체상을 파악하고 객관적으로 평가하기 위해서는 한하운의 "월남인으로서의 타자성"과 한국 사회에서 그것이 갖는 복잡한 중층성에 좀 더 주목할 필요가 있지 않을까 생각합니다. '월남인으로서의 타자성'은 '빨갱이'와 '반공 투사' 사이, 또는 언제든 배제될 수 있는 비국민과 '대한민국 국민 되기'의 욕망 사이를 아슬아슬하게 넘나드는 양면성을 지닙니다. 한편으로, 월남인으로서 겪은 고향 상실과 월경 체험은 전후 한국 사회의 시대적 보편성으로 확대될 수 있습니다. 저의 소견으로는, 한하운 문학에서 '한센병자로서의 소수자성'은 '월남인으로서의 타자성'과 가까이 연결되어 있고, 이 두 가지 특성이 그의 문학적 조건에서 서로 어떻게 매개되고 결합하며 혹은 경합하고 분투하고 있는지를 해석하는 작업이 중요하지 않은가 생각합니다. 그가 이병철에게 '시인'으로 발탁된 이유도 철저히 배제된 자로서의 '타자성'에 있었고, 전후에 그가 겪은 필화는 '문둥이'(한센병자)와 '빨갱이'(월남인)라는 두 개의 위험한 기호가 결합되고 ('배제된/배제되어야 할') 타자로서 그 '불온성'이 크게 부각되면서 발생한 사건이라고 볼 수 있지 않을까요? 필화 사건 이후 그는 살아남기 위해 적극적으로 '불온성'을 지워 나가며 '한센병자'라는 '소수자', '피해자'의 위치에 서려고 노력했던 것 같습니다. 그러나 그런 와중에서도 '월남 의식'은 여전히 그의 시에서 중요한 측면으로 나타납니다. '한센병'과 '월남인'이라는 두 개의 타자적 기호가 그의 문학적 조건에서 어떻게 맞물리고 때로는 분리되고 경합하는지를 간단히 살펴보았습니다만, '월남인'이라는 또 하나의 타자적 조건을 그의 문학의 형성 과정에서 어떻게 고려하고 해석해야 할지 선생님의 고견을 청합니다.

둘째, 발표문에서 상세하게 정리해 주신 대로, 첫 시집 『한하운 시초』 이후에 한하운은 여러 권의 시집을 출간했지만 출판이 거듭될 때마다 이전의 시들을 재수록했고, 자서전과 자작시 해설집을 비롯한 자기 서사를 반복해서 쓰고 출간합니다. 이렇게 한하운의 문학 활동을 전체적으로 보자면, 시인의 삶(전기적인 사항) — 문학 — 자기 서사가 서로 연동되며 한하운 문학을 구성하는 하나의 시스템으로 움직이고 있는 것이 아닌가 생각됩니다. 자기 서사를 통해서 한하운은 자기 삶을 변호하고 때로는 위증하면서 자기 작품에 대한 해석을 고정하고 스스로 권위를 부여했습니다. 자기 서사는 한하운뿐 아니라 여러 시인들이 참여했던, 1950년대 문단의 한 경향이기도 했습니다. 한하운에게는 투병기이자 월남 서사이자 연애담이자 시 해설서이기도 했던 자기 서사를 한하운 연구에 어떻게 참조하고 활용하고 평가할 수 있을지 선생님께 여쭙고 싶습니다. "단순히 사실의 기록으로만 보는 것은 조심스럽다."라고 발표문에서 표현하셨는데, 작가론 연구의 방법이자 자료로서 자기 서사의 의미에 대해 어떤 의견을 갖고 계신지, "사실의 기록"으로만 보기 어려운 한하운 자기 서사를 문학 연구에 어떻게 참조할 수 있을지에 대해 선생님의 의견을 청합니다.

셋째, 선생님의 글을 읽으며, 한하운 문학의 본령은 '한센병자로서 날것 그대로의 육성과 존재의 죄를 거부하는 신체의 언어'로 집약할 수 있지 않을까 생각해 보았습니다. 이렇게 본다면, 그의 문학의 본령이 가장 잘 드러난 시집은 첫 시집인 『한하운 시초』가 아닐까 합니다. 이 글의 제목인 "존재의 죄 거부하기와 모성적 대타자 찾기"라는 주제가 뚜렷하게 형상화된 시집도 『한하운 시초』입니다. 한하운의 전체 문학 활동과 작품 세계를 평가할 때, 『한하운 시초』가 그의 문학의 본령이라고 본다면 『보리피리』와 그 밖의 시집은 어떤 의미를 갖고 있는지 간략하게 말씀해 주시면 감사하겠습니다.

넷째, 출판 환경과 독서 문화를 실증적으로 검토하는 작업이 필요하다는 말씀에 적극 동의합니다. 작품이 읽히는 맥락을 고려할 때, 한하운 문학을 입체적이고 객관적으로 평가할 수 있지 않을까 생각합니다. 그 같은 선생님의 제언에 동의하면서, 저는 한편으로 한하운 문학을 시대의 베스트셀러로 평가할 수 있지 않을까, 그리고 베스트셀러라는 관점으로 접근한다면 그의 문학에 대한 해석과 평가가 조금 다른 관점에서 이루어질 수 있지 않을까 생각해 보았습니다. 한하운은 처음부터 시를 직접 '팔면서' 문인 사회에 등장했고, 시를 '팔았던' 행위 덕분에 '시인'이라는 타이틀을 얻었습니다. 말하자면, 그는 시를 '잘' 팔았던 시인이고, 시를 어떻게 팔아야 할지 그 방법과 조건에 대해 잘 알았던 시인이 아닌가 생각합니다. 그리고 그러한 그의 행위와 특성이 당시의 출판 환경과 독서 문화와 맞물리면서 '인기 작가', '베스트셀러'로 부상하게 했던 것이 아닐까요? '베스트셀러'라는 관점으로 한하운 문학을 평가한다면, 한하운과 그의 문학의 의미를 어떻게 해석하고 평가할 수 있을지 궁금합니다.

마지막으로, 문학사에서 한하운 문학을 어떻게 평가할 것인가라는 물음에 다다르게 됩니다. 그리고 이에 더해 한국 문학사에서 소수자 문학이 갖는 의미에 대해 생각하게 됩니다. 우리 시사에서 한하운 문학의 위치는 결국 '한센병 문학'이라는 '소수성'과 '타자성'으로 자리매김될 수 있는 것이 아닌가 생각합니다. '나환자'라는 조건과 '문둥이' 표상, '천형'의 시인, 불운의 시인 등은 등단 초기부터 평생 한하운에게 따라붙었던 삶의 조건이자 문학의 조건이었으며 그의 문학적 특수성이었습니다. 한편으로 그의 '소수성', '타자성'은 그가 문인 사회에 쉽게 진입할 수 있었던 중요 요인이었고, 뜻하지 않은 필화 사건으로 탄압과 주목을 동시에 받았던 계기를 제공하기도 했습니다. 이렇게 '한센병 문학', '월남인 문학', '이주 노동자 문학' 등 한국 사회의 소수자들에게 그 고유하고 개별적인 것에 따른 이름과 위치를 부여함으로써 배제되고 누락된 존재로서의 타자를 한국 문학장에 기입하는 일은 그 자체로 중요한 의미를 지닐 것입니다. 그러나 한편으로, '소수자 문학'의 의미를 한국 사회와 문학사의 맥락에서 좀 더 복합적이고 다층적으로 검토할 필요가 있지 않은지, '소수자 문학'이라는 위치와 이름이 개별 문학의 특성과 의의를 평가하는 데 어떻게 기능할 수 있을지 궁금합니다. 저의 소견으로는, '소수성'과 '타자성'에 대한 관심이 다만 소수자적 목소리와 정체성에 대한 확인으로 그치는 것이 아니라 새로운 보편성에 대한 사유로 나아갈 수 있을 때, 또한 한국 문학사에서 단지 여럿의 타자를 발견하고 나열하는 데 멈추지 않고 타자가 위치한 전체 시스템을 상상할 수 있을 때, 소수자 문학의 의미를 논할 수 있지 않을까 생각합니다. 한하운 문학에 대한 평가의 문제와 아울러 '소수자 문학'으로서 한하운 문학의 의미에 대해 선생님의 고견을 청합니다.

한하운 생애 연보

1921년	2월 24일, 함남 함주군 동천면 쌍봉리에서 청주 한씨 종규와 경주 김씨의 2남 3녀 중 장남으로 출생함. 월남 이후 취득한 가호적과 1950년대 간행한 저서의 연보에는 1919년 2월 24일 생으로 되어 있음. 단, 청주 한씨 족보와 1960년대에 작성된 연보에는 대체로 1920년생으로 되어 있음.
1929년(8세)	함흥으로 이사. 함흥 제일공립보통학교 입학.
1935년(14세)	3월, 함흥공립보통학교 졸업. 4월, 이리농림학교 수의축산과 입학.
1939년(18세)	경성제대부속병원 기타무라 세이이치 교수의 진단으로 한센병 확인.
1940년(19세)	3월, 이리농림학교 수의축산과 졸업(제7회).
1943년(22세)	함남 도청 축산과 근무. 도내 장진군으로 전근. 겨울에 다시 경기 용인군으로 전근.
1944년(23세)	한센병이 재발하여 사직. 이때부터 본명인 '태영'을 버리고 '하운(何雲)'을 쓰기 시작함.
1945년(24세)	해방 후 재산을 몰수당하고, 동생과 함께 서점 '건국서사'를 운영.
1946년(25세)	3월 13일, 함흥 학생 데모 사건에 휩쓸려 함흥 교화소에 입감 되었다가 풀려남. 모친 경주 김씨 별세. 대의원 선거에 기권하여 보안서에서 조사를 받음.
1947년(26세)	5월, 동생의 반체제 혁명 모의가 발각되어 체포됨. 6월, 병보

석으로 풀려남. 한센병 치료제를 구하기 위해 월남했다가 돌아오는 길에 다시 체포됨. 8월, 이송 중 탈출하여 다시 월남.

1949년(28세) 《신천지》 4월호에 「전라도길」 외 12편이 이병철에 의해 '나시인 한하운 시초'로 소개됨. 5월, 『한하운 시초』 초판본이 최영해의 정음사에서 간행됨. 8월, 경기도 수원시 세류동 정착촌에 들어감.

1950년(29세) 3월, 경기도 부평 나환자 정착촌 '성계원'으로 이주, 자치회장이 됨. 6월 25일, 한국 전쟁 발발.

1952년(31세) 5월, 신명보육원을 창설하고 원장이 됨.

1953년(32세) 6월, 『한하운 시초』 재판본이 간행됨. 8월 24일자 《태양신문》에 『한하운 시초』를 좌익 선동 시집으로 고발한 기사가 실림.(「『한하운 시초』 압수 — 문제의 좌익 선동 시집에 斷」) 10월 16일, 서울신문사 편집국 방문. 10월 17일, 《서울신문》에 기사화.(「'하운' 서울에 오다 — '레프라 왕자' 환자 수용을 지휘」) 11월 5일부터 8일까지 《평화신문》 지상에 4회에 걸쳐 이정선이 한하운을 유령 인물로, 그의 배후에 공산주의자가 있다는 음모론을 폄. 11월 19일, 국회에서 민주당 소속 최원호 의원이 '한하운 시집 사건'을 국무총리 백두진에게 질의함. 치안국장이 '한하운 시집 사건' 수사 결과를 발표함. 11월 23일부터 25일에 걸쳐 《서울신문》, 《동아일보》, 《태양신문》 등에서 '한하운 시집 사건'을 기사화.

1954년(33세) 6월, 대한한센총연맹을 결성하여 위원장이 됨.

1955년(34세) 3월, 제2 시집 『보리피리』를 박거영의 인간사에서 간행함. 4월, 출판기념회를 열었으나 문인들의 참석은 저조했음.

1956년(35세) 『한하운 시초』와 『보리피리』를 합친 『한하운 시 전집』을 인간사에서 간행함. 7월 12일, 서정주의 『시창작 교실』과 한하운의 『한하운 시 전집』의 공동 출판기념회를 개최함. 서라벌예술학교 학생들이 참석해 합창과 시 낭독을 함.

1957년(36세)	8월 28일, '사천 비토리 사건' 발생. 삼천포 영복원 한센병 환자 300여 명의 사천 비토리 소도 이주 이후, 원주민과 갈등을 빚어 살상 난투극이 일어남. 9월 1일,《동아일보》'공기총'란에 "'사천 사건' — 시도 안 나온다"라는 반응을 내놓음.
1958년(37세)	3월, 청운보육원을 설립하여 원장이 됨. 10월, 자전적 소설 『고고한 생명 — 나의 슬픈 반생기』를 인간사에서 간행함.
1959년(38세)	박거영의 『한하운 시 감상』이 인간사에서 간행됨.
1960년(39세)	3월, 한센병 완치 판정을 받음. 7월, 무하문화사 설립.(서울시 중구 명동 2가 82) 8월, 자작시 해설집 『황토길』을 신흥출판사에서 간행함. 한미제약회사를 창설하여 회장이 됨.
1962년(41세)	6월, 한하운의 인생을 다룬 미국 공보부 후원 영화 「황토길」 촬영. 감독 양성용, 한하운 역에 김웅, 애인 역에 김선영, 그의 모친 역에 복혜숙 출연, 애양원의 스탠리 토플 박사 특별 출연. 8월 25일부터 29일에 걸쳐 시민회관에서 상영함. 10월, 동인지《시인》발간. '향토적 정서의 부흥과 모든 것으로부터의 해방'을 표방함. 최절로, 조남두, 김남석, 장석향, 허미자, 정귀영, 송혁, 장국진 등이 한하운과 함께 동인으로 참여함. 10월, 한하운의 시와 이항성의 판화를 조합한 『시화집』을 교육문화사에서 간행함. 12월 1일부터 9일까지 신문회관에서 이항성과 함께 '시와 판화전'을 개최. 수익금은 보육원 어린이 돕기에 쓰임.
1963년(42세)	3월, 사회평론사 김재완의 제안으로 수필 동인 공론(空論) 결성 준비 모임에 참석. 9월, 발기인 서명 날인. 10월, 충무로 '태극당'에서 '공론' 동인 총회를 엶.
1964년(43세)	1월, 「답화귀」가 번역되어 프랑스에 소개됨.(민희식 역편, 『한국 시집』) 7월, 한센병 계몽지 성격의《새빛》창간. 10월, '공

론' 동인 2차 총회. 12월, 『정본 한하운 시집』을 무하문화사에서 간행함.

1965년(44세)	1월, '공론' 동인 수필집 『이방인』 간행. 6월 10일, 국립보건원 대강당에서 열린 대한나학회 춘기 세미나에 연사로 참여함. 7월, '공론' 동인 3차 총회.
1966년(45세)	3월, '공론' 동인 제2 수필집 『공론』 간행.
1967년(46세)	'공론' 동인 제3 수필집 『공론』 간행. 10월 '공론' 동인 활동 잠정 중단을 합의함.(2012년 활동을 재개함)
1968년(47세)	신구문화사에서 간행한 『52인 시집』에 참여함.
1970년(49세)	서울에서 열린 국제팬클럽대회에서 시가 번역·소개됨.(60명의 시인이 소개됨)
1971년(50세)	10월, 대학생총극회(회장 안성진)가 주도한 한하운 작, 유현목 연출의 계몽 영화 「저 울음소리」가 제작비 문제로 난항을 겪음. 11월, 한국가톨릭사회복지협의회를 결성하여 회장이 됨. 12월 17일, 육영수 여사 나주 나환자촌에 종돈 50여 마리를 기증함. 한하운이 수행함.
1972년(51세)	5월, 전남 고흥군 도양면 소록도에 시비 세워짐.
1973년(52세)	7월, '나원조 밀가루 횡령 사건'에 연루되어 구속됨. 변호사 서주연, 기자 오소백 등이 구명 운동을 벌임. 8월, 불구속 기소가 결정됨. 지병으로 들것에 실려 풀려남.
1975년(54세)	2월 28일, 인천시 북구 십정동 산39번지 자택에서 간경화증으로 타계함. 경기도 김포 계양산 장릉 공원묘지에 안장됨.
1979년	3월, 《월간 독서》에 유고작 「절규의 편린들」, 「나와 내 주변의 여인상」, 「길 위에 선 남자」 등이 발굴·소개됨.
1982년	4월, 김창직이 쓴 평전 『가도 가도 황톳길』이 지문사에서 간행됨.
1984년	이종석·김정숙이 함께 쓴 전기 『나는 나는 죽어서 파랑새 되

리』가 간행됨.

1998년	12월, 한국시연구협회와 월간 《시와 시인》이 제정한 한하운 문학상 1회 시상식이 열림. 수상자로 시인 서지월 선정.
2010년	서거 35주기를 맞이하여 『한하운 전집』이 문학과지성사에서 간행됨.
2017년	12월, 인천 백운공원(부평구 십정동)에 '보리피리 시비'가 세워짐.

한하운 작품 연보

발표일	분류	제목	발표지
1949. 4	시	全羅道길/손꼬락 한마디/罰/ 목숨/데모/열리지 않는 門/ 파랑새/삶/막다른 길/어머니/ 개고리/明洞거리/비오는길	신천지
1949. 5	시	全羅道길/손가락 한마디/ 罰/목숨/데모/열리지 않는 門/ 파랑새/삶/막다른 길/어머니/ 明洞거리/비오는 길/自畵像/ 개구리/꼬오·스톱/洋女/자벌레의 밤/ 業果/秋雨日記/秋夜怨恨/나/봄/ 女人/愁愁夜曲	『한하운 시초』초판
1953. 6. 30	시	全羅道길/손가락 한마디/罰/ 목숨/데모/열리지 않는 門/파랑새/ 삶/막다른 길/어머니/明洞 거리/ 비오는 길/自畵像/개구리/꼬오·스톱/ 洋女/자벌레의 밤/業果/秋雨日記/ 秋夜怨恨/나/봄/女人/愁愁夜曲/ 何雲/追憶 1/追憶 2/昌慶苑/故鄉/ 버러지/冷水 마시고 가련다	『한하운 시초』재판

발표일	분류	제목	발표지
1955. 3. 20	시	보리피리/國土遍歷/靑芝有情/ 踏花歸/明洞거리/부엉이/무지개/ 海邊에서 부르는 波濤의 노래/ 三防에서/리라꽃 던지고/楊子江/ 나는 문둥이가 아니올시다/悲愴/秋夕달/ 觀世音菩薩像/癩婚有恨/人骨笛	『보리피리』
1955. 11. 15	산문	療養雜記	보건세계
1956. 6. 15	시	全羅道길/손가락 한마디/罰/ 목숨/데모/열리지 않는 문/파랑새/ 삶/막다른 길/어머니/明洞 거리 1/ 비오는 길/自畫像/개구리/꼬오·스톱/ 洋女/자벌레의 밤/業果/秋雨日記/ 秋夜怨恨/나/봄/女人/愁愁夜曲/ 何雲/追憶 1/追憶 2/昌慶苑/故鄕/ 버러지/冷水 마시고 가련다/보리피리/ 國土遍歷/靑芝有情/踏花歸/明洞 거리 2/ 부엉이/무지개/海邊에서 부르는 波濤의 노래/ 三防에서/리라꽃 던지고/楊子江/ 나는 문둥이가 아니올시다/悲愴/秋夕달/ 觀世音菩薩像/癩婚有恨/人骨笛	『한하운 시 전집』
1958. 4	산문	天刑 시인의 悲願	현대
1958. 7	산문	큰코 다친다	신문예
1958. 9	산문	인간에 대한 반항 정신으로	신문예
1958. 12	산문	어느 날의 斷想	신문예
1959. 2. 1	산문	애착과 노스탤지어	새싹

발표일	분류	제목	발표지
1959. 8 · 9	산문	영원한 민족의 서정시	신문예
1960. 11	산문	방랑과 鄕愁	새벽
1962. 4	산문	流乞記	신사조
1962. 10. 20	시	生命의 노래/시	『시화집』
		서울의 봄/도라지 꽃/漢江水/	
		보리피리/나/어머니/개구리/파랑새/	
		삶/무지개/봄/리라꽃 던지고/女人/	
		昌慶苑/踏花歸/自畵像/罰/業果/	
		손가락 한 마디/비오는 길/자벌레의 밤/	
		목숨/데모/막다른 길/明洞 거리 1/	
		明洞 거리 2/明洞 거리 3/洋女/고오·스톱/	
		열리지 않는 門/全羅道길/揚子江/	
		靑芝有情/秋夕달/故鄕/追憶 1/追憶 2/	
		秋雨日記/秋夜怨恨/愁愁夜曲/부엉이/	
		나는 문둥이가 아니올시다/冷水 마시고 가련다/	
		悲愴/癩婚有恨/海邊에서 부르는 波濤의 노래/	
		三防에서/버러지/國土遍歷/觀世音菩薩像/	
		恩津彌勒/人骨笛/何雲	
1963. 1 · 2	시	세월이여	새빛
1963. 3 · 4	시	五馬島	새빛
1963. 11 · 12	시	1964년 우리 생의 전쟁을 하자	새빛
1964. 8	시	새빛	새빛
1964. 12	시	靈歌/서울의 봄/도라지 꽃/	『정본 한하운 시집』
		漢江水/보리피리/落花流水/	
		개구리/파랑새/봄/리라꽃 던지고/	

발표일	분류	제목	발표지
		女人/나/어머니/삶/무지개/踏花歸/	
		昌慶苑/自畵像/罰/業果/손가락 한마디/	
		비오는 길/자벌레의 밤/목숨/데모/	
		막다른길/明洞 거리 1/明洞 거리 2/	
		明洞 거리 3/洋女/고오·스톱/	
		열리지 않는 門/全羅道길/揚子江/	
		靑芝有情/秋夕달/故鄕/追憶 1/追憶 2/	
		秋雨日記/秋夜怨恨/愁愁夜曲/부엉이/	
		나는 문둥이가 아니올시다/冷水 마시고 가련다/	
		何雲/悲愴/癩婚有恨/	
		海邊에서 부르는 波濤의 노래/	
		三防에서/버러지/國土遍歷/觀世音菩薩像/	
		恩津彌勒佛/人骨笛	
1965. 1	산문	꽃 세설/ 흙전쟁	『이방인 ─ 공론 동인 수필집』
1966. 1	시	제13회 세계 癩者의 날에	새빛
1966. 3	산문	흙전쟁 2	『공론 ─ 제2 수필집』
1967. 2	시	제14회 세계 癩者의 날에	새빛
1968. 2. 15	산문	시에 대한 喃語	『52인 시집』
1968. 2. 15	시	자유당	『52인 시집』
1969. 1	시	인간 행진	새빛
1969. 5·6	시	巨木은 거목	새빛
1970. 1·2	시	행복	『바른 길』
1970. 2	시	春日遲遲/낙엽/포인세티아 꽃 春蛙/파고다공원	『시인』

발표일	분류	제목	발표지
1970. 3	시	한국기독교구라회 창립 총회	새빛
1970. 2·3	시	삼월의 노래	새빛
1972. 11	시	《새빛》 지령 100호	새빛
1974. 9	시	哭 陸女史님 영전에	새빛
1977. 3. 30	소설	사랑은 슬픈 것인가	경기문예
1977. 3. 30	시	나병의 날에	경기문예
1977. 6	시	白木蘭 꽃/到處春風/新雪/ 旅愁/刑月/歸鄕/戀主님/ 쉬이 문둥이/솜다리 꽃/山 가시내/ 라일락 꽃/천하대장군·지하여장군/ 白鳥/輪回/驪歌/思鄕/한여름밤의 빙궁/ 작약도/고구려 무용총 벽화/상달	한국문학
1979. 2. 15	산문	절규의 편린들/나와 내 주변의 여인상	월간독서
1979. 2. 15	소설	길 위에 선 남자	월간독서
친필 유고	시	양갈보/세월이여/大韓門 앞의 밤/어머니 생각/ 꽃/50년 찬가/校歌/噫 50년/ 부평 지역 청년단체연합회에 부친다/祈願/ 回心/今 6월	
친필 유고	산문	한국 나환자 학살사/산문 마지막 계절/點燈·빛	

작성자 장이지 제주대 교수

전쟁과 벌거벗은 삶

이범선의 「사망 보류」, 「몸 전체로」, 「오발탄」을 중심으로

이수형 | 명지대 교수

1

작가 이범선은 1955년 김동리의 추천으로 《현대문학》에 단편 소설을 발표하면서 등단했다. 1920년생이므로 등단이 늦은 편이었는데, 그때까지 이범선의 삶은 식민 지배에서 해방과 분단, 전쟁으로 이어진 격변의 한국 현대사 한가운데를 지나왔다고 해도 과언이 아니다. 물론 이러한 경험이 비단 이범선만의 것이 아니라 동시대의 다른 많은 한국인들과 공유하는 것임은 두말할 나위 없지만, 전기적 자료를 참조할 때 특히 20대 이후 삶의 궤적의 급격한 변동은 그가 작가의 길을 걷는 데 결정적인 영향을 미쳤으리라고 짐작할 여지가 있다.

등단하기까지 이범선의 삶을 요약하면 다음과 같다. 1920년 평안남도 안주군 신안주에서 500석 지주에 독실한 기독교 집안의 5남 4녀 중 차남으로 태어나 유복하고 안정적인 어린 시절을 보낸 그는 1938년 진남포 공

립상업학교를 졸업하고 평양과 만주 등지에서 직장 생활을 시작한다. 큰 병을 앓기도 했지만 1943년 건강을 회복해 고향 근처의 신안주 금융조합에서 근무하던 중 결혼해 가정을 꾸린다. 징용 등을 이유로 평안도 탄광에서 경리 업무를 담당하다 해방 후 귀향했으나 토지 개혁으로 집안이 몰락하자 1946년 월남한다. 서울의 한 민간 회사 회계과와 연희대학교 교무과 등에서 근무하면서 동국대 문학부에 적을 두고 학업을 병행한다. 1950년 전쟁 발발 직후 서울을 사수한다는 거짓 방송에 속아 피난을 떠나지 못하고 이른바 '적치 90일'을 체험한다. 1951년 1·4 후퇴 때 부산으로 피난했으며 그해 가을부터 3년간 거제고등학교 교사로 재직한다. 서울로 올라온 이듬해인 1955년 대광고등학교 교사로 재직하면서 《현대문학》에 단편 「암표」와 「일요일」이 추천되어 작품 활동을 시작한다.

고향에서처럼 풍족한 생활을 영위할 수 없었던 이범선이 이때 대학을 진학하면서 '문학부'를 선택했던 것은 다소 의외였다. 구경서에 따르면, 45년부터 이미 문학 동인 활동을 하던 자신과는 달리 이범선은 "대화 중에는 문학에 문외한으로 여겨질 만큼 문학에 관심을 표명하지 않았"기 때문이다. 실제로 이범선 자신도 이때까지만 하더라도 '문학가'의 길을 진지하게 고민하지 않았던 것으로 보인다. 어려서부터 이야기 듣기를 좋아해서 "이야기를 나대로 끄적거려 보고 싶었"기는 했지만 "소설보다는 수필이나 쓰"는 것에 관심이 있었기 때문이다. 이범선이 '문학가'의 길을 선택한 것은 6·25 전쟁이라는 비극적 세상을 경험한 이후의 일이다. (중략) 이전까지 문학에 별 뜻이 없었던 이범선은 거제고등학교 교사로 근무하기 시작하면서 본격적으로 글을 쓰기 시작했다. 잘 알려진 것처럼, 이범선은 6·25라는 비극을 체험하면서 본격적으로 글을 써야겠다는 생각을 하기 시작했다. 그가 『당원의 미소』를 출간할 즈음에 쓴 글에서 고백한 내용은 그러한 사실을 명증하게 보여 준다. "나는 돼지가 되고 싶지 않아서 글을 썼다. 6·25 동란을 그렇게 처참하게 겪지 않았더라면 나는 어쩌면 글을 쓰지 않았을지도 모른다." 이범선에게 있어 6·25는 결코 잊을 수 없는 참상이었고 비극이었다. 그런 비극적 경험을 통해 이범선은 "극단에 처했을 때의 인간의 추악한 면을 적나라하게 보고 말았"고, 그때 자신이 보았던 비극적 상황과 인간의 추악함을 잊지 않고 기억하기 위해 글을 쓰기 시작했다.[1]

지인이나 동료는 물론 작가 본인의 발언이라 하더라도 작품 세계를 이해하기 위해 그것을 참조할 때 신중을 기해야 하는 것은 당연하다. 이범선이 언제부터 문학에 관심을 갖게 되었는지, 나아가 작가를 희망하게 되었는지를 추측하는 것은 가능하지도 않고 중요하지도 않다. 그럼에도 불구하고 상업학교를 졸업하고 직장에서 주로 회계 업무를 담당했으며, 다른 작가들에게서 흔히 발견되는 문학청년기나 습작기에 대한 회고가 보이지 않는다는 점 등을 감안할 때, 만약 월남(디아스포라)이나 전쟁처럼 예상하기 어려운 극적인 체험을 인생에서 피해 갈 수 있었다면 그가 대학 문학부에 진학하거나 작가로서 활동했을 가능성이 크게 줄었으리라는 가정을 아주 무리하다고 치부할 수만은 없을 것이다. 북한 토지 개혁의 후폭풍으로 월남하는 일이 없었더라면 「오발탄」의 송철호처럼 계리사 사무실에 근무했을 이범선을 상상할 수도 있다. 혹은 전쟁의 참상을 겪지 않았더라면 「사망 보류」나 「몸 전체로」를 비롯해 그의 소설에 자주 등장하는 교사로서의 삶을 살았을 이범선을 상상할 수도 있다.

이 글에서는 「사망 보류」, 「몸 전체로」, 「오발탄」을 중심으로 이범선의 단편 소설의 한 특징을 살펴보고자 한다. 그의 단편 소설은 크게 리리시즘(lyricism)과 사회 고발의 두 경향으로 나뉘는 것으로 알려져 있다.[2] 그의 소설은 주로 상처받는 개인들과 사회 부적응자들의 소극성과 체념을 드러내거니와, 피해를 입은 인물들이 현실과 단절된 자연 공간을 지향할

1) 김영성, 「학촌 이범선의 문학적 연대기」, 《본질과 현상》 27, 2012, 250, 252쪽.
2) 서세림, 「이범선 장편 소설 『흰 까마귀의 수기』에 나타난 월남 작가의 자기 반영적 글쓰기」, 《한국현대문학연구》 50, 2016, 388쪽.

때 서정성이 강화되며, 주요 작품으로는 「수심가」, 「갈매기」, 「분수령」, 「학마을 사람들」 등이 있다. 한편, 상처받고 부적응하는 인물들의 상황 묘사에 치중하면 사회 고발적 경향이 두드러지는데, 주요 작품으로는 위의 「사망 보류」, 「몸 전체로」, 「오발탄」 등이 꼽힌다.[3]

2

이범선 소설의 원천이라 할 만큼 전쟁 체험이 미친 영향이 중차대하다는 것을 인정하면서 그의 소설을 살펴볼 때, 눈에 띄는 경향 중 하나는 전쟁 당시를 직접적인 서술 대상으로 하기보다 회상의 형태로 등장시키는 경우가 지배적이라는 점이다. 가령, 「사망 보류」에서 전쟁 체험은 매우 단편적으로 단 한 장면만이 등장하는데, 그 한 장면이 작품 전체의 의미 구조를 결정하고 있어서 특기할 만하다. 초등학교 교사인 철은 1년 전부터 앓던 결핵으로 이제는 각혈할 정도에 이르렀지만 일을 쉬고 요양하는 것은 엄두도 내지 못한다. 동료였던 박 선생의 비참한 말로를 옆에서 지켜보았기 때문이다.

학기 초에 결핵으로 한 달 정도 결근한 박 선생이 제대로 요양도 못한 채 생계에 쫓겨 부랴부랴 다시 출근했을 때, 그의 자리는 이미 학교 후원회 회장인 양조장집 아들에 의해 임시 교사로 대체되고 없었다. 별 대책 없이 기다려 보자는 교장과 교감 앞에서 며칠간 출근해 하릴없이 앉아 있던 박 선생이 교무실에서 쓰러진 뒤 얼마 안 되어 그의 부고가 전해진다. 교무실의 조의금을 모아 학교 대표로 조문을 가려던 철은 서무실에 들른 후 갑자기 조문을 포기하고 그저 "멀리 창밖을 내다보"고만 있다. 이 장면에서 전쟁 체험이 회상의 형태로 삽입된다.

---

3) 유임하, 「상처받은 삶의 자기 성찰」, 《한국문학연구》 21, 1999, 60쪽.

철의 안색이 달라지는 것을 본 서무실 직원이 변명을 하였다. 박 선생이 생전에 최 선생의 곗돈을 꾸어 썼더란다. 그래 조의금에서 그 돈을 받아 갔다는 것이었다. 철은 봉투를 가만히 서무실 직원 책상에 도로 놓았다. 그리고 돌아서 나왔다. 복도를 교무실로 걸어오며 철은 문득 피난 가던 때의 일을 생각하였다.

수원역에서였다. 마지막 기차가 역에 닿자 죽은 벌레에게 달려드는 개미 떼처럼 피난민들이 매달렸다. 제각기 앞을 다투어 화물차 꼭대기로 기어올라 보따리를 끌어올리기 시작하였다. 용산역을 떠날 때에 벌써 많은 사람들을 채 다 못 태우고 온 화물차였다. 그러니 어디 감히 발을 붙일 자리도 없었다. 그래도 어떻게 기어오른 사람들은 빈대 모양 달라붙어 있는 사람들 등이건 발이건 마구 밟으며 보따리를 끌어올리기에 결사적이었다. (중략) 서로 욕지거리가 났다. 그 바람에 밧줄마저 놓친 보따리 임자는 다시 플랫폼으로 내려갔다. 또 입에다 밧줄을 물고 기어 올라왔다. 애써 보따리를 다시 끌어올렸다. 그러자 애꾸눈이는 재차 굴려 떨어뜨렸다. 또 욕지거리였다. 그러나 보따리 임자의 처지로서는 언제 기차가 떠날지 모르는 판에 싸우고만 있을 수는 없는 노릇이었다. 그는 하는 수 없이 또 플랫폼으로 내려갔다. 이러기를 세 번째 애꾸눈이는 보따리를 집어던졌다.

"여보, 거 너무하지 않우."

이 모양을 보다 못해 철이는 애꾸눈이를 나무랐다.

"너무하긴 뭐가 너무하우. 그렇게 동정심이 많거든 당신이 내리구 그 자리에 태워 주구려."

그러자 기차가 떠났다. 아래로 내려갔던 보따리 임자는 그래도 밧줄을 입에 물고 몇 걸음 움직이는 기차를 따라보다 말고 우두커니 플랫폼에 서버리고 말았다.

"다 저부터 살내기지 머."

애꾸눈이는 가누고 앉으며 투덜거렸다. 철이도 또 둘러앉은 딴사람들도 아무 말 없었다.

지금 등신처럼 창밖을 내다보고 앉아 있는 철은 그때 그 애꾸눈이의 투덜대던 소리를 또 한 번 듣고 있었다.[4]

철이 조문 가기를 포기한 것은 교무실에서 모은 조의금이 박 선생 생전에 동료 교사에게 진 빚을 갚는 데 모두 쓰이고, 봉투에는 차용증서만 들어 있기 때문이다. 철은 몇 년 전 피난을 떠날 때 수원역에서 겪은 일화를 회상한다. 용산역을 출발할 때 화물차 지붕 위는 이미 피난민들이 꽉 들어차 있었다. 수원역의 새로운 피난민들이 자리를 잡고 있던 피난민들의 등과 발을 마구 밟고 짐 보따리를 끌어올리며 필사적으로 기어오르고 있다. 자신의 등이 짓밟히는 것을 괴롭게 견디던 철과 달리 바로 옆의 애꾸눈이는 버럭 소리를 지르며 보따리를 내던진다. 욕설이 난무하고 보따리 주인은 내던져진 것을 주워 다시 지붕 위로 기어오른다. 이러기를 세 번, 보다 못한 철이 너무하지 않느냐고 나무라자 애꾸눈이는 그렇다면 당신의 자리를 양보하라고 대꾸한다. 그러던 중 기차가 떠나고 주위 사람들은 "다 저부터 살내기지"라는 애꾸눈이의 말을 잠자코 듣고 있을 뿐이다.

교무실로 돌아와 아무 말 없이 창밖을 내다보는 철에게 다시 한번 애꾸눈이의 목소리가 들려왔다는 서술에 비춰 볼 때, 이 장면에서 피난을 떠나던 당시 수원역 사건의 회상이 삽입된 의도를 이해하기는 어렵지 않다. 박 선생이 결근하자마자 기다렸다는 듯이 누군가가 빈자리를 채우고, 또 얼마간의 조의금이 모이자 받을 빚이 있는 사람이 재빨리 먼저 손을 쓰는 것처럼, 자기가 살아남기 위해서 남을 끌어내리는 피난 열차 지붕 위의 극한 상황은 전쟁이 끝난 지 수년이 지난 지금 현재도 조금도 변함없이 상존한다는 것이다. 그렇게 가장을 잃고 생계가 막막해진 박 선생의 부인이 시장 입구 좌판 앞에서 어린애에게 젖을 물리다가 자신을 보고 하소연을 할 때 철은 오래 마주할 수 없다. 너무하지 않은가? 하지만 철은 이 말을

---

4)   이범선, 「사망 보류」, 『오발탄』(문학과지성사, 2007), 55~57쪽.

교무실에서 꺼낼 수 없었는데, 왜냐하면 그럴 경우 당장 그렇게 동정심이 많으면 당신이 대신 빚을 갚으라는 말을 다시 한번 듣게 될 것이 불을 보듯 뻔하기 때문이다.

「사망 보류」에서는 피난 가던 당시의 회상 장면 외에는 달리 전쟁의 기억이나 흔적을 찾아볼 수 없지만, 이 짧은 회상이 작품 전체에 대해 갖는 의미는 지대해서 주인공 철의 세계관을 전적으로 지배하고 있다고 해도 지나치지 않다. 우리는 「오발탄」에서 주인공의 모친이 전쟁 중 폭격으로 용산 일대가 쑥대밭이 되는 순간에 고착되어 포성이 멎고 휴전이 성립된 후에도 "가자! 가자!"를 외치며 끝내 현실로 돌아오지 못했다는 사실을 잘 알고 있다. 똑같은 상황은 아닐지라도 전쟁이 끝났지만 전시와 동질적인 세계를 살고 있다는 점에서, 「사망 보류」의 철 역시 전쟁 이후의 현실로 돌아오지 못하고 있다.

내가 살아남기 위해 남을 끌어내려야 하는 이 극한 세계에서 철이 자신의 생존을 위해 상대방을 먼저 끌어내릴 것 같지는 않다. 그런데 일말의 양심과 동정심을 소유한 그는 불행하게도 생존을 위해 자신의 자리를 지키는 것만도 힘에 벅찰 만큼 나약한 존재에 불과하다. 피난 열차 지붕 위에서의 교훈은 박 선생의 사례를 통해 그의 뇌리에 더욱 확고하게 각인되고, 이 때문에 철은 몸이 견디지 못해 몇 번이나 쉬려고 결심했다가도 출근을 멈추지 못한다. 하지만 이러한 눈물겨운 노력은 고향 앞산을 곱게 물들일 단풍이 불현듯 그리워진 철이 학생들의 가을 소풍에 따라갔다가 예고에 없던 비를 맞고 건강을 해쳐 그만 수포로 돌아가고 만다.

"이달이 내 곗돈 탈 달인데. 3번이니까."

철은 쿨럭 기침을 하였다.

손 요강을 들어다 그의 턱밑에 대어 줄 뿐 이번엔 아내가 아무 대답도 안 했다.

"당신이 가 타우. 10만 환. 25일엔 꼭 가야 해."

"약."

아내는 여전히 그 말엔 대답도 안 하고 약봉지를 풀어 내밀었다. 철은 요 위에 일어나 앉았다. 약봉지를 받아 든 손끝이 부르르 떨고 있었다.

"내가 이런 줄 알면 아마 안 줄지도 모르지. 그러니까……."

철은 무슨 이야기를 계속하려다 말고 머리를 뒤로 젖혀 약을 입안에 털어 넣었다.

(중략)

"보류하우."

"뭐요?"

아내는 얼굴을 찡그리며 귀를 그의 입 가까이 가져갔다.

"낼까지는……."

"낼까지 뭐요?"

철의 소리가 작아지니만치 아내의 소리는 또 커졌다.

"낼까지는…… 죽었다고 하지 마우."

눈을 감은 채였다.

"글쎄 왜 자꾸 그런 소리를 하슈. 정신 차려요. 여보."

아내는 반울음소리였다. 철은 약간 베개 뒤로 머리를 젖히는 듯하더니 다시 눈을 반쯤 떴다 감아 버렸다.[5]

며칠째 결근하던 철은 자신의 마지막을 예감하고, 며칠 뒤에 타게 될 곗돈을 대신 수령할 것을 아내에게 여러 차례 당부한다. '사망 보류'라는 제목이 암시하는 것처럼, 수령일 전날 밤 숨이 끊어지는 순간에 임해 내일 곗돈을 타기 전까지는 자신의 사망을 보류할 것을 신신당부하고 눈을 감는 철의 임종 장면은, 먼저 간 박 선생의 "죽는 순간까지 악을 쓰고 살아야" 한다는 유언 아닌 유언을 다시 한번 절감하게 한다. 「사망 보류」의

---

5)   이범선, 「사망 보류」, 앞의 책, 62~64쪽.

세계관을 좀 더 확장시키면, '사망 보류'란 어떤 특정한 이유로 자신의 죽음을 숨겨야 하는, 단지 철 개인에게 국한된 상황만을 지칭하는 것이 아니라, 죽음을 잠시 보류하는 만큼만 생명 연장이 가능한, 다시 말해 살아 있음이 죽음의 일시적 보류에 불과한 전후 한국 사회의 위태로운 삶의 상황 일반을 지칭한다고 할 것이다.

같은 해 발표된 「몸 전체로」 역시 「사망 보류」와 세계관을 공유한다. '나'가 세 들어 있는 하숙집 주인의 말을 빌리면 그 세계란 "보초선에 선 병정모양 항상 방아쇠에 손가락을 걸고 싸늘하게 상대방의 심장을 겨누고 있어야 자기 생명을 지킬 수 있는 세상"이다. 고등학교 영어 교사인 하숙집 주인은 이러한 세계관을 아들에게 교육하기 위해 "비가 오나 눈이 오나 심장이 뛰고 있는 한" 매일 아침 권투 연습 혹은 정신 무장 훈련을 시키는 독특한 인물이다.

그는 또 언젠가 이런 말도 했다.

"한강 백사장. 요즈음 소위 전후의 청년들은 이 백사장이란 걸 어떻게 생각하는지요."

"……."

내가 미처 대답을 못 하니까 그는 자기 말을 이었다.

"백사장. 그건 꼭 '우리'라는 말과 같은 것이 아닐까요. 그저 수없이 많은 모래알. 그것이 어쩌다 한곳에 모였을 뿐. 아무런 유기적 관계도 없이. 안 그렇습니까? '우리,' 참 좋아하고 또 많이 쓰던 말입니다. 우리! 그런데 피난 중에 저는 그만 그 말을 잃어버렸습니다. 폭탄의 힘은 참 위대하더군요. 저는 돌아온 이 서울 거리에서 '우리' 대신 폐허 위에 수많은 '나'를 발견했습니다. 나, 나, 나, 나, 나. 나. 정말 한강의 모래알만치나 많은 '나.'"

아들은 암만해도 아파 못 견디겠는 모양으로 한번 허리를 꾸부려 가죽 주먹으로 무릎을 눌렀다.

"일어나? 그럼 내가 쳐 갈 테다. 좋아? 자."

아버지는 절하듯이 꾸부리고 무릎을 주무르고 있는 아들의 어깨를 툭
갈겼다. 다리의 힘을 빼고 서 있던 아들은 펄썩 모로 쓰러졌다.

"일어서!"[6]

위의 인용에서도 볼 수 있듯, 「몸 전체로」에서는 하숙집 주인과 '나'의
대화 장면이 하숙집 주인 부자의 권투 연습 장면과 교차 편집되고 있는
데, 이때 대화의 주제는 하숙집 주인의 피난 체험과 이에 바탕을 둔 그의
세계관의 정립에 맞춰져 있다. 단편적으로 이루어진 대화의 내용을 종합
하면, 그는 전쟁 발발 직후 서울을 사수한다는 대통령의 방송을 믿었다
가 미처 피난을 떠나지 못해 서울에 숨어 있었다. 1·4 후퇴 때 부산으로
피난을 간 그의 가족은 고립무원 상황에서 사흘을 굶기도 했다. 일곱 살
먹은 딸애가 백일해에 걸리자 창고 안에서 같이 숙식하던 사람들은 전염
이 두려워 대한(大寒) 추위에도 당장 나가라고 야단을 쳤다. 창고 마당 가
마니 더미 밑에서 가족이 죽을 고생을 하며 노숙한 날 밤, 창고에 불이 났
다. 방화범으로 의심 받은 그가 사흘 만에 풀려났을 때 딸애는 이미 죽어
있었다. 이런 일련의 사건 끝에 그는 "밤길을 가다가 제일 무서운 것은 사
람을 만났을 때"라는 어린 시절의 수수께끼를 풀 수 있게 되었음을 고백
한다. "무서운 것들을 만났을 때에 사람의 편이 되어 줄 사람을 도리어 무
섭다고 하는지. 어른들이란 참 이상하다고 생각했었습니다. 저는 그대로
그 수수께끼를 풀지 못한 채 어른이 되어 버렸지요. 이번 6·25 사변에 비
로소 그 말뜻을 깨달았습니다."

인용문에서 그가 '나'에게 들려주는 백사장의 비유는 '우리'라고 믿었던
것이 실은 모래알같이 낱낱이 부서지고 떨어진 무수한 '나'들에 불과할 뿐
이라는 각성을 전하고 있다. 백사장 비유로는 다 전달되지 않지만, "아무
런 유기적 관계도 없이, 어쩌다 한곳에 모였을 뿐"인 그 모래알들은 서로

---

6) 이범선, 「몸 전체로」, 앞의 책, 72, 73쪽.

를 밟고 올라서려는 필사의 전쟁을 벌이고 있다. 여기까지라면 하숙집 주인은 피할 수 없는 전쟁에서 패해 다른 사람들에게 자기 자리를 빼앗기고 결국 생명까지 잃고 마는 「사망 보류」의 주인공의 전철을 밟게 될 것이지만, 「몸 전체로」에는 또 하나의 반전이 준비되어 있다. 그리하여 딸이 죽은 후 "칵 무엇을 토하듯이" 흑인 상대 아편 밀매업자의 동업 제의를 받아들인 그는 목돈을 손에 쥐고 기어이 서울로 돌아온다.

그는 아편 장사를 그만두었다. 아니 더 계속하고 싶었다고 해도 할 수가 없었다. 파는 것만은 같이 했지만 물건을 사들이는 것은 기어이 박 씨 혼자만이 아는 길이었으니까.

그는 우선 혼자 서울로 올라왔다. 아직 정식으로 환도가 허락되지 않은 때였다. 그러나 그에게 있어 벌써 그런 것쯤은 문제가 아니었다.

"학교 동료들은 지금 이 집을 거저 얻은 거라고 합니다. 환도하기 전에 먼저 올라와 샀으니까 아주 헐값에, 현 시가 천만 환짜리를 단돈 수십만 환에 살 수 있었다는 거지요. 다시 말하면 환도령이 내리기 전에 숨어 올라와 샀으니 반불법 소유란 거지요. 재미있습니다. 남으로 도강(渡江)해서 생명을 불법 소유한 사람. 북으로 도강해서 집을 불법 소유한 사람, 사기. 도박."[7]

딸의 죽음 이후 불법적인 일에 가담한 그는 "교사질 10년을 한 것보다 그 한 달에 번 것이 훨씬 더 많"다는 현실을 깨닫게 되고, 급기야 환도령이 내리기 전 서울로 올라와 시가의 몇십 분의 일에 불과한 헐값으로 집을 사들여 큰 이익을 얻는다. 이만하면 적지 않은 재산을 소유하게 되었으니 「사망 보류」의 철과 달리 좀 더 편안하게 삶을 즐기면서 살아도 되지 않을까? 하지만 전쟁도 끝나고 또 상당한 재력가가 되었음에도 불구하고 그의 세계관은 전시의 피난 시절에서 별로 달라지지 않고 연속되어 있

---

7)   이범선, 「몸 전체로」, 앞의 책, 83~84쪽.

다. 이는 매일 아침 "방아쇠에 손가락을 걸고 싸늘하게 상대방의 심장을 겨누고 있어야 자기 생명을 지킬 수 있는 세상"이라는 세계관을 아들에게 각인시킨다는 사실로도 입증된다. 아내가 안타까운 마음에 말리려 할 때, "지금 건드리면 애는 죽는 거야. 죽어 버린단 말이야!"라고 경고하는 장면에서 보이듯, 상대방의 심장을 겨눠야 자신의 생명을 지킬 수 있다는 말은 단순한 수사가 아니라 그의 진심의 표현이다.

소설의 결말에 이르러 '나'가 그 이상한 권투 연습을 관찰한 이래 처음으로 그는 입가에 만족한 웃음을 짓는다. 마침내 그의 아들이 '룰' 없는 권투 시합에서 부친에게 필사적으로 '몸 전체로' 달려들었기 때문이다.

산보 나간 길에서 내가 그건 권투 룰에서 벗어난다고 했더니 그는 뻔히 나의 눈을 들여다보았다. 그리고 말했다.
"룰이오? 룰……벗어나지요. 그런 엉터리 권투는 없으니까요."
그는 한참 동안 말없이 걸었다.
"학생은 육이오 때 어디 있었소?"
뚱딴지 같은 질문을 했다. 그는 이야기하는데 이렇게 껑충껑충 뛰는 버릇이 있었다.
"서울에 숨어 있었습니다."
"네, 왜 피난을 못 나갔지요?"
"방송을 듣고 믿었지요. 나가자니까 벌써 늦었더군요."
"저처럼 됐군요. 룰, 룰……."[8]

앞서 언급했듯이, 그는 '나'와의 대화 중에 자신이 그 '룰'이란 것을 존중했던 탓에 서울을 사수하겠다는 대통령의 녹음 방송을 믿었다가 피난을 떠나지 못했음을 고백한 바 있다. "유희에서는 그 까다로운 룰을 곧잘

---

8) 위의 책, 76쪽.

지키면서 정작 사회생활에서는 룰을 안 지키"는 것이 실상이다. 인용문의 "남으로 도강(渡江)해서 생명을 불법 소유한 사람"이란 룰을 지키지 않고 피난을 떠나 목숨을 지킨 사람들을 지칭한다. 반대로 룰을 지켰던 그는 생명의 위협 속에서 벌벌 떨었을 것이다. 그러던 것이 환도령이 내려지지 않은 상태에서 서울로 돌아와 그나마 상당한 이익을 얻을 수 있었다. "북으로 도강해서 집을 불법 소유한 사람"이 지칭하는 것이 바로 이 상황이다. 어느 쪽이 이득인지는 금방 알 수 있거니와 이러한 상황, 곧 룰을 지키지 않는 것이 자신에게 이익이 큰 상황은 전쟁이 끝난 후에도 여전히 유효하다.

룰의 문제는 이범선 소설 중 가장 유명한 「오발탄」에서도 중요한 주제로 등장한다. 한국 문학사의 전통에서 「오발탄」은 "조물주의 오발탄"이라는 탁월한 상징을 앞세워 전후의 혼란한 현실 속에서 방황하는 지식인의 내면을 표현하는 데 성공한 것으로 평가된다.[9] 그런데 방황하는 주인공의 내면은 동시에 좌절감과 패배 의식이라는 측면에서 부정적으로 평가될 수도 있다. 이러한 평가는 특히 1950년대 문학을 허무주의로, 1960년대 문학을 그것의 극복으로 의미화하고자 했던 김현에게서 대표적으로 나타난다. 「소시민의 한계」에서 김현은 생활의 뿌리가 뽑힌 상황에서 이범선 소설의 주인공은 주어진 상황을 개선하려는 노력보다 체념 속에서 자신을 지키려는 수동성을 드러내며, 그 연속선상에서 「오발탄」의 주인공 철호 역시 상황 속에서 비틀거리는 자신을 지탱해 줄 어떤 도덕률에 상투적이고 수동적으로 매달려 있을 뿐이라고 비판적으로 평가한 바 있다.[10]

모든 것의 원인에 전쟁이 자리 잡고 있다는 인식, 곧 전쟁이 모든 것의 최종 원인인 결정론적 세계관을 극복하고 자유를 실현할 개인의 도래를

---

9) 장성규, 「소설 「오발탄」의 영상 매체로의 전환과 텍스트 다시-쓰기의 전략」, 《현대문학 이론연구》 56, 2014, 160쪽.
10) 김현, 「소시민의 한계」, 『현대 한국 문학의 이론/사회와 윤리』(문학과지성사, 1991), 331~332쪽.

1960년대 당시 한국 문학의 최우선 과제로 설정한 김현의 입장이 이해되지 않는 것은 아니지만,[11] 그렇다고 해서 개인적인 차원의 각성을 통해 자유와 개성을 실천할 것을 요구하는 그의 처방을 그대로 수용하기란 쉽지 않다. 무엇보다 개인적 차원의 노력에 의한 개선을 기대하기에는 전후 현실의 무게가 지나치게 무겁기 때문이다.[12] 가령, 김현은 주인공 철호의 수동적 도덕관에 대한 동생 영호의 비판을 개인적 각성의 한 사례로 어느 정도 긍정하지만, 찬찬히 읽어 보면 철호의 수동적 태도를 비판하는 영호의 적극성은 그 이면에서 현실의 극한 상황을 불가피하게 받아들일 수밖에 없다는 정반대의 의미, 곧 또 다른 의미의 수동성을 드러내고 있다.

저도 형님의 그 생활 태도를 잘 알아요. 가난하더라도 깨끗이 살자는. 그렇지요, 깨끗이 사는 게 좋지요. 그런데 형님 하나 깨끗하기 위하여 치르는 식구들의 희생이 너무 어처구니없이 크고 많단 말입니다. 헐벗고 굶주리고. 형님 자신만 해도 그렇죠. 밤낮 쑤시는 충치 하나 처치 못 하시고. (중략) 살자니까 돈이 필요하구요. 필요한 돈이니까 구해야죠. 왜 우리라고 좀 더 넓은 테두리, 법률선(法律線)까지 못 나가란 법이 어디 있어요. 아니 남들은 다 벗어 던지구 법률선까지도 넘나들면서 사는데, 왜 우리만이 옹색한 양심의 울타리 안에서 숨이 막혀야 해요. 법률이란 뭐야요. 우리들이 피차에 약속한 선이 아니야요? (중략) 그래요, 사람이란 과연 어떻게 살아야 하는 것인지는 정말 모르겠어요. 그렇지만 이제 이 물고 뜯고 하는 마당에서 살자면, 생명만이라도 유지하자면 어떻게 해야 할는지는 알 것 같애요.[13]

잘 알려진 대로 동생 영호는 주인공 철호의 도덕적이지만 동시에 지극히 수동적인 생활 태도에 대해 강하게 항변한다. 충치로 부은 볼을 감싸

11) 이수형, 『1960년대 소설 연구』(소명출판, 2013), 16쪽.
12) 유임하, 앞의 글, 61쪽.
13) 이범선, 「오발탄」, 앞의 책, 126~127, 130쪽.

쥐고도 양심 때문에 어쩔 방도를 찾지 못하고 울상을 지을 뿐이라면 차라리 "양심이고, 윤리고, 관습이고, 법률이고" 할 것 없이 룰을 모조리 무시해 버리는 것이 좋지 않느냐고 주장할 때 영호는 철호의 한계를 넘어서고 있지만, 그 이면에 자리 잡고 있는 것은 "물고 뜯고 하는 마당"에서 "생명만이라도 유지"해야 한다는 세계관, 곧 「사망 보류」와 「몸 전체로」에서 이미 목격한 바 있는 익숙한 세계관이다. 두 형제의 차이는 세계관 차원의 것이라기보다 철호는 「사망 보류」의 철을 닮았고 영호는 「몸 전체로」의 하숙집 주인을 닮았다는 정도일 것이다.

3

지금까지 살펴본 「사망 보류」, 「몸 전체로」, 「오발탄」 등 세 편의 단편소설은 내가 살아남기 위해 남을 끌어내리려야 하고, 상대방의 심장을 겨눠야 자신의 생명을 지킬 수 있으며, 물고 뜯고 하는 마당에서 생명만이라도 유지해야 하는 그런 세계관을 전제하고 있다. 표현은 조금씩 다르지만 여기서 공유되는 세계 인식은 토머스 홉스의 『리바이어던』에서 "사람은 사람에게 있어서 늑대"(homo homini lupus)라고 정식화된 세계관으로 이해할 수 있다.

그 세계가 홉스에 의해 자연 상태로 규정되고, "오직 죽음에 대한 공포와 생명 유지 본능에 따른 만인에 대한 만인의 생존 투쟁이 지배하는 상태"로 묘사되었음은 주지의 사실이다.[14] 그런데 어떤 사회 의식도 없이 오로지 원자적(atomic)으로 사적 목표만이 추구되며 모든 사람이 자기 생존을 위해 모든 것을 거는, 만인 대 만인의 극단적인 투쟁의 상태란 실재했던 역사적 시기가 아니라 보호와 복종의 관계에 기초한 시민(사회) 상태를 형성하는 계기로서 상상된 것이다.[15] 이러한 홉스의 정치철학은 아감벤에

---

14) 임미원, 「홉스의 법 및 정치 사상에 대한 재해석 가능성」, 《법과 사회》 42, 2012, 291쪽.
15) 홍철기, 「아감벤의 예외 상태 비판」, 《오늘의 문예비평》 60, 2006, 201쪽; 임미원, 앞의

의해 폭력(자연 상태)과 법의 대립, 그리고 법에 의한 최종적인 극복이라는 서구 정치 문화의 원천으로 평가된다. 요컨대, 법에 의해 통치하는 근대적 권력은 곧 합의되고 비폭력적인 이성적 지배이며, 이를 통해 폭력적인 자연 상태가 종식된다는 것이다.

하지만 아감벤은 자연 상태라는 것이 허구일 뿐 아니라 그러한 상태를 극복했다는 것 역시 허구임을 지적함으로써 한 발 더 나아간다.[16] 다시 말해, 자연 상태와 법은 서로 분리되지도 대립하지도 않으며, 오히려 모든 법체계는 '법의 정지'로서의 예외 상태를 자기 내부에 지니고 있다는 것이다. 이때 예외 상태란 자연 상태의 다른 이름이다. 법은 합의되고 비폭력적인 이성적 질서일 뿐 아니라 자연 상태를 재활성화시켜 법 밖의 대상, 곧 적(敵)을 규정함으로써 자기를 유지하는 질서이기도 하다.

6·25 전쟁을 전후로 한 내전적 상황에서 국가보안법과 계엄법은 국민의 기본권을 박탈하고 사회 구성원을 적대시하는 예외 상태를 창출했다. 특히 1948년 제주 4·3 사건과 여순 사건 당시 발동된 계엄은 관련법이 제정되지도 않은 상태에서 이루어져, 군이 임의로 계엄을 선포하고 헌법상 보장된 국민의 기본권을 정지시킨 채 이른바 '즉결 처분'이라는 생사 여탈권을 휘두른 결과 '반란자', '폭도', '반란 혐의자', '반란 위험자', '반란 동조자', '반란자의 가족' 등의 이름으로 민간인을 학살하는 등 막대한 피해를 초래했다.[17] 그리고 불행히도 여기서 그치기는커녕 1950년 전쟁 발발로 인해 예외 상태는 상례화되는 동시에 전국적으로 확대되는 결과를 낳았다.[18]

이런 역사적 맥락을 참고할 때, 이범선 소설에서 묘사되는 홉스적 자연 상태는 단지 인간 본성에 대한 부정적 인식의 문제로 볼 것이 아니라 전쟁

글, 294쪽.

16) 홍철기, 앞의 책, 199쪽.

17) 김동춘, 「냉전, 반공주의 질서와 한국의 전쟁 정치: 국가 폭력의 행사와 법치의 한계」, 《경제와 사회》 89, 2011, 354쪽.

18) 강성현, 「한국의 국가 형성기 '예외 상태 상례'의 법적 구조」, 《사회와 역사》 94, 2012, 120~121쪽.

을 전후로 현실화되었던 '법의 정지'로서의 예외 상태를 염두에 두고 이해할 필요가 있을 것이다. 물론 이범선 소설에서 사회 구성원 간의 수평적 폭력에 비해 권력에 의한 수직적 폭력의 계기가 보이지 않는 것은 한계로 지적되어야 하지만, 그렇다고 해서 법의 바깥에서 매 순간 죽음에 노출되어 있는 주인공들의 '벌거벗은 삶'(bare life)이 개인적 비극을 의미하는 데 그치는 것은 아니다.[19]

나는 거리에서 제 눈으로 공산군을 보고도 도무지 믿어지질 않았다. 우리의 그 훌륭한 지도자들이 시민들더러는 직장을 지키고 동요하지 말라 그렇게 누누이 말해 놓고 자기네들만 쑥 빠져나갔을 리가 결코 없다 했다. (중략) 사실 나는 뭐가 뭔지 도통 알 수가 없었다. 다만 북한 고향에서 곡괭이와 낫을 휘두르며 우리 가족을 쫓아낸 자들이 바로 그 공산당이었으니 그들이 내 편이 아니라는 것만은 분명했으나, 그렇다고 감쪽같이 우리를 속이고 자기들만 도망친 그 패들은 대관절 우리의 무엇인지 그걸 알 수가 없었다.[20]

이범선에게 법의 정지를 상징적으로 대표하는 사건은 위에 인용된 『흰 까마귀의 수기』에서도 언급되고 있는 개전 초 대통령의 서울 탈출일 것이다. 개전 초기 150만 명의 서울 시민 중 약 40만 명이 도강하고 나머지는 잔류하게 되었는데, 이른바 잔류파는 정부에게 책임을 묻기는커녕 부역자나 기회주의자로 심판받게 되는 것은 아닌지를 걱정해야 할 억울한 처지에 놓인다.[21] 아감벤의 표현을 빌리면, 허구의 가면을 쓰던 법이 정지되고 예외 상태에서 어떤 가면도 쓰지 않은 노골적인 폭력(및 폭력적 법 혹은 법

---

19) 양창렬, 「생명 권력인가 생명 정치적 주권 권력인가」, 《문학과 사회》 19(3), 2006, 239~240쪽.
20) 이범선, 『흰 까마귀의 수기』, (여원문화사, 1979), 130~133쪽; 서세림, 앞의 글, 394~395쪽에서 재인용.
21) 강성현, 「한국 전쟁기 유엔군의 피난민 인식과 정책」, 《사림》 33, 2009, 78쪽.

제화된 폭력)을 통해 제주 4·3 사건이나 여순 사건 때와 같은 방식으로, 그러나 그때보다 훨씬 더 많은 적(이적 행위자)들을 배제적으로 양산하는 마술이 이범선을 비롯한 잔류파들의 눈앞에서 펼쳐진 것이다. 이범선 소설 속에서 이처럼 생존이 위태로운 절체절명의 위기는 전쟁과 함께 종결되는 대신 전후 현실로 계속 이어진다. 최근의 한 연구에서 "'우리'라 전제되어 있지만 언제든 적으로 배제당할 가능성을 안고 살아가야 하는 존재"이자 "한 무리에 섞여 있지만 언제 죽음으로 내몰릴지 모르는 낙인찍힌 자"라는 점에서, 월남 작가들은 반공주의자를 표방하든 정치적 방관자로 지내든 일종의 정치적 난민이라고 규정한 바 있다.[22] 이러한 관점이 어느 정도 설득력이 있다면, 전후의 현실을 예외 상태라는 측면에서 접근하는 것 역시 숙고의 여지가 있는데, 왜냐하면 예외 상태에서의 벌거벗은 삶의 가장 극단적인 사례가 바로 강제 수용소의 난민이기 때문이다.[23]

---

22) 정주아, 「정치적 난민의 공간 감각, 월남 작가와 월경의 체험」, 《한국근대문학연구》 31, 2015, 58쪽.
23) 양창렬, 앞의 글, 240쪽.

제4주제에 관한 토론문

서세림 | 선문대 교수

이수형 선생님의 「전쟁과 벌거벗은 삶 — 이범선의 「사망 보류」, 「몸 전체로」, 「오발탄」을 중심으로」 발표 원고를 잘 읽어 보았습니다. 발표문을 통하여 작가 이범선의 삶과 문학 세계 전반에 대하여 충실히 이해할 수 있는 것은 물론, 주요 단편 작품들을 중심으로 '전쟁과 벌거벗은 삶'이라는 흥미롭고 중요한 주제 의식에 대해서도 성찰할 수 있는 소중한 기회였습니다. 이에 선생님의 발표 원고를 읽으며 궁금했던 점 및 선생님의 의견을 조금 더 여쭙고 싶은 사항들을 중심으로 토론을 진행하고자 합니다.

우선 「사망 보류」나 「몸 전체로」와 같은 작품들에서 전쟁은 인간 내면 본성을 드러내는, 그야말로 밑바닥의 저열함을 보여 줌으로써 작품 속 인물들의 사고방식과 삶을 완전히 바꾸어 버린 계기적 요인입니다. 그런 점에서 볼 때 전쟁이 어떤 의미에서는 하나의 삶의 준거 기준과도 같은 기능을 하고 있다고도 볼 수 있을 것입니다. 전쟁의 격랑을 헤치고 나왔지만 여전히 불행할 수밖에 없었던 당시의 현실은 이범선의 소설 속에서 지속적으로 묘사됩니다. 작가는 당대인들이 전쟁의 상처가 아물 여유도 없이 빈곤으로 인해 생존의 기로에 서야만 했던 점을, 특히 한 가정을 이끌어 가는 '가장'의 입장에서 그리며 그 비참한 현실을 극대화합니다. 이때 한 집안의 가장으로서 「몸 전체로」의 하숙집 주인과 「오발탄」의 송철호는 거의 정반대의 선택을 한 상황입니다. 이에 같은 경험을 토대로 둘의 선택이 갈라진 지점에 대해 선생님의 의견을 조금 더 구체적으로 듣고 싶습니다.

둘째, 발표 원고에서 말씀하신 바와 같이 실제 작가 이범선의 생애에서 겪었던 전쟁과 피난 경험의 문제에 대해 생각해 볼 필요가 있는 것은, 그러한 영향력이 그의 작품 세계의 독특한 지점을 형상화하고 있기 때문입니다. 이범선의 작품들에서는 여타의 월남 작가들과 다른 지점을 여러 차례 발견할 수 있습니다. 진실성 내지 정치적 선명성을 담보로 한 자기 증명을 지속적으로 추구하고자 했던 월남 작가들과 달리, 이범선은 이 발표문에서도 논의하고 있는 바와 같이 자기 증명이나 반공주의 옹호의 방향이 아니라 '벌거벗은 삶'을 고발하고 비판적 시각을 드러내는 데에 힘을 쏟고 있습니다. 그러한 차이의 이유에 대해 궁금해집니다.

회상의 형식 속에서 끝나지 않는 전쟁과 전쟁의 기억에 갇힌 사람들의 이야기는 오늘 발표문에서 분석된 세 작품 모두에서 공통적으로 나타납니다. 「몸 전체로」에서 하숙집 주인이 어린 아들을 혹독하게 훈련시키며 하는 모든 말들은 결국 타인의 죽음이 다른 누군가의 삶으로 이어진다는 스스로의 깨달음에 대한 것입니다. 이는 선생님께서도 정리해 주신 것처럼 전후 한국 사회의 위태로운 삶을 상징합니다. 죽음과 삶이 다르지 않은 전쟁 상태가 끝나지 않고 있는 전후 한국 사회의 모습을 아버지와 아들이 보여 줍니다. 이때 중요한 것이 '룰의 문제'라고 생각됩니다. 이범선은 전쟁 이전과 이후의 세계를 '우리'가 사는 공동체와 이기적 개인('나')만이 존재하는 파행적 사회로 양분해서 이야기합니다. 이때 물론 그가 지향하는 사회는 전자이겠지만 현실은 후자입니다. 이범선 소설의 등장인물들은,「몸 전체로」의 하숙집 주인처럼, 남을 제압하고 이기기 위한, 룰을 넘어서는 힘을 길러야 한다고 목소리를 높이는 것 같으면서도, 한편으로는 위선적이고 속물적인 사람들의 행태에 대해 비판하고, 그러면서도 현실에서 좌절감을 느낍니다. 또한 동시에 이는 나 이외의 모든 사람들이 '룰'을 지키지 않는 현실에서, 나 혼자 룰을 지키겠다고 고군분투하는 삶이었다는 것을 알아채는 것이었다고 생각됩니다. 이렇듯 환멸과 신념이 복잡하게 병존하는 지점에 대해 선생님의 의견을 듣고 싶습니다.

전쟁 초기 대통령의 서울 탈출과 잔류파의 고난을 '법의 정지' 상태로 분석하는 지점에 저 역시도 매우 동의합니다. 6·25 전쟁 중 적을 규정함으로써 자기를 유지하는 질서의 예로 특히 잔류파의 고통을 들 수 있으며, 이러한 고통 및 생존의 위기가 전쟁 이후 종결되는 것이 아니라 연속적인 것이라는 점이 이범선에게 매우 중요하다고 생각됩니다. 이러한 과정에서 사회 구성원 간의 수평적 폭력에 비해 권력에 의한 수직적 폭력의 계기가 보이지 않는 지점이 어느 정도 한계라고 지적하신 바가 있습니다. 이와 관련해 혹시 구성원들 간의 폭력의 수반 과정에 권력 구조의 영향이 미치는 지점에 대해 어떻게 생각해 볼 수 있을지에 대해 질문을 드립니다.

마지막으로, 이범선 문학에 대한 연구가 보다 다양화되었으면 하는 바람을 항상 갖고 있습니다. 이번 이수형 선생님의 발표를 통해 그러한 다양화에 대한 기여할 것이라고 생각합니다. 지금까지의 이범선 연구 및 이범선 소설 교육 등의 분야에서 대체로「학마을 사람들」과「오발탄」의 작가로 너무나 굳어져 버린 측면이 강합니다. 그러나 이 두 단편 소설 외에도 많은 장편 및 단편 소설 작품들이 문제적 해석을 기다리고 있다고 할 수 있을 것입니다. 향후 이범선 연구의 활성화와 문학 교육을 위해 더 논의가 필요한 작품들이 있다면 어떤 작품들일지 선생님께 조금 더 청해 듣고 싶습니다.

이러한 몇 가지 질문들은 작가 이범선의 삶과 작품 세계에 대한 선생님의 의견을 더욱 경청하기 위한 과정이라고 생각하며 이 토론을 마무리하고자 합니다. 감사합니다.

이범선 생애 연보

1920년   12월 30일, 평남 안주군 신안주면 운학리에서 아버지 이계하
              와 어머니 유심건 사이의 5남 4녀 중 차남으로 출생.
1933년(13세) 신안주 청강보통학교 졸업.
1938년(18세) 진남포 공립상공학교 졸업. 졸업 후 평양과 만주 등지에서 직
              장 생활.
1943년(23세) 고향 근처 신안주 금융조합에서 근무하다 10월, 홍순보와 결
              혼. 결혼 후 징용을 우려하며 평안도 몇몇 탄광에서 경리부서
              근무.
1945년(25세) 해방과 함께 귀향.
1946년(26세) 지주에 기독교 집안 출신으로 토지 개혁을 피해 월남. 미 군
              정청 통위부 촉탁을 거쳐 금강전구 회계과에서 근무. 동국대
              학교 전문부 입학.
1947년(27세) 북한에 있던 부인 월남. 장녀를 포함한 가족이 함께 살게 됨.
1948년(28세) 연희대학교 교무과 근무.
1949년(29세) 동국대학교 전문부 국문과 졸업.
1950년(30세) 강원도의 한 중학교에 부임하기로 했으나 전쟁으로 무산됨.
              정부의 발표에 속아 피난을 떠나지 못해 적치 90일의 고난을
              겪음.
1951년(31세) 1·4 후퇴 때 부산으로 피난. 가을 백낙준의 소개로 거제도의
              거제고등학교 교사로 부임하여 3년간 근무.
1954년(34세) 서울로 귀환. 김광식 등의 문인들과 교류.

1955년(35세)	대광고등학교 교사로 부임. 김동리의 추천으로 《현대문학》에 단편 「암표」와 「일요일」을 발표하면서 등단.
1958년(38세)	단편 「갈매기」로 제4회 현대문학 신인상 수상.
1959년(39세)	대광고등학교 사직. 이듬해까지 한국외국어대학 교무주임으로 재직.
1961년(41세)	한국외국어대학교와 서라벌예대에 강사로 출강. 단편 「오발탄」으로 제5회 동인문학상 후보상 수상.
1962년(42세)	한국외국어대학교 전임 강사로 부임. 제1회 오월문예상 장려상 수상.
1970년(50세)	단편 「청대문집 개」로 제5회 월탄문학상 수상.
1973년(53세)	한국외국어대학교 부교수로 승진.
1978년(58세)	한국문인협회 부이사장으로 피선.
1979년(59세)	박영사에서 『현대 문장 작법』 출간. 작가로서 간결하고 명증한 문장을 구사했으며, 학생들에게도 정확한 문장의 사용 능력을 강조함.
1981년(61세)	예술원 회원이 됨. 대한민국 예술상 수상.
1982년(62세)	그동안 재직했던 한국외국어대학교를 사직하고 한양대학교 인문대 학장으로 자리를 옮겼으나 공식 임기가 시작되기 직전 2월 28일, 뇌일혈로 졸도. 3월 13일, 사망.

이범선 작품 연보

발표일	분류	제목	발표지
1955. 4	소설	암표	현대문학
1955. 12	소설	일요일	현대문학
1956. 5	소설	이웃	현대문학
1957. 1	소설	학마을 사람들	현대문학
1957. 9	소설	미꾸라지	현대문학
1957. 11	소설	수심가(愁心歌)	현대문학
1958	소설	달팽이	학마을 사람들(소설집)
1958	소설	더퍼리 전서방	학마을 사람들(소설집)
1958	소설	별 셋	학마을 사람들(소설집)
1958	소설집	학마을 사람들	오리문화사
1958. 1	소설	토정비결	현대문학
1958. 2	소설	사망 보류	사상계
1958. 7	소설	피해자	세계
1958. 7	소설	백이숙제	현대문학
1958. 8	소설	몸 전체로	사상계
1958. 10	소설	219장	한국평론
1958. 12	소설	갈매기	현대문학
1959	소설	날아간 나비	오발탄(소설집)
1959	소설	물	오발탄(소설집)

발표일	분류	제목	발표지
1959	소설	사직(辭職) 고개	오발탄(소설집)
1959	소설	환상	오발탄(소설집)
1959	소설집	오발탄	신흥출판사
1959. 3	소설	소년	신문예
1959. 6	소설	황혼의 기도	자유공론
1959. 8	소설	벌레	신태양
1959. 10	소설	냉혈동물	문예
1959. 10	소설	환원	사상계
1959. 10	소설	오발탄	현대문학
1960. 4	소설	태양을 부른다	새벽
1960. 5	소설	아내	현대문학
1960. 6 ~1961. 8	장편 연재	울타리 저 편에 핀 꽃	새가정
1960. 10 ~1961. 9	장편 연재	동트는 하늘 밑에서	현대문학
1960. 11	소설	박사님	사상계
1961. 3. 15 ~10. 31	장편 연재	삭풍은 불어도	부산일보
1962. 2	소설	월광곡	사상계
1962. 11	소설	돌무늬	사상계
1963	소설	자살당한 개	전후정예작가신작 15인집
1963	소설	도장지(徒長技)	피해자(소설집)
1963	소설	불	피해자(소설집)
1963	소설	애기 중의 사랑	피해자(소설집)
1963	소설집	피해자	일지사

발표일	분류	제목	발표지
1963. 1	소설	너는 적격자다	신세계
1963. 10. 29 ~1964. 7. 2	장편 연재	밤에 핀 해바라기	국제신보
1963. 11	소설	분수령	현대문학
1964. 7	소설	나는 그 동물의 이름을 모른다	문학춘추
1964. 7	소설	네온사인	현대문학
1964. 8	소설	코스모스	여원
1964. 10	소설	코스모스 부인	문학춘추
1964. 11	소설	살모사	사상계
1964. 11	소설	가물	청맥
1964. 11 ~1965. 8	장편 연재	하오의 무지개	대한일보
1964. 11 ~1966. 4	장편 연재	분수 있는 로터리	여원
1965. 1	소설	화환	현대문학
1965. 8	소설	명인	신동아
1966. 2	소설	혼례기(婚禮記)	현대문학
1966. 3	소설	황혼의 기도	한양
1966. 3	소설	가을비	한국문학
1966. 4	소설	상흔(傷痕)의 내력	신동아
1966. 5 ~1967. 6	장편 연재	금붕어의 향수	여상
1966. 7	소설	깨어지지 않는 꽃병	한국문학
1966. 8	소설	그의 유작	문학춘추

발표일	분류	제목	발표지
1966. 9. 14 ~1967. 6. 23	장편 연재	춤추는 선인장	조선일보
1966. 10	소설	임종의 소리	현대문학
1967. 3. 1 ~12. 31	장편 연재	구름을 보는 여인	전남일보
1967. 5	소설	단풍	현대문학
1967. 7	소설	신분증	신동아
1967. 7~10	소설	기도	기독교 사상
1968	소설	비둘기	크리스찬문학
1968	수필집	오늘 이 하루를	대학기독교계명협회
1968. 2	소설	쇠를 먹고 사는 사람들	현대문학
1968. 5	소설	문화주택	신동아
1968. 11	소설	천당 간 사나이	현대문학
1968. 11. 1 ~1969. 10. 1	장편 연재	산 너머 저 산 너머	매일신문
1969	장편 단행본	동트는 하늘 밑에서	국민문고사
1969. 3	소설	태자(太子) 까치	아세아
1969. 3	소설	선녀(仙女) 제비	여성동아
1969. 3. 1 ~12. 30	장편 연재	거울	부산일보
1969. 4	소설	죽마지우(竹馬之友)	월간문학
1970. 1~12	장편 연재	설선(雪線)	주부생활
1970. 9	소설	청대문집 개	현대문학
1970. 10 ~1975. 12	장편 연재	당원(黨員)의 미소	월간문학

발표일	분류	제목	발표지
1970	장편 연재	사령장	경제신문
1971	장편 연재	전설을 품은 새	신여원
1971. 2	소설	지신(地神)	신동아
1971. 11	소설	커다란 꽃송이가	여성동아
1972	소설집	분수령	정음사
1972	장편 단행본	동트는 하늘 밑에서	삼성출판사
1972. 6	소설	정 교수의 휴강	현대문학
1972. 10	소설	표구된 휴지	문학사상
1973. 2	소설	쓸쓸한 이야기	신동아
1973. 3	소설	하늘엔 흰 구름이	현대문학
1973. 8	소설	금잉어	여성동아
1973. 10	소설	삼계일심(三界一心)	문학사상
1975	장편 단행본	동명왕(東明王)	한국문화예술진흥원 민족문학대계
1975	단행본	밤에 핀 해바라기	해일문화사
1975	수필집	전쟁과 배나무 (『오늘 이 하루를』과 내용 동일)	관동출판사
1975. 2	소설	초배(初褙)	한국문학
1975. 10	소설	배나무 주인	문학사상
1976	소설집	표구된 휴지	관동출판사
1976	소설집	오발탄	삼중당
1976	장편 연재	검은 해협	조선일보
1977	장편 단행본	금붕어의 향수	문리사
1977	장편 단행본	춤추는 선인장	문리사

발표일	분류	제목	발표지
1977. 9	소설	고장난 문	문학사상
1978	장편 단행본	검은 해협	태창문화사
1978. 1 ~1979. 6	장편 연재	흰 까마귀의 수기	현대문학
1978. 10	소설	판도라의 후예	문학사상
1979	장편 단행본	흰 까마귀의 수기	여원문화사
1979	장편 단행본	검은 해협	경미문화사
1979	문장 작법	현대 문장 작법	박영사
1979. 12	소설	유모차	현대문학
1979. 12	소설	면민회(面民會)	문예중앙
1980	장편 단행본	당원(黨員)의 미소	명성출판사
1980	장편 단행본	밤에 핀 해바라기	신여원
1980	장편 단행본	판도라의 후예	신여원
1980. 1	소설	두메의 어벙이	문학사상
1980. 7	소설	고국(故國)	소설문학
1981. 5	소설	별과 코스모스	문학사상
1981. 9	소설	미친 녀석	한국문학
1982	장편 단행본	춤추는 선인장	신한출판사
1982	소설집	두메의 어벙이	홍성사
1986	소설집	학마을 사람들	마당문고사
1989	소설집	표구된 휴지	책세상
1993	소설집	이범선 대표 중단편 선집	책세상
1999	소설집	이범선 작품선	범우사

작성자 이수형 명지대 교수

로컬, 룸펜, 경제적 인간, 곽하신 소설의 세 좌표

김양선 | 한림대 교수

1 서론: 전기적 사실, 그리고 단절과 결락을 해석하기

곽하신은 1920년 5월 20일 경기도 연천에서 태어나, 중학교부터 서울의 외갓집에서 기숙하면서 외삼촌인 시인 김상용에게 문학 수업을 받았다. 1938년 18세의 나이로 《동아일보》 신춘문예에 단편 「실락원」이 당선되고, 1939년 《문장》에 「마냥모」, 「사공」이 추천되면서 문단에 등단했다.[1] 해방 직후인 1945년 12월에 "조선 여성들은 지금까지의 사대주의적이고 노예적인 근성을 버리고, 확고한 세계관과 인생관을 구축해야 한다."라며 월간 《여성문화》를 출간했고, 1954~1959년까지 희망사 편집장을, 그 뒤 《조선일보》 문화부장을 역임했다. 1951년 한국 전쟁 중에는 '창공구락부'

---

[1] 해방 전 발표 작품 편수는 많지 않다. 《동아일보》에 「실낙원」과 「안해」, 《문장》에 「마냥모」, 「사공」, 「나그네」, 「신작로」를 발표했다. 일제 강점기 말 한국어 글쓰기가 힘든 상황이었음을 고려하면 등단한 지 얼마 되지 않아 작품 활동이 단절된 것으로 짐작된다.

의 일원으로 공군 종군 작가로 활동했다. 김동리, 조연현, 유치환 주축으로 1946년 4월 전조선문필가협회의 전위 조직으로 창립된 조선청년문학가협회의 구성원이었던 것으로 보아, 해방과 한국 전쟁의 와중에 그의 지향점은 소위 순수 진영에 가까웠던 것으로 보인다. 1946년 동국대 문리대 국문과에 입학했으나 1948년 중퇴, 1957년 재입학 후 이듬해 졸업했다. 전후 장편 연재소설로 『여인의 노래』(잡지 《희망》, 1953. 11~1955. 3), 『무화과 그늘』(《세계일보》, 1958~1959) 등이 있다.[2] 1960년대에는 번역 번안물, 소년 문학으로 방향을 틀어 『소년 삼국지』(《소년조선일보》, 1964), 『소년 수호지』(《소년조선일보》, 1967~1968) 등의 번안물, 『내 마음 바다 건너』(1969~1970), 『풍운의 성』(《소년조선일보》, 1973) 등의 소년 소설을 발표했다. 이후 35년 남짓한 기간 동안 절필하다가 2008년 4월 14일 영면했다. 소설집으로 『신작로』(희망출판사, 1955)가 있다.

위의 전기적 사실에 비춰 볼 때, 작가가 단편 소설, 순수 문학 위주의 작품 활동을 한 것은 일제 강점기에 집중되어 있고, 1950년대에는 한국 전쟁기와 전후 세대를 다룬 몇 편의 단편, 신문이나 잡지 연재소설, 1960년대에는 소년 대상 번역 번안물을 비롯한 아동 문학으로 작품 활동이 수렴된다. 창작을 제외한 경력도 눈여겨볼 만하다. 작가는 해방 후 잡지를 발간하거나 전후 잡지 《희망》과 《조선일보》 편집자로 일했고, 한국 전쟁 기간 동안 종군 작가로 활동하는 등 매 시기 한국 사회의 변동에 문학인이자 저널리스트로서 나름의 응전력을 보여 왔다.[3]

18세에 등단, 신춘문예와 대표 문예지 동시 등단이라는 한국 문단사에서 이례적인 기록을 가지고 있으면서도 곽하신을 단독으로 다룬 논문은

---

2) 『無花果 그늘』을 재수록한 『한국 문학 전집 26』(민중서관, 1959) 뒤의 연보에 따르면 『薔薇처럼』(《대구매일신보》, 1955), 『愛戀無限』(《국도신문》, 1956), 『흐르는 戀歌』(《국제신문》, 1958) 등의 장편 소설을 발표했다. 연천향토문학발굴위원회 편 「작가 연보」에 『영시 이후』(《서울경제신문》, 1967)도 장편으로 기재되어 있다.
3) 이런 이력들이 문사-지식인으로서의 소명 의식 때문이었는지, 작품 활동이 여의치 않은 상황에서 생활을 위한 방편이었는지는 더 살펴보아야 한다.

필자가 찾아본 바로는 한 편도 없다. 생전에 발간된 작품집『신작로』를 제외하면 그의 단편들은『한국 문학 전집』여기저기에 일부 대표작들이 수록되어 있을 뿐이고, 근자에 연천향토문학발굴위원회에서 발간한『곽하신 단편 소설 선집』, 장편『무화과 그늘』(『한국 문학 전집』26권, 민중서관, 1959)이 전부이다. 오히려 도서관 서지 목록에서 다수를 차지하는 곽하신의 저작들은 일본 에세이류나 중국 고전을 소년용으로 각색한 번역, 번안류이다. 그의 작가 이력과 생활인으로서의 이력4) 역시 중간중간 단절되거나 빠진 부분이 수다하다.

이 논문에서는 이런 단절과 결락의 부분들에 주목하고자 한다. 식민지 시기 ― 전후 ― 1960년대로 이어지는 곽하신의 실질적인 작품 활동 기간 동안 그의 작품 세계는 시기별로 '지속적이지 않은', 오히려 '단절적인' 양상을 보인다. 가령 식민지 시기 발표 지면이《문장》에 집중된 점, 1950년대 이후 작품에서는 식민지 시기 작품에서 볼 수 있었던 요설체나 향토어와 같은 문학 언어의 실험이나 농촌-향토에 대한 형상화가 사라지고, 범속한 일상이나 젊은 남녀들의 연애 심리를 다룬 몇 편의 단편, 세태 풍속과 연애를 다룬 장편 대중 소설을 발표한 점, 1960년대에는 소년 소설, 번역 번안류에 집중한 점이 그러하다. 그런데 식민지 시기 작품이 6편에 불과한데도 그의 작품 세계에 대한 짤막한 촌평이나 문학 전집 뒤에 실린 해설은 식민지 시기 작품 경향에 한정되어 '치기 어린 요설체 문장'을 특징으로 보거나 "여성의 입장에서 애정에 얽힌 내면 갈등과 세태의 부조리"를 다루었다는 범박한 평이 대부분을 차지한다. 이 논문에서는 그나마 단편 형태로 존재하는 곽하신 소설 세계에 대한 한정된 평가를 지양하고, 전체 면모를 복원하는 데 초점을 맞추고자 한다. 이를 위해 식민지기와 전후로 시기를 크게 분절하고, 각 시기 작품 세계의 특징을 로컬(식민 시기), 룸펜(전후), 경제적 인간(전후 일부 단편, 장편 대중 소설)이라는 세 좌표

---

4) 에컨대 동국대 국문과 입학 후 휴학과 자퇴를 긴 기간 하다가 복학해서 학업을 마친 이유, 1957년부터 병명이 불투명한 두통과 신경통으로 오랜 기간 투병했다는 사실 등이다.

를 중심으로 분석할 것이다. 이 좌표들은 시기나 작품 경향을 놓고 볼 때, 단절(식민 시기와 전후)이면서 동전의 양면(전후 룸펜과 경제적 인간)처럼 더블(double)의 관계를 이루면서 작가가 매 시기 사회 변동과 세태를 정확하게 포착했음을 입증하는 단서가 된다. 현대 소설사 연구에서 잊힌 작가 곽하신의 작품 세계를 세밀하게 분석함으로써 전후 문학사의 주변을 복원하고자 하는 게 이 논문의 부차적 목적이다.

2 로컬 ——《문장》지의 세계관

《문장》에 실린 곽하신의 소설은 추천 소설 「마냥모」(6호, 1939. 7.), 「사공(沙工)」(11호, 1939. 12.) 외에 「신작로」(24호, 1941. 2.) 「나그네」(7호, 1939. 7.)[5] 등 4편이다. 하층민이나 어린아이(소년)를 주인공으로 하고 있다는 점, 로컬-향토를 배경으로 하고 있다는 점, 식민지 근대의 영향력에서 비껴나 있거나, 근대의 영향력으로 인해 소멸해 가는 것들에 대한 애정, 상실감을 기저로 하고 있다는 점이 이 소설들의 공통점이다. 이 장에서는 일제 강점기 말 《문장》이 지향했던 로컬-향토의 발견, '고완미'로 지칭되는 이태준을 비롯한 《문장》의 이념이 곽하신의 작품에도 모종의 영향을 미쳤다는 것을 전제로 논의를 전개하고자 한다. 1930년대 후반 소설의 흐름 중 하나는 전근대, 전통에 대한 지향성이다. 전통주의, 전근대주의, 향토-로컬의 발견 등은 1930년대 후반 뚜렷한 흐름을 형성했으며, 정신적으로는 근대적 제도나 가치 체계, 식민 질서에 대한 반발을 기저로 하고 있다. 《문장》의 편집인이었던 이태준의 「패강냉」, 「석양」, 「영월 영감」은 전근대적 삶이나 미의식에 대한 향수 의식을 드러내고, 근대에 대한 환멸을 드러낸다. 소멸해 가는 것들에 대한 연민, 근대의 중심에서 밀려난 것들에 대한 관심은 타

---

5) 「나그네」는 1939년 7월 임시 증간호, '창작 32인집'에, 「신작로」는 1941년 2월, '창작 34인집'에 실려 있다. 신진과 중진을 아우르는 문학 장을 짜려는 《문장》의 기획에 신진 작가였던 곽하신도 포함되었음을 알 수 있다.

율적인 근대에 대한 비판의 의미를 담고 있다. 곽하신의 소설은 이런 《문장》의 반근대주의, 미학주의, 이태준의 『문장 강화』에서 대표적으로 드러나는 언어와 소설 형식에 대한 관심이라는 기조를 따르고 있다.

「마냥모」를 발표했을 때 이태준이 다음과 같은 추천사를 썼다는 것이 이런 추론의 근거가 된다.

'마냥모' 佳作이다. 대복이가 흐뭇하다. 게으름 禮讚만은 아니다. 끝에 가서는 상당히 날카로운 技巧로 싹둑 잘 짤랐다. 다만 대복이가 정자나무 밑에서 잠드는 데가 自己변호가 없이 좀 더 天然스러웠으면 좋았겠다. 그리고 중간중간 몇 줄씩 지인 데가 있기도 하지만, 너머 입심에 醉해 버린 데가 많았다. '意識的'이란 느낌은 바늘만치도 찔러선 안 된다. 좋은 作品은 그런 '意識的 가시'가 돋혀선 안 된다.

이 작품을 추천한 이태준은 단순히 게으름을 예찬한 소설이 아니며, 특히 마지막 장면의 간결한 처리를 매우 뛰어난 기법이라고 칭찬한다. 하지만 '입심', '의식적 가시'가 있어서는 안 된다고 평하고 있는데, 이는 지나친 기교를 경계하고 자연스러움, 진정성을 작품의 가치로 여겨야 한다는 뜻이다.

「마냥모」는 경상도 지방의 농촌을 배경으로, 게으른 농군인 대복을 주인공으로 하고 있다. 그는 혼례를 치른 뒤 자기 몫이 된 논 세 마지기에 3년이 넘도록 자기 손으로 모를 내 본 적이 없을 정도로 게으른 인물이다. 어느 날 마냥모를 내는 일꾼들에게 가져다줄 음식을 담은 함지를 지게에 지고 가던 중 정자나무 그늘을 만나자, 음식을 마음껏 포식하고 그 자리에 누워 세상 모르게 잠을 자다가 아버지가 휘두르는 지게막대를 맞고 잠을 깬다는 이야기이다.

'마냥모'는 '늦모', '제철보다 늦게 내는 모'라는 뜻으로, 늦된 인물인 대복의 성격을 대변하기에 적절하다. 대복과 그를 둘러싼 환경은 근대-도시와는 거리가 있다. 이 소설은 근대의 시계 시간이 아닌, 때가 되면 모를 내고 거두어야 하는 농사일의 감각에 기초한 시간, 전통적 시간관이 지배하는 공간을 배경으로 바보형 인물, 낙천적 인물을 부조해 내고 있다. 여기서 로컬-향토는 근대의 시간, 식민지적 질서가 지배하는 공간이 아닌, 반(反)근대의 시간과 정서를 체현한 공간이다.

반(反)근대의 시공간으로서의 로컬-향토에 대한 친연성은 「사공(沙工)」에서도 지속적으로 나타난다. 뱃사공인 첨지는 떠돌이였으나 마을의 나룻배 사공을 하면서 그곳을 '고향'으로 여기고 산다. 배를 자기 것이라 여기는 이 노동자는 가진 자에 의해 자기 삶의 터전에서 밀려난다. 배를 홍 초시가 사면서 일자리를 잃게 된 것이다. 소설은 사공 첨지(늙음)와 새로 온 사공 황태식(젊음)의 강인함을 대조적으로 보여 주면서 로컬-향토에서 낡은 것, 오래된 질서, 공동체에 대한 귀속감으로 엮인 계약 관계의 소멸을 전경화한다. 결국 그는 소설 마지막에서 도끼로 나룻배를 부숴 버린다. '나룻배'는 한때 사공 첨지의 밥벌이 수단이었으나, 지금은 나룻배를 산 자의 것이다. 즉 '나룻배'는 사공에게는 생산 수단 이상의, 자신과 일체된 정서적 유대감을 이룬 것이지만, 이미 돈과 노동력을 사고파는 근대의 교환 회로에 들어간 홍 초시나 젊은 사공 황태식에게는 생산 수단 그 이상도 이하도 아니다. '나룻배'를 둘러싼 이 차이를 해소하는 방법으로 사공 첨지는 이미 근대의 회로 속에 들어간 나룻배를 제거하는 것을 택한다. 낡은 질서, 낡은 세대의 소멸에 대한 애상의 정조는 이태준의 소설과 유사한 바가 있다.

여기에 실린 이태준의 추천사는 다음과 같다.

곽하신 군의 「사공」이 그리 탐탁지는 않다. 곽 군은 우선 그 변(辯)의 수다스러움[6]에서 해방되어야 할 것이요, 그래야 플롯이 지금 어떤 형태로 발

---

6) 곽하신 소설 언어의 이런 특성은 백철도 지적했다. "현실 도피의 경향과 함께 그 작품들의 특색은 요설체이다. 그 요설체만을 가지고 문단의 주목을 끌었다는 데 이 작가의 기

전한다는 것을 자신이 보고 만지고 하면서 쓸 수 있을 것이다. 소설은 쓴다 기보다 만드는 것. 변(辯)에 취해가지고는 만드는 데 방심하기 쉬운 것이다. 나룻배의 새 주인이 되었다는 홍(洪) 생원이, 이해할 수 없는 목우(木偶)가 되어 버렸다. 홍 생원이 첨지를 구태여 내여보내려는 하등의 이유가 드러나지 않는다. 실증 정신. 이것은 곧 소설의 정신이다. 이 점에서 실증화에 몰두하는 탐정 소설을, 소설 초심자로서는 배울 필요가 있다고 생각한다.(106쪽)

「사공」의 추천사 역시 「마냥모」와 비슷한 점을 지적하고 있다. '변의 수다스러움'이 그것이다. 작가 주석적 서술보다는 플롯 전개의 개연성, 인물 형상화의 핍진성을 '실증 정신'이라는 말로 강조하는 것이다.

그의 대표작으로 평가받는 「신작로」(1941. 2)를 보자. 이 소설은 로컬-향토를 배경으로 이성에 눈뜨기 시작한 사춘기 소년 소녀의 순수한 연애 감정을 그리고 있다. 정이를 좋아하는 17세 돌쇠가 주인공이다. 정이에게서 서울로 이사 가게 됐다는 말을 듣고, 마음과는 다르게 어깃장을 놓다가 정이를 한 번 더 보기 위해 이삿짐을 날라 주고, 문산 고모 집에 간다는 핑계로 차를 타는 것이 스토리의 전부다. 소년 소녀의 연애 이야기에 감춰져 있지만, 돌쇠와 정이가 헤어지게 된 내력은 농촌 공동체에서 도시로의 이동, 경제적 차이, 근대(화)와 모종의 관련이 있다. 돌쇠에게 서울은 "집 좋구 길 좋구 일 안 허구 하이카라 서방님들 있"는, 자신의 삶과는 거리가 있는 위계화된 공간이다. 정이 집안의 서울행을 이끄는 정이 오빠는 양식 구두, 즉 근대 신문물의 대리자로 상징된다. 정이네가 로컬-향토에서 서울로 이동하는 수단은 "도라꾸"(트럭), "자동차", "기차" 등 근대 문물이

술이 높았다는 기술(記述)이 된다."는 지금까지도 곽하신 소설의 특성을 논할 때 항용 인용된다. 하지만 이는 「안해」(1938. 4)에만 해당된다. 이 소설은 도입부 한 문장의 길이가 무려 17줄이고, 독백체 서술이 3페이지에 거쳐 서술되는 등의 파격적인 문장 실험을 하고 있다. 하지만 식민지 시기 다른 소설들까지 '요설체'로 확대 정의하는 것은 타당하지 않다는 게 필자의 생각이다.

다. 돌쇠와 정이의 경제적 차이는 복장으로 드러난다. 서울로 가는 정이의 복장은 "하얀 신 하얀 버선에 옥색치마, 갑사적삼, 머리 빗고 분바르고 양산을 쓴"데 반해, 돌쇠는 "중이적삼 네물째 입은" 초라한 행색이다. 소년과 소녀의 순수한 사랑이라는 표면적 주제 이면에 정이네와 돌쇠의 경제적 차이를 우회적으로 드러냈다는 점에서 김유정의 농촌 소설들과 유사하며, '신작로'라는 근대-도시로의 이동성을 매개하는 길, 자동차, 트럭(도라꾸), 버스와 같은 근대 문물을 등장시킨다는 점에서 최명익의 소설 「봄과 신작로」와 모티프가 비슷하다. 단 근대 이동 수단에 대한 시선이 부정적이지만은 않다. 소설 마지막에서 돌쇠 역시 버스를 타고 일시적이나마 집을 떠나면서, "속력이 빨라지기 시작이자 앞으로도 옆으로도 바람 몰려와서 함부로 시원하다."라고 긍정적으로 표현하고 있기 때문이다. 하지만 기본적으로 소년 화자를 매개로 한 근대 문물과 이동성에 대한 동경과 사투리, "애삼악스럽게", "뙴박처럼", "팔을 탄다" 등과 같은 토속어의 구사가 착종하는 이 작품은 근대에 대한 동경과 좌절이라는 양면성이 내재되어 있다고 보는 것이 온당할 듯싶다. 특히 토속어는 이태준의 평대로라면 "변의 수다스러움"이나 "입심", 언어적 기교에 해당하는 것이지만 한편으로는 근대-도시로의 이동이 불가피해진, 당시 현실에 대한 수사학적 반동으로 읽히기도 한다.

이처럼 《문장》에 발표된 곽하신의 소설은 사라져 가는 것들에 대한 비애, 전근대적인 시간 의식, 로컬-향토에 대한 지향성을 뚜렷하게 드러낸다는 점에서 일제 강점기 말 문학의 한 흐름인 반(反)근대의 미의식을 구현했다고 평가할 수 있다.

3 룸펜 — 전후 남성(성)의 형성 (1)

해방 후 곽하신은 잡지 발간 등 대외적 활동에 주력하며, 몇 편의 수필과 단편을 발표했다. 한국 전쟁기에는 대구, 부산을 거점으로 종군 작가로

활동하면서 전쟁 기간 발간된 잡지에 대여섯 편의 소설을 발표했다.[7]

전후 소설의 경향은 식민지 시기 작품과 뚜렷이 구별된다. 1950년대 말 곽하신의 소설에는 '룸펜-지식인'이 등장하는데, 이는 전후 한국의 경제 상황을 반영한 것이다.[8] 1957년부터 미국의 원조가 감소하면서 부흥 재건 사업의 추진으로 전쟁 전 수준으로 진정되었던 경제가 1958년경 다시 불황에 들어섰다. 전후 한국 사회의 경제 불황과 대학생 등 고학력 졸업

---

7) 『한국 전쟁기 문학/수기/제도 자료집』에 수록된 곽하신의 작품 목록은 다음과 같다. 「처녀애장(處女哀章)」(《전선문학》 3호, 1953. 2), 「여비(旅費)」(『현대소설선』, 수도문화사, 1953. 6. 원래 피난지 부산에서 발간되었던 《수도평론》(4호까지 발간) 문예란에 실린 것을 재수록한 선집), 「남편」(『전시 한국 문학선 — 소설편』, 1954년 12월 10일), 「市場揷話」, 「貰房」, 「딸」(백철 엮음, 『중견 작가 掌篇 소설 15인집』, 글벗집, 1956년).

그 외 전쟁기 곽하신이 발표한 작품으로는 「떠나는 날」(《연합신문》, 1952. 5), 「혼선」(《연합신문》, 1953. 1), 「죄와 벌」(《자유세계》 9호, 1953. 4), 「골목집」(《문예》 16호, 1953. 6)이 있다. (위 자료의 출처는 「한국현대문학위키 — 한국문학작품연표」이다. http://ko.kliterature.wikidok.net/wp-d/581ad6a0a00eb5922ac66e08/View)

이중 사실 관계를 바로잡아야 할 것이 있다. 발표자가 확인한 바로 「처녀애장」은 곽하신의 작품임에도 불구하고 어찌된 일인지 김말봉의 작품으로 잘못 알려져 있으며, 『김말봉 문학 전집』의 작품 연보에 올라가 있다. 수정이 필요하다.

8) 1950년대에 대다수 인구는 농업과 어업에 종사했다.(80%) 반면에 생산이나 서비스, 사무나 판매직에 종사하는 사람은 20% 정도에 불과했다. 1950년대 내내 전체 인구 대비 취업자 수는 1955년 37.5%, 1960년 36.2%로 그 비율이 낮다. 대다수 사람들은 실업 내지는 반실업 상태에서 생활했다. 1958년 초 완전 실업자와 농촌의 잠재적 실업자를 합한 전체 실업자 수는 420만 명, 1960년에는 450만 명으로 추산된다.(한국정신문화연구원 현대사연구소 편, 『한국 현대사의 재인식 4 — 1950년대 후반기의 한국 사회와 이승만 정부의 붕괴』(도서출판 오름, 1998), 24~25쪽 참조) 전후 1950년대 한국 경제의 전개 과정에서 주된 물적 기반이 되었던 것은 미국의 대한 원조였다. 이 원조의 80% 이상이 구호적 성격의 소비재이거나 그 원료였다. 이를 통해 원료 가공형 소비재 산업(이른바 면방, 제당, 제분이라는 3백 산업)이 발전했다. 수입 대체 소비재 산업화의 진전은 상대적 생산 과잉 현상을 낳았다. 섬유, 식품 등 소비재 분야에서 시설 과잉과 과당 경쟁이 1957년부터 드러났고, 미국의 원조가 1957년 이후 격감하면서 생산이 침체되고 성장률도 둔화되기에 이른다. 1950년대 말의 불황은 민생 안정에도 영향을 미쳤다. 생산이 정체되고 실업률이 50%를 웃도는 상황은 정치적 경직과 부정부패로 연결되어 결국 4·19 혁명의 도화선이 되었다는 것이 학계의 분석이다.(김대환, 「1950년대 후반기의 경제 상황과 경제 정책」, 한국정신문화연구원 현대사연구소 편, 앞의 책, 209, 222~223쪽)

자의 증대는 사회적 문제를 낳았고, 그 지점에 '실업'과 '룸펜'이 자리하고 있다. 물론 채만식의 「레디 메이드 인생」, 유진오의 「오월의 구직자」 등 우리는 식민 시기 소설들에서도 실직, 룸펜이 양산되는 현실을 그리거나 풍자한 소설의 계보를 갖고 있다. 곽하신의 소설이 이런 소설들과 구별되는 점은 룸펜-지식인의 내면이나 우울을 그려 당대 현실을 우회적으로 비판하기보다는 취업 전쟁에 나선 룸펜의 민낯을 사실적으로 그리고 있다는 점이다. 이들은 1950년대 저개발 자본주의 국가에서 각자도생할 수밖에 없는(혹은 각자도생의 길을 택한) '경제적 인간'의 모습을 하고 있다. 이들은 다른 사람의 노동을 착취하는 자본가도 아니고, 다른 사람의 노동을 통제, 관리하면서 자기 삶을 이어 가는 중간 관리자도 아니다. 오랜 실직과 구직으로 인해 절박해진 이들은 인간다움과 도덕성을 상실한 상태이다.

"조금이라도 내게 이익이 되는 바를 좇"는 경제적 인간의 등장을 「층(層)」(1959)은 보여 준다. ○○산업에 영업과장 자리가 나자, 친구 윤동수가 취직 운동을 부탁한다. 나는 이미 직장이 있지만, 윤동수는 오랫동안 실직 상태였다. 그런데 나는 친구와의 우정을 저버리고 자기가 그 자리를 가로챈다. 우정보다 계산 가능한 교환 관계를 우선시한 것이다. 사실을 알게 된 윤동수가 찾아와 분노하지만, 나는 그런 윤동수를 이해할 수 없다. 타인의 처지에 대한 공감이나 이해 능력이 결여된 것이다. 나의 계산적인 사고방식은 "내가 더 좋은 자리로 가고 내 자리는 윤동수에게 물려주면 된다."는 셈법으로 나타난다. 서로에게 이익이 되는, 공리주의적 사고방식을 정의로운 것이라 여기는 사고방식, 요컨대 자본주의적 사고방식이 맹아적으로나마 등장한 것으로 볼 수 있다.

「불행(不幸)」(《자유문학》, 1956. 8), 「취직(就職) 이야기」(《신태양》, 1959. 6)도 이 룸펜 소설의 계보에 해당한다. 「취직 이야기」는 3년 동안 구직 운동을 하는 태훈이 주인공이다. 지인으로부터 취직 확약 내지 언질을 받은 지 3달이 지났지만 소식은 들리지 않는다. 그는 취직이 여의치 않자 불안, 우울증, 허약함, 조급함을 아내에게 투사[9]함으로써 해소한다. 「불행」의 최군 역시 1년 남짓 구직 활동을 한다. 그는 가까스로 취직하지만 대학까지 나온 고학력인 그에게는 맞지 않는 "노동력이 강한 직공"일이다. 그런 자리마저 마다하지 않는다는 것은 고학력 지식인들에게 적합한 소위 사무직 일자리가 많지 않았던 전후의 경제 상황을 반영한다. "대학 나온 사람들 계층에도 실직자가 많은 까닭이 애써 공부해 가지고 써먹지 못하고 벼르고만 있기 때문"이고, "대학을 나왔다는 사실 하나만 들고 행세하기에는 너무나 까다롭고 차디찬 현실"이다. 노동을 하고자 하는 그의 의지와 기대는 또 다른 현실에 부딪혀 좌절된다. 역설적이게도 대학을 나온 고학력자이기 때문이다. 사측이 제시하는 근거는 상당히 합리적이다. 대학을 나온 사람이 학력이 없는 사람이 받는 보수 정도의 자리에 앉게 되면, 형평성에 어긋나고 봉급 기준이 무너지는 혼란이 생긴다는 것이다. 소설 내적으로 보면 기대와 기대 지평의 좌절에서 오는 아이러니를 눈여겨볼 수 있겠지만, 당시 한국 사회의 기형적 경제 구조, 학력 자본에 걸맞는 일자리의 부족 현상이 가족과 친구 같은 친밀한 관계까지 무너뜨릴 정도로 심각했음을 알 수 있다.

정리하자면 이 '룸펜' 소설들은 1950년대 말 한국 경제의 문제점을 허약한 남성(성)을 통해 보여 주었다는 점에 의의가 있다. 이 룸펜 소설의 창작 배경에 작가의 실제 경험이 녹아 있을 수도 있다. 하지만 여기서 우리가 눈여겨보아야 할 것은 생존의 장이 로컬-향토에서 도시로 이행하고 있음에도 불구하고, 이들의 삶을 뒷받침할 토대가 마련되지 못한 저개발 자본주의 현실이다. 이런 상황에서 남성-젠더/지식인은 자신의 무능력과 불안을 여성/아내에게 투사하거나 도덕이나 친밀성보다 생존을 도모하는 길을 취하는 것이다. 이와 같은 전후 한국 사회의 구조 변화는 곽하신

---

9) 곽하신 소설은 주로 초점 화자가 남성이다. 이 초점 화자의 눈에 비친 여성, 특히 아내들은 수동적이거나 실직 상태에 놓인 남편의 불안이나 히스테리를 받아주는 수동적 존재이다.

의 1950~1960년대 신문이나 잡지 연재소설의 지극히 대중적이고 통속적인 스토리라인이나 인물들의 향방에도 영향을 미친다. 다음 장에서 살펴볼『여인의 노래』,『무화과 그늘』은 한국 전쟁기, 그리고 전후 청년 세대의 생존 전략을 본격적으로 그리고 있다. 곽하신의 전후 소설에 등장하는 남성 인물들은 국가주의나 민족주의와 결합된 이상적 남성성과는 거리가 멀다.[10] 입신출세를 위해 동료를 배신하거나, 음모를 꾸미거나, 연애 관계를 이용하는 성취 지향적인 남성 인물들이 등장하는 게 특징이다.

4 만인에 대한 만인의 투쟁, 경제적 인물의 등장 ── 전후 남성(성)의 형성 (2)

한국 전쟁기, 그리고 전후는 남성과 여성의 성역할 및 이들에 대한 성별 정치에도 지대한 영향을 미친다. 곽하신의 전쟁기, 전후 단편 소설과 장편 소설은 한국 전쟁이 여성과 남성의 삶에 미친 영향을 포착하고 있다.

「처녀애장(處女哀章)」은 곽하신이 종군 작가로 활동하던 전시기에 쓰인 작품이다. 이 소설은 부모의 정략결혼 등쌀에 밀려 집을 나간 여성의 일인칭 독백으로 서사가 전개되며, 청자로 설정한 선생님에게 말을 건네는 형식으로 되어 있다. 나는 경식이라는 청년과 어렸을 때부터 부모가 맺어 준 약혼 비슷한 상태로 지냈는데 전쟁은 이 여성의 인생을 바꿔 놓는다. 경식이가 징집되어 나가고, 집안이 어려워지자 부모는 경식과 일가인

---

10) 조지 모스는 근대 민족의 탄생과 남성성이 연관되는 양상을 검토하면서 이상적인 남성의 이미지가 국민이나 숭고함, 전쟁 등 민족주의 안에서 중요하게 다루어졌다고 밝혔다. 조국을 위한 죽음과 희생이라는 전사 이미지를 통해 민족주의가 완성되었다. 자본주의, 민족-국가, 노동과 개척 전쟁을 위한 강인하고 아름다운 몸은 남성성의 이상형으로 채택되었고, 동시에 국가와 민족을 위해서 헌신하는 몸이 되었다.(조지 모스, 이광조 옮김, 『남자의 이미지』(문예출판사, 2004), 184~228쪽) 곽하신의 전후 소설은 당시 지배 담론이 구축하려 했던 국가 재건을 주도하는 강한 남성성, 이상적 남성성과는 다른 남성상을 현실적으로 재현했다.

윤수와 결혼을 강요한다. 나는 "양갈보가 되란 말"이냐고 저항하다 가출을 하고, "어느 낯도 모르구 협수룩한 뱃사람에게 바루 여기서 처녀를 바"친다. 이유는 윤수에게 처녀를 바치기 싫었기 때문이다. 이 소설은 성매매 여성에 대한 편협한 논리를 펴고 있고, 성매매에 뛰어드는 여성의 심리에 비약이 심하다는 점에서 한계가 분명하다. 그럼에도 불구하고 이 소설은 전쟁이라는 비상 시국에 여성이 살아남는 길이 결혼 아니면 성매매밖에 없던 당시 현실을 반영하고 있다. 부모는 경제적 어려움을 해결하기 위해 딸을 교환하고, 딸인 나는 자신의 진정성을 확인하기 위해 섹슈얼리티를 방기한다. 여성의 섹슈얼리티는 물질적, 정신적으로 불안정한 상황을 타개하기 위한 교환 내지 증여의 수단이 되는 것이다. 전쟁기에 부산 피난지에서 발표한 소설 중 하나인 「골목집」(《문예》, 1953. 6)도 부산 서면 하꼬방에 살고 있는 성매매 여성을 다룬다. 소설에서 언니와 나는 진짜 자매가 아니라, 성매매 업소에서 같이 일하는 관계이다. 언니는 "누구의 아들인지 딸인지도 모를" 아이를 임신 중이고, 나(명이)는 언니의 해산구완비를 얻기 위해 손님의 돈을 훔친다. 이 작품 역시 전시기 하층 계급 여성들의 삶을 성매매 여성으로 초점화하여 그리고 있다. 공식적인 통계에 잡히지 않는 수까지 고려해 1950년대 성매매 여성의 수는 적어도 15만 명 이상으로 추정된다. 이러한 규모의 성매매 여성의 수는 1955년 전국 15세 이상 39세 미만 여성 인구 418만 1616명 가운데 3.6%를 차지한다.[11] 여성이 성매매에 종사하게 되는 원인은 99%가 생활고이고, 나머지는 외적인 강제, 즉 폭력, 공갈, 유인 등이거나, 드물게 실연이나 남편으로부터 버림받은 경우가 있었다.[12] 이런 정황을 반영한 작품이 「처녀애장」과 「골목집」이다. 한국전쟁기 여성의 삶을 '성매매 여성'을 초점화하여 그리는 방식은 장편 소설 『여인의 노래』에서 더 구체화된다.

　『여인의 노래』(1953. 11~1955. 3, 총 17회)는 곽하신이 편집을 맡았던 잡지

---

11) 이임하, 『여성, 전쟁을 넘어 일어서다 — 한국 전쟁과 젠더』(서해문집, 2004), 137쪽.
12) 위의 책, 137쪽.

《희망》[13]에 연재되었다. 직원들과 함께 부산으로 피난 온 경옥은 남녀가 모두 한방에서 잠을 자게 되자, 남자 동료인 도윤과 언쟁한 후 짐을 싸 합숙소를 나온다. 도윤은 원래 서울에서 술집을 하며 성매매 알선일을 하던 여자와 동거하다가 부산으로 내려와서 그녀와 협잡해 한때 연인이었던 음전을 성매매 업소에 팔아넘긴다. 소설은 경옥이 위기에 처한 음전을 찾기 위해 세구와 세구의 친구의 여동생인 윤희와 함께 동분서주하는 이야기로 전개된다. 전쟁이라는 비상 시국은 여성들의 삶에 심대한 악영향을 미친다. 숙자는 세구를 차지하기 위해 동창이자 친구인 경옥을 따돌리고 그녀의 일자리까지 가로챈다. 세구가 이용 가치가 없자 그를 배신하고 딴 남자와 동거하고, 도윤과 음모를 꾸민다. 윤희는 세구가 자신의 사랑 고백을 거절하자, 자신의 '처녀성'을 충동적으로 다른 남자에게 바친다. 섹슈얼리티와 생계를 맞바꾸거나 성윤리의 혼란 상황에서 일탈을 하는 이 여성들에게 전쟁 이전의 도덕 규범은 적용되지 않는다.

이 소설은 여성들이 성매매에 빠지는 메커니즘을 사실적으로 포착하고 있다. 경옥은 한때 동료였던 도윤을 찾아가 음전이를 구해 달라고 부탁하지만, 그는 우선 음전이 진 빚 50만 원을 갚으라고 한다. 돈이 없는 경옥은 도윤에게 그 돈을 빌리는데, 사실상 2할 이자가 붙은 60만 원을 갚아야 하는 상황이다. 결국 경옥은 그 빚도 약속한 날짜에 갚지 못해, 음전과 똑같이 성매매 여성이 된다. 이런 교환 관계에 개입하여 도윤과 음모를 꾸며 경옥을 전락시키는 존재는 다름 아닌 숙자이다.[14] 이처럼 『여인의 일

---

13) 월간 《희망》은 1951년 7월에 창간되어 1962년 3월호로 종간되었다. 전시 피난지인 부산에서 잡지로서는 최초로 창간된 월간지로, 1958년과 1959년에 휴간을 거듭하기 전까지 1952년 3월호를 제외하고는 매호 거르지 않고 꾸준히 발간되었다.

14) 도윤과 결탁한 숙자는 경옥을 구슬려 빚을 갚기 위해서 '매신(賣身)'이 불가피하다고 설득한다. "살기 위해서는 막다른 골목에 들어서 무슨 짓이든 해야 할 수밖에 없다."는 논리다. 경옥은 처음에는 강하게 항의하지만, 결국 숙자와 함께 나간 경옥의 손에는 60만 원짜리 보증수표가 들려 있다. 뒤늦게 사실을 안 음전이 경옥을 찾아 나서지만 경옥이는 편지만 남기고 어디론가 떠난 후이다.

생』에는 성적 충동과 위험에 노출된 '가련한' 여성뿐 아니라, 경제적 이해관계에 따라 자신의 섹슈얼리티를 이용하고 우정과 연대보다는 모함과 협잡을 통해 자기가 원하는 바를 성취하는 여성이 등장한다. 이런 정황은 남성 인물들에게서도 포착된다.

세구는 음전을 구하기 위해 애쓰고, 숙자, 윤희, 경옥과 애정 관계를 형성하지만, 도윤의 음모, 숙자의 배신에 번번이 당하는, 어찌 보면 사건 해결에 무능력한 존재이다. 세구는 도윤의 사주를 받은 깡패들에게 폭행을 당하고 입원을 해서는 입원비를 해결 못할 정도로 경제적으로도 무능력하다. 경옥은 "두 여인(경옥 자신과 윤희) 속에 끼어 있으면서도 아무런 마음의 변동도 부담도 없는 도학자라면 이런 사람은 내가 다시 없는 그늘로 생각하고 있을 대상이 못 되는 것이 아닌가? 이런 사람에게의 나의 지향은 크면 클수록 크고도 어쩔 수 없는 공허로운 내일을 옳게 마련하는 어리석은 짓이나 아닐는지?"라며 세구의 우유부단함을 비판적으로 인식한다. 음전과 경옥은 세구의 치료비를 구하려 애를 쓰다가 결국은 도윤에게 가서 30만 원을 빌리기로 하고 그 대신 음전 자신이 도윤의 지정대로 매신(賣身, 성매매)을 하게 된다. '14장 혼선(混線)'(1954. 12, 14회)에는 이런 상황을 바라보는 경옥의 인식이 나타나 있다. "모든 것이 세구 때문에 일어난 사태"라는 것이다.

음전의 결정적인 희생이 도윤의 농간 때문이었지 세구가 바랐던 바는 아니었지만 이런 때는 어느 개인과 개인의 문제로 귀결되느니보다 남성과 여성의 차별로 돌아가야 될 일로 여겨졌다. (중략) 남성이 무서워졌다. 세구가 무서워졌다.

결국 음전과 경옥을 성매매로 이끈 근본적인 원인은 세구의 우유부단함과 경제적 무능력에 있다. 그리고 세구와는 정반대인 도윤의 돈에 대한 욕망 추구 때문이다. 경옥은 이런 상황이 개인의 문제가 아니라 사회 구조적 문제, 특히 성별 차이가 차별로 나타나는 여성 문제임을 간파하고 있다. 인간성과 사회의 도덕률이 심문받는 전시 상황에서 여성이 처한 현실, 즉 자원이 없는 저학력의 가난한 여성들이 남성에게 이용당하거나 문제 상황을 몸으로 해결할 수밖에 없었음을 극적으로 드러낸 것이다.

도윤은 한때 연인이었던 음전, 직장 동료였던 경옥에게 돈을 빌려 주는 대신 그들을 성매매 현장에 팔 정도로 악의 기원을 이룬다. 여기에서 도윤은 끊임없이 음모를 도모하고, 그 음모를 실행에 옮기고, 타인의 비극에 둔감하고, 이익에 따라 움직인다는 점에서 예의 '경제적' 인간이다. 우리는 곽하신의 소설에서 만인의 만인에 대한 투쟁 상태라는, 근대 법체계나 국가주의가 아직은 통용되지 않은 전시기(戰時期)를 배경으로 인간의 자연권[15]을 부정적으로 체현한 인물을 목격하게 된다. 전시기라는 만인에 대한 만인의 투쟁 상태[16]에서 도윤은 여성의 성을 착취함으로써 생존

---

15) 홉스는 자연권과 자연법을 구별하면서 자연권이란 개개인이 자신의 생명을 보존하기 위해 원할 때는 언제나 자신의 힘을 사용할 수 있는 자유를 의미하고, 자연법이란 이성에 의해 발견된 계율 또는 일반 규칙이라고 말한다.

16) 사람들은 자신에게 위협이 되는 힘이 더는 없다는 것을 확신할 수 있을 때까지 폭력이나 책략을 통해 모든 사람을 지배하고 정복하려 든다. 이런 행위는 자기 자신을 보존하기 위해 필요한 아주 자연스러운 일이다. 우리는 분쟁이 일어나는 세 가지 기본적인 원인을 인간의 본성에서 발견하게 된다. 첫째는 경쟁이며, 둘째는 '확신의 결핍'이며, 셋째는 명예에 대한 욕구다. 경쟁은 인간이 원하는 것을 얻기 위해 상대방을 공격하게 만든다. 자기 확신의 결핍은 안전을 확보하기 위해 상대방을 공격하게 만든다. 명예는 명성을 얻기 위해 상대방을 공격하게 만든다. (중략) 결국 모든 사람을 떨게 만드는 공공의 힘이 없는 상태에 사는 한 인간은 누구나 전쟁 상태에 놓이게 되는 것이다. 이와 같은 전쟁은 '만인의 만인에 대한 투쟁'이라 할 수 있다. (중략) 그러므로 만인이 만인에 대해 적대적인 관계를 보이는 전쟁 상태에서는 근면함이 설 자리가 없다. 왜냐하면 열심히 땀 흘려 일해 봐야 그 결실을 얻을 수 있다는 보장이 없기 때문이다.
홉스는 '만인에 대한 만인의 투쟁 상태'에서는 옳고 그름, 정의와 부정의의 개념이 없다고 한다. 이런 전쟁 상태에서 빠져나올 수 있는 가능성을 홉스는 인간의 이성에서 찾는다. 생명을 보장받기 위해서 권리를 상호 양도하는 것을 홉스는 '계약'이라고 부른다. 천부의 자연권을 보장받기 위해서는 스스로 자연권을 포기하고 사회 계약을 체결해 하나의 국가를 이루고, 그 국가의 절대적 힘에 의존하는 것이 최선의 방법이라고 보았다.(토머스 홉스, 신재일 엮어 옮김, 『리바이어던』(서해문집, 2007), 94~96, 101쪽)

과 처세를 취한다. 그런데 그가 이런 자세를 취하는 것은 단순하게 자신이 '자연 상태에서' 살아남기 위해서만은 아니다. 그는 세구와 심리적 경쟁 관계에 있고, 성착취를 고리대금과 연결시킬 만큼 경제적 이익을 따른다. 이 점은 세구를 사랑했는지는 모르지만, 경옥으로부터 세구를 빼앗아 독차지하고, 경옥을 성매매로 내모는 데 앞장선 숙자의 경우에도 마찬가지이다. 한국 전쟁이라는 비상시국에 일차적으로 오염되고 희생당하는 존재는 여성이지만, 각자도생의 행로 속에서 남성/여성의 젠더 차이는 그리 크지 않다는 것이다. 즉 '연대'와 '공감'이 아닌, '협잡'과 '탐욕', '경제적 인간'17)이 살아남는 시기가 도래했음을 이 대중 연애 소설은 이면적으로 폭로하는 셈이다.

경제적 이익과 권력을 지향하는 성취 지향형 인물은 전후 남성-젠더의 출현을 상징적으로 보여 준다. 『무화과 그늘』은 손종호-최경옥-황규찬, 최경옥-손종호-윤메리, 최경옥-황규찬-혜숙과 같은 한때 대학의 스승과 제자였던 인물들 간의 삼각관계가 성립되고 깨지고를 거듭하는 전형적인 대중 연애 소설이자 세태 소설이다. 무엇보다도 근대 법체계와 제도가 정상적으로 작동하지 않고, 오히려 이를 사적 이익을 위해 이용하는 난맥상이 전후에도 지속되었음을 알 수 있다.

『무화과 그늘』에 등장하는 대학교수(강사) 손종호는 지성, 양심, 건전성을 중시하는 인물로 학교 경영이라는 꿈을 가지고 있다. 반면 직장 동료인 황규찬의 목표는 출세, 손종호의 파멸이다. 그런데 자본가인 경옥의 아버지 최 사장이 보기에 손종호의 선함이 미덕인 것만은 아니다. 손종호의 "고지식하고 착한" 성격은 약점으로, 황규찬의 적극성은 장점으로 평가된다. 『여인의 일생』과 마찬가지로 남성의 지성, 양심, 선함은 오히려 약혼녀를 빼앗기고, 사회적 지위(고등학교 교장)와 경제적 능력을 박탈당하는 무능력으로 귀결된다. 소설은 집요할 정도로 손종호가 하는 일마다 방해를

---

17) 경제적 인간(homo economicus)은 특히 주류 경제학에서 오로지 경제적 합리성에만 기초를 두고, 타인을 배려하지 않고, 자기의 이익만을 추구하는 인간을 말한다.

하고, 그를 경제적, 사회적인 루저로 전락시키는 황규찬의 성격이 부분적으로는 한국 전쟁에 기인한 것임을 드러낸다. 황규찬은 자신의 악행을 말리는 누이동생에게 "너와 나, 밥을 며칠씩 굶으며 고학을 할 때 날마다 밤마다 뭐라구 맹세를 했지? 살과 뼈를 갉아 버리는 한이 있더라도 기어코남에게 지지 않는 생활과 지위를 잡아 보고야 말자고 울면서 얘기하지 않았어?"[18]라고 반문한다. 왜 자신을 저주하고 못 살게 구느냐는 손종호의항변에 황규찬은 아래와 같이 답한다.

"한마디로 말하면 손 형이 밉거나 못마땅해서가 아니라 내가 먹고살고 내가 출세를 하기 위하여 어쩔 수 없이 취한 행동인 것이오. 비난해야 될 사실이 있다면, 내가 딛고 일어서는 터전에 해필 손 형의 아끼고 사랑하던 핏방울이 놓여 있었다는 우연한 현상인 것뿐이오. 자기를 위해야 한다는 숙명은 남이 고난을 받게 되는 자리라고 해서 변화되는 것은 아니오. 노골적으로 말해서 손 형의 자리를 하나도 뺏지 않고 내려왔다면 나는 지금 어머니와 누이도 제대로 먹여 살리지 못하는 한 개 말단 훈장으로 허덕이고 있을 것이오."(571~572쪽)

황규찬이 손종호에게 고아원 운영을 위해서 진 빚 백만 환을 갚으라고 독촉할 때 손종호는 아내 메리와 사별한 지 얼마 되지 않았고, 그 빚도 엄밀히는 손종호에게 고아원 운영을 부탁한 옛 학교 동료 정성욱이 진 것이다. 황규찬이 그 돈이 급하게 필요한 이유는 궁핍해서가 아니라 국제교장회의에 우리나라 대표로 나가기 위해서 소위 '운동'을 하는 데 자금이 딸리기 때문이다. 이미 손종호가 애써 설립한 고등학교의 교장 지위를 가로챈 그는 교육자로서의 사명감이나 명분보다는 돈과 권력, 명예를 얻기 위해 손종호를 다시 나락에 빠뜨린다.

---

18) 곽하신,『무화과 그늘 — 한국 문학 전집 26』(민중서관, 1959), 402쪽. 앞으로 이 작품의 인용은 위 책의 쪽수를 따른다.

'누구를 위하여 너는 살고 있느냐? 남을 불쌍하게 여기는 노릇은 위선이다! 자기 학대인 것이다!'(568쪽)

"아무리 딱한 일이라고 해도 나를 구제하는 데 게으를 수는 없는거요."(568쪽)

"손 형과 내가 별개의 인물이듯이 손형의 돈과 내 돈은 별개의 내용을 가져요. 손 형이 아무리 달리 급한 일이 있다고 말해도, 나의 급한 일과는 전연 관련시킬 수 없는 말이 아니겠어요?"(571쪽)

"그 돈을 갚으려 들면 나는 단 한 가지 고아원을 팔아 버리거나 포기하는 수밖에 없소. 외국에 여행을 한다는 사치를 위해서 손종호를 완전히 몰락의 구렁에 밀어 넣고 백여 명의 고아들을 거리로 내쫓아야 옳겠어요?"

"돈을 받는 일만 해도 벅찬 일인데 돈을 만드는 경위까지야 어떻게 생각을 할 겨를이 있겠어요?"(571쪽)

위의 예문들은 황규찬의 내면 심리와 손종호의 비난에 황규찬이 답하는 내용이다. 그는 타인에 대한 연민과 구제를 '위선'과 '자기 학대'라고 여기고, 나의 '구제'와 "나의 급한 일"을 최우선의 가치로 여기는 이기적 인물이다. 또한 그는 부와 사회적 지위를 얻기 위해 여성을 이용하고 교환한다. 손종호의 약혼녀였던 경옥을 가로채 결혼했지만, 경옥의 아버지가 파산하자[19] 그 회사를 넘겨받은 고리대금업자 서광식의 조카인 혜숙과 모종의 음모를 꾸며 이혼한 후 혜숙과 결혼을 한다. 그에게 결혼은 연애 감정

19) 경옥의 아버지 최 사장이 파산에 이르는 과정은 전후 기형적인 자본의 형성과 흐름을 반영하고 있다. 최 사장의 현재 사업 규모를 알 수 있는 단서는 왕십리에 공장이 있고, 안양에 있는 산판을 처분해 고등학교 재단을 설립할 수 있다는 대목이다. 회사 직원이 산판에 있는 나무를 벌목해 파는 바람에 제대로 감정가를 받지 못하자 황규찬이 나서서 감정 사무 담당자와 결탁해 감정가를 조작한다. 또 회사 직원이 서류 장부를 조작해 거액의 횡령을 하고 고리대금업자에게 회사를 저당 잡힌 채 도망을 치고, 밀수품 적발까지 걸려 파산하게 된다. 자금의 흐름이 투명하지 못하고, 밀수와 고리대금업과 같은 비정상적인 시장이 형성되었고, 이런 와중에 비정상적인 방법으로 시장에 개입한 사람들(황규찬, 고리대금업자 서광식)이 성공하는 세태를 반영하고 있다.

이 개입되지 않은 부와 지위 상승을 위한 계약일 뿐이다. 이처럼 소설은 자신이 살아남기 위해 남을 밟고 일어서야 하는 약육강식의 경제적 인간이 전후 남성 젠더로 구축되는 과정을 선악의 대립이라는 대중 소설의 형식을 빌려 보여 준다.

그렇지만 이 소설은 선의 승리, 악인의 몰락이라는 대중 소설의 도덕적 결말을 택하지 않는다. 손종호는 약혼녀와 아내를 잃었을 뿐만 아니라, 자신이 설립한 고등학교 교장직에서도 황규찬의 음모로 밀려나고, 선한 목적으로 시작한 고아원마저도 빼앗긴다. 선한 의도, 공공적 목적이 오히려 패배하는 현실을 전경화하는 것이다. 소설의 마지막 장 제목이 '무화과 그늘'인 것은 의미심장하다. 황규찬이 혜숙과 결혼 후 신혼여행 겸 국제교장회의 파견 대표로 나가게 되어 서울역에서 기차에 오르는 같은 날 모든 것을 잃고 귀향하는 손종호도 같은 기차에 탄다. 문제의 인물들이 '우연히' 같은 기차를 타고 떠난다는 설정은 이광수의 『무정』을 언뜻 떠올리게도 한다. 하지만 이들의 기차행은 문명, 개화, 계몽을 향한 밝은 미래가 아니다. 선한 동기, 도덕적 정의는 전후의 속악한 세태에서 '무화과'처럼 실현될 수 없음을 암시하기 때문이다. 오히려 옳고 그름, 정의와 부정의의 개념이 성립하지 않는, '만인에 대한 만인의 투쟁'에서 승자는 황규찬이다.

『여인의 일생』, 『무화과 그늘』은 텍스트 표층적으로는 청년 남녀 간의 연애를 그린다. 하지만 순조롭지 못한 남녀 간의 연애, 가령 만남과 어긋남, 상대방에 대한 시기와 질투, 음모 등의 스토리라인 이면에서 서사를 추동하는 것은 상대방이 나에게 이득이 되느냐, 아니냐라는 이윤 추구의 원리를 좇는 도구적 관계이다. 전후 승자 독식의 또 다른 '전쟁'에서 패배한 남성(성)은 아무리 순수한 열정과 진정성을 취하더라도 결국 허약하고 무능력한 채로 자멸한다. 이 점은 여성의 경우에도 마찬가지이다. 여성(성)은 다른 여성을 적으로 삼아 남자나 돈을 취하거나, 남성의 이익을 위한 수단(성매매, 정략결혼 등)이 된다. 때문에 두 소설에서 착한 주인공은 구제받지 못한다. 『여인의 일생』의 세구는 자신을 사랑하는 여성들이 성적으로 훼손되거나 매매되는 현실을 알지 못하거나 현실에 대응하지 못한다. 『무화과 그늘』의 손종호는 사랑하는 여성과 사회적 지위를 경쟁자에게 빼앗기고, 경제적으로 파산한다. '무화과', 즉 아무것도 얻지 못하는 것이다. 두 소설은 순수함이나 열정, 진정성이 합당한 보상을 받지 못하고, 돈이나 사회적 지위 등을 위해 수단과 방법을 가리지 않는 성취 지향적 인간, 경제적 인간이 전후 저개발 자본주의 국가인 한국 사회에 부상(浮上)하는 현실을 날카롭게 묘파하고 있다.

'절대악'이라고 부를 정도로 여성의 삶을 파멸로 몰아가고, 남성 동맹의 가능성마저 차단한 채 성공을 위해 질주하는 남성은 1960년대 이후 구체화된 한국 사회의 '계발/개발'형 남성 주체의 원형을 보여 주었다는 점에서 곽하신 대중 소설의 의미가 있다.

5 결론 — 잊힌 작가의 문학사

이 논문에서는 곽하신 소설의 여정을 좇으며 그의 작품 세계가 지속성보다는 비연속성을 특징으로 한다는 점, 시기별로 당대 문학 장의 특성이나 사회 변동을 포착했다는 점에 주목했다. 식민지 시기 로컬-향토의 특징은 토속적 어휘와 심성의 구현, 전근대적인 세계(관)에 대한 애정과 비애의 정서로 요약된다. 필자는 이런 특징이 《문장》이 추구했던 세계관과 유사하다고 보았다. 두 번째 1950년대 말 전쟁이라는 비상 시국을 경유해 전후 저개발 자본주의 국가에 진입한 한국 사회의 현실은 한편으로는 룸펜, 루저 남성으로, 다른 한편으로는 공리주의나 승자 독식의 세계관을 체현한 남성이라는 대조적인 남성-젠더의 출현으로 형상화된다. 따라서 지금까지 곽하신의 소설에 대한 상투적인 평가, 즉 "여성의 입장에서 애정에 얽힌 내면 갈등과 세태의 부조리"를 다루었다거나 여성의 수난을 그렸다는 평가는 교정되어야 한다. 이런 평가는 일제 강점기 말 로컬의 형상화, 비록 신진 작가의 미숙함은 있지만 향토어의 구사에 공들였던 작가의 특징을 아우르지 못한다. 또한 여성 수난이라는 낯익은 클리셰는 한국 전쟁과 전후 한국 경제의 파행성과 같은 사회 변동이 어떻게 여성들의 지위와 성적 정체성을 무너뜨렸는지, 전후 국가주의 재건 과정에서 남성 젠더의 상이 어떻게 구축되었는지를 묘파한 전후 작품 세계의 특징을 탈역사화하는 것이다.

곽하신 작품 세계의 특징이 잡지와 신문 편집인이라는 저널리스트로서의 감각에 기인한 것인지는 더 탐색해 보아야 할 것이다. 이런 사정과는 별개로, 1960년대 후반, 소년 소녀 문학이나 번역 번안물까지 고려해도 1970년대 초반에 작품 활동이 단절되면서 제대로 평가받지 못했던 식민지 시기부터 1950년대 말까지의 작품 세계, 특히 매 시기 사회 변화에 응전하려 했던 작가의 시도는 재평가가 필요하다. 연보와 작품 서지 목록의 오류나 불분명함 역시 수정되어야 한다. 곽하신은 현대 문학사에서 군소 작가로 범주화되어 연구 목록에서도 잊힌 작가이다. 하지만 지금까지 살펴본 바와 같이 일제 강점기 한국어로 글쓰기, 문학하기의 마지막 세대에 해당한다는 점, 저널리즘적 세태 묘사, 대중 소설의 양식을 빌려 전후 문학의 범례를 제공했다는 점에서 앞으로 깊이 있는 후속 연구가 이루어지기를 바란다.

참고 문헌

김대환, 「1950년대 후반기의 경제 상황과 경제 정책」, 한국정신문화연구원 현
    대사연구소 편, 『한국 현대사의 재인식 4 ─ 1950년대 후반기의 한국 사회
    와 이승만 정부의 붕괴』, 도서출판 오름, 1998
곽하신, 『무화과 그늘 ─ 한국 문학 전집 26』, 민중서관, 1959
연천향토문학발굴위원회 편, 『곽하신 단편 소설 선집』, 도서출판 고글, 2015
이임하, 『여성, 전쟁을 넘어 일어서다 ─ 한국 전쟁과 젠더』, 서해문집, 2004
『정통 한국 문학 대계 30 ─ 이봉구, 김이석, 곽하신』, 어문각, 1986
조지 모스, 이광조 옮김, 『남자의 이미지』, 문예출판사, 2004
토머스 홉스, 신재일 엮어 옮김, 『리바이어던』, 서해문집, 2007
한국현대문학위키 ─ 한국문학작품연표(http://ko.kliterature.wikidok.net/
    wp-d/581ad6a0a00eb5922ac66e08/View)

제5주제에 관한 토론문

허병식 | 동국대 교수

김양선 선생님의 발표문을 잘 읽었습니다. 선생님의 발표문은 그간 관심을 갖고 살필 기회가 없었던 작가 곽하신에 대해 공부할 수 있는 계기가 되었을 뿐 아니라, 곽하신이 활동했던 1930년대 후반 《문장》의 세계관과 1950년대 후반의 한국 사회와 문학에 대해 다시 한번 성찰할 수 있는 기회가 되어 주었습니다. 새로운 작가를 통해 한국 문학사의 흐름을 다시 점검할 수 있는 시야를 확보하게 해 주신 발표자 선생님께 다시 한번 감사를 드립니다.

선생님께서는 발표문의 제목에 나와 있는 것처럼 곽하신의 문학 세계를 '로컬, 룸펜, 전후 남성성'이라는 세 개의 좌표를 통해 파악하고자 하셨습니다. 작가의 전체 문학 세계를 통찰할 수 있는 의미 있는 분석이라고 판단됩니다. 그러나 토론자로서 곽하신의 작품을 몇 편 읽으면서 느낀 생각은 이 세 개의 좌표 사이의 거리가 그리 크지 않을뿐더러, 그것들이 긴밀하게 연결되어 있는 것일지도 모른다는 생각이었습니다. 이러한 느낌에 기반하여 몇 가지 질문을 드리고자 합니다.

곽하신의 식민지 시기 발표 작품의 공통점에 대해 발표자 선생님은

"하층민이나 어린아이(소년)를 주인공으로 하고 있다는 점, 로컬-향토를 배경으로 하고 있다는 점, 식민지 근대의 영향력에서 비껴가 있거나, 근대의 영향력으로 인해 소멸해 가는 것들에 대한 애정, 상실감을 기저로 하고 있다는 점"이라고 지적하고 있습니다. 즉 당대 《문장》지의 세계관이 곽하신의 작품에 영향을 미치고 있다고 본 것이지요. 실제로 《문장》을 통해 작가의 길을 걷게 된 곽하신의 작품에는 당시 《문장》과 이태준의 문학이 보여 주고 있던 로컬리티, 혹은 향토성이 짙게 그늘을 드리우고 있다고 판단할 수 있습니다.

이를테면, 단편 「신작로」에 대한 논의에서 "돌쇠와 정이가 헤어지게 된 내력은 농촌 공동체에서 도시로의 이동, 경제적 차이, 근대(화)와 모종의 관련이 있다. 돌쇠에게 서울은 '집 좋구 길 좋구 일 안 허구 하이카라 서방님들 있'는, 자신의 삶과는 거리가 있는 위계화된 공간이다."라고 지적하셨습니다. 이 위계가 돌쇠와 정이를 갈라놓게 만드는 결정적인 계기가 된 것이지요. 그러나 이 작품만을 놓고 보았을 때, 곽하신의 소설인 "전근대적인 시간 의식, 로컬-향토에 대한 지향성을 뚜렷하게" 드러내는 작품이라고 평가하기는 어렵지 않을까 하는 생각이 들었습니다. 발표자 선생님도 "근대 이동 수단에 대한 인식이 부정적이지만은 않다."라고 유보적인 판단을 보여 주고 계십니다만, 정이가 서울로 간다는 이야기를 들은 돌쇠의 의식에 "전찻길, 기차, 마차, 화신상회, '미쓰꼬시', 자전거, 구두, 닥치는 대로 눈앞에 서울 장안이 얼씬거렸다."라고 표현되는 대목이 저에게는 예사롭지 않게 느껴졌습니다. 돌쇠가 아직 어린 시골 소년이라는 점을 기억한다면, 이러한 대목은 돌쇠가 지니고 있는 기억이라기보다는 작가가 품고 있는 서울에 대한 이미지를 돌쇠에게 투영한 것이라고 판단할 수 있을 것입니다. 그리고 이 이미지들이 정이를 빼앗아 가는 장소의 부정적인 표상이 아니라면, 그것은 오히려 그리움의 대상으로서의 어떤 장소에 대한 염원을 담고 있다고 판단할 수도 있을 것입니다. 무엇보다도 이 작품의 결말에서 정이가 떠나간 길을 따라나서는 돌쇠의 행위는 그가 내쳐 서울로 가거나, 혹은 머지않은 시기에 고향을 떠나리라는 예감을 갖게 만들기에 충분합니다. 이런 점에서라면, 곽하신의 로컬-향토성에 대한 판단은 다시 검토될 필요가 있을지도 모르겠습니다.

시골과 서울의 대비는 1950년대의 작품에서도 이어지고 있습니다. 특히 발표자께서 전후 남성성의 구현이라고 평가하신 『무화과 그늘』 같은 소설에서도 그러한 대비를 살펴볼 수 있습니다. 이 작품에서 남성성이 구현되는 장소가 서울이라면, 투쟁에서 패퇴하고 희생당한 인물들이 찾아 들어가는 곳은 시골이라는 점을 발견할 수 있습니다. 또한 이 작품에는 모두가 다른 모두에게 늑대로 존재하는 남성성의 강한 발현이 드러남과 동시에 그 투쟁에서 패퇴한 인물들이 어쩔 수 없이 룸펜이 되어 가는 과정이 또한 드러나고 있다고 생각됩니다. 이를테면 『무화과 그늘』은 황기찬이 만인에 대한 투쟁의 과정에서 승리하는 강한 남성성을 구현하는 서사로 읽히지만, 동시에 그러한 만인과의 투쟁에서 패배한 손종호와 정성욱이 룸펜이 되어 가는 과정이라고 읽힐 수도 있습니다. 이러한 대목들이 '로컬, 룸펜, 전후 남성성'이 서로 은밀하게 연관되는 좌표일 수도 있다는 느낌을 주었습니다.

『무화과 그늘』의 결말에 대해 조금 더 이야기해 보겠습니다. 이 소설이 "순수함이나 열정, 진정성이 합당한 보상을 받지 못하고, 돈이나 사회적 지위 등을 위해 수단과 방법을 가리지 않는 성취 지향적 인간, 경제적 인간이 전후 저개발 자본주의 국가인 한국 사회에 부상(浮上)하는 현실을 날카롭게 묘파하고 있다."라는 발표자의 평가는 탁견으로 보입니다. 모두가 손종호의 복수와 황기찬의 몰락을 바라고 있을 때, 그러한 대중 소설의 문법을 무시하고 황기찬의 성공을 향한 출정(出征)을 보여 주는 것으로 마무리하는 이 작품의 현실주의는 다시 평가되어야 할 것인지도 모릅니다. 그러나 분명히 『무정』을 연상시키는 결말의 기차에는 황기찬과 전혜숙만이 아니라, 손종호와 최경옥도 타고 있다는 점을 기억할 필요가 있을 것입니다. 그리고 '무화과'라는 비유가 이 두 인물이 아무것도 얻지 못하는 것을 상징한다고 보기는 어려울 것 같습니다.

소설에서 무화과가 등장하는 대목은 이렇습니다. "예수에게 저주를 받은 무화과 나무두 시들기 전까지는 그늘을 드리우고 있었어요. 저주를 받았다고는 하더라도, 경옥 씨나 내나, 세상을 떠날 때까지는 또한 여느 사람이 행하고 있는 여느 언동을 취해야 하지 않겠어요?"(589쪽) 경옥이 자신에 대한 신의 저주에 대해 언급하자, 손종호가 그에게 답하는 말입니다. 성서에 무지한 저는 이 무화과의 비유가 무엇인지 몰라서 성경의 내용을 조금 찾아보았고, 그것이 자신과 등진 사람에 대한 용서의 의미로 해석될 수 있다는 것을 알게 되었습니다만, 성서적인 의미를 떠나서도 이 대목은 의미가 없지 않다고 생각했습니다. 아무것도 남은 것이 없다고 해도 세상을 떠날 때까지는 무언가 행동을 하지 않을 수 없다는 판단이 손종호와 최경옥을 기차에 오르게 한 것이라고 생각할 수 있을 것 같습니다. 『무정』의 기차에 탄 형식과 선형의 목적지와 병욱과 영채의 목적지가 달랐던 것처럼, 황기찬의 목적지와 손종호의 목적지는 다르지만 그것을 성공과 실패로만 평가하기는 성급하지 않을까 생각했습니다. 이러한 생각에 대해서 선생님의 의견을 여쭙고 싶습니다.

부족한 토론을 들어 주셔서 감사드립니다.

1920년	5월 20일, 경기 연천군 적성면 정좌리 122번지에서 출생. 대대로 행세하는 집안에서 태어나 어린 시절 생활이 불편하거나 어렵지는 않았다고 함.
1934년(14세)	보통학교를 마치고 중학교에 들어가면서 서울 외갓집에서 생활함. 외숙(外叔)이 시인 월파 김상용(金尙鎔)이고, 이모가 시조시인 김오남(金午男)으로 그들의 서재에서 소설과 시, 기타 문예물을 읽으면서 문학을 지망하게 되었다고 함.
1936년(16세)	문학을 하고 싶다는 생각에 주위의 반대와 만류를 물리치고 소설 집필을 시작함. 외숙과 친분이 두터운 이선근(李瑄根) 박사에게 일독을 청하니 이 박사가 엄흥섭을 소개해 줌. 그에게 문학 지도를 잠시 받음. 중동중학교 입학.
1938년(18세)	동아일보 신춘문예 현상모집에 「실락원(失樂園)」을 투고하여 당선됨. 같은 신문사의 문예부장 이무영(李無影)에게 오랫동안 사사(師事)함.
1939년(19세)	소설가로 나설 것을 결심하고 《문장》 추천 소설에 「마냥모」를 투고하여 당선됨. 주간 이태준의 지도로 「사공」, 「신작로」, 「나그네」를 《문장》에 잇달아 발표함.
1939년(19세)	일제 강점기 말 한국어로 글을 쓰는 소설가로 살아가기 힘들 것이라 짐작하고 유랑 생활 시작.
1942년(22세)	중동중학교 졸업.(6년제)
1945년(25세)	해방 직후인 1945년 12월에 '조선 여성들은 지금까지의 사대

주의적이고 노예적인 근성을 버리고, 확고한 세계관과 인생관을 구축해야 한다'며 월간 《여성문화》를 발간함. 그러나 2년도 못 가서 재정난으로 폐간함. 잡지도 안 되고 소설 쓰기도 잘 안 되자 신문 기자 생활을 시작함. 소설을 쓸 겨를이 없어 작가로서의 침체기가 장기간 계속됨.

1946년(26세) 개성 동흥동 215번지 양재철의 딸 양영선(梁英宣)과 혼인. 동국대 문리대 국어국문학과에 입학. 김동리(金東里)·최태웅(崔泰應)·조지훈(趙芝薰)·조연현(趙演鉉)·서정주(徐廷柱) 등과 함께 종로 YMCA 강당에서 조선청년문학가협회 결성대회를 가짐.

1948년(28세) 행촌동 210번지에서 장녀 출생. 가족 부양이 어렵게 되자 동국대 3년을 중퇴함.

1951년(31세) 3월, 대구에서 조직된 공군종군문인단(일명 '창공구락부')에서 활동함. 환도할 때까지 매년 4, 5편의 작품을 발표함.

1952년(32세) 피난지 부산에서 《자유세계》 편집장을 지냄. 환도하여 잡지, 신문 편집자 일을 계속함.

1954년(34세) 희망사 편집국장을 지냄. 《희망》에 장편 『여인의 노래』를 발표함.

1957년(37세) 동국대 4년제에 재입학. 까닭 모를 두통과 신경통 등의 병세가 심해져 작품 활동을 하기 힘든 상황에서도 계속 작품을 씀.

1958년(38세) 동국대 졸업. 《세계일보》에 장편 『무화과 그늘』을 발표.

1959년(39세) 《세계일보》 문화부장, 한양대 강사를 겸함.

1960년(40세) 《조선일보》로 적을 옮겨 문화부장 역임. 이후 『소년 삼국지』(《소년조선일보》 연재, 1964), 『소년 수호지』(《소년조선일보》 연재, 1967~1968), 『장끼전·두껍전』(『한국 고대 소설 전집』 17, 을유문화사, 1965) 같은 아동 문학을 간간이 발표했으나 본격 소설은 맥이 끊김.

1973년(53세)	소년 소설『풍운의 성』을《소년조선일보》에 연재. 1970년대, 1980년대 초에는 주로 번역서를 출간함.『러셀의 생애』(신태양사, 1971),『어느 여인』(유도무랑 지음, 을유문화사, 1974),『악마들의 뒷거래』(로버트 러들럼 지음, 정음문화사, 1983) 등이 있음.
2007년(87세)	'외숙 김상용, 이모 김오남 선집' 자료를 자문함.
2008년(88세)	4월 14일, 강동구 명일동 자택에서 타계함.

곽하신 작품 연보

발표일	분류	제목	발표지
1938. 1. 6~14	소설	실낙원(失樂園)	동아일보
1939. 4. 20~5. 6	소설	안해	동아일보
1939. 7	소설	마냥모	문장
1939. 7	소설	나그네	문장 임시 증간
1939. 12	소설	사공(沙工)	문장
1941. 2	소설	신작로(新作路)	문장
1945. 12	소설	옛 성터	여성문화
1946. 3. 1	수필	연적(硯滴)	예술부락
1946. 6. 5	수필	표랑(漂浪)	예술부락
1946. 8	소설	여직공(女職工)	예술신문
~1947. 7	소설	정거장(停車場)	신천지
		광장(廣場)	
1949. 5	콩트	편지(便紙)	신천지
1950. 2	수필	떡장수	백민(4-1호)
1950. 4. 28	소설	매소부(賣笑婦)	서울신문(연재)
~1952	소설	피난 삽화(避難揷話)	
1952. 5	소설	떠나는 날	연합신문
1953. 1	소설	혼선(混線)	연합신문
1953. 2	소설	처녀애장(處女哀章)	전선문학 3호

발표일	분류	제목	발표지
1953. 4	소설	죄(罪)와 벌(罰)	자유세계 9호
1953. 6	소설	골목집	문예
1953. 6	소설	여비(旅費)	수도평론
1953. 11~1955. 3	연재소설	여인의 노래	희망
1954. 11~12	소설	백야(白夜)의 전설	자유신문
1954. 12. 10	소설	남편	공군작가단원
		(전시한국문학선 — 소설편)	
1955	소설	패배자	동국문학
1955. 6	소설	고백(告白)의 유형(類型)	문학과 예술 3
1955.8	소설	행로(行爐)	경향신문
1955. 10~1956. 3	소설	황야(荒野)에 홀로	한국일보
1956	소설	별리(別離)의 곡(曲)	신태양
1956. 1	소설	항변(抗辯)	문학예술
1956. 5	소설	격류(激流)	동아일보
1956. 7	소설	어느 자살자(自殺者)	문학예술
1956. 8	소설	불행(不幸)	자유문학
1956. 10~11	소설	첫날밤	서울신문
1957	소설	아내의 길	주부생활
1957. 2	소설	가학생(假學生)	새벽
1957. 5	소설	분노(憤怒)	문학예술
1957. 7	소설	두 여인(女人)	신태양
1957. 11	소설	타살(他殺) 이야기	자유문학
1957. 12	소설	구두 닦으세이	문학예술
1958	장편	무화과 그늘	세계일보
1958	장편	흐르는 연가	국제신문

발표일	분류	제목	발표지
1958. 9	소설	또 하나의 도정(道程)	신문화
1958. 11	소설	도정(道程)	사상계
1959. 2	소설	눈	자유문학
1959. 6	소설	취직 이야기	신태양
1959. 9	소설	층(層)	자유문학
1959. 9. 13	콩트	골목길 점묘(點描)	동아일보
1960. 9. 4	콩트	棄兒以後	동아일보
1961. 1	소설	황야서설(荒野序說)	현대문학
1964	아동 문학/편역	소년 삼국지	소년조선일보(연재)
1965	아동 문학	장끼전·두껍전 — 한국 고대 소설 전집 17	을유문화사
1967~1968	아동 문학/편역	소년 수호지	소년조선일보(연재)
1986	아동 문학/편역	소년 서유기	범우사
1987	아동 문학/엮음	재미있는 옛날이야기 — 범우 오뚜기문고 34	범우사

작성자 김양선 한림대 교수

시조 시인 너머의 김상옥*

이경수 | 중앙대 교수

1 서론

김상옥(1920~2004)을 대표적으로 규정하는 것은 시조 시인으로서의 면모이지만,[1] 그가 처음으로 창작한 장르는 동시로 알려져 있다. 지면에 제

---

* 2020년 6월 18일에 열린 '2020 탄생 100주년 문학인 기념 문학제'에서 발표한 「시조 시인 너머의 김상옥」을 수정·보완해서 《어문논집》 89호, 민족어문학회, 2020. 8. 31에 실은 논문을 재수록한 것임.

1) 김상옥에 대한 논문의 목록만 살펴보아도 대부분의 선행 연구들이 시조 시인으로서의 김상옥에 주목해 왔음을 알 수 있다. 시조 시인으로서의 김상옥이나 김상옥의 시조에 대해 살펴본 논문으로는 다음의 연구가 있다.

  오승희, 「현대시조의 공간 연구」, 동아대 박사 학위 논문, 1991. 12; 나재균, 「김상옥 시조 연구」, 한국교원대 석사 학위 논문, 1998. 2; 김민정, 「현대시조의 고향성 연구 ─ 김상옥, 이태극, 정완영을 중심으로」, 성균관대 박사 학위 논문, 2003. 8; 김경복, 「초정 김상옥 시조의 상상력 연구」, 《현대문학이론연구》 25, 현대문학이론학회, 2005. 8, 93~114쪽; 하상일, 「초정 김상옥의 시의식과 생명 사상」, 《비평문학》 21, 한국비평문학회, 2005. 11,

일 먼저 실린 것으로 알려진 「제비」도 동시였다. 그런가 하면 1938년 《맥》 동인으로 활동하며 본격적인 시작 활동을 했을 때 그가 쓴 장르는 현대시 였다.[2] 물론 이듬해인 1939년 10월 《문장》 제1권 9호에 시조 「봉선화」가 가람 이병기의 추천을 받고, 같은 해 11월 15일 《동아일보》 제2회 시조 공모에 「낙엽」이 당선되면서 시조 창작을 본격적으로 시작하지만, 일제 말

349~371쪽; 이지엽, 「정제와 자유, 엄격과 일탈의 시조 형식 — 초정 김상옥론」, 장경렬 엮음, 『불과 얼음의 시혼』, 태학사, 2007, 267~288쪽; 김봉군, 「김상옥 시조의 특성 연구 — 역사성을 중심으로」, 장경렬 엮음, 앞의 책, 105~126쪽; 정병경, 「초정 김상옥 시조 연구 — 텍스트 언어학적 분석을 포함하여」, 경원대 석사 학위 논문, 2008. 2; 황성진, 「김상옥의 시조 문학 연구」, 공주대 교육대학원 석사 학위 논문, 2008. 2; 이순희, 「김상옥 시조의 전통성과 변모 과정」, 경북대 석사 학위 논문, 2009. 2; 이순희, 「김상옥 시조의 전통성과 시대정신」, 《시조학논총》 34, 한국시조학회, 2011. 1, 193~218쪽; 유성호, 「초정 김상옥의 시조 미학」, 《비평문학》 43, 한국비평문학회, 2012. 3, 165~188쪽; 강영미, 「《동아일보》와 시조 정전」, 《한국시학연구》 33, 한국시학회, 2012. 4, 123~148쪽; 우은진, 「해방기 민족문학론과 현대시조」, 《한국문학논총》 65, 한국문학회, 2013. 12, 247~278쪽; 우은숙, 「현대시조에 나타난 생태학적 특성 연구 — 이병기, 김상옥, 정완영의 작품을 중심으로」, 경희대 박사 학위 논문, 2016. 8; 이중원, 「김상옥 시조와 자유의 형식」, 《시조학논총》 48, 한국시조학회, 2018. 1, 31~54쪽; 강호정, 「이호우와 김상옥 시조 비교 연구 — 내용과 형식에 나타난 '전통'과 '시대정신'을 중심으로」, 《시조학논총》 49, 한국시조학회, 2018. 7, 43~72쪽; 이순희, 「근현대 시조의 격조 연구 — 이병기, 이호우, 김상옥을 중심으로」, 《시조학논총》 49, 한국시조학회, 2018. 7, 7~42쪽.
　　그 밖에 시조, 동시, 현대시 등 장르를 포괄해 특정 주제나 특성을 중심으로 다룬 연구, 시론과의 상관성을 다룬 연구, 동시에 주목한 연구들도 소수이지만 있었다.
　　김귀희, 「초정 김상옥 연구」, 성신여대 박사 학위 논문, 2007. 2; 최명표, 「김상옥 시와 시론의 상관성 연구」, 《한국언어문학》 61, 한국언어문학회, 2007. 6, 371~389쪽; 김미라, 「국어 교과서 수록 시의 비판적 검토」, 고려대 교육대학원 석사 학위 논문, 2007. 8; 김정자, 「김상옥 시의 민속적 성격 연구」, 동의대 석사 학위 논문, 2011. 2; 문선영, 「1950년대 전쟁기 경남 부산 지역 동시 연구」, 《한국문학논총》 40, 한국문학회, 2005. 8, 365~402쪽.

2)　민영 편, 『김상옥 시 전집』의 연보에 따르면, 김상옥은 1936년 조연현과 함께 시지(詩誌) 《아(芽)》 동인 활동을 하고 시 「무궁화」를 발표하며 일경의 감시를 받기 시작했다고 한다. 그러나 《아》는 1938년 7월에 1호가 발간되고 8월에 2호까지 발간된 시지로 잡지의 목차에서 조연현의 이름은 확인할 수 있었지만 김상옥의 이름은 확인되지 않는다. 이로 미루어 볼 때 기억의 착오가 있었거나 동명의 동인지가 2년 간격을 두고 발간되었을 가능성을 모두 고려해 볼 수 있겠다.

의 엄혹한 상황 속에서 일경에 쫓겼던 김상옥의 첫 시조집이 출간되는 것은 해방 후인 1947년의 일이었다. 첫 시조집 『초적(草笛)』은 그의 첫 작품집이었다. 이후 시조 시인으로 주목받아 온 김상옥이었지만 동시와 현대시 창작도 시조 창작과 꾸준히 병행되었으며, 시조 시집과 함께 동시집과 시집도 지속적으로 묶어 왔다. 이 논문에서는 바로 이 사실에 좀 더 주목하고자 한다.

시조를 지속적으로 창작하고 시조 시인으로 이름을 날리면서도 동시와 현대시를 함께 창작해 왔다는 것은 다른 시조 시인들의 경우를 생각해 보면 그렇게 흔한 일은 아니다. 시조와 시, 동시를 쓸 때 김상옥은 장르의 차이에 대한 인식, 즉 장르 의식을 나름대로 지니고 있었던 것으로 판단된다.[3] 이러한 김상옥의 장르 의식에 대해 일찍이 최명표는 "그에게 장르란 고정되고 준수해야 할 규범적 형식이 아니라, 끊임없이 해체되고 상호 교섭되어야 할 통합 양식"[4]이었다고 평가하기도 했다. 일찍이 츠베탕 토도로프는 장르의 문제는 "시학의 가장 오래된 문제 중의 하나"이며 오늘에 이르기까지 끊임없이 논란을 불러일으켰음을 지적하며 "장르의 연구는 이들의 이름에서가 아니라 구조적 특징에서부터 시작되어야 한다."[5]라고 보았다. 르네 웰렉도 "장르의 경계선은 끊임없이 침범되고,

---

3) "나는 이제까지 시다 시조다를 구분하지 않았어요. 그저 가락을 강조해야 하는 작품은 시조로 썼고, 이미지 중심일 때는 자유시를 쓴 거지요."(김상옥·장영우 대담, 「시와 시인을 찾아서 19 — 초정 김상옥」, 《시와시학》 1996년 가을호)라고 김상옥은 한 대담에서 말한 바 있다. 가락과 이미지로 그가 구분해 말한 특징이 그가 생각한 시조와 자유시를 장르적으로 구별해 주는 가장 중요한 특징이었던 셈이다. 한편 그는 동시의 가치를 폄하하는 시선에 대해서도 동의하지 않는 분명한 입장을 표명한다. 어린이에 대한 지극한 사랑의 바탕 위에 어린이의 세계를 이해한 사람만이 동시를 쓸 수 있다는 생각 또한 시조, 자유시와 구별되는 장르로서 그가 동시를 이해하고 있었음을 보여 주는 예이다.

4) 최명표, 「고향 의식과 조형미의 결합 — 김상옥 동시론」, 《아동문학평론》 32(3), 아동문학평론사, 2007. 9, 171쪽.

5) 츠베탕 토도로프, 김정란 옮김, 「문학 장르」, 김현 편, 『장르의 이론』(문학과지성사, 1987), 11쪽.

장르들은 결합되거나 융합되고, 옛 장르들은 버려지거나 변형되고, 새 장르들이 만들어지고 있"어서 "장르의 개념 자체가 의문시될 지경에 이르렀"[6]음을 언급했다. 김상옥의 총체적인 문학 세계를 조망하기 위해서는 세 장르의 연관 관계, 각각의 장르에 대한 그의 인식이 어떠했는지 좀 더 상세히 살펴볼 필요가 있다. 시조 시인으로 현대시조를 꾸준히 창작하고 주목받아 오면서도 시조 이외에 현대시와 동시라는 장르를 통해 김상옥이 추구하고자 한 시 의식은 어떤 것이었으며 그것이 시인 김상옥이라는 총체성을 형성하는 데 어떻게 기여했는지 살펴보는 데 이 논문은 관심을 가진다.

2 작품집 출간 현황과 특성

김상옥은 1947년 첫 시조집 『초적』 출간을 시작으로 2004년 타계할 때까지 11권의 시집을 출간한다. 김상옥은 동시로 작품 활동을 시작해 《문장》에 시조가 추천된 이후 시조 시인으로 활발히 활동하지만 《맥》 동인으로 활동하기도 했고 이후에도 현대시 창작을 지속한다. 우리에겐 시조 시인 김상옥이 제일 친숙하지만 사실 그는 동시, 현대시조, 현대시라는 세 가지 장르의 운문 문학 창작을 동시적이면서도 지속적으로 해 왔다고 볼 수 있다. 따라서 그가 출간한 11권의 시집도 장르에 따라 좀 더 면밀히 나누어 살펴볼 필요가 있다. 시조집, 동시집이라고 분명히 장르를 명시해서 작품집을 출간한 경우도 있었지만 동시, 현대시조, 현대시가 섞여 있는 경우도 있었다.[7]

---

6) 르네 웰렉, 조광희 옮김, 「쟝르 이론·서정시·'체험'」, 김현 편, 『쟝르의 이론』(문학과지성사, 1987), 22쪽.

7) 일반적으로 시조집으로 분류되는 김상옥의 마지막 작품집 『느티나무의 말』에는 주로 시조 형식의 작품이 수록되어 있기는 하지만, 「봄」 같은 동시와 「빈 궤짝」 같은 현대시도 수록되어 있음을 확인할 수 있다. 마지막 시기에 오면 오히려 장르의 구분이 큰 의미가 없어진다고 볼 수도 있다.

이 장에서는 먼저 김상옥의 11권의 작품집 출간 현황을 수록된 작품의 장르적 성격을 고려하면서 살펴보고자 한다. 서문이나 후기, 인터뷰 등을 통해 장르 의식을 드러냈는지의 여부도 함께 고려해 보고자 한다. 이를 통해 동시에 세 가지 운문 장르를 섭렵했던 김상옥이 각 장르에 대해 어떤 인식을 가지고 있었으며, 장르의 차이에 따라 주제 의식이나 표현 형식, 언어 등에서도 차이를 보였는지 살펴보고자 한다.

김상옥의 작품집 출간 현황과 수록 작품 장르 구분

작품집 이름	출판사/출간 시기	수록 작품 장르
草笛	수향서헌/1947	현대시조
故園의 曲	성문사/1949	현대시
異端의 詩	성문사/1949	현대시
석류꽃	현대사/1952	동시
衣裳	현대사/1953	현대시
木石의 노래	청우/1956	현대시
꽃 속에 묻힌 집	청우/1958	동시
三行詩六十五篇	아자방/1973	현대시조
墨을 갈다가	창작과비평사/1980	현대시, 현대시조
향기 남은 가을	상서각/1989	현대시, 현대시조
느티나무의 말	상서각/1998	현대시조

김상옥은 생전에 11권의 작품집을 출간했는데, 그중 시조집으로 분류할 수 있는 작품집이 『초적』, 『삼행시 육십오 편』, 『향기 남은 가을』, 『느티나무의 말』 등 4권이며, 동시집으로 분류할 수 있는 작품집이 『석류꽃』, 『꽃 속에 묻힌 집』 등 2권, 시집으로 분류할 수 있는 작품집이 『고원의 곡』, 『이단의 시』, 『의상』, 『목석의 노래』, 『묵을 갈다가』 등 5권이다. 그런데 이 중 『묵을 갈다가』와 『향기 남은 가을』은 엄밀히 말해 시조와 현대시가 함께 수록된 작품집이다.[8]

가람 이병기의 추천과 심사를 통해 시조 시인으로 이름을 알린 김상옥은 1947년 첫 작품집을 『초적』이라는 시조집으로 출간했고 이 작품집으로 문명(文名)을 얻는다. 그런데 이후 그가 두 번째 시조집이라고 할 수 있는 『삼행시 육십오 편』을 1973년에 출간하기까지 그사이에 현대시를 수록한 시집 네 권과 동시집 두 권을 출간했다는 것이 의미심장하다. 출간 시기를 기준으로 살펴보면, '시조집 — 시집 — 시집 — 동시집 — 시집 — 시집 — 동시집 — 시조집'의 순서로 작품집을 출간한 셈이다. 이후 출간한 세 권의 작품집은 시조와 현대시를 함께 실은 시집과 두 권의 시조집[9]으로 귀결된다. 이렇게 볼 때 출간된 작품집을 기준으로 보면 김상옥은 시조집으로 출발해 시조집으로 귀결되는 시작 활동을 했다고 볼 수 있지만, 그 사이에 현대시와 동시를 꾸준히 창작하고 시집과 동시집을 여러 권 출간함으로써 그의 시조 시인으로서의 긴 여정을 현대시와 동시 창작과 분리해서 볼 수는 없다는 판단에 이르게 된다.

그의 첫 시조집 『초적』은 40편의 현대시조를 수록하고 있는데, 단시조뿐 아니라 연시조도 여러 편 눈에 띄긴 하지만 대체로 평시조의 형식을 바탕으로 쓴 시조들이었다.[10] 주제나 대상도 고향, 가족에 대한 그리움을 주로 노래하거나 고전적 예술미가 두드러진 고아한 언어를 특징으로 하고 있어서 사실상 시조라는 장르가 가지고 있는 미학적 특성을 잘 살린 작품들로 첫 시조집이 구성되었다고 볼 수 있다. 이미 첫 시조집으로 김상옥은 시조 시인으로서의 명성을 얻었지만 여기에서 만족하지 않는다.[11] 이

8) 수록 시편의 비중에 따라 일반적으로 『묵을 갈다가』는 시집으로, 『향기 남은 가을』은 시조집으로 분류하지만 수록 시편 중에는 현대시와 시조가 섞여 있다.

9) 시조집으로 흔히 분류되는 『향기 남은 가을』에도 「늦가에 앉은 소년」, 「안개」, 「돌」, 「가을 열쇠」, 「참파노의 노래」, 「귀여운 채귀(債鬼)」 같은 현대시가 일부 수록되어 있다.

10) 강영미는 1920~1940년대 《동아일보》에 수록된 창작 시조를 중심으로 평시조 중심의 시조 시단과 시조 시인이 어떻게 정전화되는지를 살펴보며 이병기, 이은상, 이호우, 김상옥 중심의 작가 정전을 만들어 간 경로를 밝히기도 했다.(강영미, 「《동아일보》와 시조 정전」, 《한국시학연구》 33, 한국시학회, 2012. 4, 123~148쪽)

11) 김상옥을 틀에 박힌 시조 시인으로 한정시켜서는 안 된다는 생각을 일찍이 최동호도 드

후 그가 선택한 장르가 현대시와 동시였다는 것은 그가 시조 시인으로 이름을 알리고 활동한 후에도 장르 선택에 대한 고민을 가지고 있었고, 시적 실험을 게을리하지 않았다는 사실을 방증한다. 가람 이병기의 영향을 받은 김상옥은 나름의 방식으로 현대시와 동시라는 장르 실험을 지속하면서 현대시조가 시조의 전통을 계승하면서도 '현대'시조라는 이름에 걸맞게 갱신해 나아갈 자리를 지속적으로 탐구하고자 했던 것으로 보인다.

첫 시조집과 두 번째 시조집 사이의 26년이라는 긴 기간 동안 네 권의 시집과 두 권의 동시집을 내며 자유시에 대한 나름의 탐구를 해 왔다는 사실에 이 논문에서는 특별히 주목하고자 한다. 26년간의 실험을 거쳐 그가 출간한 두 번째 시조집은 첫 시조집과는 여러 면에서 다른 면모를 보이고 있었다. 무엇보다도 '시조'라는 용어 대신 '삼행시'라는 용어를 사용하고 있다는 점이 눈에 띈다. 『삼행시 육십오 편』 이후에 출간한 세 권의 시집은 시조를 포함하고 있는 시집이거나 형식적으로 좀 더 자유로워진 시조집이었다는 사실 또한 주목을 요한다. 이러한 시적 편력을 살펴보면 김상옥의 시인으로서의 행적은 사실상 시조의 갱신에 이르는 길이었다고 볼 수도 있다. 이를 좀 더 구체적으로 살펴보자.

3 고전적 예술미의 창조와 시적 갱신을 위한 노력

김상옥의 시조는 고전적 예술미의 정수를 보여 준다. 그의 네 권의 시조집에 실린 시조를 읽다 보면 지금은 잘 쓰이지 않는 고아한 언어와 한자어를 자주 만나게 된다. 일찍이 공자는 『논어』 양화편에서 제자들에게 시를 읽을 것을 독려하며 시를 읽으면 얻을 수 있는 효용 중에 '조수초목(鳥獸草木)'의 이름을 많이 알 수 있다는 점을 말한 바 있다. 김상옥의 시조를 읽으면 지금은 잊힌 우리말과 한자의 아름다움을 새삼 깨닫게 된다. 그가

러낸 바 있다.(최동호, 「소년의 시심과 백자의 정결성 ―『김상옥 시 전집』을 읽고」, 장경렬 엮음, 앞의 책, 199쪽)

우리말의 말맛을 시어로 잘 살려 쓰고 있기 때문이다.

1939년 10월《문장》제1권 9호에 김상옥의 시조「봉선화」가 가람 이병기의 추천을 받아 실린 후, 같은 해 11월 15일《동아일보》에서 주최한 제2회 시조 공모에 김상옥의 시조「낙엽」이 역시 가람의 고선으로 당선된다. 《동아일보》에 2회 시조 공모의 심사평은 실리지 않았지만 바로 전달에 《문장》에 추천한 시조「봉선화」에 대해서는 같은 지면에「시조를 뽑고」라는 가람의 선후감이 실린다.

鳳仙花—이 꽃을 보고 누님을 생각하고 누님과 함께 자라나던 옛날을 생각한 것이 또한 鳳仙花 모양으로 연연하기도 하고, 아기자기하기도 하고, 그리고 서글프기도 하다.

하얀 손 가락가락이 연붉은 그 손톱을

지금은 꿈속에 본 듯 힘줄만이 서누나

하는 것이 얼마나 그립고 놀라운 일이냐. 이런 정이야 누구나 가질 수 있지마는, 이런 表現만은 할 이가 그리 많지 못할 것이다. 타고난 詩人이 아니고는 아니될 것이다. 쓰는 말법도 남달리 익숙한바, "삼삼이는"과 같은 말을 쓴 건 그 妙味를 얻은 것이다. 항용 말을 휘몰아 잘 쓰기도 어려운바, 한층 더 나아가 새로운 말법—우리 語感, 語例를 새롭게 살리는 말법을 쓰는 것이 더욱 용하다. 그러나 앞으로 더 洋洋한 길이 있는 이 시인으로서 다만 봉선화 시인으로만 그치지 말기를 바란다.[12]

겨우 한 달 간격으로 김상옥의 시조를 추천하고 당선작으로 뽑았다는 것은《문장》지에 투고된 작품을 보고 마음에 들어서《동아일보》시조 공모에서 뽑은 것일 가능성이 높아 보인다.《문장》은 3회 추천 완료제를 시행하고 있었으니 그의 재주를 아낀 가람이 좀 더 빨리 지면에서 김상옥의

---

12) 이병기,「時調를 뽑고」,《문장》1권 9호, 문장사, 1939. 10, 180쪽.

시조를 만나 보고 싶었을지도 모른다는 가정도 해 볼 수 있겠다. '선후감' 에서 가람 이병기는 재분(才分)과 방법과 노력을 모두 강조한다. 글쓰기에 재분이 있어도 방법을 모르면 좋은 시조를 쓸 수 없고, 두 가지를 다 갖추고도 노력이 부족하여 좋은 시조를 쓰지 못하는 경우도 있다고 언급한다. 대개 투고작 중 추천을 받지 못한 작품들을 향한 조언이라고 할 수 있다. 그에 비해 김상옥의 「봉선화」에 대해서는 극찬을 늘어놓는다. 봉선화를 보고 누님과 함께 자라나던 옛날을 생각하는 정이야 누구나 가질 수 있는 것이지만 이런 표현을 얻는 것은 타고난 시인이 아니고서는 어려울 것이라고 말함으로써, 김상옥의 시조가 주제와 정서의 보편성을 획득한 것은 물론 그것을 남다른 말법과 묘미로 표현하고 있음을 높이 평가한 것이다. 아울러 앞으로도 우리 어감, 어례(語例)를 새롭게 살리는 말법을 쓸 것을 주문한다. 이러한 이병기의 심사평은 이후 김상옥이 시조를 써 나가는 방향에도 영향을 미쳤다고 볼 수 있다.

제1회 《동아일보》 시조 공모 심사평에서 가람은 앞으로 시조를 창작하려는 이들이 유념해야 할 다섯 가지 주의 사항을 제시하는데, "경건(敬虔)"할 것과 "문자 유희(文字 遊戱)", "고전 풍정(古典 風情)", "한문 투어(漢文 套語)", "모방(模倣)"을 하지 말 것을 주문한다.[13] 이 심사평 후 바로 당선된 작품이 김상옥의 시조 「낙엽」이었음을 생각하면 그가 제시한 다섯 가지 조건에 김상옥의 시조가 부합했음을 의미한다고 볼 수 있겠다. 완성된 언어 예술 작품으로서 시조가 자리 잡길 바란 이병기의 바람은 김상옥 같은 시조 시인에 의해 현실화되어 갔다고 할 수 있다.

비 오자 장독간에 봉선화 반만 벌어
해마다 피는 꽃을 나만 두고 볼 것인가

---

13) 이병기, 「第一回時調募集考選後㊂ — 이에 뜻을 두신 분들에게」, 《동아일보》(석간), 1939. 8. 31, 4면; 이병기, 「第一回時調募集考選後㊃ — 이에 뜻을 두신 분들에게」, 《동아일보》(석간), 1939. 9. 1, 3면.

세세한 사연을 적어 누님께로 보내자.

누님이 편지 보며 하마 울까 웃으실까
눈앞에 삼삼이는 고향집을 그리시고
손톱에 꽃물 들이던 그날 생각하시리.

양지에 마주 앉아 실로 찬찬 매어주던
하얀 손 가락가락이 연붉은 그 손톱을
지금은 꿈속에 본 듯 힘줄만이 서누나.

—「봉선화」, 『초적』

　1939년 10월 《문장》에 가람 이병기의 추천을 받아 실린 시조다. 해마다 여름이면 봉선화는 어김없이 피지만 "양지에 마주 앉아 실로 찬찬 매어주"며 손톱에 봉숭아 꽃물을 들여 주던 누님은 고향을 떠나 있어 자주 볼 수 없다. 누님을 향한 그리움을 누님과의 추억의 매개인 봉선화를 통해 그리고 있는 이 시조에서는 "하얀 손 가락가락이 연붉은 그 손톱"의 이미지를 활용해 그리움을 형상화한다. 한 달 뒤, 《동아일보》 제2회 시조 공모에 당선된 「낙엽」에서도 "맵고 차운 서리에도 붉게붉게 타던 마음"으로 낙엽의 이미지를 형상화함으로써 "한가닥 실바람에 떨어"지고 짓밟히고 마침내 "갈구리로 긁"어 모아져 태워지는 낙엽의 서러움을 효과적으로 전달한다.

눈을 가만 감으면 굽이 잦은 풀밭길이
개울물 돌돌돌 길섶으로 흘러가고
白楊숲 사립을 가린 초집들도 보이구요.

송아지 몰고 오며 바라보던 진달래도

저녁 노을처럼 山을 둘러 퍼질 것을
어마씨 그리운 솜씨에 향그러운 꽃지짐!

어질고 고운 그들 멧남새도 캐어 오리
집집 끼니마다 봄을 씹고 사는 마을
감았던 그 눈을 뜨면 마음 도로 애젓하오.

— 「사향(思鄕)」, 『초적』

   초기의 김상옥 시조는 고향에 대한 그리움, 유년 시절에 대한 그리움
을 드러내며 고향의 자연을 그리는 데 주력한다. 첫 시조집이자 첫 작품집
『초적』에서 김상옥이 주로 그리는 대상은 고향의 자연과 가족이다. 고향
과 가족은 그리움의 대상으로 그려진다. 고향을 그리는 마음은 눈을 감으
면 생생하게 떠오르는 고향 마을의 모습으로 시각적으로 그려진다.[14] 굽
이 잦은 풀밭길이 보이고 개울물이 길섶으로 흘러가고 백양숲 사립을 가
린 초집들도 보이는 고향 마을의 풍경이 시각적 감각과 청각적 감각을 통
해 전달된다. 이어 이어지는 두 번째 수에서는 진달래가 환기하는 시각적
감각이 "저녁 노을"이라는 붉은빛이 번지는 시각적 감각과 "어마씨"가 해
주던 "향그러운 꽃지짐"의 후각적 감각으로 전이된다. 시각과 후각의 어
우러짐이 고향과 어머니를 향한 그리움으로 확산된다. 이어지는 수에서는
여기에 "멧남새"를 캐어 오는 "어질고 고운 그들"의 모습과 "집집 끼니마
다 봄을 씹고 사는 마을"을 시각과 미각이 어우러진 감각으로 전한다. 시
각, 청각, 후각, 미각이 총동원된 고향 마을에 대한 그리움으로 주체의 마
음은 "도로 애젓"해진다.
   그의 시조에서 또 하나 빼놓을 수 없는 중요한 대상은 「청자부」, 「백자

---

14) 유성호는 이 시조가 "눈을 가만 감으면"에서 시작해 "감았던 그 눈을 뜨면"으로 마무리
되는 데 착안해 상상적 구성으로 이 시를 해석했다.(유성호, 「초정 김상옥의 시조 미학」,
《비평문학》43, 한국비평문학회, 2012. 3, 170쪽)

부」 같은 시조에서 드러나듯 전통적인 도자기나 도예품 같은 고전미를 지닌 대상들이다. 《문장》 추천으로 등단한 이력이나 이병기와의 깊은 인연이 그의 작품 세계에 영향을 미친 자리가 아닌가 짐작해 본다.

찬 서리 눈보라에 절개 외려 푸르르고
바람이 절로 이는 소나무 굽은 가지
이제 막 白鶴 한 쌍이 앉아 깃을 접는다.

드높은 부연 끝에 풍경 소리 들리던 날
몹사리 기다리던 그린 임이 오셨을 제
꽃 아래 빚은 그 술을 여기 담아 오도다.

갸우숙 바위틈에 불로초 돋아나고
彩雲 비껴 날고 시냇물도 흐르는데
아직도 사슴 한 마리 숲을 뛰어드노다.

불 속에 구워내도 얼음같이 하얀 살결!
티 하나 내려와도 그대로 흠이 지다
흙 속에 잃은 그날은 이리 순박하도다.

─「백자부(白磁賦)」, 『초적』

　김상옥의 시조를 읽으면서 가장 눈에 띄는 점은 모국어의 아름다움을 그의 시가 잘 보존하고 계승하고 있다는 사실이다. 지금은 잘 사용하지 않는 우리말의 아름다움을 그의 시조를 통해 만끽할 수 있다. 오늘날의 현대시가 새로운 언어를 개척하는 경지로 나아간 것은 사실이지만, 그런 만큼 고아한 우리말의 말맛을 보여 주는 고전적인 아름다움을 찾기는 힘들어진 것 또한 사실이다. 그런 점에서 김상옥의 시조는 잊혀 가는 우리

말의 아름다움을 일깨워 주는 우리말의 보고가 아닐 수 없다.

　김상옥의 첫 시조집에 실린 시조들을 보면, 시조로 표현하기에 적합한 대상이나 주제를 다루고 있음을 알 수 있다. 그렇다고 해서 그가 추구한 현대시조가 고전적인 예술미를 창조하는 지향만 보였다고 단정할 수는 없다. 그는 자신이 쓰는 시조의 형식미학에 예민한 시조 시인이었지만 동시에 자신이 쓰는 시조가 '현대'시조임을 분명히 자각하고 있었다.

　　입덧 난 乳白 속에 童子들이 숨어 있다.
　　서로 시새우며 또 마주 희롱하며
　　어느날 비눗물을 찍어, 불던 일을 되새기며.

　　初旬 개인 하늘빛 창살에 깔리는 아침
　　젊은 안주인이 달리아를 꽂아놓고
　　옷자락 옮겨가는 소릴 귀담아들 듣고 있다.

　　다시 조용해진다, 얼마나 무료했던가
　　제여곰 꽃대를 입에 물고 불어본다.
　　탐지고 예쁜 꽃송이들이 비눗방울 모양 부푼다.
　　　　　　　　　　　　　　　—「촬영(撮影)」, 『삼행시 육십오 편』

　마치 사진을 찍듯 세 컷의 순간을 담고 있는 시조다. 초순 개인 하늘빛 창살에 깔리는 아침 풍경을 젊은 안주인과 동자들, 달리아 꽃과 비눗방울 놀이를 회상하는 모습을 통해 선명한 이미지로 보여 주고 있다. 두 번째 수에 모습을 드러내는 젊은 안주인이 사실상 세 수의 시조를 관통하고 있다. 입덧 난 유백은 젊은 안주인의 품을 가리키는 것으로 보인다. 김상옥의 다른 시조에서도 "네 유백의 살"(「이조의 흙」) 같은 표현이 종종 쓰였는데 여인의 흰 살결이나 백자의 흰빛을 가리키는 것으로 볼 수 있다. 첫 번째 수에서 "입덧 난 유백 속에" 숨은 "동자들", "서로 시새우며 또 마주 희롱하며" "비눗물을 찍어, 불던 일"의 조금은 더 소란스러운 이미지가 2수, 3수를 거치면서 "조용해"지고 "무료"해지는 모습도 인상적이다. 두 번째 수에서는 아침의 개인 하늘빛과 "젊은 안주인이 달리아를 꽂아놓고/ 옷자락 옮겨가는 소릴 귀담아듣고 있"는 모습이 달리아의 선명한 시각적 이미지와 옷자락 소리라는 청각적 이미지를 통해 사진 찍히듯 담긴다. 셋째 수에서는 제각기 꽃대를 입에 물고 불어 보자 탐지고 예쁜 꽃송이들이 비눗방울 모양 부푸는 이미지를 통해 무료한 아침의 풍경을 포착한다. 비눗방울이 퍼져 가는 모습과 탐지고 예쁜 꽃송이들이 부푸는 모습이 겹치며 이미지에 통일감을 부여하는 모습도 인상적이다. 첫 시조집 『초적』에 실린 시조들에 비해 카메라로 촬영하는 듯한 감각적인 이미지를 좀 더 적극적으로 활용하려는 시도를 확인할 수 있고 소재 또한 다채로워진 것을 알 수 있다.

옛날 옹기장수 舜임금도 지나가고, 안경알 닦던 스피노자도 지나가던 길목. 그 길목에 한 불우한 少年이 앉아, 도장을 새긴다.

田黃石을 새기다 田黃石의 고운 무닐 눈에 재우고, 象牙를 새기다 象牙의 여문 質흙을 손에 태운다. 향木도 회양木도 마저 새겨, 동그란 도장, 네모난 도장, 온갖 도장을 다 새긴다. 하고많은 글자 중에 사람들의 이름字, 꽃이름 새이름도 아닌 사람들의 이름字, 꽃모양 새모양으로 篆字體를 새긴다.

그 少年, 잠시 칼질을 멈추고, 지나가는 얼굴들을 바라본다. 그 많은 얼굴 하나같이, 지울 수 없는 도장들이 새겨져 있다. 찍혀져 있다.
—「도장(圖章)」, 『삼행시 육십오 편』

이 시조집에 실린 작품을 김상옥은 시조라고 부르는 대신 '삼행시'라고 부른다. 앞서 인용한 「촬영」이 그래도 시조의 일반적인 형식을 비교적 충실하게 따르고 있었다면 「도장」은 사실상 세 개의 연으로 이루어진 현대시에 가까운 형식을 띠고 있다.[15] '삼행시'라는 이름 아래 이 시기의 김상옥은 다양한 형식 실험을 한 것으로 보인다. 이렇게 세 개의 연으로 이루어진 시도 그 하나의 예에 속한다. '삼행시'는 시조라는 명칭이 지닌 가창적 성격에 만족하지 못했던 김상옥이 창안해 낸 명칭이다.

인용한 시에서는 오래된 옛 길목에 앉아 도장을 새기는 불우한 소년의 모습을 도장을 새기듯 보여 주고 있다. 여기엔 도장포의 도장장이로 일했던 시인의 실제 체험이 반영되어 있는 것으로 보인다.[16] 전황석, 상아, 향목, 회양목 등 도장의 재료도 다양하고, 동그란 도장, 네모난 도장 등 모양도 다양하다. 하고많은 글자 중에 사람들의 이름자를 꽃모양 새모양으로 전자체를 새기는 소년의 모습은 다양한 도장의 모습과 함께 선명한 이미지로 그려진다. 도장을 새기던 소년이 잠시 칼질을 멈추고, 지나가는 얼굴들을 바라보자 "그 많은 얼굴 하나같이, 지울 수 없는 도장들이 새겨져 있다"는 발견으로 시가 마무리된다. 연에 따라 시상이 전개되어 나가 마지막 연에서 소년의 어떤 깨달음으로 마무리되는 이런 구조는 사실상 시조보다는 현대시에서 흔히 볼 수 있는 구조라고 할 수 있다. 도장을 새기는 행위를 소재로 취함으로써 이미지를 구축하고 있는 점, 시상의 전개를 통해 연과 연이 긴밀히 연결되는 점 등은 초기의 시조에서 한층 더 나아간 자리라고 할 수 있다. 시조 대신 삼행시라는 명칭을 취하면서 김상옥은 노래를 버리고 대신 이미지를 취한 것으로 보인다. 노래를 버리면서 자연스럽게 시조의 정형률에서 벗어나 한층 자유로운 시 형식을 구가하게 된

---

15) 이지엽은 「도장」을 중장이 늘어난 사설시조 한 수로 이루어진 작품으로 보았다.(이지엽, 「정제와 자유, 엄격과 일탈의 시조 형식」, 장경렬 엮음, 앞의 책, 282~283쪽) 그러나 삼행시라는 용어를 창안하면서까지 김상옥이 새롭게 갱신하고자 한 현대시조의 창작 방향이 '사설시조'라는 용어에는 드러나지 않는다는 판단에 따라 이 논문에서는 「도장」을 사설시조로 보지 않았다.

16) 김상옥, 장경렬 엮음, 「나의 삶 나의 생각」, 앞의 책, 27쪽.

다. 시조의 가창적 성격과 정형률만을 고집해서는 '현대'시조의 갱신이 지속적으로 이루어지기는 어렵다는 판단을 했던 것이겠다.

김상옥 스스로 시조는 가락을, 자유시는 이미지를 좀 더 염두에 두고 썼을 뿐 시조와 시를 특별히 구분하지는 않았다고 한 발언을 고려할 때, 그 또한 자유시보다는 시조를 창작하면서 리듬을 더 신경 쓴 것은 사실이었던 것으로 보인다. 다만, 자신이 쓰는 시조가 '현대'시조임을 정확하게 인식하고 있었던 김상옥은 '시조'라고 칭할 때 자연스럽게 연상되는 시조 창과 거리를 두는 방식에 대해서도 진지하게 고민했을 것이다. 그 또한 처음 쓴 시조의 경우에는 평시조의 형식을 따르고 있었지만 가창을 떼어 버리고 읽는 텍스트로 변모한 현대시조가 나아갈 방향은 정형률을 따르는 방식에서 탈피할 필요가 있음을 자연스럽게 깨달았던 것으로 보인다.[17] 정형률이 아닌 다른 데서 현대시조의 갱신 방향을 찾기 위해 그는 자유시와 동시를 끊임없이 실험했던 것이다.

그가 삼행시라는 명칭이자 시형을 고집한 이유도 전통을 살리면서 현대시의 감각에 맞는 시를 창작하려는 의도에서였다. 이렇게 볼 때 김상옥의 시조는 평시조의 형식을 충실히 계승한 시조에서 출발해 점차 시조가 지닌 정형률의 형식보다는 이미지를 더 중요하게 생각하는 방향으로 변화해 왔다고 볼 수 있다. 이미지를 구축하고 은유와 상징을 사용함으로써 현대시조에 문학성을 더하고자 한 것[18]이 김상옥이 갱신하고자 한 현대시조의 방향이었다.

---

17) "'시조의 현대화' 문제를 이야기하자면 오늘날의 시조는 창(唱)이 아니니까 굳이 음수율과 음보율을 따질 필요가 없다고 봅니다. (중략) 읽는 문학인 현대 시조에서 다시 형식을 문제시하는 것은 시대 착각이고 시조를 모르는 소치입니다."(김상옥·임문혁 대담, 「시조의 새로움 모색」, 장경렬 엮음, 앞의 책, 39쪽)

18) 김상옥은 "시조에 있어서 시조를 연구하는 사람들 중에서 음보, 악보, 악곡 등 음악성에 대해 고민하는 연구자를 많이 볼 수 있는데, 시조는 문학성(文學性)이 중심되어 연구되어야 한다."라는 견해를 피력하기도 했다.(김상옥, 「시조 창작의 변」, 《시조학논총》 11, 한국시조학회, 1995, 128쪽)

다만 이렇게 탈바꿈한 현대시조의 경우, 현대시와 구별되는 현대시조라는 장르적 차이를 어디서 찾을 수 있는지에 대한 의문은 여전히 남는다. '현대시조'라는 장르 명칭을 사용하면서부터 태생적으로 안게 된 문제라고도 볼 수 있지만 현대시조가 기존의 시조 전통의 갱신과 실험을 추구할 때 그 한계를 어디까지로 볼 수 있을지, 그럴 경우 시인 스스로 '현대시조'를 창작하는 것인지 '현대시'를 창작하는 것인지 장르 인식의 여부에 따라 변별할 수밖에 없는 상황이 필연적으로 발생할 수밖에 없지 않을까 하는 의문이 드는 것도 사실이다. 김상옥이 추구한 삼행시의 형식에 대해 새로운 시도라는 긍정적인 평가와 함께 현대시조의 정체성을 흐린다는 비판 역시 꾸준히 제기되어 온 까닭도 여기에 있을 것이다.

4 시대 현실에 대한 비판적 인식과 역사성의 획득

시조 시인 김상옥은 다른 한편 현대시를 지속적으로 창작하고 사실상 시조집보다 현대시로 이루어진 시집을 더 많이 출간한다. 특히 1949년에 나온 두 권의 시집에서 그는 다양한 형식의 현대시를 창작하는 실험을 전개한다. 정지용을 연상시키는 2행 1연 시부터, 연을 나누기는 했지만 한 행의 길이가 긴 시형, 그리고 하나의 연으로 이루어졌지만 행의 길이가 짧은 시부터 줄글로 된 산문시까지, 또한 연을 이루는 행의 길이가 일정한 시부터 들쭉날쭉한 시까지 다양한 형식이 발견된다. 해방기의 격동 속에서 김상옥 또한 단아한 평시조만으로는 분출하는 시적 감정을 드러낼 수 없었을 것이다.

바람도 고요하여 쉬고 가는
이 나부시 엎드린 산등성 위에
코스모스꽃 속에 묻힌 집 한 채—
가까이 꽃을 헤치고 들여다보니,

모두 얼굴 모습이 다른 아이들이
꽃 곁에 모여 앉아
그늘이 지면 자리를 옮기고
아무 말 없이 눈부신 햇빛을 받고 있다.
거리에 내버린 쓰레기모양
엄마도 집도 없는 이 어린 목숨들은
어쩌다 이렇게 바람결에 불려와서
그 어느 아쉬운 손끝에
쓰레기 같은 끼니를 받아먹고,
멀리 창밖으로 반짝이는
거리의 불빛이 보이는 밤이 오면
모두 비슷한 지난날의 생각에
저마다 깜박이는 눈매도 같아지고,
마주 모로 누워 서로 껴안은 채로
파아란 별들이 굽어보는 이 집 ──
풀벌레 우는 코스모스꽃 속에서
가냘픈 입김을 나누고 잠이 든다.
　　　　──「꽃 속에 묻힌 집 ── 어느 고아원에서」,『고원의 곡』

　자유시의 형식을 띤 이 시에서 김상옥은 소외된 이들의 모습을 그려 내는 데 주력한다. 부모를 잃고 버려진 아이들에게 해방기, 전쟁기로 이어지는 격동의 세월은 더욱 험난했을 것이다. 우리나라에서 현대적 의미의 고아원이 처음 생긴 것은 1885년(고종 22년) 프랑스 선교사가 지금의 서울 명동성당 뒤뜰에 설립한 천주교보육원에서 비롯되었다. 그 뒤 한국 전쟁으로 급증한 전쟁고아를 구호하기 위해 많은 보육 시설들이 생겨났다고 한다. 이 시가 실린 시집이 출간된 해가 1949년이니 해방기의 고아원을 소재로 했다고 볼 수 있겠다. "바람도 고요하여 쉬고" 갈 만큼 인적이 드문

"나부시 엎드린 산등성 위에/ 코스모스꽃 속에 묻힌 집 한 채"에 "모두 얼굴 모습이 다른 아이들이" "아무 말 없이 눈부신 햇빛을 받고 있"는 모습이 그려진다. 고요한 침묵이 고아원에도 그곳에서 기거하는 아이들에게도 흐르고 있다. "거리에 내버린 쓰레기모양/ 엄마도 집도 없는 이 어린 목숨들은" 어쩌다 이곳에 흘러 들어와 "쓰레기 같은 끼니를 받아먹"으며 조용히 지내고 있다. 낮에는 햇빛을 받고 밤이면 지난날의 생각에 젖어들어 "저마다 깜박이는 눈매도 같아지"는 이 아이들은 "마주 모로 누워 서로 껴안은 채로" "가냘픈 입김을 나누고 잠이 든다." 집과 가족을 향한 그리움을 공통적으로 지닌 아이들의 외로움과 그리움을 어루만져 주는 것은 함께 모여 앉아 먹고 자는 아이들 외에는 햇빛과 파아란 별들, 코스모스꽃 같은 자연뿐이다. 이 시에 그려진 고아원의 모습은 고요한 산등성 위에 코스모스꽃 속에 묻힌 모습으로 형상화된다. 쓰레기 같은 끼니를 받아먹는 아이들의 고달픈 현실을 보여 주면서도 햇빛, 별, 꽃 같은 자연으로 감싸 안아 아이들의 슬픔을 어루만져 주고자 한다.

이 속에 무엇이 들었을까요?

먼 창살에 등잔불도 꺼지고, 눈오는 슬픈 밤엔 따사로이 몸을 가리고, 봄날 아지랑이 속에 보이지 않는 파문을 그리며 춤을 추는 아롱아롱 무늬 짜인 찬란한 날개가 들었을게요.

이 속에 또 무엇이 들었을까요?

끼리끼리 꽃 속에 잠을 자던 이슬방울의 슬기로운 얘기를 쫑그리고 듣는 귀도 들었을게고, 저 닿을 길 없는 하늘의 푸른 자락 속에 숨겨진 비밀을 엿보는 별처럼 빛나고 산초알처럼 까만 어여쁜 눈짓도 그 속에 들었을게요.

이 속에 또 무엇이 들었을까요?

쌓인 가랑잎을 헤쳐서 금잔디 파릇한 속잎을 찾아내고, 아늑히 무르녹은 향기 속에 흰 꽃가지를 쥐는 샛노란 발톱도 들었을게고, 또 형용할 수 없이 오묘한 목소리와 아름다운 노래를 머금은 채 산호처럼 연붉은 뾰족한 입술도 들었을게요.

그러면 그 밖엔 뭐가 또 없을까요?

저 외로운 마을가에 저녁 연기 꿈결인 양 떠오르고, 갈미봉 언덕길로 접낫을 든 초동들이 송아지를 앞세우고 내려올 무렵엔, 모이를 물고 둥주리를 찾아들어 지친 죽지를 쉬는 복된 안식도 의초로운 단란도 그 속에 고스란히 들었을게요.

　　　　　　　　　　　　　　　　—「멧새알」, 『고원의 곡』

멧새알에 대한 상상을 문답식으로 펼쳐 놓고 있는 이 시는 김상옥의 자유시가 지닌 또 다른 매력을 보여 준다. 알은 생명의 시초이자 알을 깨고 나온 이후의 세계를 상상하게 한다는 점에서 시적 상상력의 극치를 보여 주는 대상이다. 산에서 우연히 발견했을 멧새알을 보고 시의 화자가 이 속에 무엇이 들었을지 궁금해하는 모습은 생명에 대한 호기심이자 존중이라고 볼 수 있다. 멧새알이 생명을 품고 있다는 점에서 그것은 무한한 상상을 가능케 한다. 김상옥이 자유시를 통해 이미지를 구현하고자 했다고 이해할 때, 이 시는 멧새알을 통해 그가 꿈꾸는 세계에 대한 상상을 펼쳐 놓은 아름다운 시로 읽을 수 있을 것이다. 그 세계가 아름답기만 한 세계가 아님은 "눈 오는 슬픈 밤"과 "저 외로운 마을가", "지친 죽지" 등을 통해서도 짐작할 수 있다.

어느 유달리 고요한 모진 폭풍의 뒷날 —

크나큰 옛 성곽처럼 무너져내린 온갖 배신의 마지막 절망에

다시 눈웃음 띠고 한번 돌아볼 그리운 인정도 없어

드디어 저물어오는 늦가을 희미한 황혼처럼 失明한 벗이여!

(중략)

혹은 그 옛날 —

불타는 로마의 화려한 長安을 내다보고

피리 불던 어느 詩人처럼

지난날 풀릴 수 없던 당신의 그 受難의 使役에서 놓여나와

이미 허물어진 절망의 성곽에 나앉아

다시 오지 못할 망망한 광야 같은 새로운 세계 —

그 낯선 세계의 눈부신 광명을 아스라이 내다보시는 것입니까?

아아 드디어 저물어오는 희미한 황혼처럼 失明한 벗이여!

오늘은 일요일

하마터면 잊을 뻔한 당신의 病患을 위문 온 나는 —

분명히 이 화병을 만지며

당신의 곁에 가장 가까이 앉아 있건만 도저히 당신을 만날 수 없는 나
는 —

한때 당신의 그 맑게 갈앉은 눈동자를 흐리게 한 불순한 형상의 하나인
나의 이 容姿로는

다시 당신의 그 인정스런 시선에 비칠 수 없는 나는 —

아아 나는 이미 폭풍을 기다리던 失明의 환자!

오늘 당신의 그 말없는 위대하고 엄숙한 교훈을 点字처럼 더듬어 읽고

이제야 겨우 나를 알아낸 나는 失明의 환자!

벗이여!

이미 당신이 허울처럼 벗어버린 저 紅塵 깊은 거리에는

서로 넋을 잃고

수많은 失明의 무리들이 아직도 난무하고 있습니다.
나는 어서 이 길로 다시 저 악마의 佳城으로 돌아가
잃어진 내 모든 永遠의 것을 찾아
한점 횃불처럼 가까워오는 폭풍의 밤을 기다릴 수밖에는……
　　　　　　　　　—「실명(失明)의 환자」, 『고원의 곡』

　꽤 긴 이 시에서 실명의 환자는 실명한 벗을 구체적으로 지시하지만 시의 뒷부분에 가면 "이제야 겨우 나를 알아낸 나는 실명의 환자!"라는 구절이 등장하면서 사실상 이 시대를 살아가는 우리 모두가 실명의 환자임을 비유하고 있다. 이 시에 처음 대상으로 등장하는 화자의 벗이 시력을 잃은 실명의 환자라면, 보아야 할 것을 제대로 보지 못하고 "당신의 그 인정스런 시선에 비칠 수 없는 나"는 또 다른 의미에서 실명의 환자임을 화자는 자각하고 있다. "수많은 실명의 무리들이 아직도 난무하고 있"는 해방기 정국 속에서 혼란스러워하는 무리들은 어쩌면 모두 빛을 잃은 실명의 무리들이라고 할 수 있을 것이다.
　해방 직후의 시들이 해방을 맞이한 감격에 겨워 기쁨을 노래하고 조국의 해방을 위해 희생한 이들을 기리거나 친일의 길에 영합한 이들을 비판하는 데 주로 바쳐졌다면, 각종 단체들이 난립하면서 이념적으로 대립하고 혼란스러웠던 해방기의 현실을 병든 조국으로 그리는 시들도 적지 않았다. 이런 해방기 시의 맥락을 기억한다면 김상옥의 이 시 또한 실명의 환자들이 즐비한 병든 현실로 해방기 조국의 현실을 그린 시로 볼 수 있다. 직설적이거나 격정적인 언어를 사용해 시를 쓰는 것을 극도로 자제했던 김상옥이지만 해방기의 자유시에서는 이러한 격정이 드러나고 있었음을 확인할 수 있다.

　墨을 갈다가
　문득 水沒된 무덤을 생각한다.

물 위에 꽃을 뿌리는 이의 마음을 생각한다.
꽃은 물에 떠서 흐르고
마음은 춧돌을 달고 물 밑으로 가라앉는다.

墨을 갈다가
제삿날 놋그릇 같은 달빛을 생각한다.
그 숲속, 그 달빛 속 인기척을 생각한다.
엿듣지 마라 엿듣지 마라
용케도 살아남았으니
이제 들려줄 것은 벌레의 울음소리밖에 없다.

밤마다 밤이 이슥토록
墨을 갈다가
벼루에 흥건히 괴는 먹물
먹물은 갑자기 선지빛으로 변한다.
사람은 해치지도 않았는데
지울 수 없는 선지빛은 온 가슴을 번져난다.
　　　　　　　　　—「묵(墨)을 갈다가」,『묵을 갈다가』

'묵을 갈다가 ~을 생각한다'라는 문장이 1연과 2연에 반복되는 시이다. 뒤에 오는 문장 구조는 달라지지만 "묵을 갈다가"라는 표현은 3연 2행에도 등장해 3개의 연 전체에 걸쳐서 반복됨을 알 수 있다. 1연과 2연에서 먹을 갈다가 수몰된 무덤, 물 위에 꽃을 뿌리는 이의 마음, 제삿날 놋그릇 같은 달빛, 그 숲속 그 달빛 속 인기척을 생각하는 주체는 시의 화자, 다시 말해 먹을 가는 주체이다. 그런데 3연에 오면 "묵을 갈다가/ 벼루에 흥건히 괴는 먹물/ 먹물은 갑자기 선지빛으로 변한다." 먹을 가는 주체는 여전히 시의 화자이지만, 뒤에 이어지는 문장의 주어는 먹물로 바뀐다. 먹물이 갑자기 "선지빛"으로 변하고 "사람은 해치지도 않았는데/ 지울 수 없는 선지빛은 온 가슴을 번져 난다." 먹을 갈다가 시의 화자가 생각하는 대상을 눈여겨보면 죽은 이와 죽은 이를 애도하는 마음을 가리키는 것을 어렵지 않게 알 수 있다. 수몰된 무덤과 물 위에 꽃을 뿌리는 이의 마음을 생각하는 것도 그렇고, 제삿날 놋그릇 같은 달빛과 그 숲속, 그 달빛 속 인기척을 생각하는 것도 그렇다. "엿듣지 마라 엿듣지 마라/ 용케도 살아남았으니/ 이제 들려줄 것은 벌레의 울음소리밖에 없다."라는 구절에서는 불안과 공포에서 비롯된 금지의 언어가 등장하기도 한다. 그리고 마침내 3연에 오면 "묵을 갈다가/ 벼루에 흥건히 괴는 먹물", 그 검은빛이 갑자기 "선지빛"으로 변한다.

먹물이 선연한 핏빛이 되고 사람은 해치지도 않았는데 지울 수 없는 "선지빛"이 온 가슴을 번져 나는 상황은 어떤 상황일까? 이 시집이 출간된 해가 1980년이라는 사실을 떠올리지 않고는 이 구절의 의미를 온전히 이해하기 어려울 것이다. 시집 초판이 출간된 것은 1980년 4월 25일로 1980년 5월 광주 민중 항쟁이 일어나기 전이지만, 1979년엔 부마 항쟁도 있었고 이 땅에서 사회적 타살이라고 할 만한 수많은 죽음이 벌어지고 있었던 시기였으며 그럼에도 침묵을 강요받던 시절이었다. 게다가 이 시집이 출간되어 독자들이 이 시집을 읽을 무렵에는 1980년 5월 광주 민중 항쟁의 경험까지 겹쳐졌을 것이다. 시대 상황을 고려하지 않고는 먹물이 갑자기 선짓빛으로 변하고 사람을 해치지도 않았는데 지울 수 없는 선짓빛이 온 가슴에 번져 나는 죄책감에 시의 화자가 사로잡히는 것이 설명되지 않는다.

하늘이 드높아 햇빛은 부시지만, 못난 詩人은 쥐구멍을 찾는다. 꽁무니를 빼고 쥐구멍을 찾는다.

서리가 내리고 제철은 돌아와도, 詩라는 열매는 좀처럼 여물지 않는다.

제기랄 여물기는커녕, 쑤신 듯이 全身을 쑤신 듯이 벌레가 먹는다.

젊은 날 녹녹하고, 늙은 날에 치사했던 이름만의 詩人. 손을 털고 발을 씻고 쥐구멍을 찾는다. 識字란 이토록 때묻고 측은했단 말이냐?

얼굴에 매달린 단추 같은 耳目口鼻, 손발만은 그래도 주걱처럼 듬직하고 나. 지지리 못나 자탄하는 似而非! 쥐구멍엔 밥주걱도 쓸모가 없다.
　　　　　　　　　　　　　　　—「가을에 쥐구멍을」, 『묵을 갈다가』

이 시집에서는 유독 부끄러움이나 수치심을 그린 시들이 눈에 띄는데, 이 또한 시대 상황을 고려할 때 좀 더 잘 이해가 된다. 두자미를 언급하며 "의지 없이 떠돌던/ 그 변방에도/ 풀은 철따라 푸르렀"는데 "불모(不毛)의 풀만 무성"한 "서울"(「불모의 풀」)을 의식하고 있는 시인에게는 "하늘이 드높아 햇빛"이 눈부신 날씨가 오히려 부끄럽기만 할 것이다. "못난 시인은 쥐구멍을 찾는다."라고 시의 화자는 고백한다. 물론 이 시에는 시인이라는 이름에 걸맞게 살아오지 못한 자신의 지난날을 성찰하고 한탄하며 부끄러움을 고백하는 것이 주를 이룰 뿐 시대 현실 속에서 시인의 소명이라든가 하는 주제를 직접적으로 노출하고 있는 것은 아니다. "젊은 날 녹녹하고, 늙은 날 치사했던 이름만의 시인"에 불과했다는 사실이 쥐구멍을 찾을 만큼의 부끄러움을 동반하는 것으로 그려져 있을 뿐이다. 그러나 젊은 날 녹록하고, 늙은 날 치사했던 이름만의 시인이라는 구절을 통해 젊은 시절 좀 더 결기 있게 신념을 지키지 못하고 말랑말랑했던 자신의 모습과 나이 들어서는 담대하고 너그럽지 못하고 쩨쩨하고 옹졸해진 자신의 모습이 시인이라는 이름에 걸맞지 못했다고 시의 화자가 자책하고 있음을 알 수 있다. "지지리 못나 자탄하는 사이비"라고 자신을 매섭게 질타하는 모습에서 시인으로서의 성찰의 태도가 포착된다.

시조라는 형식에 갇혀 있을 때 김상옥의 언어는 한층 더 단아하고 정돈

되어 있었지만 자유시라는 형식을 빌려 말할 때에는 부끄러움과 수치심, 자괴감 같은 감정이 비어져 나와 흔적을 드러내는 경우가 적지 않았다. 정형률이라는 형식의 감옥에서 벗어나는 순간 그의 시는 한층 더 다양한 주제와 자유로운 형식, 그리고 시대 현실에 대한 자각과 시인으로서의 성찰에 직면하게 된다. 자유시라는 형식을 포기하지 않으면서 김상옥은 이미지의 실험도 본격적으로 해 나가지만 시대 현실과의 접점을 포기하지 않음으로써 비판적 현실 인식을 드러내고 역사성을 획득하기에 이른다.

5 동심으로 빚은 세계와 리듬의 반복

앞서 살펴본 것처럼 시조와 현대시라는 장르를 통해 김상옥이 드러내고자 한 주제 의식과 언어에는 분명 차이가 있었다. 그것은 형식의 차이에서 비롯된 것이기도 했다. 그런데 이렇게 시조와 현대시를 창작하는 시조 시인이자 시인으로 굳건히 자리를 잡은 김상옥이 동시 창작을 지속적으로 해 온 것은 다소 특이한 일이다. 물론 김상옥도 다른 많은 시인들의 경우처럼 동시로 그의 첫 시작(詩作)을 시작했고, 지면에 처음 발표한 시도 동시였다. 하지만 출발 지점이 그렇다고 하더라도 대부분의 시인들의 경우에는 동시를 초기에 경유하는 창작 과정으로 삼는 경우가 대부분이고 특정 장르에 자리를 잡게 된 이후에는 동시 창작을 다시 하지 않는 경우가 많다.[19]

반면 김상옥은 시조 시인으로 자리를 잡은 후에도 현대시 창작을 꾸준히 해 온 것은 물론이고, 동시 창작 역시 지속적으로 해 왔다. 1952년과 1958년에 각각 『석류꽃』과 『꽃 속에 묻힌 집』이라는 두 권의 동시집을 출간하기도 했다. 그렇다면 동시 창작은 김상옥 시인에게 어떤 의미를 지니

---

19) 백석처럼 예외적인 경우가 없는 것은 아니다. 분단 이후 북한 체제에서 예전과 같은 시 창작이 어려워진 후에 백석이 선택한 장르가 '동화시'였는데, 이런 경우는 외적인 상황이 시인의 장르 선택에 영향을 미친 경우라고 볼 수 있다.

는 것이었고, 동시라는 장르를 통해 그가 시조와 현대시와 달리 구현하고
자 한 것은 무엇이었는지 살펴볼 필요가 있어 보인다.

첫 동시집 『석류꽃』에서 즐겨 다루는 소재는 개구리, 염소, 나비, 송아
지, 쌍둥 강아지, 토끼, 제비, 참새, 망아지 같은 동물이나 마늘, 비당캐,
삐비, 동백꽃, 석류꽃, 포구, 쪽밤, 감꽃, 박, 포도, 딸기 같은 식물, 구름,
눈, 보슬비, 햇빛 같은 자연물, 아기, 엄마, 아이의 장난감이나 놀이 같은
동심이 깃든 대상 등이었다. 주제 의식은 다양한 편이지만 대상을 바라보
는 아이의 시선과 동심이 깃들어 있다는 점에서 동시로서의 요건을 갖추
고 있는 시들이라고 볼 수 있다.

> 엄마 젖을 떨어져
> 읍내 장으로
> 송아지가 비를 맞고
> 팔리러 간다.
>
> 엄마 소는 앞냇벌
> 들일 나가고,
> 엄마도 없는 틈에
> 팔리러 간다.
>
> 굽이 잦은 산길로
> 비가 오는데
> 엄메엄메 부르며
> 팔리러 간다.
>
> ──「송아지」, 『석류꽃』

아이의 세계에는 엄마가 가장 가까이 있을 것이고, 가족 공동체가 아이

의 세계를 구축한다고 해도 과언이 아니다. 김상옥의 동시에도 아이와 엄마를 중심으로 형성되는 가족 공동체와 그런 가족 공동체를 자연스럽게 떠올리게 하는 고향이 배경으로 등장하는 경우가 많다. 엄마 소가 들일 나간 사이에 엄마 젖을 떼자마자 팔려 가는 송아지의 슬픔과 그런 송아지를 바라보는 안타까운 시선이 이 시에서 주목하는 바이다. 이 시집이 출간된 시기가 전쟁기였음을 기억한다면 엄마 소가 일 나간 사이에 젖을 떼자마자 팔려 가게 되어 버린 송아지의 신세는 전쟁기에 졸지에 부모와 떨어져 전쟁고아가 돼 버린 아이들을 연상시킨다고 볼 수 있다. 전쟁기에 출간된 동시집을 통해 김상옥은 한국 전쟁으로 인해 훼손된 가족 공동체를 환기하고 싶었을 것이다.

최명표는 선행 연구에서 김상옥의 동시가 자유시와 마찬가지로 이미지의 조형성을 중시했음에 주목했지만[20] 많은 동시들이 가지고 있는 일반적인 특성이 김상옥의 동시에서도 발견된다. 동일한 구문의 반복이나 동일한 표현의 반복이 자주 눈에 띈다는 점, 의성어와 의태어가 자주 쓰인다는 점, 한 행의 길이가 상대적으로 짧다는 점 등은 김상옥의 동시에서도 대체로 포착되는 특징이다.

옛날 전전 얘기 속에
이상한 방망이
우닥 방망이.

금송아지 나오라면
금송아지 나오고,
은꾸러미 쌓이라면
은꾸러미 쌓이고.

---

20) 최명표, 앞의 글, 173~175쪽.

기와집이 나오라면
기와집이 나오고,
옹당샘이 솟으라면
옹당샘이 소웃고.

옛날 전전 얘기 속에
이상한 방망이
우닥 방망이.

　　　　　　　　　　　　　　　　—「우닥 방망이」,『석류꽃』

　"금 나와라 뚝딱"하면 금이 나오고, "은 나와라 뚝딱"하면 은이 나오는
도깨비방망이. 바닥을 두드리며 원하는 것을 말하면 들어준다는 바로 그
방망이를 통영에서는 "우닥 방망이"라고 불렀던 듯하다. 이처럼 옛날이야
기에 등장하는 소재는 아이의 눈높이에 맞춰진 아이의 관심사일 테니 자
연스럽게 동시의 소재가 될 수 있다. 특히 김상옥의 동시에는 어릴 적 통
영 지역의 민속놀이나 토속 음식 같은 풍속이 자연스럽게 스며들어 있다.
1연과 4연이 정확히 반복되면서 수미상관의 구조를 취하고, 2연과 3연도
동일한 문장 구조가 반복되며 대구를 이루는 이런 구조는 동시에서 흔히
볼 수 있는 것이다.
　형식적인 측면에서도 한 행의 길이가 대체로 짧은 점, 여러 개의 연으
로 나뉘어 있는 점, 반복이 많고 의성어나 의태어를 자주 사용한다는 점
등은 공통적으로 발견되는 특징이다. 김상옥의 동시에서 이미지의 조형
성 못지않게 중요하게 발견되는 특징은 반복성이다. 물론 이것은 김상옥
의 동시만의 특징이라고 볼 수는 없다. 동시가 일반적으로 지니고 있는 특
징에 가깝다. 김상옥의 동시는 분련시의 형식을 대체로 취하고 있고 반복
되는 시어나 표현이 연과 연에 걸쳐 나타나는 경우를 어렵지 않게 찾아볼
수 있다.

저녁 어스름 속에
박꽃이 핀다.

반딧불이 어둠을 흔들며
박꽃 속에 숨으면,

점점이 하얀 박꽃
보오얀 둘레로 떠오른다.

누군지 마루에 앉아
다리미질을 한다.

다리미에 담긴 숯불이
오르락내리락……

빠알간 숯불에 비치어
어머님 얼굴이 떠오른다.

— 「박꽃」, 『꽃 속에 묻힌 집』

"저녁 어스름 속에/ 박꽃이 핀다."로 시작되는 첫 문장이 이 시 전체를 지배하는 흑백 이미지의 대비를 잘 보여 준다. 저녁 어스름과 박꽃의 대비, 어둠과 박꽃의 대비가 1연과 2연에서 두드러지고 3연에서는 반딧불이 "점점이 하얀 박꽃/ 보오얀 둘레로 떠오"르는 모습을 통해 하얀 박꽃의 이미지를 더욱 도드라지게 한다. 4연에서는 다리미질을 하는 누군가를 등장시키고 5연에 오면 "다리미에 담긴 숯불이/ 오르락내리락……"하는 모습으로 흑백의 색채에 붉은 빛을 더한다. 6연에서는 "빠알간 숯불에 비치어" 떠오르는 "어머님 얼굴"을 통해 다시 하얀 박꽃을 연상시키며 시가 마무리된다. 흑백의 대비와 빠알간 숯불이 선명한 이미지를 만들고 어둠을 흔드는 반딧불의 움직임, 다리미에 담긴 숯불이 오르락내리락하는 반복적인 움직임이 시에 리듬을 구축하고 이미지에 살아 있는 생명력을 부여한다. 3연에서 "점점이 하얀 박꽃/ 보오얀 둘레로 떠오른다."라는 문장과 6연의 "빠알간 숯불에 비치어/ 어머님 얼굴이 떠오른다."라는 문장이 대구를 이루며 박꽃의 보오얀 둘레와 어머님 얼굴이 겹쳐지는 효과를 자연스럽게 자아낸다. 동시 특유의 반복이 아주 두드러진 시는 아니지만 6연으로 된 시가 2행 1연의 형식을 일관되게 취하고 있고, 어둠을 흔드는 반딧불과 다리미에 담긴 숯불이 오르락내리락하는 모습이 자연스럽게 겹쳐지며 시에 일정한 리듬감을 만드는 데 기여하고 있다.

> 할머니 제삿날 밤에
> 혼자 세수를 한다.
>
> 대야에 뜬 달을 떠서
> 혼자 세수를 한다.
>
> 달은 산산이 깨어져도
> 다시 금가지 않는다.
>
> 세숫물이 흐리어져도
> 달은 그냥 마알갛다.
>
> ──「달밤」, 『꽃 속에 묻힌 집』

김상옥은 동시도 이처럼 단아하게 쓴다. 시인의 말을 빌리면 시조에서는 가락을, 자유시와 동시에서는 이미지를 더 신경 쓰며 창작한 것으로 보이지만, 할머니 제삿날 밤 혼자 세수를 하는 모습을 '대야에 뜬 달-얼굴'

과의 대비를 통해 이미지로 구축하고 있는 이런 동시의 창작은 사실상 리듬의 형성에도 기여하고 있다. 거의 길이가 비슷한 2행으로 한 연이 구성되어 있고, "혼자 세수를 한다."라는 문장이 1연 2행과 2연 2행에서 반복되고 있다. 3연과 4연에도 "깨어져도"와 "흐리어져도"가 대구를 이루며 '~어져도'라는 표현이 반복되고 있다. 제삿날 밤에 뜬 달과 대야에 뜬 달이, 즉 세수를 하고 "마알"개진 얼굴이 제삿날 밤을 배경으로 흑백의 이미지를 구축하고 있고 1연과 2연, 3연과 4연이 반복되는 표현을 통해 리듬을 구축하면서 한 편의 단단한 동시를 만들어 내고 있는 것이다.

동냥 온
낡은 쪽박 속에도
눈부신 햇살이 쏟아져요.

이런 날
수염 난 하느님도
저 달동네 개구쟁이처럼

찌 찌 찌
추녀 밑 제비새끼랑
해종일 재잘거리고 놀아요.
—「봄」, 『느티나무의 말』

동시집이라는 이름으로 출간된 김상옥의 시집은 1958년에 출간된 『꽃 속에 묻힌 집』이 마지막이라고 할 수 있지만, 사실상 그의 마지막 시조집 『느티나무의 말』에도 시조라기보다는 동시로 읽을 수 있는 「봄」 같은 작품이 여전히 발견된다. 그의 동시 창작은 생애의 마지막 시기까지 지속적으로 이어졌다고 볼 수 있다.

동시에서도 이미지의 조형성이 발견되지만[21] 동시의 형식을 통해 김상옥은 반복되는 표현을 통한 리듬의 구축에도 관심을 가졌다. 생애 말기에 쓰인 그의 시는 동시, 시조, 자유시라는 장르를 불문하고 이미지와 리듬이 조화를 이루는 형식미를 보이는데 이는 어느 장르도 포기하지 않고 지속적으로 써 오면서 그가 도달한 경지가 아닐까 싶다. 이제 시조 시인으로서 김상옥을 바라보는 고정 관념에서 벗어나 시조 시인 너머의 김상옥을 호명해야 할 때가 아닌가 생각해 본다.

6 결론

김상옥은 동시와 현대시를 시조와 병행하며 꾸준히 창작해 왔지만 그의 본령이자 귀결점은 시조였다고 할 수 있다. 그럼에도 그가 동시 창작과 현대시 창작을 포기할 수 없었던 이유가 어디 있었을까 탐색해 보는 데 이 논문은 관심을 가졌다.

창작 활동 기간 전 시기에 걸쳐 현대시조, 동시, 현대시를 병행해 창작해 온 김상옥은 범박하게나마 각 장르의 차이를 분명히 인식하고 있었다. 시조와 자유시의 차이에 대해서는 가락과 이미지가 좀 더 지배적인 시로 인식하고 있었고, 동시와 자유시에 대해서는 시적 소재나 대상으로 구분하고 있었다. 그렇다고 해서 이러한 장르 의식의 차이가 각 장르에 대한 편견을 낳지는 않았다는 데 무엇보다도 김상옥의 특장이 있다. 그는 시조 시인으로서 현대시조의 갱신에 대해 끊임없이 고민해 왔으며 현대시와 동시의 창작 경험이 사실상 현대시조의 갱신에도 영향을 미쳤다고 볼 수 있다. 그렇다고 해서 시조, 시, 동시 사이에 우열 관계가 있다는 생각을 했던 것은 아니다. 오히려 그는 문단의 그러한 편견에 시작 활동 기간 내내 맞서 온 시인으로 평가할 수 있다.

---

21) 위의 글, 174쪽.

초기에는 시조는 운율에, 자유시는 이미지에 좀 더 공을 들이는 형식적 특성 외에도 각 장르별로 좀 더 주력한 주제 의식에서도 차이가 나타났다면, 점차 주제 의식에서의 차이가 지워져 나가는 특징을 보였다고 볼 수 있다. 현대시와 동시 창작을 통해 폭넓게 실험한 이미지와 현실 감각과 리듬은 결과적으로 '현대시조'의 갱신에 이르는 길에 긍정적인 영향을 미친다. 장르를 불문하고 이미지의 조형성이 점점 더 완성되어 가는 변모를 보인 것은 물론, 시조에 있어서는 정형률을 버리고 좀 더 자유로운 형식을 얻음으로써 '현대시조'에 걸맞은 문학성을 성취하고자 했다. 특정 장르를 다른 장르의 성취에 이르기 위한 과정이나 발판 정도로 생각하지 않고 다양한 장르로 자신의 시 세계를 총체적으로 구성하고자 했던 김상옥의 시적 실험은 결과적으로 장르라는 감옥으로부터 다소 자유로워지는 성과에 이르게 된다. 장르에 대해 열려 있으면서도 각 장르의 차이에 대한 존중의 태도를 지니고 있었던 김상옥은 그의 시작 기간 전 시기에 걸쳐 시조, 동시, 현대시를 동시에 창작할 수 있었고 마침내 김상옥이라는 총체성을 완성할 수 있었다.

그러나 이러한 노력에도 불구하고 김상옥의 시적 결과물에 대한 평가는 시조 시인으로서의 김상옥에 치우쳐 있었던 것이 사실이다. 시조를 '삼행시'라고까지 부르며 현대시조를 향한 시단의 편견에 여러 가지 형태로 저항해 온 시인의 발자취를 생각해 보면 김상옥에 대한 학계의 연구 동향에는 새로운 성찰이 필요해 보인다. 장르 간 차이를 존중하며 시조, 동시, 시를 동시에 창작해 오면서 일정한 성과를 이룩한 김상옥의 시적 행보는 시조, 동시, 시를 창작하고 연구하는 시단과 학계의 장벽이 높아져 가고 있는 오늘날의 시단과 학계에 성찰의 자리를 마련해 주고 있다. 시조 시인 너머의 김상옥이 2020년을 살아가는 우리에게 환기하는 바는 바로 이런 지점이 아닐까 싶다.

참고 문헌

기본 자료

김상옥, 『草笛』, 수향서헌, 1947

_____, 『故園의 曲』, 성문사, 1949

_____, 『異端의 詩』, 성문사, 1949

_____, 『석류꽃』, 현대사, 1952

_____, 『衣裳』, 현대사, 1953

_____, 『木石의 노래』, 청우, 1956

_____, 『꽃 속에 묻힌 집』, 청우, 1958

_____, 『三行詩六十五篇』, 아자방, 1973

_____, 『墨을 갈다가』, 창작과비평사, 1980

_____, 『향기 남은 가을』, 상서각, 1989

_____, 『느티나무의 말』, 상서각, 1998

_____, 민영 엮음, 『김상옥 시 전집』, 창비, 2005

논문

강영미, 「《동아일보》와 시조 정전」, 《한국시학연구》 33, 한국시학회, 2012. 4,
　　123~148쪽

강호정, 「이호우와 김상옥 시조 비교 연구 ─ 내용과 형식에 나타난 '전통'과
　　'시대정신'을 중심으로」, 《시조학논총》 49, 한국시조학회, 2018. 7, 43~72쪽

구모룡, 「초정 김상옥 시의 변모 과정과 미학」, 장경렬 엮음, 『불과 얼음의 시
　　혼』, 태학사, 2007, 289~319쪽

김경복, 「초정 김상옥 시조의 상상력 연구」, 《현대문학이론연구》 25, 현대문학
　　이론학회, 2005. 8, 93~114쪽

김귀희, 「초정 김상옥 연구」, 성신여대 박사 학위 논문, 2007. 2

김민정, 「현대시조의 고향성 연구 — 김상옥, 이태극, 정완영을 중심으로」, 성
　　균관대 박사 학위 논문, 2003. 8

김봉군, 「김상옥 시조의 특성 연구 — 역사성을 중심으로」, 장경렬 엮음, 『불
　　과 얼음의 시혼』, 태학사, 2007, 105~126쪽

김상옥, 「나의 삶 나의 생각」, 장경렬 엮음, 『불과 얼음의 시혼』, 태학사, 2007,
　　27~32쪽

_____, 「시조 창작의 변」, 《시조학논총》 11집, 한국시조학회, 1995, 127~129쪽

김정자, 「김상옥 시의 민속적 성격 연구」, 동의대 석사 학위 논문, 2011. 2

나재균, 「김상옥 시조 연구」, 한국교원대 석사 학위 논문, 1998. 2

문선영, 「1950년대 전쟁기 경남 부산 지역 동시 연구」, 《한국문학논총》 40, 한
　　국문학회, 2005. 8, 365~402쪽

오승희, 「현대시조의 공간 연구」, 동아대 박사 학위 논문, 1991. 12

우은숙, 「현대시조에 나타난 생태학적 특성 연구 — 이병기, 김상옥, 정완영의
　　작품을 중심으로」, 경희대 박사 학위 논문, 2016. 8

우은진, 「해방기 민족문학론과 현대시조」, 《한국문학논총》 65, 한국문학회,
　　2013. 12, 247~278쪽

유성호, 「초정 김상옥의 시조 미학」, 《비평문학》 43, 한국비평문학회, 2012.
　　3, 165~188쪽

이병기, 「時調를 뽑고」, 《문장》 1권 9호, 문장사, 1939. 10, 180쪽

이순희, 「근현대 시조의 격조 연구 — 이병기, 이호우, 김상옥을 중심으로」,
　　《시조학논총》 49, 한국시조학회, 2018. 7, 7~42쪽

_____, 「김상옥 시조의 전통성과 변모 과정」, 경북대 석사 학위 논문, 2009. 2

_____, 「김상옥 시조의 전통성과 시대정신」, 《시조학논총》 34, 한국시조학회,
　　2011. 1, 193~218쪽

이숭원, 「고고하고 정결한 정신의 지향」, 민영 엮음, 『김상옥 시 전집』, 창비, 2005

이중원, 「김상옥 시조와 자유의 형식」, 《시조학논총》 48, 한국시조학회, 2018. 1, 31~54쪽

이지엽, 「정제와 자유, 엄격과 일탈의 시조 형식 — 초정 김상옥론」, 장경렬 엮음, 『불과 얼음의 시혼』, 태학사, 2007, 267~288쪽

정병경, 「초정 김상옥 시조 연구 — 텍스트 언어학적 분석을 포함하여」, 경원대 석사 학위 논문, 2008. 2

최동호, 「소년의 시심과 백자의 정결성 —『김상옥 시 전집』을 읽고」, 장경렬 엮음, 『불과 얼음의 시혼』, 태학사, 2007, 199~212쪽

최명표, 「김상옥 시와 시론의 상관성 연구」, 《한국언어문학》 61, 한국언어문학회, 2007. 6, 371~389쪽

_____, 「고향 의식과 조형미의 결합 — 김상옥 동시론」, 《아동문학평론》 32(3), 아동문학평론사, 2007. 9, 170~187쪽

하상일, 「초정 김상옥의 시의식과 생명 사상」, 《비평문학》 21, 한국비평문학회, 2005. 11, 349~371쪽

황성진, 「김상옥의 시조 문학 연구」, 공주대 교육대학원 석사 학위 논문, 2008. 2

르네 웰렉, 조광희 옮김, 「쟝르 이론·서정시·'체험'」, 김현 편, 『쟝르의 이론』, 문학과지성사, 1987, 22~52쪽

츠베탕 토도로프, 김정린 옮김, 「문학 장르」, 김현 편, 『쟝르의 이론』, 문학과지성사, 1987, 11~21쪽

기타

김상옥-임문혁 대담, 「시조의 새로움 모색」, 장경렬 엮음, 『불과 얼음의 시혼』, 태학사, 2007, 33~42쪽

제6주제에 관한 토론문

이지엽 | 경기대 교수

선생님의 「시조 시인 너머의 김상옥」 논문을 잘 읽었습니다. 이 논문은 초정 김상옥이 첫 시조집 『초적』 이후 시조 시인으로 주목받아 왔지만 동시와 현대시 창작도 시조 창작과 함께 꾸준히 병행, 시조 시집과 함께 동시집과 시집도 지속적으로 묶어 왔음에 주목하여, 그가 지닌 총체적인 문학 세계를 조망하기 위해서는 세 장르의 연관 관계, 각각의 장르에 대한 그의 인식이 어떠했는지 상세히 살펴볼 필요가 있다고 지적하고 이에 대한 논의를 비교적 꼼꼼하게 전개하였습니다.

이러한 논의의 결과로 김상옥은 동시와 현대시를 시조와 병행하며 꾸준히 창작해 왔지만 그의 본령이자 귀결점은 시조였다고 할 수 있는데 그럼에도 그가 동시 창작과 현대시 창작을 포기할 수 없었던 이유를 이들 장르가 주는 차이에 있다고 보고 있습니다. 김상옥은 범박하게나마 각 장르의 차이를 분명히 인식하고 있었는데 시조와 자유시의 차이에 대해서는 시조를 가락과 이미지가 좀 더 지배적인 시로 인식하고 있었고, 동시와 자유시에 대해서는 시적 소재나 대상으로 구분하고 있었다고 밝히고 있습니다. 물론 이러한 장르 의식의 차이가 각 장르를 우열 관계로 생각하거나 각 장르에 대한 편견을 낳지는 않았다는 데 무엇보다도 그의 특장이 있다고 발제자는 보고 있습니다. 요컨대 그는 시조시인으로서 현대시조의 갱신에 대해 끊임없이 고민해 왔으며 현대시와 동시의 창작 경험이 사실상 현대시조의 갱신에도 영향을 미쳤다고 보고 있습니다. 그러면서 시조를 '삼행시'라고까지 부르며 현대시조를 향한 시단의 편견에 여러 가지 형태로 저항해 온 시인의 발자취를 생각해 보면 시조시인으로서의 김상옥에 치우쳐 있는 학계의 연구 동향에는 새로운 성찰이 필요함을 지적하고 있습니다.

필자는 이 논문의 연구 결과에 대해 다른 각도로 판단하고 있는 점이 있어 이를 질문 드리고자 합니다. 우선 이 논문에서는 초정 김상옥의 문학 세계를 종합적으로 다룬 『불과 얼음의 시혼』(장경렬 엮음, 태학사, 2007년)에 대한 연구 업적이 빠져 있습니다. 이 책은 '초정 김상옥 선생 기념회'에서 상당 기간 준비해 온 10편의 연구 논문이 실려 있고(김용직, 김봉군, 김대행, 임종찬, 조남현, 최동호, 이숭원, 이상옥, 이지엽, 구모룡) 원로·중견시인들이 읽는 초정 김상옥의 문학(민영, 허영자, 윤금초, 천양희, 박시교, 이우걸, 박기섭, 이은봉, 정수자, 정일근, 홍성란)에 대하여도 시사받을 내용들이 많이 실려 있습니다. 특히 본 논문과 관련된 자유시와 동시와 시조를 넘나드는 형식 문제에도 거론된 논문들이 있어 반드시 검토해야 할 성과물이 아닌가 판단됩니다.

선생님께서는 김상옥의 「도장」을 예로 들면서 이 작품이 사실상 세 개의 연으로 이루어진 현대시에 가까운 형식으로 판단하고 있습니다. '삼행시'라는 이름 아래 다양한 형식 실험을 한 것으로 보면서 연에 따라 시상이 전개되어 나가 마지막 연에서 소년의 어떤 깨달음으로 마무리되는 이런 구조는 사실상 시조보다는 현대시에서 흔히 볼 수 있는 구조라고 보고 있습니다. 도장을 새기는 행위를 소재로 취함으로써 이미지를 구축하고 있는 점, 시상의 전개를 통해 연과 연이 긴밀히 연결되는 점 등 시조 대신 삼행시라는 명칭을 취하면서 김상옥은 노래를 버리고 대신 이미지를 취한 것으로 보인다고 하고 있습니다.

그러나 이 「도장」이라는 작품은 사설시조에 해당되는 작품으로 이미지뿐 아니라 가락적인 부분도 상당한 신경을 쓰고 있는 작품으로 볼 수 있습니다. 우선 초장만을 예로 든다면 "옛날 옹기장수 순임금도 지나가고,/ 안경알 닦던 스피노자도 지나가던 길목./ 그 길목에 한 불우한 소년이 앉아,/ 도장을 새긴다." 네 마디로 나누어지고 그 음보 수는 4—4—3—2로 기계적인 운율이 아니라 자유로운 운율을 구사하고 있습니다. 마찬가지로 중장과 종장에도 이러한 점이 얘기될 수 있습니다. 또한 구조를 언급하면서 연에 따라 시상이 전개되어 나가 마지막 연에서 소년의 어떤 깨달음으로 마무리되는 이런 구조가 사실상 시조보다는 현대시에서 흔히 볼 수 있는 구조라고 보고 있는데 시조는 각 장만이 아니라 각 수의 연결에서도 선경후정(先景後情)의 원리, 묘사-진술의 구조 등을 지키고 있는 작품들이 대부분이어서 수긍하기 힘듭니다.

4절 "시대 현실에 대한 비판적 인식과 역사성의 획득"에서는 「묵을 갈다가」라는 작품을 분석하면서 이 작품이 1979년 부마 항쟁 등 이 땅에서 자행되는 사회적 타살이라고 할 만한 수많은 죽음이 벌어지고 있는 점을 감안할 때 3연의 "묵을 갈다가/ 벼루에 홍건히 괴는 먹물/ 먹물은 갑자기 선지빛으로 변한다."에서 먹물이 갑자기 선짓빛으로 변하고 "사람은 해치지도 않았는데/ 지울 수 없는 선지빛은 온 가슴을 번져난다." 등에서 보듯 시의 화자가 죽은 이와 죽은 이를 애도하는 마음을 생각하는 것을 어렵지 않게 알 수 있다고 보고 있습니다. 「가을에 쥐구멍을」이라는 작품에서는 담대하고 너그럽지 못하고 쩨쩨하고 옹졸해진 자신의 모습이 시인이라는 이름에 걸맞지 못했다고 시의 화자가 자책하면서 "지지리 못나 자탄하는 사이비"라고 자신을 매섭게 질타하는 모습에서 시인으로서의 성찰의 태도가 포착된다고 보고 있습니다. 그러면서 시조 또는 삼행시라는 형식에 갇혀 있을 때 김상옥의 언어는 한층 더 단아하고 정돈되어 있었지만 자유시라는 형식을 빌려 말할 때에는 부끄러움과 수치심, 자괴감 같은 감정이 비어져 나와 흔적을 드러내는 경우가 적지 않았다고 보고 있습니다. 그러나 「묵을 갈다가」와 「가을에 쥐구멍을」이라는 작품이 시조라는 형식을 가지고 있는 점을 감안할 필요가 있습니다. 「묵을 갈다가」 작품은 세 수의 사설시조로 각 장이 상당한 유연성을 가지고 늘어나고 있으며 「가을에 쥐구멍을」은 4수의 연시조로 각 수를 한 행으로 처리하고 있습니다.

5절 "동심으로 빚은 세계와 리듬의 반복"에서는 김상옥의 동시가 분련시의 형식을 대체로 취하고 있고 반복되는 시어나 표현이 연과 연에 걸쳐 나타나는 경우를 어렵지 않게 찾아볼 수 있음을 얘기하고 있습니다. 이 절에서 얘기되고 있는 작품 「박꽃」과 「달밤」도 여전히 동시조 범주에서 충분히 얘기될 수 있습니다. 동시조로 볼 경우 김상옥에 대한 평가는 달라질 수 있을 것입니다. 또한 선생님께서는 동시집이라는 이름으로 출간된 김상옥의 시집은 1958년에 출간된 『꽃 속에 묻힌 집』이 마지막이라고 할 수 있지만, 사실상 그의 마지막 시조집 『느티나무의 말』에도 시조라기보다는 동시로 읽을 수 있는 「봄」 같은 작품이 여전히 발견된다고 보고 있습니다. 그러나 이 시집의 표제작인 「느티나무의 말」이란 작품이 시조로 읽히듯이 「봄」 작품도 동시가 아닌 동시조로 읽힙니다.

이 논문이 장르 간의 차이를 인식하고 현대시조의 갱신에도 영향을 미쳤다고 보고 있는 점, 동시에 시조를 '삼행시'라고까지 부르며 현대시조를 향한 시단의 편견에 여러 가지 형태로 저항해 온 시인의 발자취를 조명한 점은 나름대로 의미가 있다고 판단합니다. 그럼에도 그동안 김상옥 선생이 지닌 품격 높은 시정신과 시조 형식에 대해 많은 고민해 온(「정제와 자유, 엄격과 일탈의 시조 형식 ─초정 김상옥론」 등 몇몇 논문) 연구자로서 다소 다른 입장을 가지고 있는 견해에 대해 선생님의 고견을 듣고자 합니다.

김상옥 생애 연보

1920년   5월 3일(음력 3월 15일), 경남 통영 항남동 64번지에서 아버지
                   김덕홍과 어머니 진수아 사이의 1남 6녀 중 막내로 태어남.

1926년(7세)   한문 서당 송호재를 최연소자로 수강.

1927년(8세)   아버지 병사. 통영공립보통학교 입학. 김용익, 윤이상, 김춘수
                   와 같은 학교를 다님.

1928년(9세)   집안 형편이 어려워 월사금을 못 내 학교에서 집으로 쫓겨 가
                   는 길에 산으로 올라가 「삐비」라는 동요를 지음.

1932년(13세)   통영보통학교 교지《여황의 록》에 동시 「꿈」이 실림.

1933년(14세)   통영보통학교 졸업. 향리의 남강인쇄소에서 인쇄공으로 일함.

1934년(15세)   금융조합연합회 신문 공모전에 동시 「제비」가 김소운 추천으
                   로 당선됨.

1936년(17세)   조연현과 함께《아(芽)》동인 활동을 하고 시 「무궁화」를 발표
                   하며 일경의 감시를 받기 시작했다고 알려져 있는데,《아》는
                   1938년 7월에 1호가 발간되고 8월에 2호까지 발간된 시지로
                   조연현의 이름은 확인할 수 있었지만 김상옥의 작품은 확인
                   되지 않는 것으로 보아 기억의 착오가 있었거나 동명의 동인
                   지가 2년 간격을 두고 발간되었을 가능성을 고려해 볼 수 있
                   음. 윤이상, 송맹수, 김기섭, 장응두 등과 함께 일경에 체포됨.

1937년(18세)   일경을 피해 두만강구 근처 함북 웅기에 사는 넷째 누나에게
                   간 뒤, 서수라, 아오지, 청진 등지를 유랑함.

1938년(19세)   함북 청진의 서점에서 일하면서 김용호, 함윤수 등과 함께

《맥(貘)》동인으로 활동하며 시 창작에 매진함. 10월,《맥》3호에 시「모래알」을, 12월,《맥》4호에 시「다방」을 발표함.

1939년(20세)   10월, 문예지《문장》제1권 9호에 시조「봉선화」가 가람 이병기의 추천을 받아 실림. 11월 15일《동아일보》제2회 시조 공모에「낙엽」이 가람의 고선으로 당선됨.

1940년(21세)   통영으로 돌아와 남원서점(南苑書店)을 경영함.

1941년(22세)   남원서점에 걸어 놓은 낭산(朗山) 이후(李垕)의 우국시(憂國詩)로 인해 통영경찰서 유치장에 수감됨.

1942년(23세)   삼천포로 피신감. 그곳에서 도장포를 경영함.

1943년(24세)   1월, 김정자(金貞子)와 결혼. 통영경찰서 유치장에 6개월간 수감됨.

1944년(25세)   1월, 첫딸 훈비 태어남. 수감중 폐결핵으로 출감해 마산결핵요양원에서 요양함.

1945년(26세)   첫 딸 훈비 병사함. 일본 헌병대의 검거 소문에 대비해 탈출, 윤이상과 상경해 8·15 해방 때까지 피신함. 서울 종로1가 종각 근처 한규복의 도장포에 취업함. 전각 솜씨가 뛰어나 입소문이 나면서 전각의 대가인 오세창을 만남. 유치환, 김춘수, 윤이상, 전혁림 등과 함께 통영문화협회(회장 유치환)를 창설. 11월, 삼천포문화동지회를 창립해 한글 운동을 전개함.

1946년(27세)   8월, 딸 훈정 출생. 삼천포중학교에서 국어 교사로 재직하며 시인 박재삼을 가르침. 이후 20여 년에 걸쳐 부산, 마산, 삼천포, 통영의 중고교에서 교사로 재직.

1947년(28세)   4월 15일, 시조집『초적(草笛)』을 수향서헌에서 출간함. 편집, 문선, 조판, 장정, 인쇄, 제본까지 책을 만드는 전 과정을 혼자 해냄. 서울에서 이병기, 홍명희를 만나 시조에 대해 이야기를 나눔.

1948년(29세)   시인 정지용과 화가 정종여가 통영을 방문해 더불어 어울림.

김동리가 《민중일보》 8월 20일자에 서평 「초적(草笛)의 악보」를 발표함.

1949년(30세)	1월, 시집 『고원의 곡』을 성문사에서 펴냄. 6월, 시집 『이단의 시』를 역시 성문사에서 펴냄.
1951년(32세)	1월, 둘째 딸 훈아 출생.
1952년(33세)	10월, 동시집 『석류꽃』을 현대사에서 출간함. 문교부 편수국에 활자체 심의를 위한 자문위원으로 위촉됨. 화가 이중섭을 만나 교유함.
1953년(34세)	1월, 아들 홍우 출생. 2월에 시집 『의상』을 현대사에서 출간함.
1954년(35세)	통영문협을 재건함. 《참새》지를 타블로이드판으로 복간함. 7월 15일(음력), 어머니 작고함.
1955년(36세)	5월, 마산 다방 '비원'에서 국제청년회의소 주최로 시화전을 개최함.
1956년(37세)	5월, 시집 『목석의 노래』를 청우출판사에서 출간함. 경남여고에 국어 교사로 초빙되어 부산으로 이사함. 부산대 국문과 강사로 출강함.
1958년(39세)	12월, 동시집 『꽃 속에 묻힌 집』을 청우출판사에서 출간함.
1960년(40세)	4월, 《한국시단》 1집을 편집장으로서 펴냄.
1963년(44세)	서울로 이주하여 인사동에서 표구사 겸 골동품 가게 '아자방(亞字房)'을 경영함. 피천득, 윤오영과 교유함.
1968년(49세)	《동아일보》 신춘문예 시조 심사위원을 12년간 맡음. 《조선일보》, 《한국일보》, 《서울신문》, 《경향신문》, 《중앙일보》의 신춘문예 심사위원을 역임함. 5월, 부산 중앙동 '동원' 다방에서 시·서·화 작품전을 개최함.
1969년(50세)	아자방을 골동 가게로 경영하기 시작함.
1972년(53세)	11월 13~19일, 일본 교토의 화랑에서 서화작품전을 개최함.
1973년(54세)	4월, 『삼행시 육십오 편』을 아자방에서 200부 한정판으로 출

간함.

1974년(55세)	4월 26일, 국립중앙박물관 초청으로 「시와 도자」 특별 강연. 제1회 노산시조문학상 수상.
1975년(56세)	12월, 산문집 『시와 도자』를 아자방에서 출간함.
1980년(61세)	4월, 시집 『묵을 갈다가』를 회갑 기념으로 창작과비평사에서 출간함. 4월 22~27일 신세계미술관에서 회갑 기념 '초정 김상옥 미술전'을 개최함.
1982년(63세)	11월, 제1회 중앙시조대상 수상.
1983년(64세)	11월, 시 선집 『한국 현대 문학 대계』 22를 이호우 시인과 공저로 지식산업사에서 출간함.
1989년(70세)	4월, 고희 기념 시집 『향기 남은 가을』을 상서각에서 출간함.
1994년(75세)	제2회 충무시문화상 수상.
1995년(76세)	문화훈장 보관장 수령을 거절함. 12월, 동인지 《맥》을 38년 만에 다시 창간함.
1997년(78세)	3월 26일, 제9회 삼양문화상 수상.
1998년(79세)	1월, 시집 『느티나무의 말』을 상서각에서 출간함.
2000년(81세)	1월 1일, 통영문화원 주최 새천년 해맞이 축제에 축시 「순간을 영원처럼」 발표. 1월 18~23일 대구 동아쇼핑센터 전시장에서 '팔순기념전' 개최. 6월, 팔순 기념 육필 시집 『눈길 한 번 닿으면』을 만인사에서 출간함. 백자예술상 제정.
2001년(82세)	1월, 시조 선집 『촉촉한 눈길』을 태학사에서 출간함. 6월 6~15일 서울 인사동 '민예사랑'에서 서화개인전 개최. 12월 28일, 가람시조문학상 수상.
2002년(83세)	7월, 시조집 『초적』 재판을 500부 한정판으로 동광문화사에서 출간함.
2004년(85세)	10월 26일, 부인 김정자 여사 작고. 10월 31일 별세. 11월 3일, 판교공원묘지에서 안장식 거행.

2005년	4월 28일, 플라자호텔 '도원'에서 '초정 김상옥 기념회' 발족. 9월 10일~10월 23일, 서울 영인문학관에서 '초정 김상옥 시인 유묵 유품전' 개최. 10월, 『김상옥 시 전집』이 민영 편으로 창비에서 출간됨.
2007년	3월 29일, 통영 남망산 공원에서 김상옥 시인 시비 제막식이 열림.
2020년	6월 18일, 한국작가회의·대산문화재단 주최 '2020 탄생 100주년 문학인 기념 문학제'가 열림.

김상옥 작품 연보

발표일	분류	제목	발표지
1938. 10. 30	시	모래알	맥 3집
1938. 12. 27	시	茶房	맥 4집
1939. 10	현대시조	봉선화	문장 1권 9호
1939. 11. 15	현대시조	落葉	동아일보
1947. 4. 15	현대시조	思鄕/春宵/愛情/	초적(수향서헌 刊)
		비오는 墳墓/봉선화/	
		물소리/江 있는 마을/晩秋/	
		立冬/눈/길에 서서/어무님/	
		家庭/病床/안해/누님의 죽음/	
		僵屍/懷疑/落葉/囹圄/집오리/	
		흰돛 하나/路傍/煩惱/廻路/	
		自戒銘/邊氏村/靑磁賦/白磁賦/	
		鞦韆/玉笛/十一面觀音/大佛/	
		多寶塔/矗石樓/善竹橋/武烈王陵/	
		鮑石亭/財買井/艅艎山城	
1949. 1. 12	시	葡萄/봄 1/江 건너 마을/	고원의 곡
		잠자리/비온 뒷날/	(성문사 刊)
		꽃 속에 묻힌 집/금잔디 지붕 1/	
		술래잡기 1/달/멧새알/저문 들길/	

발표일	분류	제목	발표지
		돌탑/博物館/술래잡기 2/	
		寂寞/안개 낀 항구/牧場/누에/	
		내사 곱새가 되었습니다/봄 2/	
		無花果/園丁의 노래/	
		失明의 患者/조개와 소라/	
		금잔디 지붕 2	
1949. 6. 15	시	古木/山火/丘陵/	이단의 시
		모래 한 알/바위 1/	(성문사 刊)
		어무님/太陽/廁/흉기/聲明의 章/	
		해바라기/化石/슬픔도 瘋木처럼/눈/	
		지난해 初春 서울에 올라와서/	
		나는 하늘이로다/봄/봄비/포플러/	
		木乃伊/酒幕/獅子/毒蛇/蜘蛛/	
		密偵/猜忌/바위 2/바위 3/	
		頭尾島/山기슭/감나무/비오는 祭祀/	
		不安/그림자/슬픈 臺詞	
1952. 10. 5	동시	구름 한송이/개구리/	석류꽃(현대사 刊)
		염소/집 없는 나비/나비 날개/	
		송아지/쌍둥 강아지/눈과 토끼/	
		그림자/봉숫골/우닥 방망이/	
		마눌각시 석류꽃/할만네/삼짇날/	
		삐비/동백꽃/석류꽃 환한 길/	
		포구/귀잡기/웃음/베개/꿈/새알심/	
		쪽밤/힘이 한옴큼/진신 짓는 영감님/	
		착한 어린이/배애배 코초야/보슬비/	

발표일	분류	제목	발표지
		햇빛과 아기/제비/참새와 아기/	
		석류꽃/감꽃/박/포도/호롱불/외갓집/	
		산울림/봄/숲보담 들보담/아기 무덤/	
		깜박깜박/안개 낀 항구/망아지/	
		새벽/물과 구름/젖꼭지/연필/노리개/	
		무엇을 생각할 때는/산골/3·1절/	
		문패/딸기/눈오는 아침/꽃과 구름/	
		아침/석류빛 노을	
1953. 2	시	憂愁의 書 1	문예 제4권 1호
1953. 2. 20	시	窓 1/位置/刑틀에서/	의상(현대사 刊)
		湖水 1/湖水 2/湖水 3/餘韻 1/	
		餘韻 2/無題/初冬/爐邊/사립문/	
		因緣이여!/풀밭 같은 곳/궤짝처럼/	
		藏書처럼/碑 1/碑 2/삶이라는 것/	
		바깥은 바다였다/바다의 뇌임/衣裳 1/	
		衣裳 2/衣裳 3/窓 2/窓 3/저녁 어스름/	
		洞窟에서/나비/窓 4/아득한 사연	
1953. 6	시	憂愁의 書 2	문예 제4권 2호
1953. 9	시	憂愁의 書 3	문예 제4권 3호
1956. 5. 5	시	아침/돌/질그릇/木蓮/	목석의 노래
		紅薔薇/겨울/圖畵/	(청우 刊)
		果實 1/果實 2/少年/密室/	
		열쇠/記憶/편지/小包/틈/座席/	
		靜物/小品/기러기/鶴/風景/살구나무/	
		杏花洞 說話/音響/日暮/昇華	

발표일	분류	제목	발표지
1957. 8	시	모란/孝不孝橋/ 어느 초여름 저녁에사/ 童子와 花甁/山	현대문학
1958.	현대시조	落葉	경남시단 (해동문화사 刊)
1958. 9	현대시조	꽃 지는 날에	신조문학 2호
1958. 12. 13	동시	박꽃/달밤/산울림/ 아기봄/가을 하늘/ 석굴암에서/가을/소공동 시	꽃 속에 묻힌 집 (청우 刊)
1960. 1	시	불	현대문학
1960. 5	시	早春	현대문학
1964. 3	현대시조	現身	현대문학
1965. 8	시	무슨 목청으로	현대문학
1968. 2	현대시조	舞姬	현대문학
1970. 7	현대시조	어떤 寫實	현대문학
1973. 4. 15	현대시조	蘭 있는 房/洗禮/ 꽃 피는 숨결에도/無緣/ 祝祭/撮影/ 따사롭기 말할 수 없는 無題/ 항아리/李朝의 흙/어느 날/ 딸에게 주는 笏記/꽃의 自敍/ 不在/억새풀/銀杏잎/圖章/ 내가 네 房안에 있는 줄 아는가/ 늪가에 앉은 소년/겨울 異蹟/ 백모란/모란/꽃과 乞人/傳說 1/	삼행시 육십오 편 (아자방 刊)

발표일	분류	제목	발표지
		傳說 2/꿈의 蓮못/關係/	
		회를 친 얼굴/어느 親展/油畵/	
		寫眞/配置/가을 뜨락에 서서/	
		今秋/凋落/안개/밤비 소리/	
		降雪/耽羅記/人間나라 生佛나라의 首都/	
		古山子 金正浩先生頌/물빛 속에/	
		翡翠印靈歌/葡萄印靈歌/착한 魔法/	
		形象/硯滴/金을 넝마로 하는 術師에게/	
		開眼/門/現身/몸/돌아온 흙이/춤 1/	
		춤 2/巫歌/나의 樂器/일/樹海/	
		紅梅幽谷圖/슬기로운 꽃나무/	
		科學 非科學 非非科學的 實驗/雅歌 1/	
		雅歌 2/남은 溫氣/달의 노래	
1975. 7	현대시조	축원문	현대문학
1976. 7	시	다섯 개의 항아리	뿌리깊은 나무
1980. 4. 25	시	墨을 갈다가/뜨락/	묵을 갈다가
		變身의 꽃/愁心歌/毒感/	(창작과비평사 刊)
		白梅/화창한 날/新綠/代役의 풀/	
		異敎의 풀/한 풀잎 위에/邂逅/	
		깃을 떨어뜨린 새/너는 온다/	
		가을과 石手/어느 가을/나무와 연/	
		안개/渴症/손/龜甲/옹이 박힌 나무/	
		더러는 마주친다/푸른 瞳孔/壁畵/	
		祭器/가지 않는 時計/귀여운 債鬼/	
		꽃으로 그린 樂譜/꽃 곁에 노는 아이들/	

발표일	분류	제목	발표지
		不老草/木雁/구름 1/구름 2/	
		귀한 羞恥/복사꽃 삼백년/	
		아직도 이 과일은/綠陰/合流/	
		들지 못하는 어깨	
1980. 4. 25	현대시조	不毛의 풀/回心曲/	묵을 갈다가
		가슴/耳順의 봄/	(창작과비평사 刊)
		귓전에 남은 소리/바람/가을 하늘/	
		孤兒 말세리노의 입김/木枕/	
		剪定/살아서 보는 죽음/紅梅/	
		부처님 乭伊가 막일꾼 次乭伊에게 1/	
		부처님 乭伊가 막일꾼 次乭伊에게 2/	
		三聯詩 二首/방관자의 노래/	
		담뱃불 붙일 날/가을에 쥐구멍을/	
		南冥 曹植先生頌/네 목숨 네 것 아니다	
1982. 12	현대시조	겨울을 사는 나무	충무문학 2집
1985	현대시조	普信閣 종소리 새로 듣다	미상
1985. 9. 2	대담	시조의 새로움 모색	새한신문
1987. 9	시	式典	현대문학
1989. 3	산문	윤이상과의 교유기	월간중앙
1989. 4. 20	시	저 꽃처럼/封書/	향기 남은 가을
		늪가에 앉은 소년/	(상서각 刊)
		가지 않는 時計	
1989. 4. 20	현대시조	백자/편지/雨後/	향기 남은 가을
		너만 혼자 어디로/	(상서각 刊)
		그 門前/싸리꽃/因果/하얀 꽃나무/	

발표일	분류	제목	발표지
		빈 궤짝/가을 그림자/이 나무는/	
		早春/아침 所見/還生/꽃/모란 앞에서/	
		뒤안길/近況/햇빛/착한 魔法/	
		硯滴의 銘/安否/보얀 불빛/失明/	
		무엇으로 태어나리/흔적/어느 골짜기/	
		못물 1/못물 2/못물 3/잎 지는 나무/	
		立春 가까운 날/無緣/蘭 있는 房/	
		不在/억새풀/물빛 속에/	
		凋落/銀杏잎/어느 날/師弟/꽃과 눈물/	
		香囊/모란/傳說 1/傳說 2/	
		孤兒 말세리노 1/孤兒 말세리노 2/	
		밤비 소리/乙淑島/강아지풀/꿈의 蓮못/	
		안개/돌/悲歌/가을 열쇠/참파노의 노래/	
		귀여운 債鬼	
1989. 6. 11	대담	초정의 문학	한국경제신문
1989. 8	시조	다도해	샘터 20권 8호
1995. 3	현대시조	선인장/變質	현대문학
1995. 3. 10	산문	나의 삶 나의 생각	경향신문
1995. 7	시	손	예향
1995. 12	현대시조	난초여!/十年後/親展/	맥 1호
		어느 눈 오는 날의 이야기/	
		蜚語/풀잎 하나/	
		구름도 한모금 물도/新綠	
1996. 6	대담	시인 김상옥, 생애를 건	월간조선
		'한국의 미' 탐험	

발표일	분류	제목	발표지
1996. 7	시	꽃장수 아주머니	맥 2호
1996. 가을	대담	김상옥·장영우 대담: 시와 시인을 찾아서 19 — 초정 김상옥	시와시학
1998. 1. 10	현대시조	이승에서/周邊에서/ 對象/느티나무의 말/ 靜止/광채/구름/촉촉한 눈길/ 親展/흔적/그 늙은 나무는/空洞/ 빈 궤짝/아침 素描/꿈같은 생시/ 돌/돌/무늬/微物/종적/ 눈길 한번 닿으면/건너다 보면/ 돌담 모퉁이/11월의 聯想/日記抄/돌/胎/ 손바닥 위의 궁궐/소망/풀꽃과 나비/ 봄 素描/金을 티끌처럼/詩나 한편/풍경/ 寒蘭/가랑잎 위에/水沒/동굴/ 짚단 부스럭거리는 소리/풀잎/억새풀 1/ 억새풀 2	느티나무의 말 (상서각 刊)
1998. 1. 10	시	돌/密使	느티나무의 말 (상서각 刊)
1998. 1. 10	동시	봄	느티나무의 말 (상서각 刊)
1998. 가을	시	푸른 초여름	시안
1999. 1	시	꽃내음 쑥내음	현대시학
1999. 1	현대시조	손님과 超人	현대시학
1999. 2. 10	현대시조	빈 집	중앙일보
1999. 여름	현대시조	李方子/卜惠淑	현대시조

발표일	분류	제목	발표지
미상	시	비오는 高速道路	한국일보
미상	현대시조	拱珠島	미상
미상	시	4월이 오면	미상
미상(2000년 무렵으로 추정)	시	은선암 즉흥	미발표 유고 (월간조선 2018. 8에 소개)
미상(2000년 무렵으로 추정)	현대시조	은선암 소견	미발표 유고 (월간조선 2018. 8에 소개)
2000. 1. 1	시	순간을 영원처럼	미상(통영문화원 주최 새천년 해맞이 축제에서 축시로 발표)

작성자 이경수 중앙대 교수

'근대 초극'에서 '순수 문학'으로*

조연현 문학의 형성과 전개

정종현 | 인하대 교수

1 '순수 문학'이라는 '더러운 전통'

조연현은 김동리·서정주와 더불어 해방 이후 한국 문단의 대표적인 권력자의 하나로 언급되는 비평가이다. 그는 강한 권력 의지를 지녔고, 권력의 획득을 위한 수완에도 능숙했다. 조연현은 자기 비평론의 근거였던 김동리를 '문인협회' 이사장에서 밀어낸 뒤 그 자리를 세 번이나 연임했다. 많은 시인들이 서정주의 추천으로 등단했지만, 그들의 등단지 월간《현대문학》을 주관한 것은 조연현이었다. 조연현은 조직과 잡지가 문단 권력의 원천이라는 사실을 잘 이해했고, 그것을 효과적으로 활용했다.

* 이 글은 '탄생 100주년 문학인 기념 문학제'에서 발표한 원고를 토대로 토론자의 지적을 받아들여 수정한 후《한국문학연구》63(2020. 8)에 게재하는 과정을 거쳐 작성되었다. 유익하고 합당한 지적을 해 준 토론자 정은경 교수와 익명의 논문 심사자들에게 감사드린다.

조연현의 일생은 강한 권력 의지를 실현해 간 역사였다. 1945년 8월 15일 해방 때 20대 중반의 '문청'에 불과했던 조연현은 좌익 진영과의 논쟁을 거치며 청년문학가협회, 전국문화단체총연합회(문총) 출범의 산파이자, 한국문학가협회(문협) 결성의 중추로 맹활약했다. 그는 문학가동맹 이론가들과의 논쟁을 통해 우익 이론가로서의 입지를 다졌으며, 우파 헤게모니를 확립하는 데 기여했다. 우익 계열의 신문인 민주일보, 민중일보 기자를 거쳐 민국일보 문화부장 겸 사회부장으로 일하면서 이승만 정권 수립에도 중요한 역할을 수행했다.

단정 수립 이후에는 대한노총 선전부장으로 정치에 관여했고, 한국 전쟁 직후에 만들어진 '한국예술원'의 최연소 회원으로 피선되었다. 조연현의 인생에서 한국 전쟁 직전 창간된 《문예》와 이를 이은 월간 《현대문학》은 각별히 강조해야 할 이력 중 하나이다. 이들 잡지의 신인 추천 제도는 이후 한국 문학의 중진들을 배출한 가장 중요한 등용문이었다. 무엇보다 이들 문학지를 통해 조연현은 자신이 권력자가 아니라 '문학성'에 근거한 권위자라고 자처할 수 있었다.

조연현의 활동 영역은 문학에만 제한되지 않았다. 그는 문교부 영화검열위원, 미술계의 국전 제도 심의위원장, 한국문화예술윤리위원회 위원장, 도서잡지윤리위원회 위원 등을 역임했다. 그는 정치권력과 밀착된 일생을 살았다. 이승만 정권 시절 그는 국회 '공청회'에서 국가보안법 개정 찬성 연설을 했으며,[1] 이기붕을 예찬하는 신문 기고를 남겨 문학계의 '만송족'이라는 오명을 자초했다. 1960년의 4·19 혁명 이후 잠시 권력을 잃는 것처럼 보였으나, 이어진 5·16 군사 정변으로 기사회생하여 더욱 공고한 권력을 구축했다. 죽기 직전에는 전두환 신군부의 위촉으로 정부헌법개정심의위원을 지냈다.

---

1) 「초점 이룬 '정치적 복선' ─ 보안법안 공청회서 백열적 토론」, 《동아일보》, 1958. 12. 18. 조연현은 "방첩은 전투"라며 국가보안법 개정에는 찬성했지만, '언론 조항'만은 언론의 위축을 가져올 수 있는 독소 조항이므로 삭제되어야 한다고 주장했다.

친일과 반공, 권력 지향의 문단 정치로 얼룩진 삶의 이력 때문에 조연현 문학에 대해 언급하는 것 자체가 의미가 없다는 야멸찬 평가가 제기되기도 했다.[2] 과연 조연현의 삶과 문학은 일고의 가치도 없는 비윤리적인 것이었을까? 그는 한국 문단에 여러 부정적 유산과 더불어 여전히 지속되는 제도와 중요 문인들도 함께 남겼다. 시류에 영합하고 체제에 순응했으며 권력 지향적이었던 그의 삶과 문학적 경향에 대한 비판은 필요하지만, 그러한 부정적 면모 때문에 그가 남긴 모든 유산을 부정하는 것은 합당하지 않다. 그것은 조연현에 대한 부정으로만 그치지 않고, 오늘의 한국 문학을 형성하는 데 작용한 '전통'의 한 부분을 부정하는 것이기 때문이다. 조연현이 회고에서 관계를 드러내고 싶어 했던 김수영의 표현을 빌리면, "전통은 아무리 더러운 전통이라도 좋"[3]기 때문이다. 조연현의 추천으로 등단한 이들의 지나친 '미화'와 그의 행적에 대한 '단죄'라는 양극단의 평가를 넘어서, 조연현이 '순수 문학'이라는 '더러운 전통'을 구성해 간 과정을 그의 비평과 문학사, 잡지 편집 등을 통해 검토하고자 한다. 이를 통해 그가 남긴 문학적 공과에 대한 합당한 평가를 제안할 것이다. 이를 위해 먼저 조연현 문학의 원형질이 마련된 식민지 말기부터 살펴보자.

2 신체제기, 조연현 문학의 원형

조연현의 일생에서 일제 강점기 말의 친일 평론들은 지우기 힘든 짙은 얼룩처럼 남아 있다. 그는 평생 동안 그 시절을 감추려 했다. 이를테면, 그가 남긴 여러 회고들을 종합하여 출판한 『남기고 싶은 이야기들』[4]이 「해

---

2) 김철, 「순수의 정체 ── 붓과 칼의 일치」, 반민족문제연구소 편, 『청산하지 못한 역사』 2 (청년사, 1994).

3) 김수영, 「거대한 뿌리」, 『김수영 전집』 1(민음사, 2018), 299쪽. 조연현은 회고에서 해방 후 좌익 문단에 휩쓸리지 않은 새로운 문단 형성에 《예술부락》이 배후의 역할을 했다고 기억하면서, 이 잡지를 통해 연관을 맺은 사람 중의 하나로 김수영을 꼽고 있다.

4) 조연현, 『남기고 싶은 이야기들』(도서출판 부름, 1981).

방과 함께 서울로」라는 장으로 시작하는 것은 시사적이다. 조연현은 의식적으로 식민지 말기를 건너뛰고 이야기를 시작했다. 그의 회고에서 식민지 기억은 배재고보 시절의 잡지 《아(芽)》의 간행, 《조광》에 게재된 시편들, '문청' 시절 동년배들과의 의기 투합과 혜화전문 재학 때 시낭독회에서 "나의 얼굴은 식민지처럼 말랐다."[5]와 같은 민족적 표현에 의해 겪은 고초 등이 언급될 뿐이다.

조연현은 처음에는 시인을 지망하다가 해방 이후 '청문협'에서 비평 분야 보고를 맡으면서부터 비로소 비평가로서의 활동을 시작한 것처럼 회고하지만, 그의 비평가 이력은 실질적으로는 식민지 말기부터 시작되었다. 식민지 말기 조연현의 비평 이력에 주목해야 하는 이유는 이 시기에 조연현 문학의 원형이 형성되었기 때문이다. 조연현이 애써 숨기고자 했던 20대 전반의 족적은 해방 직후 '청년문학가협회'에 함께 속해 있었던 이상로가 「문단 공개장 — 부일 문학청년의 말로」에서 조연현이 다수의 친일 평론을 발표한 사실을 폭로하며 드러났다.[6]

조연현은 1939년 스무 살 때 하얼빈에 1년여 거주하며 「결별문에 답함」을 시작으로 1941년경까지 총 8편의 글을 《매일신보》에 발표했다.[7] 이태준의 『청춘무성』을 리얼리즘의 관점에서 비판적으로 평가하는 「현실과 문학」, 행동주의를 표방하는 「시의 행동화」, '소주체적인 세계로부터 비상'하여 생산 소설, 전쟁 소설, 역사 소설 등의 산문 정신의 세계로 눈을 돌릴 것을 주장하는 「산문 정신」, 생을 긍정하는 의지와 모럴을 강조하는 「작가의 윤리」 등 일련의 글들을 통해서 사회에 대한 강한 인식을 전제로 한 문학론을 펼쳤다. 이러한 문학론은 신체제의 문학론에 부합하는 것이

---

5) 위의 책, 248쪽.

6) 이상로, 「문단 공개장 — 부일 문학청년의 말로」, 《국제신문》, 1948. 10. 12~14.

7) 조연현이 《매일신보》에 발표한 글은 「결별문에 답함」(1939. 9. 3), 「농민 문학에 대하여」(1939. 9. 24), 「현실과 문학」(1940. 8. 18), 「시의 행동화」(1940. 9. 8), 「문학의 생명'을 읽고」(1940. 11. 11), 「산문 정신」(1940. 12. 15), 「뽀-드렐의 세계」(1940. 12. 29), 「작가의 윤리」(1941. 6. 23) 등이다.

기도 했다.

23세가 되던 1942년 조연현은 德田演鉉으로 창씨개명한 후 《동양지광》, 《국민문학》, 《신시대》, 《내선일체》 등의 잡지에 다수의 일본어 평론을 발표했다.[8] 일본어 평론들은 《매일신보》의 비평에서 펼쳤던 사회적 현실과 행동 등에 대한 강조를 공유하면서도 해방 이후 조연현의 문학론에서 강하게 드러나는 비합리주의의 성격도 함께 발견된다는 점에서 주목할 필요가 있다. 일찍이 전용호는 조연현의 반근대주의나 순수주의가 식민지 말기 신체제 문학론의 유제에 불과하며, 조연현 문학사 역시 근대/반근대 대립 구도가 근대/현대 대립 구도로 치환된 것이라 지적한 바 있다.[9] 조연현에 대한 최초의 박사 논문을 쓴 김명인도 조연현 문학의 특징을 '비극적 세계관'과 '비합리주의'로 요약하면서 식민지 말기의 비평에서 그 원형을 발견하고 있다.[10] 신체제기 조연현 비평이 해방 직후의 비평과 문학사 서술의 원형이었다는 이 두 연구의 통찰에서 한 걸음 더 나아가, 이 글에서는 식민지의 조연현 비평의 세계 인식이 《현대문학》 등 그가 관여한 잡지를 포함하여 그의 문학적 삶 전반의 원형이었다는 점을 확인하고자 한다.

조연현이 해방기 이래 반좌익 문학론의 선봉에 서며 내세웠던 문학 비

---

8) 식민지 말기에 조연현이 발표한 일본어 평론은 다음과 같다. 「東洋への郷愁」(《東洋之光》 1942. 5), 「亞細亞復興論序說」(《東洋之光》 1942. 6), 「ツアラッストラを想ふ」(《國民文學》 5·6 합본호, 1942. 6), 「岡倉天心について」(《東洋之光》, 1942. 10), 「ニーチェ的創造」(《東洋之光》 1942. 12~1943. 1), 「文學者の立場」(《東洋之光》 1943. 1), 「靑春斷想」(《東洋之光》 1943. 5), 「藝術の機能」(《東洋之光》 1943. 7), 「小說以前の問題」(《內鮮一體》 20호, 1943. 8), 「自己の問題から」(《國民文學》, 1943. 8), 「評壇の一年」(《新時代》, 1943. 12).

9) 전용호, 「조연현 문학 비평 연구」, 고려대 석사 논문, 1996.

10) 김명인, 「조연현 연구」, 인하대 박사 논문, 1998. 이 논문을 보강하여 『조연현, 비극적 세계관과 파시즘 사이』(소명출판, 2004)로 출판했다. 이 저서는 조연현 연구에서 중요한 진척을 보여 주었지만, 작가의 세계관을 사회 경제사적 토대 위에서 설명하려는 의도가 지나쳐 조연현의 '비극적 세계관'을 좌절한 구양반 계급 출신 작가의 의식으로 일반화하는 등의 문제도 포함하고 있다.

평론의 핵심은 "논리에 대해서는 생리를, 개념에 대해서는 현실을, 합리에 대해서는 생명을, 상대성에 대해서는 절대성을 내세우는 방식으로 마르크시즘이라는 거대한 체계와 대항해 나간 것"[11]으로 요약할 수 있다. 알다시피, 이러한 문학 비평론은 서구적 근대의 위기론에 근거한 비합리주의, 근대 초극론, 아시아주의(동양론)와 관련되어 있다. 실제로 신체제기에 쓴 조연현의 비평론은 오카쿠라 덴신의 「동양의 이상」에 대한 소개와 서구 근대의 위기를 피력한 니체의 비합리주의 철학 등에 근거하고 있다. 니체에 대한 조연현의 경도는 특히 주목될 필요가 있다. 《국민문학》과 《동양지광》에 두 편의 니체론을 쓰면서 조연현은 니체의 '반이성, 반근대, 디오니소스, 생 의지, 전투'의 개념을 강조하며 자신의 비합리주의의 근거를 마련하고자 했다. 현실에서 니체의 반근대주의와 투쟁의 강조는 일본의 제국주의 이데올로기에 대한 공명으로 귀결했지만, 사상으로서의 니체에 대한 경도는 해방 이후 조연현의 실제 비평과 문학사 서술 및 '창조적 비평'론에 이르기까지 다양한 형태로 반영되어 있다. 문학론 차원에서뿐 아니라 해방 이후 조연현이 보여 준 문단에서의 권력 의지도 니체의 '권력 의지'와 밀접한 관련이 있다고 볼 수 있을 것이다.[12]

조연현의 문학적 인식에서 특히 '현대(성)'은 중요한 개념이다. 전용호나 김명인의 연구에서는 조연현의 문학사 서술이 식민지의 근대/반근대의 대립 구도를 근대/현대의 대립 구도로 전환시킨 것이라고 파악했다. 타당한 지적이긴 하지만, 이것이 마치 식민지 시기의 근대 초극론에서는 없었던 인식을 새롭게 제기한 것처럼 이해하고 있는 것은 문제가 있다. 식민지 근대 초극론에는 이미 근대/현대의 대립이 포함되어 있었다. 1930년대에 이르러 근대 문명이 파생시킨 다양한 폐해를 비판하는 논의는 근대적 원리에 대한 비판으로 수렴되었고, 비합리주의적인 철학 담론에 대한 긍정으

---

11) 김명인, 위의 책, 107쪽.
12) 해방 전후 조연현 비평과 니체의 영향 관계에 대해서는 정은경, 「조연현 비평과 니체」, 《니체 연구》 20, 한국니체학회, 2011 참조.

로 발전했다. 이러한 철학 담론은 시간 범주를 공간적으로 환원하여 '근대=서양'으로 인식하고 동양적 가치를 제고하여 서양을 대체하는 논의로 이어졌다. 근대 초극론은 새로운 질서, 새로운 원리를 시간적으로는 근대가 아닌 전근대(동양의 과거) 또는 '현대'에서, 공간적으로는 서양이 아닌 동양에서 찾아야 한다는 담론이다. 식민지 시기의 근대 초극론은 '현대(성)'을 동양적인 가치(전통)와 연관된 것으로 인식했다.[13]

잡지 동양지광사가 현상 공모한 지상 결전 학생웅변대회에서 3등으로 입선한 작품인 「아세아 부흥론 서설」에서 청년 조연현은 오스발트 슈펭글러의 서양의 몰락에 대한 언설, 오카쿠라 덴신의 「동양의 이상」 등을 거론하면서 서구적 근대를 대체하는 동양 문화를 제시한다. 그는 "'현대적'이라는 말과 '서양적'이라는 말이 우리의 일상생활에서 거의 같은 뜻으로 쓰이고 있는 사실"을 비판하고, 아시아에서 권위를 자랑해 왔던 "서양적인 모든 것은 동양적인, 아세아적인 모든 것에 그 권위를 물려줘야 한다."[14]라고 주장하고 있다. '현대성=서구성'이라는 등식을 비판하며 '현대성=동양성(전통)'으로 전환시키는 것이 이 시기 조연현의 근본 인식이었다.

해방 이후 그는 생리, 생명 등의 비합리주의가 구현된 문학을 현대성의 맹아로 인식하며 마르크스주의와 대립하는 비평을 전개하면서, 문학사에서는 근대 사조의 자리에 카프를 두고 그것을 극복한 현대성의 자리에 '순수 문학'을 배치했다. 비평과 문학사뿐 아니라 조연현이 주재한 《현대문학》 잡지의 이념에서도 식민지 말기 조연현의 문학관이 투사되어 있다는 점이 강조될 필요가 있다. 신체제기에 마련된 조연현 문학의 원형이 해방 이후 각각의 영역에서 어떻게 전개되고 있는지 하나씩 구체적으로 살펴보자.

---

13) 이에 대해서는 정종현, 『동양론과 식민지 조선 문학』(창비, 2011)의 1부 참조.
14) 조연현, 「아세아 부흥론 서설」, 『친일 문학 작품 선집』 2, 김규동·김병걸 편(실천문학사, 1986), 358~359쪽.

3 비합리주의와 '창조적' 비평

조연현의 추천으로 《현대문학》을 통해 등단한 김윤식은 바로 그 《현대문학》지에 10여 년의 시간을 두고 두 번에 걸쳐 조연현론을 발표했다. 김윤식의 조연현론은 잡지에 발표된 글들이 조금씩 수정되어 단행본에 수록되는 등 여러 곳에 그 판본이 흩어져 있다.[15] 여러 판본의 글들 중에서 조연현에 대한 김윤식의 최종적 판단에 해당하는 「근대성 또는 주인과 노예의 변증법」의 내용을 잠시 검토해 보자.

김윤식은 조연현을 근대성이라는 이름의 주인에 맞선 노예로서 주체성 확보를 위해 투쟁한 인간으로 평가한다. 마르크스주의자 임화가 근대성을 신의 자리에 놓고 종이 되었다면 조연현은 '원형적 인간의 형식'에 기대어 근대성을 부정하고자 했다. 김윤식에 따르면, 조연현은 김동리·서정주 등 반근대주의를 공유한 이른바 문협정통파 작가들이 지닌 생의 구경적 형식 탐구, 원죄 의식과 허무 의지 등에 '근대성의 초극'이라는 관점에서 문학사적 정당성을 부여하는 비평을 수행하는 한편으로, 비평가로서 스스로가 '근대성의 초극'의 길에 들어서기 위한 모색을 수행했다.

조연현은 고바야시 히데오나 셰스토프, 머리 등의 비합리주의적 비평가들처럼 도스토예프스키의 세계에 의존하여 비평을 예술 작품의 경지에 올려놓음으로써 비평에서의 근대성 초극이 실현된다고 생각했다. 김윤식은 결론적으로 조연현과 문협정통파의 현실 세계(근대성)를 극복하는 투쟁은 '자기 부정을 통한 상대 부정'에 도달하지 못하고 좌우익 투쟁, 남한 문단 형성의 과정에서 스스로 주인이 됨으로써 자신이 극복하려던 적을 닮은 모습으로 귀결됨으로써 실패했다고 진단하고 있다.

---

15) 두 편의 글은 김윤식, 「비평이란 무엇인가」, 《현대문학》, 1977. 7;「근대성 또는 주인과 노예의 변증법」, 《현대문학》, 1991. 11이다. 앞의 글은 「문협정통파의 정신 구조 — 생의 구경적 형식」이라는 제목으로 『한국 근대 문학 사상 비판』(일지사, 1978)에 수록되었고, 뒤의 글은 「근대와 반근대 — 조연현론」으로 『한국 현대 문학 사상사론』(일지사, 1992)에 수록되었다.

김윤식의 평가는 조연현의 비평에 일관되는 문학 내적 논리의 분석을 통해 조연현 문학의 본질을 논의한다는 점에서 의미를 지닌다. 이전까지의 조연현 연구는 그에 대해 일방적으로 미화하거나 아니면 친일, 반공주의, 문단 권력 등의 죄목으로 조연현을 단죄하는 양극단의 평가들이 중심을 이루었다. 조연현과 문협정통파들의 문학이 식민지 시대의 친일이나, 냉전 시대의 반공주의 이데올로기에서 자유롭지 않은 것은 사실이지만, 그러한 오점과 더불어 이들 문학이 한국 근현대 문학사의 전개에서 수행한 사상사적 의의가 존재하는 것도 부정해서는 안 될 것이다.

조연현의 반근대적 비합리주의의 문학은 식민지 말기 근대 초극론과의 관련성과 해방 이후 좌익과의 문학 논쟁을 거치면서 반공 이데올로기와 결합된 측면 때문에 윤리적으로 비판받아 왔다. 그렇지만, 다케우치 요시미가 지적했듯이, 근대 초극론은 제국주의의 이데올로기이지만 동시에 사상적 과제이기도 했다.[16] 근대 비판이라는 근대 초극론의 사상사적 의미는 여전히 유효한 측면이 있다. 조연현이 해방 이후 제기한 근대 비판에 근거한 비합리주의의 문학은 지성사의 맥락에서 보자면 의미 있는 과제였다. 개화기 이래 서구적 근대를 맹목적으로 추구할 수밖에 없었던 한국 근현대 문학사에서 이러한 비합리주의라는 문제의식은 마르크시즘과 모더니즘의 계열과 함께 한국 문학사를 풍요롭게 하는 사상사적 계보를 구성할 수 있는 자원이기도 했다. 다만, 그것이 유일한 현대적 문학으로 절대화되고, 근대 합리주의가 이룩한 업적 모두를 부정하는 순간, 특히 유물사관을 전면적으로 부정하며 순수 문학이 특권화되는 순간 조연현과 문협정통파는 한국 현대 문학사의 권력이 되었다. 그들이 대결 의지를 보였던 근대 혹은 유물사관과의 긴장력을 잃으면서 그들의 비합리주의는 근대 초극의 사상에서 근대성이 결여된 '성황당의 문학'으로 전락하게 된 것이다.

---

16) 다케우치 요시미, 백지운·서광덕 옮김, 『일본과 아시아』(소명출판, 2004).

비평가로서의 조연현의 또 다른 공적은 시, 소설에 대등한 비평(가)의 자리를 마련한 데 있다. 김윤식의 표현을 빌리면, 조연현은 "비평에 대한 자의식에 지속적으로 시달리면서 이를 운명의 형식으로 받아들이고 실천해 간 최초의 비평가"[17]였다. 이것을 다시 조연현의 언어로 표현하면, 그는 "문학을 생명처럼 포기할 수 없"어서 "결국 비평이라는 비작품적인 문학 형식을 통하여 나의 모든 작품화하고 싶은 창조적인 욕망을 반영시키거나 표현해 내는 도리밖에 없게" 되었으며 "비평으로서 자기를 표현하고 자기의 세계를 건축해 나가야" 하는 "형로(荊路)의 행진"에 나선다.[18] 그는 1951년의 한 에세이에서 "문화 단체의 간부의 자리를 지키는 것을 문학적 행위로만 행세하는 대선배들이, 아무리 문단을 좌우하고 저속한 '쩌너리즘'과 과거의 문단적 지위나 명성만을 가지고 문학자의 이름을 연명해 가는 문단 '뿌로커'가, 아무리 우리 문단을 전단해 가도 나는 나의 창조적 욕망을 나의 평론으로서 이루어 놓아야 할 것"[19]이라고 선언했다. 몇 년 지나지 않아 조연현은 자신이 비판해 마지않았던 문단의 대선배들과 문단 "뿌로커"의 자리에 서게 된다.

그렇지만 그가 비평을 시와 소설과 동일한 문학 작품으로 정립하고자 했으며, 이를 위해 비평이 문학 작품 속에서 발견하거나 판정한 가치를 '재형상화'한 형식으로 만들 수 있는 비평가의 창조의 능력을 강조했다는 사실을 잊어서는 안 된다. 앞서 언급했듯이, 이러한 '창조적 비평'의 개념이나 언어는 그가 경도되었던 니체 철학과의 관련을 한 축으로 한다면, 또 다른 영향 관계를 그의 독서 편력을 통해 확인할 수 있다. 그는 자신의 독서 경험을 밝히는 글에서 도스토예프스키, 셰스토프, 니체, 머리 등을 언급하고 있다.[20] 특히 조연현의 도스토예프스키에 대한 숭배는 잘 알

17) 김윤식, 「근대성 또는 주인과 노예의 변증법」, 《현대문학》, 1991. 11, 70쪽.
18) 조연현, 「근사록 — 산다는 것과 문학한다는 것」, 《경향신문》, 1949. 4. 12.
19) 조연현, 「나의 문학적 산보」, 조연현 편, 『작가 수업 — 문단인의 걸어온 길』(수도문화사, 1951), 86쪽.

려진 바이다. 그가 사숙한 일본의 비평가 고바야시 히데오가 도스토예프스키를 매개로 자신의 비평론을 폈듯이, 조연현도 도스토예프스키를 통해 '생의 구경적 형식'으로서의 문학에 대한 입론을 마련한다. 1949년에 발표한 「구경을 상징하는 사람들」[21]이라든가 「도스토예프스키의 생활」[22]은 그 사례이다. 비록 '창조성과 자의성의 혼동', '창조적 정열을 담을 수 있는 섬세하고 긴장된 비평적 작업을 위한 비평문의 분량을 허용하지 않는 한국 저널리즘 비평의 제약'[23] 등으로 그의 창조적 비평은 실패했지만, 조연현이 애써 마련한 그 비평(가)의 자리는 수많은 후배 비평가들에 의해 더욱 확장되어 현재에 이르고 있다.

4 '근대 초극'과 『한국 현대 문학사』

조연현은 《현대문학》과 《평화신문》의 두 지면에 동일한 내용의 문학사를 동시에 연재한 후 이를 묶어 『한국 현대 문학사』[24]를 출간했다. 조연현의 현대 문학사는 엄밀한 의미에서의 문학사가 아니라 순수 문학을 정점에 둔 한국 근대 문단 형성사이다. 최원식에 따르면, 조연현은 문단 형성사를 통해 자신이 주창해 온 '순수 문학'의 문학사적·문단사적 정통성을 보증받고자 했다. 이념적 성격이 강했던 1930년대 이전의 문학적 모색을 비전문적인 문단적 현상으로 격하시키고, 1930년대 이후의 순수 문학적 경향들을 '현대적인 것'으로 격상시켜 분단 시대의 문학적 지배 이데올로기로 전화시키려는 시도가 바로 조연현의 『한국 현대 문학사』의 내적 동

---

20) 조연현, 「나의 독서 편력」, 『내가 살아온 한국 문단』, 『조연현 문학 전집 1권』(어문각, 1977).
21) 조연현, 「구경을 상징하는 사람들 1」, 《문예》 1949. 12; 「구경을 상징하는 사람들 2, 3」, 《문예》, 1950. 2~3.
22) 조연현, 「도스토예프스키의 생활」, 《혜성》 1950. 3.
23) 김명인, 앞의 책, 183쪽.
24) 조연현, 『한국 현대 문학사』(현대문학사, 1956). 이후 인간사(1961), 성문각(1969) 등의 출판사에서 조금씩 내용을 증보하여 재간행되었다.

기였다.[25)]

조연현 문학사가 순수 문학을 특권화하며 분단 시대 문학적 지배 이데 올로기로 전화시키는 장치라는 비판은 타당해 보이지만, 그의 문학사 체계 구성이 식민지 시절의 원형적 인식과 관련되어 있다는 사실은 충분히 논증되진 못했던 듯하다. 앞서 살폈듯이, 해방기에 강력한 좌파 문단에 대항하기 위해 조연현은 유물사관을 근원적으로 비판하는 비평을 수행했다. 이때 그가 활용한 중요한 담론적 자원은 총력전 시대 식민지에도 광범위한 영향을 끼쳤던 비합리주의와 근대 초극의 논의 틀이었다. 「합리주의의 초극」과 「근대에서 현대로」는 식민지와 해방기에 연속되고 있는 조연현의 세계 인식과 담론의 양상을 보여 주는 대표적인 비평문들이다.

「합리주의의 초극」[26)]에서 조연현은 기계론적 진화론, 이성 만능주의, 유물론적 사고를 합리주의의 세 가지 양상으로 제시한다. 근대는 곧 합리주의의 승리였으며 이 합리주의의 근대가 현대의 문턱에서 그것이 낳은 모순과 불안과 절망 때문에 초극되어야 할 대상으로 전락했다고 진단한다. 자본주의이건 사회주의이건 합리주의적 기획의 이름으로 산출되는 비합리적 결과들은 인간의 이성 자체에 대한 회의를 불러일으켰고, 이것이 결국 합리주의적 세계상 전체에 대한 거부로 이어지게 된다. 조연현은 식민지 시기 '근대 초극론(동양론)'의 틀을 해방 직후까지 그대로 공유하고 있다.

이어지는 「근대에서 현대로」에서 그는 "근대의 완성이라는 과제는 근대의 초극으로서 성취시키지 않을 수 없을 것"[27)]이라고 제시하며, "근대적 인간성의 절망과 위기에 대한 비판을 통해 새로운 정신의 실존적 가능성을 밝히는 데서부터 출발"해야 한다고 천명했다. 그러한 문학적 가능성을

---

25) 최원식, 「민족 문학의 근대적 전환 — 근대 문학 기점론을 중심으로」, 민족문학사연구소 편, 『민족 문학사 강좌』 하(창작과비평사, 1995).

26) 조석동(조연현), 「합리주의의 초극」, 《경향신문》 1947. 11. 2.

27) 조연현, 「근대에서 현대로」, 《구국》 1948. 1, 57쪽.

'단순한 이성이나 합리로는 이해할 수 없는' 김동리의 실존적 소설 세계에서 찾고 있다. 조연현에게 김동리의 문학은 좌파의 헤게모니에 대항해 싸울 수 있는 비평 이론의 거점이자, '근대에서 현대로' 진입하는 한국 현대 문학사의 출발이었다.

이러한 근대 초극론에 근거한 그의 비평이 문학사의 체계로 전환되는 양상을 보여 주는 글이 「근대 조선 소설 사상 계보론 서설」이다. 이 글에서 조연현은 한국 문학사를 근대 정신의 형성과 붕괴, 그리고 새로운 현대 정신의 탄생이라는 관점에서 재구성했다. 조연현은 "『무정』이 우리의 근대적인 사상의 최초의 표현이었다면 「황토기」는 『무정』에서 출발된 우리의 근대 사상의 구경적(究竟的)인 한 표현"[28]이라고 규정한다. 이 글에서 조연현은 신문명(근대)에의 열렬한 동경과 의욕을 최초로 그린 '근대 정신의 출발'인 『무정』, 이후 등장한 김동인, 박종화, 이기영의 작품은 각각 자연주의, 낭만주의, 유물주의라는 근대 사상을 받아들여 '근대 정신의 형성'을 이루고, 이후 이태준, 이효석, 안회남, 유진오, 김남천, 박태원 등의 작품은 '근대 정신의 동요와 방황'을 보여 주며, 최명익의 자기 분열과 이상의 자기 해체가 '근대 정신의 붕괴이자 적신호'였으며, 마지막으로 김동리의 「황토기」는 붕괴된 우리의 근대 정신을 허무로써 정리하고 청산하려 한 '근대 정신의 부정'으로, 이 허무를 초극한다면 그것이 새로운 현대 정신의 탄생으로 이어질 것이라고 주장했다.

이광수에서 시작하여 김동리에게서 완성되는 이러한 한국 근현대 문학 사상의 계보를 중심축으로 구성된 것이 바로 『한국 현대 문학사』이다. 이 저서의 구성은 "서론 신문학사의 방법론, 1장 근대 문학의 태동, 2장 근대 문학의 탄생, 3장 최남선과 이광수의 문학, 4장 근대 문학의 전개, 5장 1920년대의 중요 작가들, 6장 1930년대의 개관"으로 이루어져 있다. 이 저서는 '성찰 없는 방법론', '근대와 현대 개념의 애매함과 착종', '이식성의

28) 조연현, 「근대 조선 소설 사상 계보 론서설 ─ 우리의 근대 소설이 시험한 사상적 과업」, 《신천지》 1949. 8, 172쪽.

생래화', '편의적이고 작위적인 10년 단위의 시기 구분'[29] 등 많은 문제를 안고 있는 것이 사실이다.

조연현의 현대 문학사 서술의 여러 목적 중에서도 가장 핵심적인 전략은 카프를 1920년대의 여러 문예 사조의 하나로 격하하고, 1930년대 한국 문학사의 새로운 경향을 '순수 문학'으로 명명하며 현대 문학의 특권적 지위를 부여하는 것이었다. 이러한 구성 속에서 1930년대 식민지 체제에 대항하여 시도된 다양한 주체 재건의 리얼리즘의 문학과 모더니스트들의 응전은 카프 혹은 사회주의를 타자로 한 '순수 문학'이라는 애매한 범주로 일괄되었다. 조연현은 해방기 문단의 좌우익의 대결에서 '문협정통파'들이 이룬 정치적 승리를 문학사적 승리로 공고히 하고 싶었는데, 이러한 문학사 체계를 구성하는 데 식민지 시기 경험한 근대 초극론을 적극적으로 활용했다는 점이 강조될 필요가 있다. 비평뿐 아니라 문학사에서도 신체제기는 조연현 문학이 잉태된 시기였다.

여기에서 한 가지 유념할 것은 해방기 근대 초극의 논의를 변주한 것이 조연현만은 아니었다는 사실이다. 1945년 8·15 광복은 직전의 식민지 체제와의 단절의 기호이지만 동시에 해방기에는 이전 시기 담론과의 연속성도 지니고 있었다. 식민지 말기 근대 초극 논의의 전유는 좌파들에 의해서도 시도되었다. 또한 이것은 문학뿐 아니라 정치·사회의 영역에서도 광범위하게 확인된다. 이를테면 이승만 정권기에 한국 사회의 공인된 국가 이데올로기였던 '일민주의'는 자본주의와 사회주의의 동시적 지양을 내세운 변형된 근대 초극의 정치 이데올로기였다.[30] 조연현이 직접적으로 '일

---

29) 조연현의 『한국 현대 문학사』가 지닌 여러 문제점에 대한 상세한 비판은 김명인, 앞의 책, 198~213쪽 참조.

30) 후지이 다케시의 『파시즘과 제3세계주의 사이에서』(역사비평사, 2012)는 이범석과 '민족청년단'의 사상과 조직을 통해 해방 8년사의 정치 지형을 새롭게 이해한 역저인데, 이 저서를 통해서도 식민지 시기 독일 파시즘과 국민당을 거쳐 해방기로 이어지는 사상의 흐름과 여기에 사회주의와 민족주의가 상호 작용을 하며 해방기의 사상을 구성하는 복잡한 맥락을 이해할 수 있다. 대한민국 설립기 국가 엘리트들이 민족과 국가를 자연화하

민주의'를 언급하고 있진 않지만, 정치권력의 근대 초극 담론을 의식하며 이를 변주한 문학사를 구성했다고 이해할 수도 있을 것이다.[31]

또 하나 강조할 것은 조연현의 문학사에 어른거리는 임화의 그림자이다. 조연현의 현대 문학사 서장은 "신문학사의 방법론"이다. 알다시피 '신문학'과 '방법'은 임화가 『개설 신문학사』를 집필하며 한국 근대 문학을 설명하기 위한 고심이 응축된 개념들이다. 조연현은 임화를 직접적으로 언급하진 않지만, 그의 개념을 나름의 방식으로 규정하며 문학사를 구성하고자 했다. 조연현이 문학적 자아를 형성할 때, 그리고 해방기 좌파 문단에 대항할 때 이미 임화는 하나의 권위를 형성하고 있었다. 임화에 대한 조연현의 대결적인 인식은 문학사의 구성 등을 통해서도 확인되지만, 조연현의 개인적인 회고에서도 그 흔적을 찾을 수 있다. 조연현은 《평화일보》 문화부장 이봉구가 현대문학사를 신문에도 동시에 연재하자는 권유를 했을 때 처음에는 거절했지만, "지난날 임화가 「신문학사」를 발표했을 때도 《문장》과 《조선일보》 양쪽에 동시에 발표되지 않았느냐는 전례를 들어 이봉구 씨가 간청을 하는 바람에 승낙을 하고 말았다."[32]라고 적고 있다. 이봉구의 권유를 핑계 삼지만, 자기 행위를 합리화하는 전거로 임화를 거론하는 대목이 흥미롭다. 어쩌면 조연현은 자신의 문학적 행로의 선택의 순간에 강하게 임화를 의식했는지도 모른다.

조연현의 현대 문학사는 이제는 생명력이 다한 지식이라고 할 수 있다. 이 문학사가 지니는 반공주의와 순수 문학에 대한 특권화에 대해서는 비판해야 마땅하지만, 냉전의 사상적 질곡 속에서 그의 문학사가 한 역할

면서 일종의 '대한민족'을 만드는 과정에서 식민지의 근대 초극 담론이 활용되는 전반적인 양상에 대해서는 임종명, 「THE MAKING OF THE REPUBLIC OF KOREA AS A MODERN NATION-STATE, AUGUST 1948~MAY 1950」, 시카고 대학교 박사 논문, 2004도 참조할 만하다.

31) 해방기 김동리의 장편 소설인 『해방』 등에서도 이러한 근대 초극의 여러 변이된 담론을 확인할 수 있다.

32) 조연현, 『남기고 싶은 이야기들』, 149쪽.

에 대해서는 정당하게 평가해야 할 것이다. 김윤식의 『한국 근대 문예 비평사 연구』이전까지 카프 등에 대한 지식은 문단사적 차원에서 이루어진 바가 크다. 조연현은 부정적 형태로나마 이들을 문학사 서술의 대상으로 배치했으며, 그가 다룬 다양한 회고와 에피소드들이 김윤식 등의 후속 세대들의 작업에 활용되고 있다. 작가론의 차원에서도 조연현이 최명익 등 월북 혹은 재북의 작가들을 다룸으로써, 비록 순수 문학이라는 범주에서 이긴 하지만 북한 작가들에 대한 논의를 제한적이나마 시도할 수 있었던 점도 지적될 필요가 있다.

5 문단의 공기(公器) 혹은 군림의 도구

조연현은 문학을 꿈꾸기 시작했던 '배재고보' 시절부터 동년배들과 잡지 《아(牙)》를 발간하는 등, 문학잡지 발간에 매혹되었다. 어쩌면 그는 문학잡지가 가지고 있던 권능을 생리적으로 터득하고 있었는지도 모른다. 해방 이후 조연현이 보여 주는 집요한 잡지 창간의 궤적이야말로 그 확실한 증거라고 할 수 있다. 조연현은 해방이 되자마자 잡지 《문화창조》에 관여하다가 《예술부락》을 창간했다. 비록 3호 만에 종간했지만, 창간호 1만 부를 판매하는 기염을 토했다. 이후 그는 《신공론》, 《문학정신》 등의 문학잡지 출간에 관여한다.

그는 순문예지의 발간을 통해 문학적 권위를 확보하는 것이 바로 문단적, 사회 문화적 권력의 중요한 한 원천이라는 사실을 생리적으로 터득하고 있었던 듯하다. 모윤숙의 수완을 배경으로 1949년 7월 창간된 《문예》는 주간 김동리, 편집책임 조연현 체제로 출발했으나 이후 김동리가 서울신문사의 《신천지》로 옮기게 되어 조연현의 책임 아래 간행되었다. 한국전쟁이 한창일 때도 임시 전시판을 간행한 《문예》는 1954년도 '예술원 파동'으로 모윤숙과 조연현이 갈라설 때까지 유지되었다.

《문예》는 조연현에게 각별한 의미를 지닌 잡지였다. 조연현은 한국 전쟁 당시 도강하지 못해 숨어 있다가 국군에게 인민군 잔당으로 오인되어 살해될 순간에 수중에 있던 《문예》에 실린 자기 사진을 보여 생명을 구했다. 《문예》가 구한 것이 조연현의 육체적 생명만은 아니었다. 조연현은 《문예》에 남한에 얼마 남지 않은 기성 대가들의 글을 싣고 새로운 신인을 추천하면서 문학적 권위와 현실적 권력을 확보했다. 조연현은 《문예》가 "정치의식이 아니라 작품 본위의 순문예지"라는 점을 반복적으로 강조했다. 그는 회고에서 《문예》 창간호 발간 이후 '염상섭, 최정희, 황순원' 세 사람의 작품을 게재한 것을 "용공적 편집"이라 비방하는 투서가 들어가 모기관으로부터 조사받았던 에피소드를 전하면서, 자신이 당파성에서 벗어나 문학적 성취를 우선했다는 사실을 강조하고 있다.[33]

그러나 조연현이 '문학성'만이 유일한 편집의 기준이라고 아무리 주장해도 《문예》가 지닌 당파성이 불식되기는 어려워 보인다. 폐간 때까지 이 잡지의 필진의 면면은 그러한 당파성의 증거이다. 때문에 《문예》의 의의는 그 비당파성이 아니라 해방 직후 명멸한 문학잡지들에 비해 오랜 기간 생명을 유지하며 식민지 이래의 한국 문단 재생산 구조를 계승한 점에서 찾아야 할 듯하다. 식민지 시기 잡지 《문장》에서는 정지용, 이병기, 이태준 등이 시, 시조, 소설 분야의 신진들을 추천하여 문단에 내보냈다. 이러한 관행을 이어서 《문예》는 1949년 8월 창간호 이래 1954년 3월까지 5년 내외의 기간 동안 통권 21호를 간행하며, 시 12명, 소설 9명, 평론 1명을 3회 추천했고, 이외에도 1, 2회 추천을 받은 시 11명, 소설 5명, 희곡 1명, 평론 1명 등을 배출했다.[34] 이러한 신진 배출의 기능은 《현대문학》으로 이어진다.

'예술원 파동'으로 《문예》가 폐간된 이후 조연현의 순문예지에 대한 갈망은 대한교과서주식회사의 사장이었던 김기오의 출자와 지지에 힘입어 1955년 1월 《현대문학》 창간을 통해 실현된다.[35] 조연현은 '현대'는 "순간

---

33) 위의 책, 43~44쪽.
34) 위의 책, 110~111쪽.
35) 1956년에 실시된 한 독서 설문 조사에 따르면, 《현대문학》은 남자 대학생의 21퍼센트가

적인 시류나 지엽적인 첨단 의식과는 엄격히 구별"되며, "언제나 전통의 주체성을 통해서만 이해하고 인식할 것"이라고 선언하며, "과거는 언제나 새로이 해석되어야 하며 미래는 항상 전통의 결론"[36]이라고 제시하고 있다. 앞에서 살핀 것처럼, '현대'를 전통에 얽어매는 이러한 조연현의 창간사 문장들은 바로 근대 초극론의 세계 인식으로부터 연원한 것이다.

조연현은 사장 김기오에게 잡지의 전권을 요청하며 잡지 편집을 '작곡론'에 비유한다. 그는 "순문예지의 편집은 여러 가지 악기가 동원되고 각종의 음률이 종합되는 일종의 심포니"이며, "가장 중요한 것은 그 주조(主調)"라고 설명한다. "그 주조의 형성과 창조는 작곡가의 능력을 통해서만 이루어"지는데, "작곡은 혼자 할 수밖에는 없"으며 "혼자 한다는 것은 마음대로 한다는 뜻"이기 때문에 자신에게 전권을 달라는 논리였다.[37] 전권을 부여받아 심포니의 작곡가이자 지휘자가 된 조연현은 《현대문학》을 굴지의 문학잡지로 성장시켰다. 같은 시기 만들어진 《문학예술》, 《자유문학》 등이 사라지고 수많은 문학잡지들이 명멸해 갔지만 《현대문학》은 창간 65년이 지난 2020년 8월 현재까지 통권 788권의 잡지를 간행하며 유지되고 있다.

이 잡지를 통해 한국 문학사에서 빛나는 많은 작품들이 발표되었으며, 한국 문학의 중추를 이루는 작가들이 이 잡지의 추천을 거쳐 문단에 진출했다.[38] 현대문학사는 이외에도 한 해 동안 발표된 작품 중 가장 우수한

읽고 있는 잡지로 이 분야 1위에 랭크되어 있었다. 여학생의 경우는 《여원》(33퍼센트)과 《사상계》(18퍼센트)에 이은 3위(11퍼센트)(「남녀 대학생 설문 통계」, 《여원》, 1956, 72쪽) 1957년경에는 1만 부의 판매 부수를 기록하고 있었다.(박종화, 「《현대문학》지 만 부 돌파에 기함」, 《현대문학》, 1958.1.

36) 조연현, 「창간사」, 《현대문학》, 1955.1.

37) 조연현, 앞의 책, 124~125쪽.

38) 1955년부터 1975년까지 20년에 걸쳐 조연현이 주관한 《현대문학》을 통해 추천을 받아 등단한 평론가들은 다음과 같다. "김양수·정창범·김종후·홍사중·윤병로·김우종·김상일·김운학·원형갑·천이두·김우규·신동욱·천승준·신봉승·박철희·이유식·김윤식·박동규·김송현·윤경수·김병걸·장문평·김영수·홍기삼·강인숙·송기숙·조병무·

작품을 내놓은 신인을 선발하여 '현대문학신인상'을 수여했다. 손창섭과 김구용이 첫 수상자가 된 이후 박재삼, 최일수, 박경리, 이범선, 유종호, 서기원, 이호철, 한말숙 등이 이 상을 받으며 작가로서 발돋움했다. 1978년부터는 '현대문학상'으로 바뀌어 지금까지도 운용되고 있다.

지금도 남아 있는 《현대문학》의 '신인 추천제'는 수많은 문인을 배출했지만, 한국 문학 재생산의 가장 문제적인 제도로 비판받는다. 기성 작가인 《현대문학》의 심사 위원 1인이 한 신인의 작품을 세 번 추천하면 등단하게 된다는 것이 이 제도의 핵심인데, 기성 심사 위원이 '스승'이 되고 추천받은 신인이 '제자'가 되는 이러한 제도 속에서, '추천권'을 가진 심사 위원들은 실제로 문단 권력을 행사했다. 알다시피 이 신인 추천권과 신인문학상 심사는 오랫동안 김동리, 서정주, 조연현이 도맡다시피했다. 창간사에서 조연현은 "명실공히 한국 문단의 한 공기(公器)로서 문단의 총체적인 표현 기관이 되게 하는 데 성심을 다할 것"[39]이라고 선언했지만, 이 잡지의 신인 추천 제도 등은 문협정통파가 문단에 군림할 수 있는 권력의 물질적 기반이었다. 즉 《현대문학》은 "한편으로 문단의 공기로서 기능했고, 다른 한편 문단 권력뿐 아니라 지배와 우익의 문학을 대변하는 도구로서 군림"[40]하기도 했다.

송영목·김영기·임헌영·김시태·이선영·명계웅·이인복·김인환·최금산·송백헌" 등 37인이다. 이상은 조민식 조사, 「《현대문학》 지령 250호까지의 추천 문인 총람」, 《현대문학》, 1975년 11월. 3년 뒤인 1978년도의 회고에서 조연현은 《현대문학》이 추천한 비평 추천자를 총 43명으로 환산하고 있다. 조연현이 회고한 1978년까지의 《현대문학》 추천 소설가의 명단도 이 잡지가 한국 문학에 끼친 기여를 보여 준다. "정병우·오유권·이범선·최일남·추식·이채우·정구창·박경리·서기원·한말숙·이문희·정인영·승지행·권태웅·송기동·이광숙·손장순·천승세·최미나·서승해·정종화·오영석·송숙영·이영우·서윤성·백인무·김성일·김영희·이정호·구인환·정을병·윤정규·한문영·김용운·백시종·이문구·김성홍·이세기·김지연·유재용·최인호·송기숙·박시정·김국태·한용환·민병삼·김성종·조정래·박양호·김지이·강정규·유홍종·김채원·이광복·정소성" 등 78명. 조연현, 『남기고 싶은 이야기들』, 212쪽.

39) 조연현, 「창간사」, 《현대문학》, 창간호, 1955. 1.

40) 《현대문학》의 신인 추천제에 대한 평가와 변화에 대해서는 천정환의 「'현대' 그리고 '문

당연히 《현대문학》의 신인 추천제에 대한 많은 비판이 쏟아졌다.[41] 《현대문학》은 비판을 일부 수용하여 심사 위원을 다변화하고 지면을 점진적으로 개방했으며, '능력 위주 선발' 원칙을 지키려고 노력함으로써 이 제도를 존속시킬 수 있었다. 이를 통해 유능한 신인이 추천제를 통해 지속적으로 배출될 수 있었다고 평가받기도 한다. 《창작과 비평》, 《문학과 지성》 등 4·19 혁명 세대의 새로운 동인지의 실험은 《현대문학》이 강요하는 종속과 사제 관계에 대한 새로운 세대의 거부감이 중요한 동력으로 작용한 것이기도 했다.

6 다시 '전통'에 대하여

탄생 100주년을 맞은 조연현의 삶과 문학을 조망하면서, 다시 한번 '전통'과 '유산'에 대해 생각하게 된다. 조연현과 문협정통파들의 세계관과 지식, 여러 문학적 관행들은 지금의 현실에서는 그 영향력을 상실했다. 그들이 남긴 부정적 폐해들에 대해서는 이미 여러 신랄한 비판들이 있었다. 하지만, 과연 그들에 대한 비판은 정당했고 충분했는가? 또한, 그들이 남긴 것은 부정적 유산뿐이었을까?

조연현에 국한해 말하자면, 친일 문학, 반공주의, 권력 지향 등 그의 삶의 이력과 문학관 등에 대한 비판들이 이루어졌다. 조연현의 문학론이 '순수 문학'을 내세우며 사회적 현실에서 비켜나 있으며 좌익을 타자화한 것은 사실이지만, 그 비판만으로는 충분치 않아 보인다. 앞의 논의에서도 언급했듯이, 이성과 합리를 근간으로 하는 근대 비판은 서구 지성계에서도 발견할 수 있는 중요한 사상사적 흐름이다. 식민지 말기 일본 제국주의의 이데올로기와 결합되거나 해방 이후 순수 문학을 특권화하는 데 활용되면서 부정적 폐해를 남겼지만, 그의 문학론은 비합리주의를 토대로 한국

학' —50년대식 문학 잡지」, 『시대의 말 욕망의 문장』(마음산책, 2014), 94~95쪽.
41) 대표적인 비판으로 김수영, 「문단 추천제 폐지론」, 『김수영 전집』 2(민음사, 2018) 참조.

근대 문학에 하나의 사상적 과제를 제기하는 것이기도 했다.

따라서 조연현 문학에 대한 핵심적 비판은 한국 근대 문학 사상사의 중요한 과제인 비합리주의를 끝까지 추구하지 못하고, 그것을 정치적 이데올로기로 타락시킨 책임을 묻는 데 있다고 생각한다. 등단 제도와 문학 조직, 잡지 등을 매개로 자율적 문학(비평)의 자리를 권력(자)의 자리로 속화시킨 것 또한 비난받아 마땅하지만, 그가 독립적 영역으로 구성하려 한 비평(가)의 존재론에 대한 탐색은 여전히 유효하다. 조연현의 삶과 문학은 부정적 흔적과 더불어, 사상사적 과제와 비평의 존재 방식, 그리고 문학 제도의 차원에서 여전히 탐구될 필요가 있는 화두도 함께 남기고 있다.

참고 문헌

기초 자료

德田演鉉, 「ツアラッストラを想ふ」, 《國民文學》 5·6 합본호, 1942. 6

_____, 「ニーチェ的創造」, 《東洋之光》 1942. 12~1943. 1

_____, 「岡倉天心について」, 《東洋之光》 1942. 10

_____, 「東洋への鄕愁」, 《東洋之光》 1942. 5

_____, 「文學者の立場」, 《東洋之光》 1943. 1

_____, 「小說以前の問題」, 《內鮮一體》 20호, 1943. 8

_____, 「亞細亞復興論序說」, 《東洋之光》 1942. 6

_____, 「藝術の機能」, 《東洋之光》 1943. 7

_____, 「自己の問題から」, 《國民文學》 1943. 8

_____, 「靑春斷想」, 《東洋之光》 1943. 5

_____, 「評壇の一年」, 《新時代》 1943. 12

조석동, 「합리주의의 초극」, 《경향신문》, 1947. 11. 2

조연현, 「근대에서 현대로」, 《구국》, 1948. 1

조연현, 「근사록 — 산다는 것과 문학한다는 것」, 《경향신문》 1949. 4. 12

조연현, 「근대 조선 소설 사상 계보론 서설 — 우리의 근대 소설이 시험한 사
    상적 과업」, 《신천지》 1949. 8

조연현, 「나의 문학적 산보」, 『작가 수업 — 문단인의 걸어온 길』, 조연현 편,
    수도문화사, 1951

조연현, 「창간사」, 《현대문학》 1955. 1

조연현, 『한국 현대 문학사』, 현대문학사 1956

조연현, 『내가 살아온 한국 문단 ─ 조연현 문학 전집 1권』, 어문각, 1977

조연현, 『남기고 싶은 이야기들』, 도서출판 부름, 1981

논저

김명인, 「조연현 연구」, 인하대 박사 논문, 1998

_____, 『조연현, 비극적 세계관과 파시즘 사이』, 소명출판, 2004

김수영, 「거대한 뿌리」, 『김수영 전집』 1, 민음사, 2018

_____, 「문단 추천제 폐지론」, 『김수영 전집』 2, 민음사, 2018

김윤식, 「비평이란 무엇인가」, 《현대문학》 1977. 7

_____, 「문협정통파의 정신 구조 ─ 생의 구경적 형식」, 『한국 근대 문학 사상 비판』, 일지사, 1978

_____, 「근대성 또는 주인과 노예의 변증법」, 《현대문학》 1991. 11

_____, 「근대와 반근대 ─ 조연현론」, 『한국 현대 문학 사상사론』, 일지사, 1992

김철, 「순수의 정체 ─ 붓과 칼의 일치」, 『청산하지 못한 역사』 2, 반민족문제연구소 편, 청년사, 1994

박종화, 「《현대문학》지 만 부 돌파에 기함」, 《현대문학》 1958. 1

이상로, 「문단 공개장 ─ 부일 문학청년의 말로」, 《국제신문》 1948. 10. 12~14

임종명, 「THE MAKING OF THE REPUBLIC OF KOREA AS A MODERN NATION-STATE, AUGUST 1948~MAY 1950」, 시카고 대학교 박사 논문, 2004

전용호, 「조연현 문학 비평 연구」, 고려대 석사 논문, 1996

정은경, 「조연현 비평과 니체」, 《니체 연구》 20, 한국니체학회, 2011, 63~95쪽

정종현, 『동양론과 식민지 조선 문학』, 창비, 2011

천정환, 「'현대' 그리고 '문학' ─ 50년대식 문학잡지」, 『시대의 말 욕망의 문장』, 마음산책, 2014

최원식, 「민족 문학의 근대적 전환 ─ 근대 문학 기점론을 중심으로」, 『민족

문학사 강좌』하, 민족문학사연구소 편, 창작과비평사, 1995

후지이 다케시, 『파시즘과 제3세계주의 사이에서』, 역사비평사, 2012

제7주제에 관한 토론문

정은경 | 중앙대 교수

이 글은 조연현의 문학 생애 전반을 비평가와 문학사가, 문단 권력으로 구분하여 핵심적 내용과 그 의미를 고찰하고 있다. 또한 기존에 비판되었던 친일, 반공, 권력 지향에도 불구하고 그 유산을 '더러운 전통', '사라진 매개자'라는 개념을 통해 조연현 문학적 족적의 의미를 고찰하고 있다.

1. 논자의 제안대로 당파성보다 해방 이후 한국 문단 제도 구축과 재건의 과정을 보면, 조연현은 강한 권력 의지로 공고한 문단 체제를 건립했고, 또 이를 통해 수많은 문인을 배출했으며, 이러한 강력한 기성 체제에 대한 반발로《창작과 비평》,《문학과 지성》등의 새로운 문단 세력을 낳기도 했던 문인이다. 그러나 조연현 문학 활동을 의미화하는 코드로 제시한 '더러운 전통'과 '사라진 매개자'는 다소 거리가 있다. 논자가 강조한 대로 부정적 활동성의 결과가 '순수 문학'이라는 '더러운 전통'의 결과를 낳았지만, 그것은 그것대로 우리의 유산으로 받아들여할 부분이라고 생각한다. 청산해야 할 모든 부정적 유산이 '더러운 전통'일 수 있다. 그런데 '사라지는 매개자'라는 부분에는 다소 의문이 든다. '사라지는 매개자'라는 헤겔

의 용어는 대립하는 두 개념 사이에 다리를 놓아 주고 퇴장하는 개념을 뜻한다. 그런데 '사라지는 매개자'로서 조연현이 이어 준 것은 무엇인가? 굴절된 식민지 한국 문학과 오늘의 한국 문학인가? '제도'적 측면의 매개인가, 아니면 사상적 측면, 비평사적 측면에서의 매개인가? 사상이나 비평사적 측면에서 그러하다면 그것은 무엇인가?

제도적 측면에서 그러하다면, '굳이 조연현이어야 할 필요가 있었을까' 하는 생각이 든다. '사라지는 매개자'란 이후에 오는 것들을 위해 맹아를 만들어 넘겨주는 것이다. 1970년대 이후 문학 제도가 해방 이후 문학 제도를 잇는 것이라는 데에는 동의하지만, 그 연속적 단절(?)에서 '굳이 조연현의 역할이 강조될 필요가 있을까'라는 생각이 든다. 조연현이 아니었으면 안 되는 그러한 맹아, 역할, 단초들은 무엇이었을까? 어떤 측면에서 간과되어서는 안 되는 '사라지는 매개자'일 수 있을까?

2. 논자는 "그런데, 여기에서 한 가지 유념할 것은 해방기 근대 초극의 논의를 변주한 것이 조연현만은 아니었다는 사실이다. 1945년 8·15 광복은 직전의 식민지 체제와의 단절의 기호이지만 동시에 해방기에는 이전 시기 담론과의 연속성도 지니고 있었다. 식민지 말기 근대 초극 논의의 전유는 좌파에게서도 확인된다. 또한 이것은 문학뿐 아니라, 정치·사회의 영역에서도 광범위하게 확인된다. 이를테면 이승만 정권기에 한국 사회의 공인된 국가 이데올로기였던 일민주의는 자본주의와 사회주의의 동시적 지양을 내세운 변형된 근대 초극의 정치 이데올로기였다. 조연현이 직접적으로 일민주의를 언급하고 있진 않지만, 정치권력의 근대 초극 담론을 의식하며 이를 변주한 문학사를 구성했다고 이해할 수도 있을 것이다."라고 서술하고 있다.

조연현의 근대 초극론이 당시 좌파에게서도 확인된다고 했는데 구체적으로 어떤 맥락에서였는지 궁금하다. 또한 이승만의 국가 이데올로기였던 일민주의가 근대 초극의 정치 이데올로기였다고 하면서 조연현이 이러한 정치권력의 근대 초극 담론을 의식한 문학사를 구상했다고 언급하고 있다. 그런데 일민주의는 자본주의, 사회주의를 동시에 지향한 '민족주의'를 지향했으나 실질적으로 이를 정치적 행동으로 실천한 조선민족청년단의 단장 이범석은 파시즘 신봉자였고, 이것은 독일 나치를 카피한 것에 불과하며, 이후 학도호국단도 독일의 유겐트를 모방한 것이라는 지적[1]도 있다. 이후에는 '반공주의'와 결합하기도 하고, 이승만의 자유당 창당 이후에는 사라진다. 그렇다면 해방 후 조연현의 근대 초극론은 신체제의 일본 파시즘에서 비롯된 한국 파시즘의 변형이라고 볼 수도 있을 터인데, 이 글에서는 이러한 정치권력과의 연계성을 긍정적으로 보는 것인가?

3. 조연현 문학의 원형을 '신체제기'에서 찾고 있는 2장을 보면, 기존의 연구가 "신체제기 조연현 비평의 '어떤 측면'이 그 원형질에 해당하는가에 대한 구체적 논증이 불충분하거나, 그 원형이 끼치고 있는 영향을 해방 직후의 비평과 문학사 서술 부분에서만 제한적으로 포착하고 있다."라고 그 한계를 지적하고 '식민지 근대 초극론'을 집중적으로 고찰하고 있다. 그런데 일제 강점기 말 조연현의 일본어 비평에는 「ツァラツストラを思ふ(짜라투스트라를 생각하며)」(《國民文學》 5·6월호 합본, 1942. 6)나 「니체적 창조(ニ_チェ的 創造)」(《東洋之光》 1942년 1월~1943년 1월 연재), 「自己の問題から(자기의 문제로부터)」(《國民文學》, 1943. 8) 등의 평론 목록에서 알 수 있듯 일본을 통해 수용한 니체적 영향[2]이 강하게 나타난다. 이는 특히 해방 후 문단 권력 의지는 니체의 선악을 넘어선 '권력 의지'와 밀접한 관련이 있지 않을까? 또한 그의 독서 편력[3]에 자주 언급되는 도스토예프스키, 셰스토프, 니체 등은 조연현 비평의 중요한 원형을 이루고 있으며 특히 「구경을

---

1) 김철, 『국문학을 넘어서』(국학자료원, 2000).
2) 조연현 비평과 니체의 영향 관계에 대해서는 졸고, 「조연현 비평과 니체」, 《니체 연구》, 2011.
3) 「나의 독서 편력」, 『내가 살아온 한국 문단』, 『조연현 문학 전집』 1권(어문각, 1977).

상징하는 사람들」(1949), 「도스토예프스키의 생활」을 비롯한 여러 글에서 '도스토예프스키'에 대한 집착이 드러난다.(물론 고바야시 히데오의 영향으로 보인다.) 조연현 비평의 '원형의 어떤 측면'을 신체제기의 '근대 초극론'에만 집중하는 것은 비합리주의 비평까지를 아우르는 조연현 비평에 대한 해명으로는 다소 부족하지 않을까 하는 생각이 든다.

4. '근대 초극론'을 집중 분석하는 부분에서는 '근대/반근대 대립 구도가 근대/현대의 대립 구도'로 전환된 것이 아니라 이미 식민지 근대 초극론에 이러한 대립 구도가 내장되어 있었다고 지적하고, "현대(성)을 동양적 가치(전통)와 연관된 것으로 인식했다."라고 서술하고 있다. 더불어 "'현대성=서구성'이라는 등식을 비판하며 '현대성=동양성(전통)'으로 전환시키는 것이 이 시기 조연현의 근본 의식"이고 "근대 초극론은 제국주의의 이데올로기이지만 사상적 과제"이기도 하며 "근대 비판이라는 근대 초극론의 사상사적 의미는 여전히 유효한 측면"이 있다고 강조하고 있다. 그러나 이러한 논자의 근대 초극론에 대한 의미 부여는 아시아주의를 합리화하려는 일본의 관점(다케우치 요시미)을 대변하는 것이라는 점에서 긍정적으로 볼 수 있는지 의문이다. 또한 논자가 지적한 대로, '근대 초극론'은 카프와의 대극점에서 순수 문학을 배치하는 논리로 작동하고 있는 것으로, 근대 초극론에 대한 지나친 의미 부여는 순수 문학의 의의와도 이어지는 것이다.

또한 모두 모던(modern)으로 번역되는 '근대', '현대'를 굳이 구분하는 조연현의 문학사 방법론이 유효한지, 조연현이 강조한 현대성을 김동리의 작품에서 찾는 것이 온당한 것인지 의문이다. 논자가 적절하게 지적한 대로 '근대'는 조연현에게 있어 '마르크스의 문학'과 좌파를 의미하는 것이고, 일본과 서구의 당대 맥락에서도 1차 세계대전 이후 슈펭글러의 『서양의 몰락』(1918~1922)에서 지적한 기술 문명의 폐해와 사회주의 비판을 염두에 둔 것으로 보인다. 따라서 논자가 여전히 유효하다고 보는 '근대 초극론'은 한국적 현실(식민지 현실이나 현대 기계 문명의 발달)에서 비롯된 것이거나 호르크하이머·아도르노의 『계몽의 변증법』과 같이 1, 2차 세계대전 이후의 계몽 이성에 대한 절망과 비판과는 거리가 멀다. 즉 이는 조연현이 구체적인 현실에서 길어 올린 문제의식이라기보다는 일제 강점기 말 일본 지식인 담론을 수용한 것으로 보인다. 이러한 근대 초극론에서 출발한 그의 '현대 문학사' 또한 임화와 백철과의 대결 의식에서 비롯된 것으로, 그의 '근대 정신의 형성과 붕괴, 현대 정신의 탄생'의 문학사적 서술은 설득력을 거의 갖지 못한다. 무엇보다 조연현의 근대/현대(신문명-카프/동양)의 구분은 거의 유효성을 상실한 것으로 보인다. 그런 의미에서 조연현의 '근대 초극론'은 일본의 맥락이 아니라 한국 현실에서 좀 더 철저하게 고찰되고 비판되어야 하는 것이 아닐까.

1920년	1920년 9월 8일(음력 7월 26일), 경남 함안군 함안면 봉성동 1202번지 1호에서 부 조문태, 모 김복선의 1남 2녀 중 장남으로 출생.
1933년(14세)	함안 공립보통학교 졸업. 보성중학 입학, 10월에 학업을 중단하고 고등예비학교로 진학.
1934년(15세)	중동중학 2학년 입학. 당시 중동중학 교원으로 있던 시인 김광섭의 학급에 편입되어 개인적인 가르침을 받음.
1935년(16세)	중동중학 자퇴, 배재중학 3학년에 편입함. 이때부터 작품을 발표하기 시작함. 신문, 잡지에 시, 평론, 수필 등을 투고. 10월 《시건설》 7호에 시 「과제」 발표.
1937년(18세)	정태용 등과 동인지 《아(牙)》를 발간.(3호까지)
1938년(19세)	배재고보 졸업. 정태용·유동준 등과 함께 동인지 《시림(詩林)》을 발간.
1939년(20세)	만주 하얼빈에서 1년 정도 거주함. 하얼빈 대학에 적을 둠.
1940년(21세)	하얼빈에서 귀국. 혜화전문학교(현 동국대학교) 흥아과(興亞科)에 입학. 조지훈 등과 교류함.
1941년(22세)	모종의 학생 사건에 연루되어 혜화전문학교 중퇴.
1942년(23세)	德田演鉉으로 창씨개명. 다수의 일본어 평론 발표.
1944년(25세)	절에서 생활하다가 고향에서 면사무소 총력계 서기가 됨.
1945년(26세)	해방과 함께 상경. 《예술부락》을 창간.
1946년(27세)	최상남과 결혼. 김동리, 서정주, 조지훈, 박목월, 곽종원, 김윤

성 등과 청년문학가협회, 전국문필가협회, 전국문학단체총연합회 등의 발족에 참여함. 좌익계 문학가동맹과 대결에 나섬.

1947년(28세)   《민주일보》, 《민중일보》 등의 기자를 거쳐 《민국일보》 문화부장 겸 사회부장으로 일함. 전국문화단체총연합회 결성의 산파역 맡음. 《문학정신》 주재. 장남 조광권 출생.

1948년(29세)   한국문학가협회 결성. 문학가동맹 이론가들과의 논쟁을 통해 우익 이론가로서의 입지를 확실히 함. 문화 부문에서 이승만 정권 수립에 지대한 기여를 함.

1949년(30세)   《문예》 창간, 편집장과 주간 역임. 대한노총 선전부장 역임.

1950년(31세)   6·25 전쟁 당시 탈출하지 못하고 90일 동안 서울에 잔류하여 지하 생활함. 9·28 서울 수복 당시 잔류 인민군으로 오인받아 총살될 위기에 처했으나 수중에 지니고 있던 《문예》에 실린 사진을 보여 주고 살아남.

1951년(32세)   1·4 후퇴로 부산 동광동 김안과 집에 거주함.

1953년(34세)   피난지 부산에서 장녀 조선영 출생. 수복과 함께 상경. 수복 후 곽종원과 함께 숙명여대에서 강사로 강의 시작.

1954년(35세)   예술원 회원 피선(被選). 《문예》 폐간.(1954. 3)

1955년(36세)   1955년 1월 월간 《현대문학》 창간, 주간의 책임을 맡음.

1956년(37세)   1955년 6월부터 1956년 12월까지 한국 현대 문학사를 《현대문학》에 연재.(《평화일보》와 동시 연재)

1958년(39세)   차녀 조혜령 출생. 국회에서 보안법 개정 지지 연설.

1959년(40세)   문교부 영화검열위원 역임.

1961년(42세)   동국대학교 전임교수 취임. 동국대, 서울대, 숙명여대, 수도여자사범대, 연세대, 성균관대 출강함.

1962년(43세)   일본 '조선학회' 총회 참석. 정명환과 실존주의 논쟁(정명환, 「평론가는 이방인인가」, 《사상계》 1962. 12)

1963년(44세)   정부로부터 문화포상 수상. 정명환과 실존주의 논쟁.(조연현,

「문학은 암호 이상의 것이다」, 《현대문학》 1963. 1)

1964년(45세)   일본잡지협회 초청으로 두 번째 일본 여행.

1965년(46세)   제4회 문교부 문예상 문학 본상 수상.

1966년(47세)   제11회 예술원상 수상.

1968년(49세)   문협 파동, 김동리와의 갈등으로 문협 일시 탈퇴.

1970년(51세)   3·1 문화상, 국민훈장 동백장 받음. 대만에서 개최된 펜클럽
             아시아작가대회에 한국 대표로 참석. 일본 잡지협회 초청으
             로 세 번째 일본 여행. 한국문화예술윤리위원회 위원장 피선.

1971년(52세)   아일랜드에서 열린 펜클럽 세계작가대회에 한국 대표로 참
             석. 한국예술문화윤리위원회 위원장 재선. 한국문인협회 부
             이사장 피선.

1972년(53세)   국제 펜클럽 한국본부 부위원장에 피선.

1973년(54세)   JAL 초청으로 일본 여행, 충남대 대학원, 성신여대 대학원,
             숙명여대 대학원, 연세대 대학원 출강. 한국문인협회 이사장
             피선. 한국예술문화윤리 위원장.(3선)

1974년(55세)   이탈리아 밀라노 '세계 잡지' 세미나 한국 대표로 참가.

1975년(56세)   자유중국 '잡지사업협회' 초청 대북(臺北) 방문, 일본 '창예
             사' 초청 동경 방문.

1976년(57세)   현대문학사 사장 취임.

1978년(59세)   동국대학교 교수 사임. 한양대학교 문과대학 학장으로 취임.
             동국대학교 대학 및 대학원 강의, 대만 아세아문화회의 한국
             대표 참석(아시아 의원 연맹 초청), 예술행정 조사차 아세아 7개
             국 여행.

1979년(60세)   동국대학교 명예문학박사 학위 수여. 문교부 명예박사 공적심
             사위원으로 위촉됨. 한국문인협회 이사장.(3선)

1980년(61세)   서울시 한강보존위원회 위원, 도서잡지윤리위원회 위원, 정부
             헌법개정심의위원으로 위촉됨. 한양대학교 부설 국학연구원장.

1981년(62세) 한국잡지협회 회장으로 추대됨. 한국문인협회 이사장.(4선)
한국문학평론가 협회장. 1981년 11월 24일, 일본 체류 중 뇌
졸중으로 사망.

작성자 송예은·정종현

발표일	분류	제목	발표지
1935. 10	시	과제	시건설 7호
1938. 7	시	비 내리는 밤의 애상/무제	아(芽) 1호
1938. 9	시	창백한 정열/무제	아 2호
1939. 2	시	고민/부인의 우수	조광
1939. 4	시	벽	조광
1939. 8. 10	장편 소설	페페르모코 ― 어느 문학청년의 연모기	매일신보
1939. 9. 3	평론	결별문에 답함	매일신보
1939. 9. 10	콩트	실락도(失樂都)	매일신보
1939. 9. 17	시	산길	동아일보
1939. 9. 24	평론	농민 문학에 대하야	매일신보
1940. 6	시	신비	시건설
1940. 8. 18	평론	현실과 문학	매일신보
1940. 9. 8	평론	시의 행동화 ― 오는 세대의 시문학	매일신보
1940. 11. 11	평론	'문학의 생명'을 읽고	매일신보
1940. 12. 15	평론	산문 정신 ― 문예시감	매일신보
1940. 12. 29	평론	뽀-드렐의 세계	매일신보
1941. 6. 23	평론	작가의 윤리	매일신보

발표일	분류	제목	발표지
1942. 5	평론	東洋への鄉愁	동양지광
1942. 6	평론	亞細亞復興論序說	동양지광
1942. 6	평론	ツアラツストラを想ふ	국민문학 5·6 합본호
1942. 10	평론	岡倉天心について	동양지광
1942. 12~ 1943. 1	평론	ニーチエ的 創造	동양지광
1943. 1	평론	文學者の立場	동양지광
1943. 5	평론	靑春斷想	동양지광
1943. 7	평론	藝術の機能	동양지광
1943. 8	평론	小說以前の問題	내선일체 20호
1943. 8	평론	自己の問題からの文學精神	국민문학 20호
1943. 12	평론	評壇の一年	신시대
1945. 12	평론	문학자의 태도	문화창조
1945. 12	평론	문화의 길 ― 시평	여성문화 1권 1호
1945. 12	시	혼자 가는 길	여성문화 1권 1호
1946. 1	평론	새로운 문학의 향방	예술부락
1946. 3	평론	문학 해설	여성문화
1946. 3	평론	문학 방담/ 오장환론 ― 원시적 시인	예술부락
1946. 4. 2	평론	문학의 위기	청년신보
1946. 6	평론	순수의 위치 ― 김동석론	예술부락
1946. 9	평론	미(美)는 창조한다	예술문화
1946. 9. 7	수필	일과	가정신문
1946. 10. 14	평론	연극의 당면 과제	민주일보

발표일	분류	제목	발표지
1947. 1	평론	민족적 주체성의 지향	국제신문
1947. 1. 12~22	평론	우리 문학의 성격	경향신문
1947. 7. 9	평론	인간의 구조(救助) ── 새로운 르네상스 운동을 위하여	민중일보
1947. 8. 20~21	평론	수공업 예술의 말로 ── 정지용 씨의 운명	평화일보
1947. 9	평론	논리와 생리 ── 유물사관의 생리적 부적응성	백민
1947. 10	시	막다른 골목	죽순
1947. 11. 2	평론	합리주의의 초극	경향신문
1947. 11. 6~7	평론	침체와 전진 ── 최근 창작에 대한 소감	민중일보
1947. 12. 24	평론	정해·우리는 이렇게 싸웠다 ── "민족문학" 수립에 부심	현대일보
1948. 1	평론	근대에서 현대로/ 무식을 폭로 ── 김동석 씨의 「김동리론」을 박함	구국
1948. 1	평론	문화 단상	해동공론
1948. 1. 23~24	평론	비평의 생리 ── 임 씨의 신인론을 읽고	중앙신문
1948. 2	평론	신진작가군의 편모	구국
1948. 2. 8~10	평론	허무에의 의지 ── 김동리 씨의 『황토기』를	국제일보

발표일	분류	제목	발표지
		중심으로	
1948. 2. 17~18	평론	개념과 공식 — 백철 씨와 김동석 씨	평화일보
1948. 2. 24~26	평론	삼맥의 윤리 — 최정희론	평화일보
1948. 3	평론	고갈한 비판 정신 — 진정한 가치 판단을 위하여	백민
1948. 3. 6	평론	동경의 상징 — 시인 김광섭론	평화일보
1948. 3. 24	평론	자유주의의 모독 — 오기영 씨의 이론과 실제	민중일보
1948. 4	평론	평론 수난	예술조선
1948. 5	평론	고전의 계승에 관하여 — 윤곤강 씨의 시집『피리』를 중심으로	새한민보
1948. 5	평론	비평문학론 — 본격 문학으로서의 비평 문학	해동공론
1948. 5	평론	문단 오불관언 — 기성 문단에 대한 나의 제언	백민
1948. 5. 1	평론	문학의 영역 — 종교와 철학과 문학의 기초적 내용	백민 14호
1948. 6	평론	「무정」— 소설 감상	협동 28호
1948. 6. 2~5	평론	현상과 본질 — 5월 창작평	동아일보
1948. 7. 10	평론	문학과 사상 — 문학에 있어서의 사상성	백민 15호
1948. 7. 17	평론	상품화한 양식	국제신문

발표일	분류	제목	발표지
		── 춘원 등의 재등장에 관하야	
1948. 8. 15	평론	구국 문학론의 정체	대조 27호
1948. 9	평론	원죄의 형벌 ──『화사집』,	해동공론
		『귀촉도』를 통해 본 서정주	
1948. 9	평론	산문 정신의 모독	예술전선
		── 정지용 씨의 산문 문학관에	
		대하여	
1948. 10	평론	창작시평	민족문화
1948. 10	평론	희롱의 진실 ── 김문집론	영남문학 6집
1948. 10. 1	평론	애욕의 문학	백민 16호
		── 윤리의 상실과 가장	
1949. 1	평론	문학계 1년	신천지
1949. 1. 1	평론	자의식의 비극 ── 최명익론	백민 17호
1949. 1. 14~15	평론	개척되는 신영토	경향신문
		── 일군의 신진 작가에 대하여	
1949. 1. 23	평론	남북통일과 문학 전선	연합신문
		── 영원의 탐구와 민족 이념의 확립	
1949. 1. 30	평론	허무에의 의지	국제신문(서울판)
		── 김동리 씨의 「황토기」를 중심으로	
1949. 2	평론	주체의 불안 ── 손소희론	부인신보
1949. 2	평론	사상에의 반성	태양신문
		── 소설에 있어서의 소재	
1949. 2. 4	평론	신문화 건설의 이념	평화일보
1949. 3	평론	창조 정신의 거세	한중문화
		── 1948년도 문단의 회고와 전망	

발표일	분류	제목	발표지
1949. 3	평론	성신(星辰)에의 신앙 ── 박두진론	해동공론
1949. 3. 1	평론	비평의 논리와 생리 ── 나의 비평 문학관/ 나의 문학적 산보	백민 18호
1949. 3~4	수필	한설야 씨에게 보내는 서한	대조 4권 1호
1949. 4	평론	세계 현역 작가 7인상	신태양
1949. 4	평론	본격 문학의 진출 ── 1949년도의 문단의 전망	민성
1949. 4	평론	작가의 윤리 ── 기념비로서의 작품	신세기
1949. 4. 10	평론	본격 소설론 ── 소설의 정도와 그 구경	조선교육
1949. 4. 12	평론	근사록(近思錄) ── 산다는 것과 문학한다는 것	경향신문
1949. 5. 19	평론	'아나키즘'과 '니힐리즘' ── 춘우송(春雨頌)에 나타난 인간과 문학	국제신문
1949. 5. 30~ 6. 1	평론	문학 정신의 빈곤 ── 최근의 창작란에 관하여	경향신문
1949. 6	평론	가치 의식의 빈곤 ── 비평 정신에의 공포증	민족공론
1949. 6	평론	국어 교육과 문학	조선교육
1949. 6	평론	사생활의 빈곤 ── 5월 창작평·사소설의 범람	해동공론

발표일	분류	제목	발표지
1949. 8. 1	평론	근대 조선 소설 사상 계보론 신천지 38호 서설 ─ 우리 근대 소설이 시험한 사상적 과업	
1949. 8. 1	평론	개념의 공허와 그 모호성 ─ 백철 씨의 『조선신문학사조사』를 중심으로	문예 1호
1949. 8. 2	평론	7월 창작평	동아일보
1949. 8. 29·30	평론	문학의 구경적 의의	경향신문
1949. 9	평론	문학 정신의 빈곤 ─ 1949년도 상반기 창작시평	민족문화 1호
1949. 9	평론	소설 감상 ─ 소설을 어떻게 읽을 것인가	협동 24호
1949. 9. 1	평론	문학과 전통	문예 2호
1949. 9 ~1950. 1	평론	해방 문단 5년의 회고	신천지
1949. 10. 1	평론	감명의 소재 ─『풍류 잡히는 마을』을 읽고/ 최근의 평단	문예 3호
1949. 10. 1	평론	자연과 근대 정신	학풍 8호
1949. 10. 18~21	평론	10월 창작평 ─ 통속·안이·사실	경향신문
1949. 11	평론	홍구범의 인간과 문학	영문 3집
1949. 11. 1	평론	근대 정신의 해체 ─ 고 이상의 문학사적 의의	문예 4호
1949. 11. 1	평론	소설 감상의 기초 지식	협동 25호

발표일	분류	제목	발표지
1949. 11. 3~4	평론	조선 문학의 현대적 과제 — 시문학 40년의 의의와 금후의 지향	서울신문
1949. 12	평론	금년의 우수 작품·문학 사조관(좌담)	삼천리
1949. 12	평론	현역 여류 작가 소묘	새살림
1949. 12	수필	자(自), 31	한국공론
1949. 12	평론	구경을 상징하는 사람들 1	문예
1949. 12. 1	평론	떠스떠엡흐스키 론 1회	문예 5호
1949. 12. 27 ~28	평론	구호에서 실천으로 — 문화 1년의 회고《문학》	경향신문
1950. 1	평론	정치적 현실과 문화적 이념	신경향
1950. 1	평론	서정주론	주간서울
1950. 1. 1	평론	비평의 본격화	서울신문
1950. 1. 1	평론	1949년도의 문단 총평	문예 6호
1950. 1. 1	평론	문학계 1년의 회고 — 회고와 전망	신천지 42호
1950. 1~2	평론	해방 문단 5년의 회고 4, 5	신천지
1950. 2	평론	도스도엡스키론 2회	문예 6호
1950. 2. 2~4	평론	비평인의 비애 — 미지의 청년에게	경향신문
1950. 2. 8~12	평론	민족 문학의 당면 과제 — 현 문단의 장해는 무엇인가	국도신문
1950. 2. 20	평론	구원에의 갈망 — 생의 창조로서의 문학	민족문화 2호

발표일	분류	제목	발표지
1950. 2~3	평론	구경을 상징하는 사람들 —「도스토·에프스키」의 작품 속에 등장하는 인물 2, 3	문예 7, 8호
1950. 3	평론	장혁주 씨의 「재일 조선인 비판」을 반박함	신천지
1950. 3	평론	도스토예프스키의 생활	혜성
1950. 3	평론	독단과 아류 — 독창과 추종	희망
1950. 4	평론	플로벨의 '보바리 부인'	부인
1950. 4. 1	평론	장편 소설과 단편 소설 — 황순원 씨의 『별과 같이 살다』를 중심으로	문예 9호
1950. 5	평론	신인과 신세대 — 일군의 신진 작가에 대하여	신천지 46호
1950. 5. 1	평론	반자연주의 소설 —「부-루제」의 「제자」에 대하여	신사조 1호
1950. 6	평론	안정과 반항 — 고원의 곡과 이단의 시	시문학
1950. 6. 1	평론	5월 작단 — 5월 창작평	문예 10호
1950.11.12~13	평론	부역 문인에 대하여	서울신문
1950. 12. 5	수필	홍구범은 어디에 있는가	문예 12호(전시판)
1950. 12. 5	평론	공산주의의 운명 — 6·25 사변의 세계사적 의의	문예 12호(전시판)
1951. 1	수필	'암흑의 삼개월' 기아와 공포의 90일간	신천지 48호

발표일	분류	제목	발표지
1951. 5.	편저	작가 수업: 문단인의 걸어온 길	수도문화사
1951. 6	평론	전란 속의 문학인의 지향	신조
1951. 11	수필	메카니즘에의 경계	신사조 5호
1951.	수필	문학적 산보(수필집)	문예
1952. 1	평론	현실성과 예술성 — 예술 지상주의는 현실 지상주의다	신천지 49호
1952. 1	평론	문학 아닌 문예평론	문예
1952. 1. 1	평론	시단시평(詩壇時評)	문예 13호
1952. 1. 1	수필	깨어진 서울	문예 13호
1952. 3. 1	평론	자라나는 신인군(群) — 소개와 비판	신천지 50호
1952. 8	평론	현대의 위기와 문학 정신의 방향	자유세계
1953. 2. 1	평론	병과 건강·인간과 인격 —「도스토·에프스키」와 「괴테」의 경우	문예 15호
1953. 3. 19~20	평론	제2의 창작 행위	경향신문
1953. 5	평론	한국 전쟁과 한국 문학 — 체험의 기록과 경험의 형상화	전선문학
1953. 6	평론	예술의 자유와 문화인의 사명	자유세계
1953. 6	평론	현대인의 불행	신천지
1953. 6. 20	수필	연애에 대하여	문예 16호
1953. 7	평론	문학의 목표에 대한 일고	문화세계

발표일	분류	제목	발표지
		― 문학론 노트	
1953. 7	평론	문화보호법 시비	수도평론
1953. 8	평론	주제의 의의	문화세계
		― 이에 대한 이해와 경고	
1953. 9. 1	평론	평론 천기(薦記)	문예 17호
1953. 10	평론	절망 속의 인생	현대공론
		― 20세기적인 위기와 절망에	
		대하여	
1953. 10. 5	평론	독서론	신천지 56호
1953. 11. 20	평론	평론 천후기(薦後記)	문예 19호
1953. 11. 20	평론	아동에의 선물	서울신문
		―『꽃신』에 대하여	
1954. 1	평론	문화계의 일년 회고	문화춘추
1954. 1. 10	평론	문학 연구에 관한 기본적	문예 20호
		자세 ―「테누」와 「몰톤」을	
		중심으로	
1954. 3. 1	평론	실존주의 해의(解義)	문예 21호
1954. 4	평론	현실성과 시대성	문학과예술
1954. 4. 22	평론	우리는 이렇게 실천하련다	서울신문
		― 예술원의 방향	
1954. 5. 27	평론	우맹과 열등은 현명과	연합신문
		권위를 이길 수 없다	
1954. 6	평론	한국 해방 문단 10년사	문학과예술
1954. 6	평론	문총구국대의 저항 운동	현대공론
1954. 7	평론	우리 문학의 걸어온 길	협동

발표일	분류	제목	발표지
		—8·15 이전까지의 족적	
1954. 8	평론	현대 문학과 니힐리즘	현대공론
1954. 8. 15	평론	—8·15로 돌아가자	연합신문
		민주문화전선의 통일을 위해	
1954. 8. 18	평론	소설에 대한 국민적 교양	중앙일보
1954. 8. 23	평론	현대지성의 맹점	경향신문
		—논·픽션의 성행에 대하여	
1954	평론	문학 입문(평론집)	창인사
1955	평론	철학과 문학의 조화	한국일보
		—오종식『원숭이와 문명』	
1955. 1	권두언	《현대문학》 창간사	현대문학
1955. 2	평론	학예술원 성립의 현실적	현대문학
		배경 —그 조직 경위와	
		반대 여론의 분석	
1955. 2~4	평론	국문학 발달의 사론적 고찰	현대문학
1955. 3. 9~11	평론	비평에의 불신 어떻게	자유신문
		극복할 것인가	
1955. 4	평론	사실주의의 확립	신태양
		—염상섭론	
1955. 4	평론	병자의 노래	현대문학
		—손창섭의 작품 세계	
1955. 4	평론	3월의 창작평	현대문학
1955. 4. 11	평론	단편 소설의 특성	한국일보
1955. 4. 24, 27	평론	아동 문학인의 진출	경향신문
		—안이와 미숙의 특수 지대	

발표일	분류	제목	발표지
1955. 5	평론	자기에의 귀의 — 최정희의 문학적 경로	사상계
1955. 5	평론	평론 천후평/4월의 창작	현대문학
1955. 6~12	평론	한국 현대 문학사 1~7회	현대문학
1955. 7	평론	평단에의 호소	새벽
1955. 11	평론	육당 최남선론 — 선구자의 비애	동국문학
1955. 12. 29	평론	을미 문화 총결산 — 활발한 작품발표	서울신문
1956. 1	평론	우리나라의 비평 문학 — 그 회고와 전망	문학예술
1956. 1. 12	평론	신 간서평 — 곽학송 창작집 『독목교』	조선일보
1956. 1. 29	평론	1월 창작평 — 정진하는 창작계	한국일보
1956. 1~12	평론	한국 현대 문학사 8~19회	현대문학
1956. 2	평론	정사적(正史的) 작가 — 월탄 박종화론	신태양
1956. 2	평론	1월의 창작/ 곽종원 평론집 '신인간형의' 탐구	현대문학
1956. 3	평론	평론 천후평	현대문학
1956. 3	평론	독단과 아류	희망
1956. 3	평론	비평의 신세대	문학예술
1956. 3. 4	평론	문총(文總)의 독선	서울신문

발표일	분류	제목	발표지
		─자유문학상 시비를 중심으로	
1956. 4. 27	칼럼	나와 비평	조선일보
1956. 5	평론	자유문학상 심사의 공명성	새벽
		─문총 성명에 대한	
		구체적 답변	
1956. 5. 19~21	평론	지적 니힐과 소박한 서정	조선일보
		─5월 창작평	
1956. 8. 22	평론	영화의 예술적 운명	조선일보
1956. 9. 27~28	평론	국문학 교육의 불구성	서울신문
		─요청되는 재평가	
1956. 11	평론	학생과 문학	학원평론
		─문학은 최고의 교과이다	
1956. 12	평론	내년엔 평단이 더 활발해진다	새벽
1956. 12. 17	평론	이례적인 평단의 활기	한국일보
1956. 12. 17~18	평론	병신년 총평	조선일보
		─양에 비해 저조한 질	
1957	수필	휴일의 의장(수필집)	인간사
1957. 1. 1	평론	절실한 신인의 등장	평화신문
		─그릇된 양성을 경계하며	
1957. 1. 1	평론	우리 문단은 어디로	세계일보
		─두 개의 단체 두 개의 방향	
1957. 1~12	평론	한국 현대 문학사 20~30회	현대문학
1957. 2	수필	문학상과 비밀투표	신태양
1957. 2. 28	평론	『갯마을』─오영수 단편집	동아일보
1957. 3	평론	한국 현대 작가론 1	새벽

발표일	분류	제목	발표지
		― 춘원 이광수	
1957. 3	평론	평론 천후기(薦後記)	새벽
1957. 4. 22	평론	정사 소설의 최대 역작 ― 박종화 씨의 『임진왜란』에 대하여	조선일보
1957. 5	평론	한국 현대 작가론 3 ― 김동인	새벽
1957. 6	평론	한국 현대 작가론 4 ― 염상섭	새벽
1957. 6. 25	평론	6·25와 우리 문단 ― 변화를 초래한 하나의 분수령	연합신문
1957. 7. 12~13	평론	문화 단체는 왜 분열했는가	조선일보
1957. 8	평론	민족적 특수성과 인류적 보편성 ― 김동리와 서정주의 전통에 대한 태도를 중심으로	문학예술
1957. 8	평론	현대 문학과 논리 의식	성웅
1957. 8. 19~23	평론	해방 후 창작계의 제양상 ― 작가의 특성을 중심으로	조선일보
1957. 9. 16	평론	문화 교류는 정신의 교류 ― 작품을 통해서만 성취될 수 있다	서울신문
1957. 9. 28	평론	창작인과 박사 학위 ― 문학박사 박종화 씨의 경우	조선일보
1957. 9. 30	평론	박종화 씨의 문학사적 위치(1) ― 명예문학박사 학위를 받기까지	자유신문

발표일	분류	제목	발표지
1957. 10. 13 ~18	평론	고 육당 최남선의 선구적 공적	자유신문
1957. 11	평론	문제작과 신풍 보인 작가들	중앙정치
1957. 11. 5	평론	박종화의 문학사적 위치(완)	자유신문
1957. 11. 8	평론	왕성한 문단의 후속 부대	평화신문
1957. 12. 9~13	평론	특수한 지성과 경향	평화신문
1957. 12. 18	평론	문예평단 1년 회고 — 신인 활동이 압도적으로 우세	한국일보
1958	평론	문학과 그 주변(평론집)	인간사
1958. 1	평론	간통 문학론 — 새로운 성도덕 추구의 유형과 그 방향	현대문학
1958. 1. 1~3	평론	민족 문학과 세계 문학	자유신문
1958. 1. 26	평론	작년도의 우수작 — 소설·시·평론에서	조선일보
1958. 1~5	평론	한국 현대 문학사 31~34회	현대문학
1958. 2. 28	평론	감정을 떠나서 — 작가에게	서울신문
1958. 3	평론	젊은 평론가의 죽음 — 김종후의 최후 경위와 그 비평적 위치	현대문학
1958. 3. 1	평론	3·1 운동의 문학적 의의	연합신문
1958. 3. 1~2	평론	3·1 운동과 신문학 전개	자유신문
1958. 4. 3	평론	현대의 과제 — '현대성'에 대한 반성	서울신문
1958. 5. 9	평론	김말봉 작 『화관의 계절』 평	한국일보
1958. 6	평론	무대의 확대와 사상의 심화	현대문학

발표일	분류	제목	발표지
		—— 김동리 제4 창작집 『실존무』에 대하여	
1958. 6. 4~7. 1	평론	한국 역대 잡지 개관	조선일보
1958. 7	평론	평론 천후평	현대문학
1958. 8	평론	언문일치 이후의 우리 문장의 변천	사조
1958. 8	평론	추식 창작집 『인간 제대』	현대문학
1958. 8	평론	한국 예술의 기본 자세	한국평론
1958. 9	평론	『회귀선』 문제에 대하여	현대문학
1958. 10	평론	문화인의 정치 참여와 보수 세력 합동 문제	한국평론
1958. 10. 6	평론	독서 안내 ——『사반의 십자가』	한국일보
1958. 11. 16~17	평론	국문학계에의 제의	한국일보
1958. 12	평론	국문학계의 폭력주의를 슬퍼한다	현대문학
1958. 12. 16	평론	무술년의 문단 총결산 —— 특기할 만한 성과 없었다	자유신문
1959	수필	문학적 인생론(수필집)	정음사
1959	평론	추천 작품 전집 1, 2(편저)	현대문학사
1959. 1. 20	평론	박거영 시집 『고독한 반항자』	조선일보
1959. 1. 21	평론	아카데미즘과 쩌날리즘	서울신문
1959. 2. 19	수필	평론가가 된 동기와 이유 —— 운명에 거역할 수 없었다	세계일보
1959. 3	평론	문학과 정치	자유공론
1959. 3	평론	평론 천후감	현대문학

발표일	분류	제목	발표지
1959. 4	평론	문학 감상 ── 카라마조프의 형제	신태양
1959. 4. 5	평론	과학 시대에 있어서 상상문학의 위치 ── 시정신의 참여가 더욱 요청되고 있다	서울신문
1959. 5	평론	비평적 단상	자유공론
1959. 6	평론	문학 감상 ── 괴에테의 파우스트	신태양
1959. 6. 1	평론	민주주의와 문학 ── 다수제의 이익에 관하여	서울신문
1959. 6. 26	평론	다시 찾은 정신의 주체 ── 전란 이후 10년의 문학	서울신문
1959. 7	평론	사랑의 사상	자유공론
1959. 7. 15	평론	현대 문학이 잃어버린 것 ── 신화·전설·시정신에 대하여	한국일보
1959. 7. 29	평론	현대 문학과 고전 정신 ── 시집 『바라춤』을 중심으로	서울신문
1959. 7. 29	평론	'임'의 상실과 현대 문학의 무력(無力)	자유신문
1959. 9	평론	신화와 전설과 문학	현대문학
1959. 12	평론	문화 비평의 여러 주체들	예술원보 3호
1959. 12. 24	평론	전망 1960 ── 인간 추구에의 질주, 구체적 인간형과 상징적 인간형의 차이	자유신문

발표일	분류	제목	발표지
1960. 1	평론	비평적 단장(斷章) ― 엑스트러적 예술	문예
1960. 1	평론	윤리적 의미의 결핍과 의식의 과잉 ― '태양의 계곡'과 '표류도'	현대문학
1960. 1. 17	평론	우주 시대를 향한 문학적 과제	한국일보
1960. 1. 31	평론	장편 소설은 성할 것인가 ― 내외 조건의 성숙	평화신문
1960. 2	평론	냉정과 고독	문예
1960. 2	평론	강신재 단상	현대문학
1960. 3	평론	자살의 사상 ― 문학적인 인생론	숙명여대 청파문학 2집
1960. 3~4	평론	여백의 사상	현대문학
1960. 5	평론	한국 현대 소설의 개요	문예
1961	평론	한국 현대 문학사	인간사(1, 2부 통합)
1961. 5 ~1962. 1	평론	회의와 신념	현대문학
1961. 7	평론	문학의 기술적 보수성과 그 정신적 우위성	예술원 예술학보 6호
1961. 12	평론	한국 현대 비평사 개요	예술원 예술학보 7호
1962	수필	여백의 사상 (수필집)	정음사
1962		문장교범	정음사
1962. 6	평론	한국 현대 비평 문학의 사적 개요	동국대 국어국문학 논문집
1962. 9	평론	손소희 편모(片貌)	현대문학

발표일	분류	제목	발표지
1962. 12	평론	소설의 구성과 우연성의 문제	예술원 논문집 1집
1963. 1	평론	유언의 형식과 혈서의 형식	자유문학
1963. 1	평론	문학은 암호 이상의 것이다	현대문학
1963. 3	평론	신화와 비극을 삼킨 임화	동아춘추
1964	평론	한국현대작가론(평론집)	청운출판사
1964	수필	문학과 생활(수필집)	탐구당
1964	수필	불혹의 감상(수필집)	어문각
1964. 3	평론	요절한 여류시인 노천명	신사조
1964. 3	평론	소설에 있어서의 우연성의 문제	동국대 논문집 1집
1964. 9. 20	평론	현대 문예사조/ 현대 소설 개관	한국예술 총감개관
1964. 11	평론	황순원 단장(斷章)	현대문학
1964. 12	평론	요절한 천재의 의미 — 나도향론	사상계
1964. 12	평론	황순원론	예술원 논문집 3집
1964. 12. 1	평론	한국 현대의 인물 광맥	대한일보
1965. 1	평론	고 최재서의 인간과 문학	현대문학
1965. 5. 4~25	평론	해방 20년(문학)	대한일보
1965. 6	평론	우리 민족과 문화 영향	마산
1965. 7	평론	현대 문학의 진보	마산
1965. 8. 11	평론	이 달의 작단	경향신문
1965. 9. 8	평론	9월의 작단	경향신문
1965. 9. 14 ~11. 16	평론	문학논쟁 그 행방	서울신문

발표일	분류	제목	발표지
1965. 10. 11	평론	10월의 작단	경향신문
1965. 11	평론	한국 신문학사 방법론 서설	문학춘추
1965. 11. 6	평론	관념을 거부하는 현대적 기질	동아일보
1965. 11. 10	평론	11월의 창작	경향신문
1965. 12. 11	평론	12월의 창작	경향신문
1965. 12. 18	평론	1965년 문화계 — 소설에 밝은 빛	경향신문
1965. 12 ~1966. 2	평론	논쟁의 주제와 그 방향 — 한국 문예 비평사의 일측면	현대문학
1966	평론	한국 신문학고	문화당
1966	평론	한국 현대 소설의 이해 (편저서)	일지사
1966. 1	평론	한국 '신파 소설'고	현대문학
1966. 1. 17	평론	1월의 작단	경향신문
1966. 2. 12	평론	한국 문학 근대화의 계기	경향신문
1966. 2. 16	평론	2월의 창작	경향신문
1966. 2. 28	평론	3·1운동 — 한국의 르네상스	경향신문
1966. 3	평론	월평 — 채우의 '대화'	현대문학
1966. 4	평론	신소설 형성 과정 고	현대문학
1966. 4. 16	수필	작가의 고료와 생활	경향신문
1966. 4. 18	평론	4월의 작단	경향신문
1966. 5	평론	한국 소설 문장 변천 고	현대문학
1966. 5	평론	문화의 자율과 진로	종교계
1966. 5. 11	평론	5월의 작단	경향신문
1966. 6	평론	광무·융희·연대 가사 고	문학

발표일	분류	제목	발표지
		(歌詞考)	
1966. 6. 18	평론	6월의 창작	경향신문
1966. 6~7	평론	문학 저널리즘 고	현대문학
1966. 11	평론	김동리와 성불의 미학	현대문학
1966. 12	평론	개화기 문학 형성 과정 고	예술원 논문집 5집
1967. 3~7	평론	순문예지 그 주변	현대문학
1967. 5. 23	평론	문학 작품의 심의	서울신문
1967. 8. 3	평론	작가의 현실	중앙일보
1967. 8 ~1968. 1	평론	내가 살아온 한국 문단 (순문예지 그 주변 개제)	현대문학
1967. 9. 7	평론	신문학의 년수 문제	대한일보
1968	평론	내가 살아온 한국 문단	현대문학사
1968	수필	외로움 속에서(수필집)	문원각
1968	평론	한국 문학의 사회학적 연구	예술원 논문집 7집
1968. 4~8	평론	세월의 앙금	현대문학
1968. 8	평론	불모의 문학 풍토 20년	사상계
1968. 8	평론	문학 평론 60년의 문제들	신동아
1968. 8. 17	평론	사건으로 본 문단 20년	대한일보
1968. 9 ~1969. 3	평론	무상유상(無常有常)	현대문학
1968. 10. 12	평론	측면에서 본 신문학 60년	동아일보
1968. 11	평론	한국 문학의 세계적 진출은 가능한가 — 신문학 60년의 작가 상황	사상계
1969	평론	한국 현대 문학사	성문각

발표일	분류	제목	발표지
		(개정·증보판)	
1969. 3. 1	평론	현대로의 굽이 ── 3·1 운동	동아일보
1969. 4. 3	평론	문단 50년의 산 증언	대한일보
1969. 5	평론	한국 작가와 독자의 실태	여류문학 2호
1969. 8	평론	8·15 그날로부터의 문화	자유공론
1969. 8	평론	문학에 있어서의 외설 문제	잡지계
1969. 8. 14	평론	광복 이후의 우리 문학	동아일보
1969. 10	평론	신석초의 '만가(輓歌)'	현대문학
1971. 9	수필	내가 처음 시를 썼을 때	시문학 1권 2호
1972	평론	한국 현대 문학사 1, 2부	성문각
		(합본)	
1972	평론	문학과 사회(평론집)	어문각
1972	평론	한국 현대 문학사(일본어판)	
1972. 2	수필	유명을 달리한 정태용 형	월간문학
1972. 3	평론	한국 현대 소설 개관	월간문학
1972. 9	평론	예술의 자율성과 그 사회적 기능	현대문학
1973. 12	평론	서술 방법과 정신	서강대《서강》4호
1973. 12	평론	전통의 개념과 가치	충남대《보운》3호
1974	평론	한국현대 작가론 (개정판)	정음사
1974	평론	한국 신문학고	을유문화사
1974. 2	평론	문화 단체의 허와 실	영우구락부
1975	수필	일상의 사상(수필집)	세종출판사
1975	수필	손수건의 사상(수필집)	관동출판사
1975. 7	평론	언어 활동으로부터의 휴식	현대문학

발표일	분류	제목	발표지
1975. 10	평론	원형적 인물들의 드라마 — 도스토예프스키론	현대문학
1975. 11	평론	원전의 정신과 육신의 문학	현대문학
1976	평론	문학과 그 현장(평론집)	관동출판사
1976	수필	문학과 그 인생(수필집)	을유문화사
1976	수필	이끼의 연륜(수필집)	어문각
1976. 2	평론	삶의 몸부림으로서의 비평	현대문학
1976. 5	평론	정태용과 그의 유저(遺著)	현대문학
1976. 9	평론	수필 구성고	한국수필 6호
1977	저서	조연현 문학 전집(전 6권)	어문각
1977. 6	평론	불교와 한국 문학	불광
1977. 11	평론	현대와 종교	자유공론
1978	수필	내가 살아가는 인생(수필집)	태창출판사
1978	저서	한국 현대 문학 개관	이우출판사
1978. 3	평론	한국 문학에 나타난 불교 의식	현대문학
1979. 1	평론	참여주의 문학에 대하여	월간문학
1979. 6	평론	지방의 무명시인	현대문학
1979. 8	평론	한국 시가에 나타난 '임'의 윤리적 의미	월간문학
1979. 8	평론	민족 문학과 민중 문학	현대문학
1979. 9	평론	오영수의 인간과 문학	월간문학
1979. 10	평론	문학에 있어서의 민족주의와 국제주의	광장
1980. 9	평론	민족문화론	정경문화
1980. 10	평론	80년대의 문화 혁명적 성격	문예진흥

발표일	분류	제목	발표지
1981	회고록	남기고 싶은 이야기들	부름
1981. 3	평론	소설 속의 퇴폐를 어떻게 볼 것인가	정화 2호
1981. 4	평론	한국 문학의 방향	표현

작성자 이슬아·정종현

수필의 시대: 1960년대 수기, 수상, 에세이

김형석, 안병욱, 김태길의 수필을 중심으로

박숙자 | 서강대 교수

1 1960년대와 수필

1960년대는 수필의 시대였다. 우리가 익히 알고 있는 수많은 '수필'이 1960년대에 출판되었다. 이윤복의 『저 하늘에도 슬픔이』와 전혜린의 『그리고 아무 말도 하지 않았다』가 베스트셀러로 풍미한 것은 물론, 각종 문예지와 학술지, 신문과 라디오에서도 수필이 기획되었으며, 철학자 김형석, 안병욱, 김태길의 수필 역시 시대를 관통하며 인기를 얻었다.[1] 1971년 해방 이후 '수필 문학'의 현황을 조사한 연구에 따르면,《현대문학》창간호부터 192호까지 약 15년간 1273편의 수필이 게재되었는데[2] 작품 수만 보면 시와 소설과 다를 바 없을 정도로 많았다. '수필'을 쓰는 필자 역시 시

---

1) '철학자이자 수필가'로 이들을 언급하는 순서는 '수필집' 발간 순서이다. 『고독이라는 병』이 1960년 발간이고, 『사색 노우트』와 『웃는 갈대』가 1961년 봄이다.
2) 정태영, 「한국 수필 문학 25년사」,《논문집》, 경기대학교, 1971, 114~129쪽.

인, 작가를 비롯해서 공무원과 배우에 이르기까지 다양했으며 월간 《중앙》이나 《여성동아》 등의 종합지에서는 일반인의 참여가 더 두드러졌다. 많은 독자들이 수필을 읽고 썼다. 1960년대를 두고 "수필이 문학의 대표 주자인 것처럼 읽혔던 때"[3]라고 평하는 언급은 이런 사정을 반영한다.

'수필'이 문학잡지에서 시와 소설만큼 실리는 것은 수필이 종합지에서 높은 비중으로 기획되는 현상과 연동해서 '수필'의 외연 확대를 직접적으로 드러내는 것이지만, 결과적으로는 '문학으로서의 수필'과 '에세이(의 번역)로서의 수필'의 이분화 양상을 가시화시켰다. 이는 1930년대 수필 장르를 '문학'으로 규정하고자 했던 논의를 원점으로 되돌리는 현상이었다. 1930년대 수필이 역사적 장르로 부상하면서 많은 사람들이 수필을 읽고 썼다. 이양하, 김진섭 등이 '수필가'로 호명되었으며 이태준, 이효석, 이상 역시 소설 못지않게 수필을 발표했다. 이를 두고 학예면이 발달하면서 생긴 결과로 논의하기도 했지만,[4] 분명한 것은 '문학의 수필화' 현상으로 한정할 수 없는 역사적 장르로 출현했다는 점이다. 이 과정에서 '수필'이 '붓 가는 대로'[5] 쓰는 것이자 "숨김없이 자기를 말하는 글"[6]이라는 개념이 도출되었으며, 동시에 여러 종류의 수필 글쓰기를 '문학'으로 규정하려는 담론이 작동했다.[7]

---

3) "수필이 문학의 대표 주자인 것처럼 읽혔던 때가 있었다. 1960년의 한때라고 생각된다. 이어령, 김형석, 안병욱 등의 수필집은 당시 베스트셀러가 되었다."(김상태, 「소설과 수필의 경계」, 《현대소설연구》 42, 한국현대소설학회, 2009, 27쪽)

4) 조연현은 1930년대 학예면의 발달로 순수 문학과 대중 문학이 동시에 발달되는 과정에 '수필'의 양적 확대가 있었다고 지적한 바 있다.(조연현, 『한국 현대 문학사』(성문각, 1969), 514~515쪽)

5) 김광섭 「수필 문학 소고」, 《문학》 1호, 1934.

6) "자기가 가질 수 있는 지식이 인간에 대한 흥미에 따라서 소설가와 같이 사람을 창조하는 것은 아니지만 사람을 자기의 주관에 의해서 볼 때에 거기 여러 가지 종류의 글이 나온다고 생각하는데 거기서 나오는 글을 수필이라고 생각"한다고 하거나 "숨김없이 자기를 말하는 행위"(김진섭, 「수필의 문학적 영역」 (하), 《동아일보》, 1939. 3. 23.)라고 쓰고 있다.

7) 김현주, 「1930년대 수필 개념의 구축 과정」, 《민족문학사연구》, 민족문학사연구소, 2003, 272~273쪽. 1930년대 '수필' 논의는 이외에도 문혜윤, 「1930년대 수필의 장과 장

그런데 1960년대 재차 불거진 '수필'의 역사적 부상은 수필을 '문학' 장르로 한정시키는 것이 과연 타당한지 다시 묻게 했다. 1960년대를 전후해서 수필이 풍미한 것은 앞서 보았던 것처럼 다양한 사회적 요구가 맞물린 결과이다. 전후의 장애, 이산, 고아, 가난의 '사연'을 드러내는 데 1인칭 산문의 형식이 적합했으며 공동체의 복원과 재건을 위한 질서를 모색하는 데에도 체험과 사유의 글쓰기가 필요했다. 4·19 혁명 이후 민주주의의 기대와 의지 속에서 각각의 고통을 해결하고자 하는 바람 등이 집합적으로 표출되면서 공동체의 복원과 '조국의 재건', 그리고 민주주의에 대한 기대가 수필 안에 복합적으로 투영되었다.

이러한 사회적 요구는 리터러시 교육과 저널리즘의 확대 등이 결합하며 확대된 결과이다.[8] 일반 시민들의 쓰기 능력이 1954년 1차 교육 과정 이후 안착되면서 학생, 여공, 공무원, 교수와 고학생 할 것 없이 수기와 에세이를 읽고 썼다. 1960년대 라디오 기획으로 여공, 식모 수기 등이 기획될 수 있었던 것도 리터러시 능력의 향상과 연동하는 것이다. 또 이 과정에서 고통을 객관화하고, 체험을 사회화하고자 하는 집합적 마음이 표현되기도 했다. 국민학생 이윤복의 수기를 읽고서 가출한 어머니를 찾아주려 했던 독자들의 캠페인이나 전혜린의 죽음 이후 대학생들이 모여 여러 글쓰기를 책으로 묶어 낸 기획[9] 모두 개인의 언어를 통해 공적인 질서를 상상하고자 했던 1960년대 집단 지성의 발현이었다.[10] 이 과정에서 '조국의 재건'이

르의 역학」,《반교어문》 29, 반교어문학회, 2010;「수필 장르의 명칭과 형식의 수립 과정,《민족문화연구》 48, 2008; 이윤희·김수지·류수열,「수필 개념을 둘러싼 학술 담론과 교육 담론의 긴장」,《문학교육학》 65, 한국문학교육학회, 2019 등이 있다. 이 연구에서도 1930년대 수필이 풍미했지만 '수필' 장르의 불확정성이 반복되고 있다는 분석을 하고 있다.

8) 「안정선 보여 주는 잡지 구독자 매스컴 붐 탄 수기 1위」,《경향신문》, 1965. 1. 25. 5면.
9) "전혜린 전집을 출판시킨 것이 그의 후배들이었고 바로 이들이 어떤 책을 사느냐에 따라 베스트셀러의 판도가 바뀐다."(김병익,「청년 문화의 태도」,《동아일보》, 1970. 2. 19)
10) 1960년대 이윤복의 수기와 전혜린의 수기가 1960~1970년대에 걸쳐 독자들에게 열광적 지지를 받은 것과 관련, 공론장에 이입되거나 번역되지 못한 말의 질서와 관련되어 있

라는 대의 안에 수많은 개인들의 상처와 기억, 경험과 사유를 일기, 수필, 수상 등으로 공론장의 담화에 참여했다.

그럼에도 이 시기 '수필'에 대한 논의는 거의 다루어지지 않았다. 작품론 정도는 있었지만, 1960년대 '수필' 장르 자체를 연구한 경우는 없었다. 이는 1960년대 '수필'이 가진 이중적 위치와 연동하는 문제이다.[11] 이 시기 발표된 수필을 두고 '문학'인지 아닌지 판단을 유보한 채 수필류 전체를 외면하는 현상은 '수필' 장르 자체에 대한 저평가와 연결된 것이다.[12] 김형석, 김태길, 안병욱의 수필을 연구한 논문이 전무한 것도 같은 맥락이다. 문학장 내부에서 '수필'을 중요한 문학적 성취로 다루지 않으면서 '수필'로 통칭되는 글쓰기 전체를 외면하는 문제가 계속해서 반복되고 있는 것이다.

이 연구에서는 1960년대 수필 그 자체를 장르 규정으로 선험적으로 판단하기 전에 대중적 반향을 낳았던 글쓰기 자체에 주목하고자 한다. '철학자'의 수필로 범주화할 것인지 아니면 1960년대 철학자의 '수필'로 범주화할 것인지 묻는 것 또한 차후의 문제이다. 먼저 물어야 할 것은 1960년대 1인칭 산문의 형태로 쓰인 철학자의 글이 '수필'의 외연을 확장시켜 가면서 독자들에게 설득력 있게 다가간 원인을 1960년대 문화사의 맥락 속에서 살펴보는 일이다. 다시 말해 이 연구에서는 '철학자의 수필'이 풍미하는 현상과 1960년대 '수필'의 외연이 확장되는 과정을 1960년대 문화사 속에서 분석할 것이다. 다만 1960년대 '수필'에 대한 논의가 전무한 상황 속에서 이들의 수필을 문화사 안에서 다루는 첫 시도인 만큼 각각의 글의 특성에 우선 집중할 생각이다.

다는 분석을 제시한 바 있다.(졸고, 「1960년대 수기와 민중」, 《어문연구》 47, 2019; 「여성은 번역할 수 있는가」, 《서강인문논총》 38, 2013)

11) 정태영, 앞의 책, 110쪽.

12) 수필은 다른 장르와 달리 '형식적 규정'이 없다. 소설은 허구성을, 시는 서정성을, 극은 무대를 기준으로 삼는 데 비해, 수필은 '붓 가는 대로' 자유롭게 쓴다고 설명된다. 이런 특정 때문에 진입 문턱이 낮지만 바로 이 점 때문에 수필 장르가 저평가되기도 했다.

2 수상, 수기, 에세이: 수필이라는 기호

'철학자이자 수필가'라는 명명이 지금에 와서는 자연스럽지만, 1960년 대까지 이런 언급은 자연스럽지도 일반적이지도 않았다.『고독이라는 병』 (1960),『사색 노우트』(1961),『웃는 갈대』(1961) 수필집이 베스트셀러로 대중들에게 알려졌지만, 이들은 '수필가'를 자기 정체성의 일부로 내세우기 보다는 '철학자'에 좀 더 비중을 두면서 '수필'을 본외의 부가적인 일로 언급했다. 이들이 기본적으로는 연세대, 숭실대, 서울대 교수로 재직하고 있었기 때문이기도 하지만, 1980년대 문면에서 종종 '철학자이자 수필가'로 자임하는 것을 감안하면 1960년대 '수필'이 지닌 다소 복합적인 문화사의 맥락과 연결되는 반응으로 보인다.[13]

앞서 일별한 것처럼 1950~1960년대 '수필'이 대중적인 장르로 풍미한다. '수기', '수필', '에세이', '수상', '기행' 등의 용어가 동시에 사용되면서 수필의 하위 장르로 볼 수 있는 여러 기호가 동시에 임의적인 방식으로 수용되었다. 이를테면 1956년에 펴낸 책의 서두에 '수상수감(隨想隨感)'이라는 기호를 붙이자 곽학송은 문인이 쓰면 '수필'이고 그렇지 않은 사람이 쓰면 '수상수감'이 되는 것은 적합하지 않다고 서평에서 밝힌다. 문학자가 쓴 수필이 아니기 때문에 '수상수감'이라는 기호가 쓰였다고 판단한 것이다. 이는 다른 사례에서도 찾아진다.[14] 김형석 역시『고독이라는 병』을 출판하면서 '수필이라기보다는 마음의 그림 같은 인상'이라는 식으로 겸양의 표현을 사용해서 '수필'이 아니라고 완곡하게 말한다.

지금도 나는 나의 미숙함과 약점을 잘 아는, 그러므로 나의 모든 것을 책

---

13) "수필가이며 철학자로 40여 년을 교육계에"(「토크쇼, 11시에 만납시다」,《경향신문》, 1985. 9. 18), "원로 철학자이며 수필가의 철학 에세이집"(「홀로 있는 시간에」,《경향신문》, 1989. 3. 6) 등의 언급을 찾아볼 수 있다.

14) 1955년 중앙대학교에서 학생들이 쓴 수필을 두고 「수상수감」, 중앙대학교 문화부, 1955. 2. 20.

하지 않는 몇 사람들에게 이 글을 나누어 주고 싶은 심정이다. 책이라기보다는 일기장 같은 생각이 들어 수필이라기보다는 마음의 그림 같은 인상을 나 자신이 받고 있다.[15]

이 흘러간 십 년에 수록된 사십팔 편의 글은 애초 문학 작품으로 씨워진 것이 아니며 그래 저자는 隨想隨感이라 이름한 듯하다. 그러나 통독하고 난 나의 느낌은 도대체 문학 작품으로서의 수필과 그렇지 않은 것과의 차이는 무엇인가 싶었다. 문인이라는 이름이 붙은 이가 쓴 글은 문학 작품으로서의 수필이요 그 밖의 사람이 쓴 글을 그렇지 않단 말인가.[16]

수필에 대한 장르 인식이 희미하게 자리 잡고 있기는 하지만 1인칭 산문을 지칭하는 쓰기에 대한 인식은 없는 상태라는 것을 알 수 있다. 이는 '수필'을 문학으로 한정하려는 시도 속에서 오히려 다양한 수필의 하위 양식을 포괄하지 못하는 현상으로 나타난다. 1954년 자유문학상을 선정하며 '수필' 부분을 넣고 있으나[17] 수필 수상자는 없었다. '문학상'의 범위로 '수필'을 선별하고자 했지만 심사자 대부분이 소설가와 시인으로 구성된 것처럼 '수필가'의 이름으로 소개하는 이들이 그리 많지 않았다.[18] 아니 더 정확하게 말하자면, '문학으로서의 수필'이 소설이나 시처럼 많지 않았던 것이고, 이는 수의 문제가 아니라 문단 내부에서 빚어진 '수필'의 개념과 범위에 관한 인정 문제이다. 발표된 작품 수만 본다면 '수필'의 양이 적지 않음에도 수필 수상자를 계속해서 내지 못했던 것은 '문학으로서의 수필'이라는 규정이 '수필의 문학성' 논의로 발전하지 못한 채 현실 변화

---

15) 김형석, 「머리말」, 『고독이라는 병 — 김형석 에세이 전집 7』(삼중당, 1972).

16) 곽학송, 「흘러간 십 년, 손진규 저」, 《동아일보》, 1956. 9. 18.

17) 「문학 부흥과 재건 협조 — 제2회 수상의 자유문학상」, 《동아일보》, 1955. 2. 4.

18) 피천득, 전숙희 정도가 수필가로 언급되고 있다. 《수필》 잡지 등에 적힌 인사 동정란을 보면 '수필가'로 언급되어 있는 작가는 이보다 많으나 동인지가 아닌 일반 언론에서 '수필가'로 호명되는 인물은 그 수가 많지 않았다.

를 수용하지 못했기 때문이다.

1950년대 '수필가'라는 이름은 오히려 외국 필자들을 소개할 때 더 많이 쓰인다. 1930년대에도 그랬지만 수필의 기원으로 베이컨과 몽테뉴를 머릿속에 떠올리는 것은 반복되는 관례였고 규범이었다. 즉 '문학적인 것'과 거리가 있는 필자들이었지만 관례적으로 지면에 따라 수필가로 수용했다. 1955년《사상계》19호(1955. 2)에 '수필'란이 생기는 것도 유사한 맥락이다. 시론이나 평론, 문학 등이 주로 다루어지는《사상계》에서 '수필' 코너가 생긴다. 1955년 목차를 참고하면, 권두언 ─ 연구 논문 ─ 평론 ─ 수필 ─ 내외 전망 ─ 시론 ─ 문예 ─ 연재 부록 ─ 독자 통신 등이다. 글의 배치만 놓고 보면 주로 이론적, 보편적 학문 분야에 속하는 글이고 뒤쪽으로 갈수록 현실 진단이 주를 이룬다. '수필란'의 위치를 통해 짐작할 수 있는 것은 '문학으로서의 수필'을 전제했다고 보기는 어렵다는 점이다. 만약 그런 생각이었다면 '문예'란에 수필을 배정했을 것이다. 수필란에서 글을 쓰는 필자들은 전영택, 엄요섭, 이어령, 손우성, 신상초 등으로 문학, 신학, 언론인 등으로 '문인'이나 '문학자'로 한정되지 않았다. 이들이 공히 자기 경험에 근거한 1인칭 산문을 쓰고 있는 것을 볼 때 '에세이'의 번역어로서 '수필'을 차용한 것으로 짐작할 수 있다.

1950년대 '수필'의 기호는 '문학으로서의 수필'과 '에세이로서의 수필'이 동시에 공존, 병존하는 것으로 지속된다. "한국 신문화 60년사에 없던 수필지"[19]가 1961년《수필》잡지로 창간되었는데 이 잡지 창간호에 실린「수필의 정체」에서는 'essay'의 번역어로서 수필을 이야기한다. 그러면서 "수필의 정체를 밝혀 새로운 정신문화 영역에 투석이 되고져 하니 그 고난도 미리 짐작 가는 바이다."[20]라고 하면서 '수필'을 둘러싼 담론적 갈등을 에둘러 드러내기도 한다.《수필》3호에서는 수필을 정의하려는 시도가 이어지는데 "우리에게는 수필은 있으나 엣세이는 없는 것 같다."라고 아쉬움

19) 「후기」,《수필》, 수필사, 1961. 4, 50쪽.
20) 「수필의 정체」, 위의 책, 2~3쪽.

을 표하며 "생각되어진 사상이 아니라 느껴진 사상이 엣세이가 아닐까 한다."[21]라고 언급하며 '에세이로서의 수필 개념'을 적극적으로 수용하려는 태도를 보인다. 여하튼 1961년 발간된 《수필》에서는 1호에서 3호에 이르기까지 '일기', '기행', '단상' 등의 용어가 동시에 사용되는 것은 물론 철학자 베이컨의 수필을 소개하고 있으며 '세계 수필 사상가 순례'라는 특집을 통해 '수필'과 '사상가'가 인접해서 쓰이는 역사를 자연스럽게 선보인다. 또 '여류 수필', '학생 수필' 등을 하나의 코너로 배치해 넘으로써 '수필'의 기호를 포괄적으로 사용하는 양상을 분명히 보인다. 1963년 수필 동인지로 발간된 《에세이》[22] 역시 마찬가지이다. 부산 지역 문학 동인들이 만든 동인지 제목이 '에세이'인 것은 본인들의 수필을 '에세이' 기호로 수용하겠다는 뜻이다. 수필의 개념이 정리, 확정되지는 않았지만 수필의 외연이 확장되는 양상으로 볼 수 있다.[23]

그러나 '수필'을 둘러싼 두 개의 기획은 여전하기도 했다. 1965년 『수필 문학 전집』 5권으로 발간되는데 이희승부터 양주동, 김동환, 마해송, 김소운, 심훈 등 전적으로 문학자 중심으로 편집되어 있다. 그러나 같은 시기에 발간된 1966년 『세계 수필 문학 전집』의 1권 한국 편은 '수필 문학'의 제호로 김형석, 김태길, 안병욱과 함석헌, 피천득, 박종홍까지 당시 '문학인'으로 상상되지 않던 필자 목록이 올라온다. 장 제목 역시 "지성의 좌표", "삶과 죽음의 피안", "비극의 풍토" 등 '수필 문학'의 첫 장을 '지성의 좌표'로 시작하고 있다는 점이 인상적이다.[24] '수필'과 '에세이'의 기호가

21) 윤원호, 「수필과 엣세이와」, 《수필》, 1961. 6, 43~44쪽.

22) 「수필 문학 동인회 《에세이》 창간」, 《마산일보》, 1963. 7. 19.

23) 1970년대 《수필문학》이 창간되면서 수필 개념을 '문학'으로 한정하려는 시도가 재차 반복된다. 특히 이 잡지 창간 특집으로 「수필과 40대 문학 진단」이 기획되는데 이 글에서 수필을 "인간 성숙기에 잉태되는 문학" 등으로 정의한다. 이는 '수필'을 '성숙한 어른'의 문학으로 설명하며 대중적 글쓰기와 구분하려는 시도이다.(조풍연, 「수필과 40대 문학」, 《수필문학》, 1972. 3, 46쪽)

24) 김형석의 수필은 「진에게 주는 글」과 「현대와 인생관의 문제」 등이, 안병욱의 수필은 「생각하는 갈대」가, 김태길의 수필은 「아담의 後裔」가 선별되어 있다. 전반적으로 '수필 문

맥락에 따라 대립, 길항하면서 '수필' 장르의 모호성이 반복되었다.

'수필' 개념의 불확정성과 개방성의 맥락 속에 3인의 수필이 놓여 있었다. 다만 철학자들의 수필에서 특징적인 것은 수상, 일기, 소론, 수필, 에세이 등의 기호들을 넘나드는 것뿐 아니라 다수의 수필집을 동시에 발간하고 있다는 점이다. 안병욱은 1969년 『아름다운 창조』를 펴내면서 "나의 제9 수상집을 내어놓는다. 나는 그동안 여러 권의 수상집을 썼다."라고 말할 정도로 1970년에 벌써 9번째 수상집을 출판한다. 김형석 역시 "교수의 수상집을 6만여 권이나 찍어 댔던 삼중당"[25]이라는 식으로 1960년대에 활발하게 수필을 쓴다. 또 이 과정에서 다양한 수필의 하위 장르에 도전한다. 1964년 삼중당에서 『김형석 엣세이 선집』을 발간하는데, 『고독이라는 병』의 서두에서는 '나의 처음 수필집'이라고 칭한다. 그런데 같은 전집에 실린 『오늘을 사는 지혜』에서는 '가벼운 논문'이라고 칭한다. 가벼운 논문과 수필, 에세이를 미묘하게 다르게 사용하고 있는 것이다. 이런 현상은 김태길의 책에서도 반복된다. 『빛이 그리운 생각들』을 보면 1부는 가벼운 글, 2부는 수상, 3부는 단상 4장은 소론 등이다. '수필'이라는 기호를 대신하는 다른 용어들로 책 전체를 채운다. 이는 출판부의 기획이 아니다. 1부에서부터 4부에 이르는 글의 배치에 대해 김태길 본인이 머리말에서 자세히 언급하고 있기 때문이다. 이를테면 마지막 '소론'과 관련해서 "널리 삶의 문제에 관한 것들이며 특히 우리들의 마음가짐에 관한 것들이 많다. 내가 모럴에 관한 학문에 종사하고 있다는 사실과 관련이 있다."라는 식으로 '소론'조차 논문이 아니라 '개인의 모럴'이라고 분명히 한정하고 있다. 필자마다 약간의 차이는 있지만, 이들은 공히 '에세이'와 '일기', '수상', '소론'을 종횡무진 오가며 수필의 하위 장르를 다양하게 현실화해 낸다.

학'을 외연과 개념을 재규정하려는 시도가 나타나고 있다고 볼 만한 부분이다.
25) 「출판계 우울한 가을맞이」, 《경향신문》, 1963. 8. 20.

나의 제9 수상집을 내어놓는다. 나는 그동안 여러 권의 수상집을 썼다. 『사색 노우트』, 『사색인의 향연』, 『마음의 창문』, 『알파와 오메가』, 『철학 노우트』, 『행복의 미학』, 『인생은 예술처럼』, 『A 교수와 21장』의 뒤를 잇는 것이 『아름다운 창조』다. 우리 인생으로 하여금 아름다운 창조가 되게 하자. 나는 성실을 인생의 지팡이로 삼고 양심을 생의 등불로 간직하고 50년을 살아왔다.[26]

이 교수: 선생님께서는 철학 교수로서뿐만 아니라 수필 대가로서도 필명을 떨치고 계신데.

김 박사: 철학의 연장으로 수필을 쓰고 있네만 이 군이 요즘 왕성하게 발표하는 글들도 수필 아닌가.

이 교수: 저야 잡문 나부랭이지만 수필을 철학의 연장으로 쓰신다고 하셨는데 과거 정통 철학자가운데 1급 수필가들이 많았죠.

김 박사: 몽테뉴, 프란시스 베이컨, 파스칼, 버트런드 러셀을 꼽을 수 있고 니체도 그 부류에 포함되겠지.[27]

이들은 '문학으로서의 수필'과 '에세이의 번역어로서의 수필'의 격차가 존재하는 현실 맥락에서 다양한 글쓰기를 해 내며 '수필'의 외연을 확장시켜 낸다. '철학의 연장으로 수필'이라고 단서를 달기는 했지만 '문학'과 '철학'의 경계를 오가며 '수필'이라는 장르를 재구성하는데, 이를테면 에세이를 상상하며 '수상'을 쓰기도 하고, '수필'이라고 하면서 '수기'와 다를 바 없는 체험의 기록을 내놓기도 한다. 또 '논문'과 흡사하지만 글의 전개 방식이 다른 '소론'을 쓰기도 한다. 이는 글쓰기 장르의 혼동이 아니라 수필과 에세이 사이에 놓인 스펙트럼을 종횡무진하며 장르를 확대한 결과이다. 1960년대 이들의 수필이 인기를 끌면서 결과적으로 장르의 경계를 재

---

26) 안병욱, 「서문」, 『아름다운 창조』(삼육출판사, 1969).

27) 「은사를 찾아서 ─ 격동기 지성인은 역사선도 자세로」, 《경향신문》, 1980. 2. 2.

구성하는 것은 물론 역설적이게도 '수필'의 개념을 다시 묻게 하는 근거가 되기도 했다.

1960년대 철학자 3인의 '수필'을 문화사 속에서 설명해야 하는 이유이기도 하다. 그간 수필을 '문학'으로 한정하며 '서정성'에서 길을 찾기도 했지만, 1960년대 '철학자의 수필'은 또 다른 가능성을 보여 주고 있다. 이들은 '문학적인 것'에 경도되지도 않았고 또 스스로 철학의 바깥에서 1960년대 현실에 응답하는 '수필'이 무엇인지 역설해 내고 있다. 그러므로 물어야 할 것은 이들의 수필이 1960년대 문화 안에서 설득력 있게 대중 독자에게 다가갈 수 있었던 이유일 것이다.

3 시민 교양에서 국민 윤리까지: 김형석, 안병욱, 김태길의 수필

3-1 전후 '고독'한 자의 자기계발과 윤리

김형석은 1960년대 대표적인 수필가로 안병욱, 김태길과 공히 1920년생 철학자이다. 평안북도 운산에서 태어나 평양 숭실중학교를 거쳐 제3 공립 중학교를 졸업했으며 1947년 탈북해서 서울 중앙고등학교에서 교감과 교사로 활동하다가 1954년 연세대 철학과 교수로 부임한 뒤 30여 년간 연세대에서 교편을 잡았다. 1955년 『절망을 넘어서』를 펴낸 이후 1960년에 『고독이라는 병』을 출간했고 이듬해에 출판한 『영원과 사랑의 대화』로 1960년대 대표적인 수필가로 자리 잡았다.[28] 『고독이라는 병』의 발간 이후 거의 매

---

28) 이 글에서 김형석의 수필은 『고독이라는 병』(1960)과 『영원과 사랑의 대화』(1960)를 대상으로 한다. 두 텍스트 모두 개작과 개정 등으로 출판사가 같아도 계속 개작, 개정되기 때문에 같은 수필이어도 인용 쪽수와 수록 작품이 조금씩 다르다. 이 논문에서는 1960년, 1961년 발간된 판본 중심으로 논의하되, 초판본에 수록되어 있지 않은 수필을 언급하기 위해 1973년 삼중당 전집본을 부분적으로 참고할 것이다. 또, 김형석의 일기이자 자서전인 『한 인간의 이야기』(삼중당)를 부분적으로 참고할 것이다. 참고로 『김형석 엣세이 전집』은 1964년에 선집본(5권)이 있고, 1969~1970년 전작집본(10권)이 있으며,

년 한 해도 거르지 않고 활발하게 수필집을 발간하면서 '수필가'로 활동하고 있다.

김형석의 수필집 『고독이라는 병』과 『영원과 사랑의 대화』는 1960년대 베스트셀러였다. 1965년 이화여대 학생들의 독서 실태 조사 결과에서 인상 깊게 읽은 국내 서적 5권 안에 김형석의 책이 꼽히는 등 1960년대 내내 독자들의 인기를 얻었다.[29] 김형석의 수필이 당대 독자들에게 사랑과 인정을 받은 기본적인 이유는 역사적, 동시대적 경험에 근거한 글쓰기 방식 때문이다. 그는 해방과 전쟁을 거쳐 가난과 이산에 이르는 기간을 역사적 배경으로 삼아 동시대인들이 겪고 있는 실존적 위기를 글쓰기의 소재로 차용한다. 뿐만 아니라 동시대인이 겪고 있는 가족적, 사회적 관계의 해체를 '고독'으로 응축시켜 내면서 대중 독자들이 겪고 있는 다양한 고통에 응답하는 글로 '공감'의 폭을 넓힌다.

고향 이 얼마나 그윽한 음향인가 부르고 보면 향기인지 꿈인지 모르는 고향의 안개가 바로 내 주위 감각 속에 찾아 스며드는 것 같은 음향이다. 나는 어려서 부모형제들과 더불어 산촌에서 자랐다. 일곱 살인가 되는 어떤 봄날 어머니는 나에게 우리가 저 먼 북진에서 여기로 이사 온 지도 벌써 두 해나 되었지라고 말해 준 일이 있었다.(202)

초등학교 3학년 때쯤이었던가 한다. 나는 작문 시간에 내 고향이라는 글을 지었다. 내 어린 꿈의 시절을 안아 주었던 북극의 산 냇물 오막살이 밤하늘의 별들을 힘껏 아름답게 그려 보았던 것이다.(203)

1970~1973년 전집본(10권)이 또 있다. 모두 삼중당에서 출판했으나 책의 구성이 조금씩 다르다. (『영원과 사랑의 대화』는 지금까지 60만 부 이상 팔렸다. 1955년 출판해서 2019년까지 책을 발간하고 있으며 지금까지 출판한 책이 수백 권에 이른다. 책을 발간하기 시작한 이후 한 해도 거르지 않고 책이 간행되고 있다.)

29) 「여대생과 독서」, 《경향신문》, 1965. 8. 28.

평양 부근의 S 마을에서 중학을 끝내고 4, 5년이나 되는 젊은 시절을 섬나라 일본의 수도 도오꾜오에서 보냈다.

그러던 나에게 요사이는 때때로 잊어버리기나 하였던 듯이 고향 생각이 떠오른다.(205)

인간은 왜 고향을 잃었는지 모른다.(206)[30]

첫 번째 에세이집이기도 한 『고독이라는 병』은 해방과 전쟁을 경험하며 가족과 고향을 잃은 채 살아가는 수많은 이들의 외로움, 그리움, 향수 등의 복합적 감정을 기본적인 정서로 담아낸다. 이를테면, "무척 어머니가 보고 싶어졌다. 날개라도 있으면 이 저녁때 온 식구가 둘러앉아 저녁을 먹는 식탁에 잠깐만이라도 다녀오고 싶은 심정이었다."[31]라고 하거나 "늙으신 할아버지를 삼팔선 때문에 모시지 못하고 있는 불효자식인 내 마음은 너도 어렵지 않게 짐작하리라고 믿는다."[32]라는 식으로 전후 피난민과 탈북민이 겪고 있는 아픔에서 이야기를 시작한다.

그래서 김형석의 수필에는 과거-현재로 이어지는 시간적 원리에 따른 서사의 연쇄가 자주 나타난다. 어린 시절 고향 이야기와 해방과 전쟁을 경유하며 겪은 이산과 이별의 이야기와 동시에 현재의 소소한 생활 이야기가 교차하며 수필의 소재로 활용된다. 이를테면, 부모님과 같이 지낸 어린 시절 이야기 속에서는 '고향'의 평화로움과 부모님에 대한 그리움이 그려지고, 해방과 전쟁을 거치며 부모님과 헤어지던 시절의 이야기 속에서는 이산의 아픔이 다루어진다. 아울러 현재의 삶을 담아내는 이야기에서

---

30) 김형석, 「고향」, 『고독이라는 병』(삼중당, 1960), 202~206쪽.
31) 김형석, 「꿈」, 『영원과 사랑의 대화』(삼중당, 1961), 60쪽.
32) 김형석, 「진에게 주는 글」, 『고독이라는 병』(삼중당, 1973), 266쪽. (「진에게 주는 글」은 1961년 초판본에는 실리지 않다가 1963년 개정판에서부터 들어간다. 이 글에서는 1973년 『김형석 엣세이 전집 7권 — 고독이라는 병』을 참고했다.)

는 소박한 삶 안에서 만나는 제자, 이웃, 가족 등의 이야기가 그려진다. 김형석 수필의 기본 소재는 언뜻 보아도 경험적인 동시에 서사적이다. 본인이 직접 체험한 일들을 수필의 쓰기 재료로 활용하며 각각의 에피소드마다 아픔과 희망의 느낌을 기록하는 방식이다.[33]

나는 어린 시절을 너무 가난하게 보냈다. 그리고 지나치게 병약한 소년기를 살아왔다. 그 반면에 항상 스스로를 비판해 보며 남다른 점을 느껴 보기 좋아하는 편이었다. 느끼는 갈대 같은 어린 시절을 지내 온 셈이다. 다른 모든 소년들과 같이 나에게도 즐거운 생일은 있어야 했다. 그러나 어린 나의 마음을 채워 주는 즐거움이란 아무것도 없었다. 그 큰 원인 중의 하나는 지금 생각하면 아버지 성격이었다. 아버지만큼 예식과 허례를 싫어하는 분도 없을 것 같다.[34]

지금까지 이렇게 마음에 뜻을 세워 본 일이 두 차례나 있었다. 열네 살 되던 봄 친척집 사랑방에서 나오게 되면서 우리는 작은 오막살이를 세우게 되었다. (중략) 외국제 양복, 나일론 양말, 구두방 구두 등은 아마도 팔자에 없을 것 같아 섭섭하기도 하다. 지난겨울에는 두세 켤레의 양말, 이번 여름에는 자유시장에서 산 노우타이 한 벌과 흰 런닝샤스 두 벌로 지나야 할 것 같다. 그것으로 만족한다. 그러나 요사이는 점점내 수입이 늘어난다. 부지런히 쓰면 책값도 나오고 와이셔츠와 넥타이는 2, 3년을 쓸 수 있을 정도다. (중략) 이렇게 내 자신은 자꾸만 늘어 가고 있다. 쓰고 남은 것이 부라면 나는 지금 확실히 부자가 되어 가고 있는 것이다. 30만 원만 생기면 하늘이 많이 보이는 산간에 오막살이 서재 생각도 해 보고 삼천만 원만 생긴다면 가난한 학생들을 위하여 문화관이라도 한 채 장만해 주고 싶은 꿈도

---

33) 이재복은 김형석의 수필을 "공감할 수 있는 여지와 진정성의 깊이를 제공"하는 글이라고 해설한 바 있다.(「사랑, 고독, 그리고 유머의 감각」, 『김형석 수필 선집』(2017), 392쪽)
34) 위의 책, 「철학적인 생일」, 233쪽.

가져 본다.[35)]

이를 가능하게 하는 주요한 원리는 과거-현재를 연결시키는 서사에 있다. '잃어버린 고향' 이야기와 1950년대를 살아가는 '가난'의 이야기가 '마음의 뜻' 안에서 서로 단단하게 연결된다. 이를테면 현재의 '가난'을 이야기하며 "지난겨울에는 두세 켤레의 양말, 이번 여름에는 자유시장에서 산 노우타이 한 벌과 흰 런닝샤스 두 벌로 지나야 할 것 같다."라고 언급하는데, 여기에서 '가난'은 경제적인 이유가 아니라 개인사와 연결된 부채감 때문이다. 그는 생활의 여유가 생겨도 가난을 자처한다'고 볼 만큼 '절약'을 강조한다.

김형석은 유학 시절 편지 한 통을 받는다. 집이 너무 가난해져서 오두막을 팔았는데 당시 어머니가 동리 사람들이 부끄러워 밤에 혼자서 이삿짐을 날랐다는 사연이 담긴 여동생의 편지이다. 김형석은 이를 잊지 않고 기억해 두었다가 절약해야 하는 상황이 생길 때마다 이 과거를 소환해 낸다. "값비싼 모자, 외국제 양말, 나일론 양말" 등 "팔자에 없을 것 같은" 물건에 관심을 두지 않고 그보다 가격이 덜한 물건만으로도 '만족'하게 되는 이유는 "내 자신은 자꾸만 늘어 가고 있다."라고 생각하는 것이 그러한 예인데, '나 자신은'이라고 말하며 말의 여운을 남기는 것은 마음 한 켠에 '부모님'을 떠올리는 부채감과 죄의식 때문이다. 이는 오막살이에 대한 기억에서도 다시 한번 반복된다. 김형석은 돈이 조금 더 생기면 "산간에 오막살이 서재"를 지었으면 좋겠다고 생각하는데 그에게 "오막살이"는 "열네 살 되던 봄 친척집 사랑방에서 나오게 되면서 우리는 작은 오막살이를 세우게 되었다."라는 기억에 뿌리를 두고 있다. 즉 부자가 되고 싶은 마음의 근저에 부모님과 함께하는 삶으로 돌아가고 싶은 그리움이 강렬하게 놓여 있다. 그래서 그에게 조금은 여유로운 '현실'조차 가난했던 '과거'와

---

35) 김형석, 「부자가 된 이야기」, 『영원과 사랑의 대화』, 167~171쪽.

단단하게 연결되어 있으며, '절약'하는 생활은 어머니를 기억하는 아들의 마음이기도 하다. 이런 마음 때문에 '가난에 머물자'는 마음을 반복해서 다지기도 한다.

이처럼 아픈 과거의 기억을 잊지 않으면서도 현대의 삶을 성공적으로 꾸려 나가는 모습이 감동적으로 전달된다. 더욱이 김형석 본인이 지식인으로서의 자기 경험을 승화시켜 사회적 역할로 연결해 낼 때 감동의 깊이는 배가된다. 「무엇 때문에 사는가」라는 글에서 이런 상황이 잘 나타난다. 대구에서 서울까지 한 고등학생이 찾아온다. 어린 학생이 생면부지의 교수를 찾아온 까닭은 전염병으로 갑자기 돌아가신 어머니를 화장한 후 어머니의 부재를 믿지 못한 채 죽음 생각에 사로잡혀 있기 때문이다. 왜 살아야 하는지 이유를 모르겠다고 말하는 이 학생에게 '무엇 때문에 사는지' 삶의 목적을 물어 가며 살아가야 한다는 것을 당부하며, 앞으로 이런 문제에 대해 공부해 보면 좋겠다는 얘기까지 덧붙인다. 그러면서 가깝게 찾아갈 수 있는 경북대학의 선생님을 소개시켜 준다. 그는 어머니의 죽음을 직면한 어린 학생을 배웅하며 "고독과 슬픔이 한꺼번에 내 가슴에도 스며드는 것 같았다."라고 쓰면서 홀로 남겨진 고학생에 전적으로 감정 이입한다. 본인의 경험을 객관화해서 사회적 역할로 전환시켜 낸다. 「진에게 주는 글」에서도 이런 장점이 십분 발휘된다. 아들 진이 스무 살이 되었을 때 편지 한 통을 쓴다. 이 편지도 할아버지와 할머니의 기억으로부터 시작해서 아들이 여섯 살 때의 기억, 그리고 학교 다닐 때의 기억을 하나하나 떠올리며 삶을 살아가는 태도에 대해 당부한다. 이 글 역시 과거와 현재뿐 아니라 미래의 질서까지도 연결되며 기억과 책임의 윤리를 되새긴다.

김형석의 수필은 해방과 전쟁, 가난과 트라우마로 고단한 삶을 살아가는 이들에게 '고독'의 키워드로 삶의 부박함을 응축해 내고, 이 삶을 어떻게 견디면서 더 나은 삶으로 승화시켜 나가야 하는지 제시한다. 동시대 한국인이 경험했을 법한 아픔과 상처를 회복하는 힘의 원리가 바로 과거를 잊지 않는 현재에 있음을 드러낸다. 수많은 독자들이 그의 에세이에 공감했던 것은 공감과 회복을 통해 과거에서 현재로 나아갈 수 있는 희망을 전했기 때문이다. "고독에서 방황하는 지성인이여 여기에 당신의 휴식이 있다."[36]라는 책의 선전 문구 역시 이런 상황과 연결된다. 자기 체험을 통해 고통을 객관화한 뒤 타인의 아픔까지 따뜻한 시선으로 드러내는 부분은 김형석 수필이 설득력을 얻는 이유이다.

3-2 민족주의에 근거한 자기 수양과 소명의 논리

안병욱 역시 1920년생으로 '철학자이자 수필자'[37]로 활동했다. 평안남도 출생으로 일본 와세대 대학교에서 철학을 공부한 뒤 숭실대학교 철학과 교수를 지냈다. 1954년 러셀의 「세계사의 과제」를 사상계에 번역한 것은 물론 「현대 사상 강좌」 연재를 하며 실존주의와 프래그머티즘, 휴머니즘 등을 소개했다. 또, 1958년부터 《사상계》의 주간을 맡으면서 번역과 집필을 하는 것과 동시에 1961년 『사색 노우트』를 시작으로 『알파와 오메가』, 『마음의 창문을 열고』, 『철학 노우트』, 『생각하는 갈대』, 『도산 사상』, 『아름다운 창조』 등의 수필을 1960년대에 발표했다.[38] 뿐만 아니라 홍사단 강좌에 적극적으로 참여하면서 청년 교육에 나서기도 했다.

하루바삐 군정의 시스템을 끝내고 민주주의의 나무를 우리 터전에 깊이 뿌리박게 하는 일은 한국 사회가 당면한 가장 중대한 과제다. 그것은 한국 역사의 최대의 찰랜지다. 이 도전에 우리가 어떻게 현명하게 레스폰드 해야 할 것인가. 프랑스에서도 독일에서도 의회 민주주의가 큰 성공을 거두

---

36) 「광고」, 『고독이라는 병』, 《동아일보》, 1960. 12. 18.
37) 「해설 ── 교양적 지성을 위한 한 글쓰기」, 『안병욱 수필 선집』(지식을 만드는 지식, 2017), 188쪽.
38) 『안병욱 에세이 전집』은 1972년 삼성출판사에서 10권으로 기획되었고, 그 후 『안병욱 에세이 전집』이 전 12집으로 교육 도서에서 1987년 출판되었다. 또 1984년부터 삼육출판사에서 안병욱 전집이 기획되는데 1997년까지 전집 29권까지 출판된 것으로 나타나고 있다.

지 못했지만 영국의 의회 민주주의는 가장 위대한 성공을 거두었다. 영국의 의회는 남자를 여자로 바꾸거나 여자를 남자로 바꾸는 일만 못하고 무엇이나 다 할 수 있다는 말이 있다. 영국의 의회는 의회의 전형이요 모범으로 되어 있다. 그 비결이 무엇일까. 영국식 민주주의의 장점과 특색은 어디에 있는가.[39]

작년 정월에 카네기 製銅 공장으로 유명한 피츠버거 시를 방문한 일이 있다. 미국 철강의 4분의 1은 여기에서 산출되므로 강철의 도시라고 일컫는다. (중략) 마침 하학 시간이라 초등학교의 어린이들이 길에 많이 보인다. 십자로 한가운데 어떤 부인이 제복 비슷한 것을 입고 교통을 정리한다. 나는 여순경인 줄만 알고 물어보았더니 그렇지 않다는 것이다. 초등학교 학생들의 상하학 시간에는 교통사고의 우려가 많기 때문에 이 부근의 부인네들이 오전 오후 한 시간씩 자원해서 교통정리를 한다고 한다. 미국의 데모크라시란 명저를 쓴 불란서의 정치철학자 도크빌이 미국의 번영은 미국 부인들의 힘이 크다고 지적한 일이 있거니와 (후략)[40]

위의 인용에서 보다시피 안병욱은 하나의 개념에 대해 질문하고 답하는 과정에서 개인의 단상이나 경험을 소재로 차용하는데, 대개는 공동체의 앞날에 대해 걱정과 기대하는 방식이다. '영국식 민주주의'는 무엇이고, '시민의 윤리'는 무엇인지 담담히 적는 글에서 드러나듯이 한국의 민주주의에 대해 질문하는 과정에서 영국 의회의 사례를 가져오고, 통학길 수신호에 참여하는 부인들을 보면서 민주주의 사회 속에서 '시민'의 역할에 대해 질문하기도 한다. 어떤 이야기로 시작하더라도 '한국 사회가 당면한 가장 중대한 과제' 등으로 마무리되는 게 일반적이다.

다른 사례도 마찬가지다. 삶의 경험이든, 책 속의 이론이든 경험과 사유

---

39) 안병욱, 「영국식 민주주의」, 『철학 노오트』(경지사, 1963), 30쪽.
40) 위의 책, 45~46쪽.

가 맞닿는 지점에서 얘기되는 것은 '한국의 민주주의'나 한국 사회의 문제이다. 철학자의 사유로 글을 시작하지만, '소논문'이 아니라 '수필'로 보는 이유는 논증과 같은 증명으로 자기주장을 내세우기보다, 보편적 상식에 가까운 '컨센서스'를 재차 확인하는 글쓰기 방식 때문이다. 설득이 아니라 '동의'와 '공유'에 가까운 방식인 것이다. 이는 아홉 번째 수상집인 『아름다운 창조』를 출판하면서 "우리 인생"으로 인사말을 꺼내 놓는 것에서 일부 드러나듯 그에게 수필은 '나'의 이야기인 동시에 '우리'의 이야기이다. 1인칭으로 시작되는 산문이지만 때때로 1인칭이 아닌 글처럼 보이는 이유는 나와 너 사이의 거리를 마땅한 '당위'로 가득 채우기 때문에 '나'의 이야기가 늘 '우리'의 이야기로 전환된다. "학문을 한다는 것과 우리들의 인간을 만든다는 것과는 둘이 아니고 하나다."[41]라는 식의 초기 언급에서부터 이런 면모가 보인다.

이는 본받을 만한 인물을 인용하는 데에서도 일부 드러난다. 안병욱은 안창호와 이광수를 자주 언급하는데, 위인과 자신 사이에 놓인 격차와 거리를 '감화'와 '동일시'로 봉합한다. 이것이 가능한 이유는 자기 수양을 통해 간극과 거리를 극복할 수 있다고 보기 때문이다. 이를테면 춘원과 '나'의 대화에서 드러나듯이 '춘원의 말씀'은 '나'의 삶의 지표를 결정하는 데 영향을 미친다. 그중에서도 춘원과 안창호는 어린 시절부터 감화받은 인물로 공공연히 언급된다. 1966년 『민족의 스승 도산 안창호』[42]를 펴내기도 하는 등 안창호의 민족의식을 수필의 중심으로 가져오는 일이 자주 반복되는 것도 한 예이다.

춘원이나 도산을 언급하는 과정에서 한결같이 강조하는 것은 자기 수양을 닦는 과정에서 공동체를 위하는 행동이다. 공동체를 이끄는 여러 위인들 중에서 '정신력'에 초점을 두고 이를 부단히 닦아 가는 위인들을 향한 존경이 유독 강한 것은 그 때문이다. "나는 정신력이 물질력보다 강하

---

41) 「대학 생활의 반성」, 《사상계》 1955. 6, 162쪽.
42) 안병욱, 대성문화사, 1966.

다고 믿는다."[43]라는 언급이나 도산을 언급하는 곳곳에서 이런 특징이 반복적으로 드러난다. 그가 "한국의 이상적 지식인상"으로 "봉사를 원리로 하는 사명인"을 이야기하면서 '사명'이라는 이름으로 공동체의 이상을 위해 일하는 지식인의 역할에 대해 강조한다. "민족의 질병",[44] "교육 입국"[45]을 언급하는 것도 마찬가지다. 1960년대 안병욱은 흥사단 주최 강연에서도 도산 사상을 강연하는 것은 물론 아카데미 운동에 적극 동참하기도 한다.

춘원은 나에게 도산 말씀을 여러 번 하였다. 그리고 흥사단에 들라고 권면하고 흥사단 약법을 나에게 주었다. "저같이 수양이 없는 사람이 어떻게 흥사단과 같은 수양 단체의 일원이 될 수 있습니까. 이다음에 그런 준비가 되면 입단하겠습니다."고 나는 대답하였다. 춘원은 나에게 이렇게 말하였다. "흥사단은 수양한 사람의 단체가 아니고 수양하는 사람의 단체요."[46]

나는 중학교에 다닐 때에 춘원의 책자를 읽고 도산 선생의 사상과 인격을 알게 되었다. 내가 도산을 나의 생활의 지표로 삼고 살아가게 된 것은 결국 춘원의 영향 때문이다.[47]

한국에 인물이 없는 것은 인물이 되겠다고 결심하고 노력하는 사람이 없기 때문이라고 도산은 생각했다. 도산은 민족이 우러러보는 인물이 되고 만인의 사표가 되려고 스스로 결심했다. 그는 독실한 마음을 품고 정성된 수양을 쌓았다. 하면 되는 것이다. 안 해서 안 되는 것이다. 불가능한 것이 아

---

43) 위의 책, 332쪽.
44) 위의 책, 134쪽.
45) 위의 책, 380쪽.
46) 안병욱, 『아름다운 창조』(삼육출판사, 1970), 24쪽.
47) 위의 책, 64쪽.

니고 가능에 대한 신념이 없기 때문에 안 되는 것이다. 도산은 민족과 결혼했고 조국을 애인으로 삼았다. 그는 민족을 건지는 데 합당하다고 깨달은 것은 내게 이롭건 불리하건 남이 알아주건 못 알아주건 성실 일관의 정신으로 민족에 헌신하고 민족에 봉사했다.[48]

안병욱은 안창호 책을 펴내면서 '민족의 스승 도산 안창호'라고 일컫는다. 앞의 언급에서 나타난바, 춘원 — 흥사단 — 안창호에 이어지는 연결 속에서 한결같이 반복되는 것은 '민족'을 위한 '수양'이다. 즉 '수양'은 '민족'의 기호 안에서 맥락화된다. 공동체를 위한 일반적인 교양이나 더 나은 삶으로 성장하는 자기 계발과는 거리가 멀다. '한국의 인물'이라는 진술 속에서 한결같이 보이는 것은 민족주의에 기반한 윤리이다. 이 윤리는 '사명'과 같은 말을 통해 절대적인 가치로 주어진다. 이를테면 간디를 언급하며 "내가 모범을 보이지 않으면 동지들은 따라오지 않는다. 내가 불속으로 뛰어든다. 그러면 소수의 사람이지만 나와 같은 행동을 한다."[49]라며 '남을 움직이려거든 내가 먼저 움직여야 한다'는 식으로 자신의 신념을 전한다.

안병욱은 어느 글에서든 마땅한 당위와 그에 부합하는 일체화된 사명의식을 일관되게 강조한다. 국가와 공동체에 필요한 질서를 위해 지금 무엇을 하자고 말하는 언급은, 그래서 절대적 가치로 승화되는 '말씀'의 논리이다. 선택되거나 판단되는 근거가 아니라 절대적으로 일체화되어야 하는 주장이다. 이는 김형석과 분명한 차이를 보이는 부분이다. 김형석이 '한 인간의 이야기'라는 점을 강조하면서 같이 살아나갈 가족과 이웃의 온정을 윤리로 삼고 있다면 안병욱은 '우리의 이야기'라는 점을 강조하며 미래를 위해 현재를 이야기하는 방식이다. 이는 미래로 나아갈 내적 동기를 통해 현재의 삶에 질서를 부여하는 식으로 외화된다.

---

48) 안병욱, 『도산 사상』(대성문화사, 1970), 31쪽.
49) 안병욱, 『아름다운 창조』(삼육출판사, 1970), 104쪽.

3-3 소시민의 삶을 객관화하는 성찰과 유머

김태길은 김형석, 안병욱과 동일하게 1920년생으로 일본 제3 고등학교를 거쳐 1943년 일본 도쿄 제국대학에서 공부하다가 해방 이후에는 서울대학교 철학과에서 수학했다. 그 후 미국 존스홉킨스 대학교에서 1960년 철학박사를 받은 뒤 서울대학교 철학과 교수로 활동한다. 1961년 『웃는 갈대』를 시작으로 1964년 『빛이 그리운 생각들』, 1968년 『검은 마음 흰 마음』을 수필집으로 발간했고 2007년까지 수필집과 철학서를 꾸준히 출판했다. 1960년대 활동 이후 "1970년대 수필가들의 시선을 집중시켰던 월간《수필문학》의 속간과 수필의 문학성 제고를 위한 수필가들의 전국적인 모임인 '한국수필문학진흥회'의 창립 회장으로 헌신"[50]한 것을 시작으로 1981년 수필문우회를 발족하고 창립 회장을 맡는 등 '수필' 장르에 남다른 관심을 기울였다.[51]

'수필'이라는 이름을 머리에 두고 글을 쓰기 시작한 지도 어언 십 년이 가까워 온다. 처음부터 어떤 이론(理論)의 배경을 지고 시작한 것은 아니었다. 그러나 거기에는 항상 「붓장난」 이상의 정열이 있었던 것같이 기억한다. 내 딴에는 이것을 취미로서 살리고 생활의 일부로서 대접하려는 적극적인 의도가 있었다. 철학이라는 어려운 분야에 발을 적신 사람이다. 밤낮으로 이론과 추상을 일삼아야 하는 자신의 생활이 너무나 멋없고 메마르다고 느꼈다. (중략) 이러한 느낌과 뉘우침은 좀 딴짓을 해 보고 싶은 유혹으로 변했으며, 생활의 조화를 염원하는 마음을 자극하였다. 그 유혹이 계기가 되어

---

50) 「지은이에 대해」, 『김태길 수필 선집』(지식을만드는지식, 2017), 196쪽.

51) 1956년 『윤리학 개설』을 시작으로 철학서 집필과 『국민윤리』 등의 교과서를 집필하는 것은 물론 다수의 수필집을 발간했다. 1956년부터 2007년 김태길 수필 선집 『복덕방이 있는 거리』까지 발간된 단행본만 100여 권에 달한다. 2010년 철학과 현실사에서 『우송 김태길 전집』이 15권으로 기획되어 출판되었는데, 마지막 15권 체험과 사색 편이 어린 시절부터 생활해 온 기록들이 소개되어 있으며 이 책에《수필문학》창간 무렵의 일이 자세히 기록되어 있다.

손을 대기 시작한 것의 하나가 수필(隨筆)이라는 이방 지대(異邦地帶). 수필 쓰기를 매우 쉬운 일로 잘못 알았던 모양이다 (중략) 전통적인 견해에 의하면 수필의 본질은 자아의 표현에 있다고 한다. 쓰는 사람 자신의 사람됨을 여실히 나타냄에 수필의 특성과 생명이 있다고 할 것이다. 만약 수필의 본질이 자아의 표현에 있다면 사람됨에 있어서 탁월함이 없이는 수필에 있어서도 탁월할 수 없다는 이론이 성립할 것이다.[52]

나도 나름대로 수필에 대해서 관심을 가지고 있었다. 차주환 선생이 문학의 관점에서 수필에 관심을 가진 데 비하여, 나는 철학과 관련시켜서 수필을 생각하는 편이었다. 나는 일본에서 고등학교에 다닐 때 철학자들이 쓴 수필을 즐겨 읽었고 철학적 사색을 수필 형식으로 발표하는 것은 난삽한 언어에 가로막혀서 철학에 접근하지 못하는 사람들을 위해서 뜻있는 선물이 될 수 있다는 생각을 가지고 있었다. (중략) 차주환 선생은 수필의 생명은 문학성에 있다고 본 듯하며 강하고 딱딱한 글에서는 풍부한 문학성을 찾아보기 어렵다고 믿는 듯하였다. 그러나 장기근 선생의 의견은 달랐다. 이 격동하는 시대에 사회의 비리를 고발하고 경종을 울리는 글이 귀중하지, 팔자 좋은 사람들의 한가로운 말잔치에 무슨 의미의가 있느냐고 하였다.[53]

김태길의 글에서는 다른 이들과 달리 '수필' 자체에 대한 장르적 인식이 자주 드러난다. 이를테면 수필을 쓰게 된 계기와 관련해서도 철학자들의 '수상록'을 접하면서 시작되었다고 밝힌다. 그는 베이컨의 『에세이』 또는 아베 지로(阿部次郎)의 『삼태랑(三太郎)의 일기』를 읽으며 난해한 언어를 쓰지 않고 철학적 사상을 표현할 수 있는 철학도가 되고 싶다는 생각을 예전부터 가졌다고 말한다. 특히 김태길이 중고등학생이었던 1930년대 한국에서는 '수필'이 새로운 글쓰기 장르로 부상하고 있던 시기였다. 그래

---

52) 「머리말」, 『빛이 그리운 생각들』(삼중당, 1964), 1~3쪽.
53) 김태길, 「외도의 시작」, 『우송 김태길 전집』 15(철학과현실사, 2010), 562~563쪽.

서 그는 기존의 '문학'의 외연을 넓히는 것과 동시에 개개인의 모럴과 개성 표현이 가능했던 수필에 주목하게 된다. 이런 맥락에서 김태길은 수필이 독자에게 미치는 '감동'에 강한 기대를 걸고 있었다고 말하며 "내가 전부터 마음에 두었던 철학적 수상이 포함될 것"이라고만 생각한다. '수필'과 '철학적 수상'이 모순된 장르라는 생각 없이 '수필'을 생각하며 '철학적 수상'을 써 보겠다고 생각한다. 이 글뿐 아니라 김태길은 '수필'이 '이방 지대'의 '딴짓'이라고 언급하면서 장르 인식을 분명히 하지만 그럼에도 수필에 대한 열망을 숨기지 않는다.[54]

첫 아이가 섰을 때에는 시거운 것이 몹시 입맛에 당기더니 이번에는 신 것이 꼴도 보기 싫고 단것이 비위에 당기니 이것은 정반대의 결과를 가져올 징조였다. 넷째로 태아의 노는 품이 남자가 분명하다. 여자 같으면 운동이 작고 바르게 꼼틀꼼틀할 터인데 이놈은 크게 느리게 굼틀굼틀하는 품이 대장부의 기상이 완연하다. 달수가 차서 그 대장부가 세상 밖으로 나타났을 때는 여자로 변장을 하고 있었다. 매우 간단하면서도 치명적인 변장이었다. 짤막하게 각은 머리라든지 평평한 가슴이든지 그리고 화장기 하나 없는 얼굴이라든지 전체적으로 보면 남자가 분명했음에도 오직 한곳에 짓궂인 여자의 상징을 달고 있었던 것이다. 크게 충격을 받지 않은 것은 나 한 사람 정도였다. (중략) 나는 그것이 무엇을 의미하는지를 알았다. 순산이면 그만이지 무엇을 더 바라느냐는 광식이 할머니의 철학을 생각하였다.[55]

얼마동안 더 기다렸다. 그때 김태길 하는 발음이 재판장의 입을 통하여 들려왔다. 이에 응하여 '엣' 하고 앞으로 나서는 나 자신의 모습과 심리에는 우등상을 받으러 교장 앞으로 나아가는 초등학교 어린이를 연상시키는 가련함이 있었다. 판사들 앞에 가볍게 경례하고 두 손을 앞으로 모을 뻗했을

---

54) 김태길, 『검은 마음 흰 마음』(민중서관, 1968), 11쪽.
55) 김태길, 「삼남삼녀」, 『웃는 갈대』(동양출판, 1961), 22쪽.

때, "당신이 바로 김태길이오?" "예 그렇습니다." "당신 사건은 상대편에서 연기 신청을 했습니다. 5월 28일에 다시 나오시오." "그러나 10시부터 나와 지금까지 기다렸는데요." "그래도 오늘은 그대로 돌아가시고 다음에 다시 나오시오." 나는 더 말하지 않고 돌아섰다. 그러나 이번에는 경례는 하지 않았다. 그것은 아마 내가 표시할 수 있었던 최대의 반항이었을지도 모른다. 법원 문을 나서면서 기일 연기의 통고를 받기 위하여 — 오직 그것만을 위해서 — 세 시간을 기다려야 했던 삼등손님은 쓰거운 웃음을 입가에 띠웠다. 빵빵 관용 지이프차가 길을 비키라고 호통을 친다.[56]

1960년대 발표한 『웃는 갈대』, 『빛이 그리운 생각들』, 『검은 마음 흰 마음』은 김태길 수필의 초기작에 속한다. 동시대에 같이 활동했던 김형석과 안병욱에 비해 주목해서 볼 지점은 '수필'의 미의식을 형식적 완결성으로 드러내는 부분이다. 작가의 장르 인식에 따르자면 '체험'에 기반한 수필인데, 세세한 묘사를 통해 인물이 놓인 상황과 맥락을 자세히 보여 주면서 인물이 가질 만한 감정과 느낌까지 간접적으로 드러낸 후 '모럴'이 무엇인지 밝혀낸다. 첫 번째 인용된 글은 1956년 9월에 작성한 아이 출산을 기해서 쓴 글이다. 아이를 기다리며 주위의 반응을 묘사하는데 "희망과 근심이 뒤섞인 채"로 "이번만은 아들이 확실하다고 믿는 아내"의 반응을 세세히 기록한다. 또 그간 아이 출산을 앞두고 설왕설래했던 과거의 기억을 떠올리면서 아들을 기다리는 주위의 조바심을 "매우 간단하면서도 치명적인 변장이었다."라는 식으로 눙치기도 하면서 기대가 배반되는 풍경을 유머러스하게 그려 낸다. 또 이런 기다림 끝에 아이가 태어나자 "나는 그것이 무엇을 의미하는지를 알았다. 순산이면 그만이지 무엇을 더 바라느냐는 광식이 할머니의 철학을 생각하였다."로 끝내면서 아이 출산을 둘러싼 이웃들의 안도와 기쁨으로 표현한다.

---

56) 김태길, 「삼등석」, 『빛이 그리운 생각들』(삼중당, 1964), 59쪽.

「삼등석」은 재판 참석 과정에서 느낄 법한 재판부의 위압적인 처사와 재판에 임하는 시민들이 느낄 법한 위축감을 풍자적인 풍자로 그려 낸 수필이다. 재판장의 호명에 답하는 과정에서 느끼는 위축감을 "우등상을 받으러 교장 앞으로 나아가는 초등학교 어린이를 연상시키는 가련함"이라고 언급하기도 하고, 재판장에게 경례를 하지 않겠다는 소극적 결의를 "내가 할 수 있었던 최대의 반항"이라고 덧붙이는 부분도 해학적이다. 「공무원」이라는 글에서도 '공무원'이라는 이유로 타인을 하대하는 사람들의 모습을 통해 시민 의식을 호소한다. 김태길의 수필에는 당대 사회를 같이 살아가는 수많은 인물군상이 그려진다. '복덕방 영감', '부엌 언니', '재판장', '버스 차장', '이웃집 할머니'와 동료 교수에서 전화 교환수까지 수많은 사람들의 모습이 생기 있게 다루어진다. 이 과정에서 동시대를 살아가는 사람들의 말과 뉘앙스를 예리하게 포착해 낸다. 이를테면, 4·19 혁명을 전후한 시기의 사람들의 말과 행동, '가족계획'이라는 신조어가 생기면서 빚어지는 미묘한 가족 내부의 변화 등이 기록되는 것이 그것이다. 때로는 박태원의 『천변풍경』처럼, 인물 군상의 미묘한 느낌까지 포착해 내는 리얼리티 때문에 쉽게 작품 안으로 이입된다.[57]

"이 문명 시대에 집에 전화도 하나 없이"
이러한 발언이 하나의 유행가처럼 집구석을 돌아다니기 시작한 것은 아마 4·19보다 좀 먼저일 것이다. 이 유행가에는 물론 어린것들도 일치 단결의 화창(和唱)으로써 참여하였다.(「전화」, 1962. 12. 26)

'가족계획'이라는 저 현대적인 개념의 실천적 혜택을 입지 못한 집구석이다.(「부엌언니」, 1960. 12. 27)

---

57) 유봉희는 "우송 수필에서 격조와 일상성은 빼놓을 수 없는 미덕이다."라고 해설하고 있다.(『김태길 수필 선집』(지식을만드는지식, 2017), 188쪽)

그의 수필이 3인칭 소설에서 흔히 보이는 묘사와 다른 점이 있다면, 타인을 바라보는 시선이다. 앞의 인용문에서 드러나듯이, 1인칭의 시선을 통해 묘사하기 때문에 상황과 사람, 사건과 맥락에 따라 매번 다른 거리 두기를 시도한다는 점이다. 재판장을 그려 내는 것과 이웃집 할머니를 그려 내는 거리가 다르고, 시대 풍속을 체화한 아이들을 그려 낼 때와 복덕방 영감을 그려 낼 때가 다르다. 이 '거리(distance)' 감각을 통해 작가의 윤리 의식을 드러낸다. 또 같은 맥락에서 작품마다 유머러스하게 대상을 조명해 내는 것도 한결같은데, 이 역시 작가 의식의 발현이다. 유머에 대해서도 "유우머는 자기 자신을 객관화하여 바라보는 마음의 여유에서 생기는 것이었다."[58]라는 표현에서 드러나는 것처럼, 자기 자신을 성찰하는 마음의 일환이다.

김태길은 직접 경험한 것이든 목격한 것이든 하나의 사건을 세세하게 묘사하면서 장면을 드러낸 후, 이를 통해 동시대의 삶의 단면을 객관적으로 그려 낸다. 이 과정에서 개개인들이 가진 속물성, 권위주의, 이율배반 등의 면들이 포착되지만 이를 유머러스하게 눙치면서 삶 그 자체를 긍정하게 만든다. 바로 소설적인 묘사와 유머가 빛나는 부분이다. 이런 태도는 지금-여기의 삶을 객관화하지만 동시에 긍정하는 태도를 만들어 준다. 이는 김형석이나 안병욱과 다른 측면이다. 삶이 지닌 서사적 힘에 몰입하는 측면은 김형석과 유사하지만 객관적 거리 두기를 통해 삶을 대하는 태도에 방점을 둔다는 점에서 차이를 보이고, 공동체의 윤리에 관심을 드러낸다는 점에서는 두 철학자와 비슷하지만 당위와 사명의 논리를 차용하기보다 개인적 선택에 좀 더 비중을 두는 점이 다르다.

---

58) 김태길, 「유우머에 관하여」, 『웃는 갈대』(박영사, 1990), 53쪽.

4 1960년대 철학자의 에세이와 수필

1960년대는 수필의 시대였다. 수기, 에세이, 소론, 수감, 수상, 수필 등의 용어가 길항하고 있었고, 또 그만큼 많은 수의 '수필'이 쓰였다. 1960년대 '수필'의 양적 확대가 가능해진 것은 자기 경험을 객관화하면서 새로운 모럴을 찾고자 하는 사회적 요구가 연동한 결과이다. 전쟁과 4·19 혁명을 거치며 고통을 객관화하고자 하는 요구와 공론장에 참여하는 민주주의적 요구가 활발해지면서 나이와 성별, 직종을 불문하고 1인칭 글쓰기가 확대되었다. '개인의 세계화' 형식인 '수필'은 이런 상황에 적합한 쓰기였다. 고학생, 이산민, 여성 할 것 없이 많은 이들이 자기 경험과 사유를 표현했다. 이는 단지 '문학적인 것'으로 상상되었던 그간의 문학 범주를 벗어나는 역동이었다. 부서진 공동체의 질서를 복구하고 재건하는 데 한 개인의 서사가 필요했고, 이웃과 살아갈 시민 교양이 필요했으며, 공동체를 위한 도덕의 언어가 필요했다.

이는 철학자가 곧 수필가로 한 시대를 풍미할 수 있었던 맥락과 연결된다. 공동체를 복구하고, 재건하는 과정에서 언어 권력을 가진 이들의 힘이 무엇보다 필요했다. 철학이란 세계의 질서이자 마음의 질서였고, 이들의 수필은 바로 고독하고 고통에 빠진 대중들의 마음을 세우는 질서였다. 이는 당시 철학자를 향한 사회적 기대이기도 했다. 김형석, 안병욱, 김태길은 서로 다른 방식으로 독자, 시민, 대중들을 향한 메시지를 냈다. 김형석은 자기 체험에 근거한 위로와 극복의 서사로, 안병욱의 민족주의에 근거한 자기 수양과 소명의 논리로, 그리고 김태길은 소시민의 삶을 객관화하는 성찰과 유머로 1950~1960년대 공론장의 결락을 메웠다. 1950~1960년대 척박했던 한국의 문화사 속에서 1인칭 '나'의 이야기를 안정감 있게 써내려간 이들의 언어는 1인칭인 동시에 '우리'의 언어가 될 수 있는 시민 교양의 힘이었다.

그러나 한국에서 '철학'이 곧 '윤리'로 번역, 상상된 상황은 메시지에 영향을 미치는 변수였다. 이들의 글쓰기는 '수필'과 '철학' 사이의 경계를 허물며 다양한 글쓰기 형식으로 현실화되었지만, '윤리'와 '도덕'으로 전환될 가능성 역시 적지 않았다. 이들의 '말'이 선택적인 시민 윤리나 절대적인 국민 도덕으로 전유될 수 있는 상황이 있었던 것이다. 더욱이 반공 교육이 강화된 1960년대 후반부터 이 문제는 중요한 변수로 작용한다.[59] 이들은 '수필가'이자 '철학자'인 동시에 '국민 도덕'의 집필자이거나 지식 생산자였다. 이는 일차적으로 사회적으로 주어진 역할에서 비롯되는 문제이기도 했다. 그래서 이들의 '소론'이나 '단상'은 '진실'의 가치가 아니라 국가주의적 논리로 수용될 여지가 컸다. '윤리 의식 정립'[60]을 목적으로 각 기업체와 각급 학교에서 재교육 강좌를 할 때 손꼽히는 연사로 '안병욱과 김형석이 으뜸'이라는 보도나 『국민윤리』교과목의 집필자로 이들이 활동하게 된 맥락은 이런 사정을 반영하는 것이다.[61] 1960~1970년대 철학자가 놓인 사회적 맥락은 개인의 내면을 다독이며 공동체의 재건으로 나아가는 시민 교양의 일선에 놓이기도 했지만, 동시에 개인의 내면을 '윤리'와 '도덕'의 이름으로 관리했던 '반공주의' 시대의 도덕이기도 했던 것이다. 이 딜레마는 '철학자'의 '수필'을 양날의 검으로 만드는 역사적 맥락이기도 하다.

분명한 것은 '수필'이 1960년대 전후와 4·19 혁명을 거쳐 온 수많은 개인들의 사연과 기억을 공론장에 기입하는 글쓰기였다는 점이다. 이 과정에서 수필은 '문학적인 것'의 경계를 흔들며 개인의 경험과 사유를 객관화하는 글쓰기로 확대되었으며 이 공백의 공간을 철학자의 수필이 부분적으로 채웠다. 다만 1970년대 자기 고통을 직접적으로 말하고 쓰는 민중

---

59) 오혜진은 1960년대 '에세이'를 '위계적이고 외래적인 글쓰기'로 전제하면서 전문적 앎과 대중적 앎을 매개하지만 반공주의적, 보수주의적 의미망으로부터 자유롭지 않았다고 분석한다.(오혜진, 「카뮈, 마르크스, 이어령: 1960년대 에세이즘을 통해 본 교양의 문화 정치」,《한국학논집》51, 계명대 한국학연구원, 2013. 6, 137쪽)

60) 「직장 세미나 단골 연사들」,《동아일보》, 1979. 10.

61) 『안병욱 수필 선집』에서 김용희는 "유신 체제에 대해 적극적으로 저항하지 않았던 점은 후진들에게 비판을 받고 있는 부분"이라고 지적한다.(앞의 책, 188쪽)

수기, 노동자 수기 등이 확대되면서 철학자들의 수필은 그 영향력 자체가 축소된다. 그럼에도 이 연구에서는 1960년을 전후한 시점에 대중들의 언어가 발견되고 참여하는 과정에서 철학자의 언어가 어떻게 시민 윤리의 가능성을 제고하며 '수필'의 외연을 확장시켜 냈는지 생각해 보았다.

참고 문헌

자료

《동아일보》,《경향신문》,《수필》,《수필문학》,《현대문학》

김태길,『검은 마음 흰 마음』, 민중서관, 1968

김태길,『빛이 그리운 생각들』, 삼중당, 1964

김태길,『웃는 갈대』, 동양출판, 1961

김형석,『김형석 엣세이 전집』 10, 삼중당, 1973

김형석,『고독이라는 병』, 삼중당, 1960

김형석,『영원과 사랑의 대화』, 삼중당, 1961

안병욱,『도산 사상』, 대성문화사, 1970

안병욱,『아름다운 창조』, 삼육출판사, 1970

안병욱,『철학 노오트』, 경지사, 1963

논저

김상태,「소설과 수필의 경계」,《현대소설연구》42, 한국현대소설학회, 2009. 27쪽

김용희,「해설」,『안병욱 수필 선집』, 지식을만드는지식, 2017

김진섭,「수필의 문학적 영역」 하,《동아일보》, 1939. 3. 23

김태길,『우송 김태길 전집』15, 2010, 561~567쪽

김현주,「1930년대 수필 개념의 구축 과정」,《민족문학사연구》, 민족문학사연
　　구소, 2003, 272~273쪽

문혜윤,「1930년대 수필의 장과 장르의 역학」,《반교어문》29, 반교어문학회, 2010

박숙자,「1960년대 수기와 민중」,《어문연구》, 한국어문교육연구회, 2019. 9

오혜진, 「카뮈, 마르크스, 이어령: 1960년대 에세이즘을 통해 본 교양의 문화 정치」,《한국학논집》51, 계명대 한국학연구원, 2013. 6, 137~178쪽

유봉희, 「해설」, 『김태길 수필 선집』, 지식을만드는지식, 2017, 188쪽

이윤희·김수지·류수열, 「수필 개념을 둘러싼 학술 담론과 교육 담론의 긴장」,《문학교육학》65, 한국문학교육학회, 2019

이재복, 「해설」, 『김형석 수필 선집』, 지식을만드는지식, 2017

정태영, 「한국 수필 문학 25년사」,《논문집》, 경기대, 1971, 114~129쪽

조연현, 『한국 현대 문학사』, 성문각, 1969, 514~515쪽

제8주제에 관한 토론문

류수연 | 인하대 교수

학창 시절, 수필은 우리에게 익숙한 장르였다. 그것은 초중고를 거치는 동안 시, 소설, 희곡과 함께 문학의 한 장르로서 학습되어 왔고, 교과서에 실린 수많은 수필은 그 존재감을 뚜렷하게 만들었다. 출판 시장으로 들어가면 그 존재감은 더욱 뚜렷하다. 2000년대 이후 문학의 위기에 대한 실감과 함께 악화일로를 겪는 출판 시장을 떠받친 것은 오늘날 우리가 에세이라고 주로 지칭하는 수필에 다름 아니었기 때문이다.

그러나 연구와 평론의 영역으로 들어서면 어떠한가? 그 안에서 가장 소외된 장르는 다름 아닌 수필이다. 근대 이후 한국 문학사는 시와 소설을 중심으로 축적되어 왔다고 해도 과언이 아니다. 극에 대한 관심과 함께 희곡 연구도 한 담론장을 형성하고 있지만, 시나 소설에 비하면 협소하지 않을 수 없다. 그런데 수필에 대한 소외는 희곡과는 또 다른 양상이다. 출판 시장에서의 인기와는 별개로, 학술 연구와 평단 모두에서 소외되어 있기 때문이다.

물론 수필에 대한 논의가 전무했던 것은 아니다. 우리 근현대 문학사를 대표하는 많은 작가들이 수필을 썼고, 또한 쓰고 있기 때문이다. 실제로 학술적인 연구의 장에서는 수필에 대한 논의 역시 상당하다. 하지만 이런 경우에도 대부분 수필은 그 자체로서 학술적 분석의 대상으로 환기되었다기보다는 한 작가의 세계관을 이해하는 보조적인 텍스트로 더 많이 환기되었던 것이 사실이다. 따라서 문학사적 궤적 위에서 시와 소설과는 별개로 수필의 독자적인 좌표를 위치 짓는 일은 그리 용이하지도 사실상 익숙하지도 않았던 일에 가깝다.

이러한 상황에서 박숙자 선생님의 「수필의 시대」가 환기하는 문제는 익숙하면서도 새롭다. 그것은 교과서와 출판 시장에서 익숙하게 보았던 베스트셀러로서의 수필을 환기하는 것이지만, 동시에 문학이라는 견고한 벽을 무너뜨리는 적극적인 논의의 시작이기 때문이다. 그런데 그가 논하고 있는 김형석, 안병욱, 김태길의 수필은 1960년대를 풍미한 대표적인 수필이지만, 우리가 문학으로서 규정하는 수필이라는 이름에서는 어쩌면 가장 멀리 떨어진 텍스트일지도 모른다. 철학자의 수필이 환기하는 낯선 감각은 지금까지 수필이라는 문학 장르에 부여했던 모든 선입견을 벗어날 것을 우리에게 요구한다. 이러한 문제 제기에 깊이 공감하면서 몇 가지 질문을 더하고자 한다.

'문학으로서의 수필'과 '에세이(의 번역)으로서의 수필'이라는 이분화된 양상 속에서 세 철학자의 수필은 분명 후자의 성격을 더 띠고 있는 것이 분명하다. 그럼에도 이 세 분의 수필이야말로 당대의 독자들에게는 훨씬 더 대중적으로 다가선 작품이라는 점에서 충분한 당대성을 지니고 있음도 긍정할 수 있다. 그럼에도 불구하고 결국 이 논의의 끝이 수필을 둘러싼 '문학적인 것'에 대한 벽을 허물어 오히려 그 자장을 넓히고자 하는 시도일 것이라고 추정되는바, 그렇다면 이들 세 철학자의 수필로부터 도출되는 특성이 수필이라는 장르의 외연을 넓히는 것에는 어떤 영향력을 가질 수 있는 것인지에 대해 선생님의 부연 설명을 듣고 싶다.

선생님께서는 1960년대 당시 수필은 "수상, 일기, 소론, 수필, 에세이"의 기호를 넘나들었고, 선생님께서 분석 텍스트로 선택한 세 저자의 작품 역시 일관화된 용어를 사용하지 않고 이러한 기호를 넘나들고 있음을 확인할 수 있다. 전체적으로 분석을 관통한 이후 최종적인 결론에서 선생님께서는 "수필이 1960년대 전후와 4·19 혁명을 거쳐 온 수많은 개인들의 사연과 기억을 공론장에 기입하는 글쓰기였다."라고 규정하고 있다. 이것은 1960년대 수필의 부흥이라는 현상을 설명하는 것으로는 충분할지 모르지만, 이 논의 끝에서도 여전히 수필을 무엇으로 이야기할 수 있을 것인지에 대한 답은 명확하지 않다고 여겨진다. 여기에 대한 보충 설명을 듣고 싶다.

문학 연구의 의미는 결국 현재적인 것이라고 생각한다. 특히나 수필이라는 글쓰기 형식이 대중적인 기호에 맞닿아 있는 것은 1960년대와 2020년 현재가 크게 다르지 않다는 생각이 든다. 그럼에도 불구하고 과연 2020년 현재의 수필이라는 글쓰기가 집단 지성에 미치는 영향은 1960년대의 그것에 준할 수 있을 것인가에는 의문 부호가 남는 것이 사실이다. 수필이 우리 문학 안팎에서 오롯한 제 의미와 가치를 확보하기 위해 필요한 학술적이고 비평적인 노력은 무엇이라고 생각하시는지도 궁금하다. 또한 선생님의 이번 연구는 '문학이라는 것' 바깥에서 작동한 글쓰기로서 수필의 또다른 면면을 살피고자 한 시도였으리라 생각한다. 그럼에도 여전히 이것이 수필에 대한 기존 인식에 대한 거부나 삭제가 아닌 외연의 확장이라는 측면에 가깝다는 것으로 고려한다면, '문학이라는 것' 안에서 작동했던 당대의 문인들의 수필과의 일정한 비교 역시 필요하다고 생각한다. 탄생 100주년이라는 심포지엄의 타이틀로 인해 김형석, 안병욱, 김태길 세 분의 텍스트로 논의가 한정되었지만, 선생님께서 제시하신 문제의식은 더 확장될 가능성이 높다는 생각이 든다. 이에 대한 추가적인 계획이 있으신지 궁금하다.

4장에서 세 철학자의 글쓰기를 정리하며 선생님께서 제기한 화두가 제게는 보다 주목된다. 선생님께서는 1960년대 김형석, 안병욱, 김태길의 글쓰기가 결국 동시대 독자, 시민, 대중을 향한 윤리적 교양으로서 작동했음을 지적했다. 그러면서 4장의 말미에서 이러한 1960~1970년대 철학자가 놓은 사회적 맥락이 지닌 모순성을 놓치지 않고 지적하고 있다. 그것은 "개인의 내면을 다독이며 공동체의 재건으로 나아가는 시민 교양의 일선에 놓이기도 했지만, 동시에 개인의 내면을 '윤리'와 '도덕'으로 관리했던 '반공주의'의 시대"에서 나타난 산물로서 인식하고 있음을 드러내고 있다. 이러한 부분은 결론에서의 짤막한 언급만으로 환기되기엔 아쉬운 점이 많다. 오히려 이러한 부분이 이 시기 수필의 진실된 모습을 살펴보고 그 성격을 규정하는 데 있어서는 결코 간과할 수 없는 가치를 지니고 있다는 생각이 든다. 이에 대해 추가적인 설명을 부탁드리고 싶다.

김형석 생애 연보

1920년	평남 대동군 고평면 송산리 257번지 출생.
1934년(14세)	평양 숭실중학교 입학.
1936년(16세)	신사참배 문제로 숭실중학교 자퇴.
1937년(17세)	평양 제3 공립중학교.
1940년(20세)	일본 상지대학교(조치 대학교) 예과 입학.
1942년(22세)	일본 상지대학 문학부 철학 전공.
1944년(24세)	상지대학 졸업 및 귀국.
1945년(25세)	송산중학교 교장 부임.
1947년(27세)	월남, 서울 중앙중학교·고등학교 교사.
1950년(30세)	서울 중앙중학교·고등학교 교감 부임.
1954년(34세)	연세대학교 전임 강사.
1956년(36세)	연세대학교 조교수.
1959년(39세)	연세대학교 부교수, 학생자진녹화대 자문위원.
1961년(41세)	미국 하버드 대학교 연구 교환교수.
1964년(44세)	연세대학교 교수.
1968년(48세)	국민생활향상심의회 위원.
1972(52세)	미국 오스틴 대학 출장.
1976년(56세)	공연윤리위원회 위원.
1977년(57세)	연세대학교 학생상담소장.
1978년(58세)	문화공보부 추천도서 심사위원.
1979년(59세)	연세대학교 인문과학연구소장.

1985년(65세)	연세대학교 교수직 은퇴, 연세대학교 명예교수, 공연윤리위원회 위원
1990년(70세)	제1대 한우리독서문화운동본부 회장.
1999년(79세)	제1회 인제인성대상 수상.
2001년(81세)	성천문화재단 이사.
2002년(82세)	제2회 연문인상 수상.
2003년(83세)	제6회 숭실인상 형남학술대상 수상.
2011년(91세)	제6회 일송상 수상.
2012년(92세)	'김형석 안병욱 철학의 집' 설립.
2016(96세)	도산인상, 제12회 유일한상 수상.
2017년(97세)	인촌상 교육 부분 수상.
2018년(98세)	안중근 교육부분 국민대상 수상, 23회 인간상록수 추대.

김형석 작품 연보

발표일	분류	제목	발표지
1955	수필집	절망을 넘어서	탐구당
1957	철학서	현대인을 위한 세계관	교문사
1959	철학서	철학 개론	일신사
1959	철학서	인간과 사상(공저)	연세대 출판부
1959	철학서	현대인을 위한 진리	신한출판사
1959	철학서	철학 개설	일신사
1960	수필	人生이란 무엇이냐(안병욱 편) ─ 생과 빈곤	경지사
1960	수필집	고독이라는 병	동양출판사
1960	철학서	독서와 학문에의 길 (현대 사상 강좌 3, 공저) ─ 학문의 현대적 성격과 그 과제 ① 인문과학	동양출판사
1960	수필집	생활의 창조: 1일 1성	동양출판사
1960	수필	인생의 좌표: 지성인의 수상선 (강명진 편) ─현대와 인생관의 문제	동아출판사
1960	교양서	세계 문화의 창조자(강명진 편) ─ 똘스또이와 도스또예프스끼: 현대의 순례자	동서출판사

발표일	분류	제목	발표지
1961	수필집	영원과 사랑의 대화	삼중당
1961	철학서	철학 입문	삼중당
1961	철학서	전환하는 현대 사상/ 현대 사상 강좌(공저)	동양출판사
1961	수필집	고민하는 세계	동서출판사
1961	철학서	이성의 피안	경지사
1962	철학서	오늘의 고전(김형석 편) ——P·틸리히와 그 주변	삼중당
1962	수필	현대 교양 독본: 사색과 명상을 위한 인생 노트(최재호 편) ——조국애/라인강의 기적과 번영/ 사회악에 대하여/역사의식/ 나는 어디에 서 있는가?/ 허무주의와 이상주의/버려야 할 심정들/ 두 철학가의 방향/사람을 대하는 태도/ 진리란 무엇인가?/두 가지 모순, 행복/ 지성과 창의성/세계사의 종말	정음사
1962	교양서	21세기의 사회(최문환 편) —— 가정의 근대화와 '효'의 문제	박우사
1962	수필	새 세대의 진로 ——회의·불안과 신앙	학원사
1963	교양서	신앙과 윤리 ——성도덕의 확립을 위하여	대한기독교서회
1963	교양서	20세기의 사조(김형석 편)	박우사
1963	교양서	20세기의 문예(백철 편)	박우사

발표일	분류	제목	발표지
		─사상의 주체성과 문화의 균등성	
1963	수필	신 교양 국어(김성수 편)	박영사
		─성실한 사귐의 모랄	
1963~1964	수필 선집	金亨錫教授엣세이選集	삼중당
		1 孤獨이라는 病	
		2 永遠과 사랑의 對話	
		3 運命도 虛無도 아니라는 이야기	
		4 조국에의 향수 속에서	
		5 오늘을 사는 지혜	
1964	수필	사월 혁명(박수만 편)	사월혁명동지회
		─사월 혁명의 역사적	출판부
		성격과 의미	
1965	수필	한국 수필 문학 전집 5	국제문화사
1965	교양서	제이의 선택(방송 강연집)	삼중당
1965	수필	인간이 서 있는 곳	춘추각
		─이스라엘의 인상	
1965	철학서	현대인과 그 과제	삼중당
1966	수필	젊은 자녀들에게 주는 글	인문출판사
1966	수필	세계 수필 문학 전집	동서출판사
		─ 현대와 인생관의 문제	
1966	수필집	사랑과 행복을 그대에게	인문출판사
1966	수필	새 현대문(전광용 편)	법문사
		─인간과 자연	
1966	교양서	한국: 오늘과 내일의 사이	중앙일보사
		─북한 동포의 사상적 선도	

발표일	분류	제목	발표지
1967~1969	수필 전집	김형석 에세이 全作集	삼중당
		1 永遠한 사랑의 對話	
		2 情과 認識의 季節	
		3 오늘을 사는 智慧	
		4 時間이 남긴 遺産	
		5 마음의 故鄕을 찾아서	
		6 永遠과 사랑의 對話 以後	
		7 孤獨이라는 病	
		8 現代人과 그 課題	
		9 理性의 限界를 넘어서	
		10 한 人間의 이야기	
1969	수필집	지성과 젊음의 대화	인문출판사
1970	수필집	수평선을 넘어서	춘추각
1970	수필	정신훈화집(육군본부 편)	육군본부
		── 애국심에서 용기와 지혜를	
1970	수필	인생의 단애에 서서(신일철 편)	휘문출판사
		── 영원에의 약속	
1970~1973	수필 전집	金亨錫엣세이全集	삼중당
		1 永遠과 사랑의 對話	
		2 情과 認識의 季節	
		3 오늘에 사는 智慧	
		4 時間의 遺産	
		5 내가 본 世界	
		6 永遠과 사랑의 對話 以後	
		7 孤獨이라는 病	

발표일	분류	제목	발표지
		8 現代人과 그 課題	
		9 理性과 信仰	
		10 한 人間의 이야기	
1971	철학서	헤겔과 그의 철학	연세대학교
1971	수필집	너와 나누고 싶은 이야기가 있다	컨콜디아사
1971	수필	잊을 수 없는 스승(박동희 편) ― 깊은 신앙과 불타는 애국심	대한교육연합회
1972	수필	생각하는 생활 ― 제삼의 병	독서신문사
	수필	고향은 눈앞에(박춘섭 편) ― 존경할 수 있는 사람과 좋아질 수 있는 사람	교육도서
1972	철학서	현대의 사조(김형석 편) ― 휴머니즘과 마테리알리즘의 대결	장문사
1972	철학서	현대의 인간(김석목 편) ― 현대의 역사철학적 과제	장문사
1973	수필	사랑의 사상(모윤숙 편) ― 행복이란 무엇인가	휘문출판사
1973	수필	낙엽을 태우면서(조연현 편)	예원사
1974	수필집	아름다운 사색	주부생활사
1974	수필	진리의 빛을 찾으며(박종홍 편) ― 현대와 인생관의 문제	유덕문화사
1974	수필집	내가 본 세계	삼중당
1974	수필	한마디 말의 마지막 의미 ―영원에의 약속: 신앙의 장	동화출판공사
1975	수필집	홀로 있는 시간을 위하여	삼중당

발표일	분류	제목	발표지
1976	수필	주어 없는 대화: 결혼의 에세이 —참행복을 위하여	진문출판사
1976	수필	영원한 불가해: 인생의 에세이 (안병욱 편) — 불안의 문제	진문출판사
1976	수필	건널 수 없는 피안: 영원의 에세이 — 자살에 이르는 병	진문출판사
1976	철학서	윤리학	민중서관
1976	수필	끝나지 않는 빙하: 고독의 에세이 — 고독이라는 병	진문출판사
1976	수필	그 찬란한 허상: 행복의 에세이 — 행복이란 무엇인가	진문출판사
1976	수필	회의 그리고 환희: 사랑의 에세이 — 자유와 사랑의 변증법	진문출판사
1976	수필집	지금은 어디서 무엇을	범우사
1976	교양서	국민과 윤리 (김형석, 조우현, 배종호 공저)	박영사
1976	수필	인생은 유전한다: 세계 수필 문학 전집 9 현대와 인생관의 문제	세진출판사
1976	수필집	보이지 않는 희망	갑인출판사
1976	수필집	이성과 신앙	삼중당
1976	수필	죽음에 대하여(강석관 편역) —죽음에 관하여	을지출판사
1977	수필집	내일을 위한 대화	갑인출판사
	수필	아름다움을 체험하는 순간:	동화출판공사

발표일	분류	제목	발표지
		젊은이여 인생을 이야기하자·행복	
		― 창조와 사랑과 봉사	
1977	수필	바람과 달의 밀어(노산문학회 편)	태광문학사
		― 동양적인 것과 서양적인 것	
1977	수필	조국과 민족 그리고…	태종출판사
		(일요신문사 편) ― 철학	
1977	수필	죽음의 신들을 위하여	동화출판공사
		― 긍정을 위한 부정	
1978	수필집	사랑의 또 하나의 뜻을 위하여	민음사
1977	수필집	고난을 초극한 에세이:	백만사
		세계 대표 에세이 선집 8	
1977	수필집	신을 찾는 에세이:	백만사
		세계 대표 에세이 선집 5	
1977	수필	차 한잔의 수필	태창문화부
		― 나를 가꾸어 준 일들,	
		신 교수와 M양의 이야기	
1977	수필	누가 세월의 소리를 듣는가	청조사
		― 역사를 보는 태도	
1977	수필	명분에 선행하는 삶	희망출판사
		― 선은 희망에서	
1977	수필	사랑에 눈뜰 무렵	진문출판사
		― 자유와 사랑의 변증법	
1977	수필	창가에 앉은 사색	현대인사
		― 여자여, 이제 그대는, 결혼에 관하여,	
		신 교수와 M 양의 이야기	

발표일	분류	제목	발표지
1977	수필	마음의 등불을 찾는 에세이 (안병욱 편) — 생과 빈곤	백만사
1977	수필	살며 사랑하며: 젊은 여성을 위한 주제별 에세이 — 고독이라는 병/고독에 관하여/ 고독·영원한 부재	주부생활사
1977	수필	차 한잔의 외출 — 현대와 인생관의 문제	한성출판사
1977	수필	행복에의 길 — 행복이란 무엇인가	진문출판사
1979	수필	불꽃의 영혼을 위하여: 사랑 에세이 — 사랑에 관하여	고려원
1979	수필집	누가 들꽃보다 아름다운 옷을 지으랴	문학예술사
1979	수필집	잠들지 않은 영혼을 위하여	문학세계사
1979	수필	누가 절망의 의미를 묻거든 (김형석 편) — 죄인과 초인	여원문화사
1979	수필집	하늘의 별처럼 들의 꽃처럼	주부생활사
1979	수필	오늘을 살며 영원을 밝히며 (공편저) — 존경할 수 있는 사람과 좋아질 수 있는 사람	민음사
1979	수필집	저 찬란한 새벽을 향하여	백미사
1979	수필	돈 그리고 지혜 — 돈과 인격의 함수	사방사
1979	수필	나의 중심 개념 — 고독	독서신문사

발표일	분류	제목	발표지
1979	수필	돈(한국수필가협회 편)	범조사
		—— 사람보다 귀해진 돈	
1979	수필	길을 묻는 여성을 위한 인생론	여원문화사
		(여원에세이카페) —— 실연한 S 양에게/	
		잊혀지지 않는 나이팅게일/	
		세 여고생의 경우	
1979	교양서	대학의 뜻	연세대 교양
		—— 교양이란 어떤 것인가?	교육위원회
1979	교양서	대학의 이해 —— 학문의 자유	연세대 교양
			교육위원회
1979	철학서	명저 속의 현대사상	독서신문사
		—— 인간 실존을 통한	
		세계와 역사의 탐구: 존재와 시간	
1979	철학서	세계를 움직인 백 권의 책	동아일보사
		—— 칸트 순수이성비판(1781)	
1979	수필	잃어버린 생을 찾아서	여원문화사
		(안병욱 편) —— 생과 빈곤	
1979	수필	친구여 내 친구여	수레
		—— 지금은 어디서 무엇을	
1979	수필집	당신은 누구를 믿는가	주우사
1980	수필	말하라 사랑이 어떻게 왔는가를	여원문화사
		—— 마음의 왕국을 지키기 위하여/	
		인생은 반드시 외로운 것은 아니다	
1980	수필집	그대와 나누고 싶은	자유문학사
		이야기가 있다	

발표일	분류	제목	발표지
1980	수필	민예 테마 에세이 사랑 — 사랑하라 그러면 그 메아리가/ 고향 — 고향/ 꿈 — 물고기의 꿈	민예사
1980	수필	한국 역대 문감(임헌도 편) — 넥타이 이야기	문학사
1980	종교서	하늘 땅 사이에(편집부 편) — 신앙의 허(虛)와 실(實)	한국천주교중앙 협의회
1980	교양서	현대(現代)의 한국(韓國) (이숭녕 편) —사상의 주체성과 문화의 균등성	서우
1980	수필	생각하는 회전목마 (연간 수필 81인집) — 고독	교음사
1980	교양서	대학·대학생·대학 생활 (UNESCO 한국위원회 편) — 선의의 대화 통해 인간적 사귐을	배영사
1981	수필집	사과의 기도	동화출판공사
1981	수필	고장난 영원한 오늘 (주제 수필 49인선, 공저) — 물고기의 꿈	을지
1981	수필	그대 영혼 위에 뜨는 별 (안병욱 편) —고독이라는 병/ 고독에 관하여/고독·영원한 부재	주우
1981	철학서	인간과 세계에 대한 철학적 이해	삼중당

발표일	분류	제목	발표지
1981	수필	하늘에 그린 수채화(공저) ── 고향	범우사
1981	철학서	철학 이야기	샘터
1982	수필	인생의 의미를 찾기 위하여	자유문학사
1981	수필집	그리고 그는 나에게 하나의 꽃이 되었다(공저)	제삼기획
1981	교양서	한국의 발견 ── 한국적 위기 의식의 특성	서림출판사
1981	수필	내 사랑 어머니 내 생명 아버지 ── 낙엽에 부치고 싶은 마음	예지원
1981	수필집	사랑은 아름답고 고향은 영원한 곳	삼중당
1981	수필집	겨레의 장래를 생각하면서	자유문학사
1983	수필	인생에 대하여 ── 회의·불안·신앙	반석
1983	수필집	희망과 사랑이 있는 공간	자유문학사
1983	종교서	한국의 근대화와 기독교 ──한국의 근대화와 기독교 교육	숭전대 출판부
1983	수필	우리 집 아이들은 이렇게 기른다 ──최선을 다하는 생활을	대현출판사
1983	수필	우정을 나누며 사랑을 배우며 ──지금은 어디서 무엇을	글수레
1983	수필	효: 효 에세이 35인집 ── 낙엽에 부치고 싶은 마음	범우사
1984	수필집	무엇을 위해 사는가	마당문고사

발표일	분류	제목	발표지
1984	수필집	우리는 어떻게 살아야 하는가	자유문학사
1984	수필	영원과 사랑의 약속	문학신조사
		── 행복의 조건	
1984	수필	거울이 없어도 여자는 아름답다	중앙일보사
		── 여자란 무엇인가	
1984	수필	나의 인생, 나의 명상	풍만출판사
		── 한 번뿐인 인생	
1984	수필	뜻을 세워 살자	시몬
		── 우리는 젊음을 낭비하고 있다	
1984	수필	사랑으로 오는 낮은 목소리	학원사
		── 스스로의 권리와 책임을,	
		되찾아야 할 양심의 자율성,	
		우리의 참일꾼은 어디에 있는가,	
		건전한 참여와 전진이 아쉽다	
1984	수필	왜 사느냐고 물으면	민들레
		── 신앙에 대하여: 회의·불안·신앙	
1984	수필	어머니, 나의 어머니	자유문학사
		── 나만을 위해 살아 온 어머니	
1985	수필집	새벽이 올 때까지 등불을 들고	문학세계사
1985	수필	영혼이 흐느낄 때	동천사
		── 고향, 자유와 사랑의 변증법,	
		고독이라는 병, 죽음	
1985	종교서	기독교 명저 60선	종로서적
		── 팡세: 파스칼	
1985	수필집	현대인의 자기 소외와 자기 발견	민예사

발표일	분류	제목	발표지
1985	수필	진리(眞理)의 빛을 찾아서	청목문화사
1985	수필집	우리는 어디서 와서 어디로 가는가	배재서관
1985	교양서	생각하며 배우며	임마누엘
1985	수필집	왜 사느냐 묻거든	대우출판공사
1985	수필	그대여 이날을 헛되이 보내려나 — 행복이란 무엇인가, 일생의 닻을 어디에/우정과 결혼의 조건/ 현대인의 직업관/성공의 비결/ 봉사의 공식/일생을 속아 사는 것일까	세종출판공사
1985	수필집	한 알의 밀이 죽지 않으면	영신문화사
1985	수필	내가 받은 가정 교육 — 일을 사랑하는 근면성	샘터
1985	수필	나의 친구 젊은이여 —사람을 대하는 태도, 영웅과 범인(凡人)	대우출판공사
1985	수필	중심(독서신문사 편) — 고독	민성사
1985	수필	그날을 위해 삶을 위해: 미혼자를 위한 결혼 강좌 (서울YMCA 편) — 누구를 위한 결혼인가	샘터
1985	수필	우리에게 주소서: 오늘의 지성 10인의 대표 에세이집(공저)	중앙일보사
1985	수필	만원 버스 속의 둥근 공 —물고기의 꿈	을지문화사

발표일	분류	제목	발표지
1985	수필	누구를 위하여 사랑하는가 — 우리들의 희망은 무엇인가/ 양심을 사랑하는 마음/ 모두가 하나의 생명체 되어/ 둘이서 함께 날기 위하여	학원사
1986	수필집	세월이 흐르는 언덕에서	갑인
1986	수필	젊은이여 오늘을 어떻게 살 것인가 — 신앙에 대하여	민중서관
1986	수필	현대 한국 수상록 31	금성출판사
1986	수필	지적인 여성이 되기 위하여 — 우리는 왜 사는가	원음사
1986	수필	현대 지성인의 과제 — 사상의 주체성과 문화의 균등성	민예사
1986	교양서	인간과 윤리	학문사
1986	수필	노을빛 사랑 속에 이 젊음을 —회의·불안·신앙: 신앙에 대하여	동화출판사
1986	수필집	내 영혼의 고향은	어문각
1986	수필집	이성 간의 우정	청목문화사
1986	종교서	예수: 그는 누구이며, 우리는 무엇을 믿을 수 있는가	학원사
1986	수필	낙엽 한 잎도 당신 뜻으로 (《영레이디》 1986년 11월호 부록, 편저) — 사랑과 결혼의 재음미	중앙일보사
1986	수필	모든 삶에는 뜻이 있다 — 정년퇴직을 하고서/	청년사

발표일	분류	제목	발표지
		철학 교수가 되기까지/	
		영혼과 사랑의 대화/삶이 곧 신앙이죠/	
		요새 젊은이들을 보면서/	
		민족의 장래를 걱정하며	
1986	수필집	고독이 머무는 계절에	학원사
1986	수필	누가 생의 길을 묻는다면—고독	민중서관
1986	수필집	영원, 그 침묵의 강가에서	학원사
1986	수필	어머니, 당신은 희생과 사랑의	인생과 문학사
		합창이외다(정선이 편저)	
		—어머니는 구원의 여상(女想)	
1986	수필	아직도 우리를 슬프게 하는 것들	문예춘추사
		—자유와 변증법/고독이라는 병/	
		죽음	
1986	수필집	영원한 것을 찾아서	학원사
1986	수필	인생을 위한 45장(신일철 편)	철문출판사
		—영원에의 약속	
1986	수필집	사랑이 있는 기나긴 대화	민성사
1986	교양서	현대인의 허무와 절망	민예사
		—현대에 있어서의 인간	
1987	수필	가슴으로 헤는 말	동아서원
		—실연한 M 양에게 주는 글	
1986	수필집	사랑이 있는 산문	해문출판사
1986	수필집	운명의 별빛 아래서	학원사
1986	수필집	그래도 인생은 선하고	자유문학사
		아름다운 것	

발표일	분류	제목	발표지
1986	수필	그대가 아픔의 껍질을 벗을 때 —사람을 대하는 태도, 영웅과 범인(凡人)	민중서각
1986	수필	다정한 말 한마디(김동리 편) — 성공에 관하여	현대문학사
1986	수필	그 아름답고 소중한 이야기	은빛출판사
1986	교양서	명교수 명강의 —마르크스주의 사관 비판: 역사에 있어서의 결정론 문제	배재서관
1986	수필	우리가 우리에게 — 회의·불안과 신앙	동아서원
1986	수필	사색의 만남 명상의 만남 (이상배 편) — 삶의 지배자 사랑	써레
1986	수필집	철학 에세이	청목문화사
1986	수필	지성과 사랑이 여무는 길에 — 믿음의 길, 생명의 길	한국양서
1986	수필 전집	金亨錫全集 1 영원, 그 침묵의 강가에서 2 고독이 머무는 계절에 3 운명의 별빛 아래서	학원사
1988	수필	사랑하고 사랑하고 사랑했는데도: 김형석 외 청준비망록(김정오 편)	유림
1988	수필집	향나무를 피우듯이 인생을	영언문화사
1988	수필	배움의 길 사랑의 길(김정모 편)	광야

발표일	분류	제목	발표지
		― 보다 나은 공동체를 위하여	
1988	수필	우리들의 일터: 사보 동아그룹	동아그룹 홍보실
		권두칼럼 꽁트모음집	
		― 점심을 굶은 이야기	
1988	수필	기다림으로 남는다 하여도	영광출판사
		― 좋은 친구를 가진 행복	
1988	수필	사랑의 꿈을 한자리에:	한성출판사
		사랑의 에세이(김형석 외 공저)	
1989	수필집	때로는 마음이 아플지라도	신원문화사
1989	수필	아직도 소중한 이야기들	배재서관
		(유문동 편)	
1989	수필	소중한 당신의 삶을 위하여	덕성문화사
		― 고독	
1989	수필	슬픔으로 남는 행복(한국대표	명지
		5인 에세이션) ― 성공과 실패/	
		행복과 불행의 변주곡/	
		행복의 척도/어느 교수의 부부싸움/	
		밤에 핀 목련/결혼을 망설이는 이를 위하여/	
		우정의 진실	
1989	수필	생각하며 살아가는 까닭은	동화출판공사
		― 잠자리와 천재	
1989	교양서	현대 사회와 예(禮)(전병재 편)	탐구당
		― 예의 본질과 기능: 그 종합적	
		이해를 위하여	
1989	철학서	명상은 불어오는 바람처럼	동화문학사

발표일	분류	제목	발표지
		(이상배 편) ―절대적 죽음	
1989	수필	길을 묻는 젊은이들에게 ― 영웅과 범인(凡人)	덕성문화사
1989	수필	등불이 되어 오소서 ―후회 없는 교직 생활이 되도록	문교부
1990	수필	희망 사항: 나는 이런 여자가 좋더라, 나는 이런 남자가 좋더라 ― 무엇이 여성을 품위 있게 하는가	문학세계사
1990	수필집	지금은 출발의 시간입니다 ― 김형석 강연 에세이	철학과현실사
1990	수필	먼 곳에의 그리움	토지
1990	수필	홀로와 더불어 ― 더 낮은 목소리로 조용히, 값진 인생을 위한 '거듭나기'	여원출판사
1990	수필	가을에 만난 사람 ― 세 여고생의 경우, 가슴 아픈 사건, 죽은 사람의 답사, 간디의 정신, 우리 어머니	제삼기획
1990	수필	오늘을 사는 젊은 지성의 삶	성인문화사
1990	수필	늦지 않은 출발점에서(9인 공저) ―우리는 왜 세상에 태어났을까/ 행복과 불행 중 어느 것이 더 많은가/ 노력을 택할 것인가 행운을 기다릴 것인가/ 그대는 젊음을 낭비하고 있지 않은가/ 나는 좋은 친구를 몇이나 가지고 있는가/	화랑문화사

발표일	분류	제목	발표지
		사랑과 결혼을 어떻게 생각하는가/	
		어떤 생활의 신조가 필요한가/	
		자기 인격의 완성을 생각해 본 일이 있는가	
1990	수필집	사랑으로 가는 길	현대문학
1990	수필	생의 불 앞에 두 손을 쪼이며	한국매일출판사
		──지금은 어디서 무엇을	
1990	수필	사랑하는 이여 나의 빛이여	한국매일출판사
		──사랑하라, 그러면 그 메아리가	
1990	수필	필동정담(筆洞情談)	매일경제신문사
		──휴머니즘이 넘칠 때 나라가	
		활력을 배가할 수 있습니다	
1990	수필	왜 살며 어떻게 살 것인가	동화출판공사
		──고독	
1990	수필	인생의 가장 행복한 반시간	풀잎
		──꼴찌에게도 상장을	
1990	수필	잊을 수 없는 사람	동인기획
		──9월에 받은 마지막	
		크리스마스 카드	
1991	수필집	인생, 소나무 숲이 있는 고향	철학과현실사
1991	수필집	나는 사랑한다 그러므로	철학과현실사
		나는 있다	
1991	수필	산다는 것은 길을 찾는 것	동화출판공사
		──진리에 관하여	
1991	수필	우리 집 자녀 교육 이렇게 한다	오늘
		──자녀 교육 어째서 어려운가	

발표일	분류	제목	발표지
1991	수필	어슬렁거려 보는 것도 좋다 — 평범에의 집념/ 밤열차 이야기/살아가는 동안에	민족과문학사
1992	철학서	종교의 철학적 이해	철학과현실사
1992	수필	좋은 부모를 꿈꾸는 젊은이에게 — 부모·자녀 그리고 이웃	고려원
1992	수필	우리의 미래를 생각하며 — 민족의 운명과 직결되는 가치관	자유평론사
1992	수필	말하는 에세이 — 로망과 타락의 원리	문학수첩
1992	수필	추위를 이겨 낸 장미는 아름답다 — 그대는 젊음을 낭비하고 있지 않은가	화랑문화사
1993	교양서	역사철학	철학과현실사
1993	수필	현대의 한국 2 — 현대의 역사철학적 과제	청화출판사
1993	교양서	현대의 인간 — 현대에 있어서의 인간	청화출판사
1993	수필집	살아가는 데도 순서가 있어야 한다	철학과현실사
1993	수필집	당신은 누구이고 나는 누구입니까	철학과현실사
1993	종교서	일재 김병조의 민족 운동 (김형석 편) —일재 김병조의 민족운동, 상해 거류 한인	남강문화재단 출판부

발표일	분류	제목	발표지
		기독교도들의 민족운동	
1993	수필	자기를 팔 만큼 가난하지 않고 남을 살 만큼 부유하지 않은(공저) ─ 가난하게 산다는 것	범우사
1993	수필	사람 사이에 삶의 길이 있고 (강혜원 편) ─ 나는 사랑한다, 그러므로 나는 있다	사계절출판사
1993	수필	길을 묻는 그대에게(공저) ─ 대학은 목적이 아닌 과정이다	삼성미디어
1993	종교서	구원과 종말. 1992 ─ 한국 교회에 바란다	연세대학교 출판부
1993	수필	인생을 말한다: 한국의 대표 지성 30인의 인생론 ─ 지혜로운 선택을 위하여	자유문학사
1994	교양서	21세기의 한국인 ─ 자기 자신을 이기는 길	김영사
	종교서	하나님께 영광을 ─ 3·1 운동과 한국 교회 지도자들의 역할 ─ 한국 교회사에서 본 지도자상의 한 전형	경향문화사
1994	철학서	(한 권으로 보는) 서양철학사 100장면	가람기획
1994	수필	나의 건강 비결 ─ '일'은 하면 할수록 건강해진다	우신서
1994	수필	책을 읽는 즐거움	국립중앙도서관

발표일	분류	제목	발표지
		── 직장인의 독서	
1995	종교서	한국 기독교, 무엇이 문제인가	철학과현실사
1995	수필집	젊은 날의 선택	가람기획
1995	교양서	세계화 관련 각계 의견	공보처
		── 더 놀라운 이야기	
1995	수필집	망치 들고 철학하는 사람들	범우사
1996	수필집	자기답게 살아라	자유문학사
1996	수필	세기의 길목에 서서	한국발전연구원
		── 사회 현실과 도덕성 회복	
1996	수필	삶의 방법	자유문학사
		── 지혜로운 선택을 위하여	
1996	종교서	너, 세상에서 무슨 일 하다	예능
		왔느냐(새사람선교회 편)	
		── 주님의 기쁨과 슬픔	
1996	철학서	길이 없는 것은 아니다:	철학과현실사
		가치관의 문제를 중심으로	
1997	수필집	어머니의 가슴엔 사랑이 흐른다	신원문화사
1997	종교서	경건과 교양(이종윤 편)	요단출판사
		── 죽음에 이르는 병: 키에르케고르	
1998	수필집	우리는 희망을 먹고 살아야	미래지성
		합니다	
1998	수필집	모든 자녀들에게는 꿈이 있다	철학과현실사
1999	교양서	현대 종교의 논리	범한
		── 사상의 주체성과 문화의 균등성	
1999	교양서	현대 문화의 카오스와 코스모스	범한

발표일	분류	제목	발표지
		― 현대에 있어서의 인간	
1999	교양서	국가 경제의 이해	범한
		― 가정의 근대화와 '효(孝)'의 문제	
2000	철학서	역사와 이성	철학과현실사
		― 나의 길, 철학의 길	
2000	종교서	믿음, 그리고 겨레 사랑	한국기독교역사
		― 남강 이승훈	연구소
2001	수필집	사랑을 알아야 인생을 배운다	책소리
2001	수필집	슈바이처가 존경받는 이유	책소리
2002	철학서	철학의 세계: 우리는 그 속에 살고 있다	철학과현실사
2002	수필	대한민국에서 태어나면 불행해질 자격이 없다 ― 뉴욕 맨해튼 한국 교회를 가득 메운 동포들의 열기	월간조선사
2003	종교서	통합적인 통일과 그리스도인들의 과제 2 ― 민족 화해와 평화 통일을 위한 교회의 역할	예영커뮤니케이션
2003	수필	세기를 넘어서 ― 21세기를 맞이하는 우리의 자세	경남
2003	수필	오직 올바르게 살자 ― 정직한 삶의 철학/ 인간답게 사는 길	나산출판사
2004	종교서	나의 인생, 나의 신앙	기독교문서선교회
2005	수필집	무엇을 위해 사느냐고 물으면	마음향기

발표일	분류	제목	발표지
2005	수필집	산다는 것의 의미	마음향기
2005	수필	깊고 푸른 숲 속에서 흐르는 물의 소리 — 사랑의 유희/ 세월/정지된 추억/봄의 화신	한맥문학출판부
2005	수필	한국의 수필 1 — 그믐달	한국헤밍웨이
2006	종교서	희망의 약속: 100년 후에도 크리스천은 부끄럽지 않아야	예영커뮤니케이션
2006	수필집	인생이여, 행복하라	마음향기
2006	종교서	통일 한국 포럼: 통일을 향한 북한 선교의 과제와 전망 — 한민족복지재단의 대북 지원과 북한 선교	바울
2006	교양서	성공 비결 101가지 — 모든 일의 목적은 인간이어야 한다	새움
2006	교양서	나를 키워 준 한마디, 성공으로 이끄는 말의 힘 — 곳간의 쥐는 곡식을 먹고 자라게 된다	가이드포스트
2007	종교서	주의 영광 이곳에 — 고난과 평화	예영커뮤니케이션
2008	수필집	세월은 흘러서 그리움을 남기고	한우리북스
2008	철학서	행복한 삶을 위하여 (인간시대위원회 편) — 공수래공수거의 뜻	동양서적
2008	철학서	내 양심의 소리 (인간시대위원회 편) — 지도층의 반성/	동양서적

발표일	분류	제목	발표지
		가치관의 정립/사람답게 살기 위해서/	
		삶의 기틀은 믿음/사회적 병폐/	
		인간에 대한 봉사	
2009	교양서	그런 사람 또 없습니다 노무현	세계로미디어
		─ 노무현 시대를 기록합니다	
2009	수필집	그 길에 무엇이 있을까	세계로미디어
		─ 당신에게 지금은 하고 싶은	
		일을 해야 할 때	
2010	수필	우리는 거제도로 갔다	경향미디어
		─ 사랑이 이루어지는 섬, 지심도	
2010	수필	기적 같은 한순간	마음의 숲
		─ 아버지의 권고	
2010	교양서	고당 정신과 나라의 앞날:	기파랑
		'한나라 강좌' 명사 강연록	
		─누가 역사를 건설하는가?	
2011	역사서	4·19 혁명사 下	50주년 4·19혁명
		─4월 혁명의 역사적 성격과	기념사업회
		의미	
2011	종교서	광야의 영음	카이로스
		─ 현대 사회와 한국 기독교	
2012	철학서	인생: 사랑의 나무를	큰태양
		키워 가는 것	
2013	종교서	기적을 이루는 사람들: 시련은	중앙북스
		기적을, 고난은 축복을	
2013	종교서	(교회와 그리스도) 우리는	홍림

발표일	분류	제목	발표지
		무엇을 믿는가	
2015	수필	나는 아직도 누군가를 사랑하고 싶다	철학과현실사
2015	종교서	예수: 성경 행간에 숨어 있던 그를 만나다	이와우
2016	전기	유일한의 생애와 사상	올댓스토리
2016	수필집	백 년을 살아 보니	Denstory 알피코프
2016	철학서	우리는 무엇으로 행복해지나: 우리 시대 살아 있는 지성들이 발견한 "행복" ― 행복에 관한 철학적 고찰	프런티어
2016	철학서	아직 펴 보지 않은 책, 죽음 ― 작은 예수 되어 주님을 따라가는 삶	신앙과지성사
2016	수필집	사랑과 희망이 있는 이야기들	철학과현실사
2016	종교서	어떻게 믿을 것인가	이와우
2017	종교서	인생의 길, 믿음이 있어 행복했습니다	이와우
2017	수필집	김형석 수필 선집	지식을만드는지식
2018	철학서	행복 예습	Denstory 알피스페이스
2018	종교서	왜 우리에게 기독교가 필요한가	두란노
2018	수필집	남아 있는 시간을 위하여	김영사
2018	종교서	선하고 아름다운 삶을 위하여	두란노

발표일	분류	제목	발표지
2018	교양서	사람다움이란 무엇인가: 서울신학대학교 개교 100주년 기념	종문화사
2019	수필	(세 원로 철학자가 남겨 준) 인생의 열매들(공저)	비전과리더십
2019	종교서	교회 밖 하나님 나라	두란노
2019	수필집	(젊은 세대와 나누고 싶은) 100세 철학자의 인생, 희망 이야기	열림원
2019	수필집	고향으로 가는 길	철학과현실사
2020	수필집	삶의 한가운데 영원의 길을 찾아서	열림원
2020	철학서	그리스도인에게 왜 인문학이 필요한가?	두란노
2020	수필집	백세 일기	김영사

작성자 박숙자 서강대 교수

안병욱 생애 연보

1920년	6월 26일, 평안남도 용강군 삼화면 율상리 출생.
1929년(9세)	풍정보통학교 입학.
1936년(16세)	춘원 이광수의 소개로 흥사단 가입.
1938년(18세)	평양고등보통학교 졸업.
1943년(23세)	일본 와세다 대학교 철학 학사 학위 취득.
1944년(24세)	일본 학도병 징용, 중국 서주로 이동.
1946년(26세)	귀국 및 월남, 경기중학교 교사.
1949년(29세)	서울고등학교 교사.
1958년(38세)	《사상계》 주간(~1964), 서울대학교 및 연세대학교 법대 강사.
1959년(39세)	숭실대학교 철학과 교수.
1961년(41세)	미국 머서 대학교 교환교수.
1962년(42세)	미국 코넬 대학교 교환교수.
1965년(45세)	흥사단 이사.
1983년(63세)	흥사단공의회장 취임.
1985년(65세)	숭실대학교 교수직 은퇴, 숭실대학교 명예교수 및 경기대학교 대학원. 초빙교수 취임, 인하대학교 명예문학박사.
1987년(67세)	흥사단 이사장.
1992년(72세)	월드리서치연구소 고문, 안중근 의사기념사업회 이사, 도산아카데미 고문.
1998년(78세)	제3회 도산인상 수상, 숭실대학교 명예박사.
2000년(80세)	한국NGO지도자총연합 고문.

2007년(87세)	제9회 인제인성대상 수상.
2009년(89세)	제8회 유일한상 수상.
2012년(92세)	'김형석 안병욱 철학의 집' 설립.
2013년(93세)	10월 7일, 별세.

안병욱 작품 연보

발표일	분류	제목	발표지
1953	교육서	영어 완성	건국사
1955	번역서	미국 철학사(죠셉 L. 블라우)	사상계사
1955	번역서	행복의 철학(B. 럿셀)	민중서관
1956	번역서	아브라함 린컨전(벤자민 P. 토마스)	사상계사
1957	번역서	실존주의철학(죤·와일드)	탐구당
1957	번역서	행복의 탐구(마키버)	을유문화사
1958	철학서	현대사상	영신문화사
1959	철학서	키엘 케골	사상계사 출판부
1960	번역서	문명 비판과 가치의 세계 (랄프 B. 페리)	을유문화사
1960	번역서	지성의 모험(리챠드 스롤슨, 죤 코브러)	사상계사
1961	수필집	사색 노우트	동양출판사
1961	번역서	지식인의 아편(레이몬드 아르몽)	중앙문화사
1961	수필집	인생을 말한다	경지사
1962	수필집	사색인의 향연	삼중당
1963	수필집	알파와 오메가	신태양사
1963	수필집	마음의 창문을 열고	삼중당
1963	수필집	철학 노오트	경지사

발표일	분류	제목	발표지
1963	수필	오늘의 고전(김형석 편) — 실존주의의 도전	삼중당
1963	수필	美와 魅力(現代女性敎養全集 2)	계몽사
1964	수필집	인생이란 무엇이냐	경지사
1964	철학서	철학 개론	삼중당
1964	철학서	빠스깔	지문각
1965	번역서	인도 사상가의 세계관(슈바이처)	경지사
1965	번역서	지혜의 탐구(러셀)	삼중당
1965	수필	知性의 薔微(現代女性敎養全集 5)	계몽사
1966	수필집	민족의 스승 도산 안창호	대성문화사
1966	수필집	사색	박우사
1966	수필	인간이 서 있는 곳: 외국을 본 50人 신작 단편 에세이 — 개인의 탄생	춘추각
1966	수필집	행복의 미학: 인생은 예술처럼	장학당
1967	철학서	현대 사상: 지성인을 위한 철학 개론	삼중당
1968	수필집	A 교수 에쎄이 21장	박우사
1968	수필	(종합)새현대문/전광용 편 — 고전의 의의	법문사
1969	수필집	사색, 생각하는 갈대	박우사
1969	철학서	휴머니즘	민중서관
1970	수필집	도산 사상	대성문화사
1970	수필집	진리의 샘터에서	삼육출판사
1970	수필	인생의 단애에 서서(공저) — 이상적 지식인상	휘문출판사
1970	수필집	아름다운 창조	삼육출판사

발표일	분류	제목	발표지
1971	수필집	네 영혼이 고독하거든	중앙출판공사
1971	수필	젊은날의 인생 노우트/	태극출판사
		지혜의 샘터/오늘을 사는 지혜/	(안병욱 외 공편)
		사랑과 우정의 팡세/	
		생사의 피안에서/인생을 생각한다/	
		정상을 향한 지략/행복의 조건	
1971	수필집	너와 나의 만남	삼육출판사
1972	수필집	(도산) 안창호	금문사
1972	수필집	안병욱 에세이 선집	삼성출판사
		정신의 순례	
		철학 노오트	
		사색인의 향연	
		진리의 샘터에서	
		幸福의 美學	
		아름다운 創造	
		삶의 보람을 찾아서	
		思索人의 饗宴	
		마음의 窓門을 열고	
		삶의 보람을 찾아서	
1972	수필 전집	안병욱 에세이 전집	삼성출판사
		1 아름다운 創造	
		2 眞理의 샘터에서	
		3 知性과 사랑의 香氣	
		4 人生은 藝術처럼	
		5 思索人의 饗宴	

발표일	분류	제목	발표지
		8 精神의 巡禮	
		9 哲學 노우트	
		10 삶의 보람을 찾아서	
1973	수필집	생활과 철학 사이	휘문출판사
1973	수필집	조국의 앞날을 생각하며	교학사
1973	수필집	인생의 의미	신태양사
1973	수필집	빠스칼 사상	삼육출판사
1973	수필	고뇌를 넘어서 환희로	중앙출판공사
1974	교양서	우리 국민의 좌우명	청해출판사
		(김종면·안병욱·신용하 공저)	
1974	수필집	내일 지상에 종말이 올지라도	삼육출판사
1974	수필집	지상에서 가장 아름다운 것	주부생활사
1974	수필집	뜻이 있는 곳에 길이	삼육출판사
1975	수필집	태초에 말씀이 있었다	아카데미
1975	수필집	안병욱 인생론	아카데미
1975	수필집	자아의 발견	박영사
1976	수필집	이 아름다운 생명을	주부생활사
1976	수필집	하루에 한 번쯤은	범우사
1976	수필집	희망의 철학	아카데미
1976	철학서	인간의 고귀한 존재: 휴머니즘 사상	삼육출판사
1976	철학서	휴머니즘 사상: 그 이론과 역사	삼육출판사
1976	수필집	영원한 불가해: 인생의 에세이	진문출판사
1976	수필	죽음에 대하여 —— 죽음의 얼굴	을지출판사
1976	종교서	20세기의 종교 분석: 종교 간	어린이재단
		대화의 가능성	

발표일	분류	제목	발표지
1977	수필	잃어버린 생을 찾아서 —생애의 역설	백만사
1977	수필집	마지막 등불이 꺼지기 전에	문학예술사
1977	수필집	아름다움을 체험하는 순간	동화출판공사
1977	수필집	지혜롭게 사는길	삼육출판사
1978	수필집	오직 하나뿐인 이 생명을	갑인출판사
1978	수필	죽음의 신들을 위하여 —절대자의 영원한 품안	동화출판공사
1978	수필	마음의 등불을 찾는 에세이 — 생애의 역설	백만사
1978	수필집	조국에 영광을 심은 사람들	갑인출판사
1978	수필집	안병욱 희망론: 별을 쳐다보며 삽시다	아카데미
1978	수필	차 한잔의 외출(손우성 안병욱 공저)—생각하는 갈대	한성출판사
1978	수필	살며 사랑하며 — 이 아름다운 생명을/산다는 것은/ 거울/하루에 한번쯤은	주부생활사
1978	수필집	사랑과 지혜 그리고 창조	정우사
1978	수필	사랑에 눈뜰 무렵: 각계 인사 25인이 쓴 사랑을 주제로 한 에세이집 — 너와 나의 만남	진문출판사
1978	수필	명분에 선행하는 삶 — 생의 반려	희망출판사
1978	수필	한국 현대 문학 전집 58 — 행복의 메타포/산의 철학/얼굴/	삼성출판사

발표일	분류	제목	발표지
		흙의 향기	
1979	수필집	이상의 별을 바라보며	문학예술사
1979	수필	그대 영혼위에 뜨는 별	현대인사
		── 이 아름다운 생명을,	
		산다는 것은, 거울, 하루에 한 번쯤은	
1979	수필집	미와 진실의 합창	여원문화사
1979	수필집	빛과 생명의 안식처	삼성출판사
1979	수필	오늘을 살며 영원을 밝히며	예찬사
		(오늘의 知性 39人 에세이集)	
1979	수필	불꽃의 영혼을 위하여	고려원
		── 인생의 안식처	
1979	수필	친구여 내친구여	수레
		── 이문회우(以文會友)	
1979	수필	누가 세월의 소리를 듣는가	청조사
		── 이 아름다운 생명을/	
		부자굴의 철리와 일체유심조/	
		멋의 미학/심전경작/행복의 주소/	
		운명과 노력의 교향곡/지혜와 사랑과 창조/	
		도/중용/아름다운 혼/	
		너와 나의 성실한 만남	
1980	수필집	새 한국인의 사명: 세계의	삼성출판사
		모범 민족이 되자	
1980	수필집	고뇌하는 젊은이에게	청음
		(안병욱, 이병주, 조순애 공저)	
1980	교양서	대학·대학생·대학 생활	배영사

발표일	분류	제목	발표지
		(UNESCO한국위원회 편)	
		─ 우정은 사랑과 존경의 조화	
1981	교양서	독서와 지적 생활	시사영어사
		─ 젊은 날의 고뇌와 독서	
1981	보고서	韓國人의 理想的 人間像 定立에	한국정신문화
		關한 硏究	연구원
1981	수필집	운명과 자유의 교향악	여원출판국
1982	수필집	지성과 사랑의 향기	삼성언어연구원
1982	수필	젊은이여 어떻게 살 것인가?	문학출판사
		─ '나의 길'을 가라	
1982	수필집	생의 푸른 초원에서	삼성출판사
1982	수필	신한국 수필 선집 4 ─ 유산	홍림
1982	수필집	우리는 무엇을 할 것인가:	아카데미
		안병욱 인생론	
1983~1988	수필 전집	安秉煜全集	삼육출판사
		1 뜻이 있는 곳에 길이	
		2 진리의 샘터에서	
		3 아름다운 창조	
		4 智慧롭게 사는 길	
		5 철학 노우트	
		6 사색인의 향연	
		7 영원한 자유인	
		8 마음의 창문을 열고	
		9 삶의 보람을 찾아서	
		10 행복의 미학	

발표일	분류	제목	발표지
		11 빠스칼 사상	
		12. 현대사상	
		13. 島山思想	
		14 키에르케코르 사상	
		15 새 韓國人의 使命: 世界의 模範民族이 되자	
		16 내일 지상에 종말이 올지라도	
		17 안병욱 인생론	
		18 (一日一省)좌우명 365일	
		19 안병욱 희망론	
		20 안병욱 명상록	
		21 이상의 별을 바라보며	
		22 미와 진실의 합창	
		23 운명과 자유의 교향악	
		24 정신의 순례	
		25 인생은 예술처럼	
		26 생의 푸른 초원에서	
		27 한국인아, 세계를 향해서 달리자	
		28 사랑과 智慧 그리고 創造	
		29 산다는 것은 무엇인가?	
1983	수필	생각하는 지성인을 위한 인생론 ── 개인의 탄생	문학신조사
1983	수필	인생을 위하여, 사색의 샘터 ── 인생에 대하여: 산다는 것	반석
1983	수필집	영원한 자유인	삼성출판사
1983	수필집	인생에 대하여	반석

발표일	분류	제목	발표지
1983	수필	우리 집 아이들은 이렇게 기른다 — 너의 길을 가라	대현출판사
1983	종교서	한국의 근대화와 기독교 — 기독교와 민족사상	숭전대 출판부
1983	교육서	社會와 倫理	숭실대 출판부
1983	수필	사랑을 주는 자와 사랑을 받는 자 (유문동 편)	지혜
1984	교양서	잘 사는 작은 나라	흥사단출판부
1984	수필	뜨거운 언어를 너의 가슴에 — 성공 방정식	금하
1984	수필	에세이로 읽는 인생의 진리	동아문예
1984	수필	왜 사느냐고 물으면 — 인생에 대하여: 산다는 것	민들레
1984	수필집	처음을 위하여 마지막을 위하여	자유문학사
1984	수필	길을 묻는 젊은이에게	반석
1984	수필집	명상의 창가에서	아카데미
1984	수필	뜻을 세워 살자 — 생의 네 가지 기둥	시몬
1984	수필	나의 인생, 나의 명상 — 영원을 손짓하는 깃발/ 세월·영원, 시간이여, 나를 자유케 하라/ 시간, 가버린 시간/과거, 이 고귀한 오늘/ 현재, 보다 나은 내일/미래, 망각의 무덤/ 망각(체념)	풍만
1984	수필	(보통 여자의 교양론)거울이 없어도	중앙일보사

발표일	분류	제목	발표지
		女子는 아름답다	
		─ 누가 대신 살아 줄 것인가?:	
		자기의 시간을 사랑하라,	
		청정심으로 돌아가자	
1985	수필	오늘을 살며 영원을 밝히며	예찬사
1985	번역서	삶의 이야기/마키버	문지사
1985	수필	삶이 그대를 속일지라도	학원사
		─ 정력의 남자, 학구의 남자,	
		성실의 남자, 미소의 남자,	
		봉사의 남자	
1985	수필	고난의 십자가(외)	범조사
1985	수필	사랑을 위하여 행복을 위하여	임마누엘
1985	수필	그대 영혼을 적시는 차 한잔	대우출판공사
1985	수필	그대 빈 가슴에 이 영혼을 ─ 조화	보성출판사
1985	수필집	한 그루 진실의 나무를 심을 때	자유시대사
1985	수필집	젊은이여 희망의 등불을 켜라	자유문학사
1985	수필	그대여 이날을 헛되이 보내려나	세종출판공사
		─ 네 가지의 씨/여인의 힘/	
		너 자신을 알아라/제 분수에 맞게 살자/	
		외화내허병을 버리자/생각하는 여성/	
		위대한 어머니들	
1985	수필집	뉘우치며 다시 기도하며	중앙일보사
1986	수필	현실을 위한 42장	휘문출판사
		─ 해설·생활과 철학 사이	
1986	철학서	현대의 세계/현대 사상과 비평 5	청화

발표일	분류	제목	발표지
1986	철학서	아름다움을 체험하는 순간 — 지혜와 정성, 용기와 노력의 탑	동화출판공사
1986	수필	아직도 우리를 슬프게 하는 것들 — 지상에서 가장 아름다운 것/ 조화/사제애/마음 공부/얼굴	문예춘추사
1986	수필	낙엽 한 잎도 당신 뜻으로 — 생활에 아름다운 리듬을	중앙일보사
1986	철학서	모든 삶에는 뜻이 있다 — 철학만으로 산 사람/철학은 누구의 것인가?/무엇이 삶을 변화시키는가?/ 도산 안창호 선생/물흐르듯 사는 삶/ 죽는 날까지 배움의 자세로	청년사
1986	수필집	삶의 길목에서	자유문학사
1986	수필집	함께 부르는 고독의 노래	진화당
1986	수필	그다음은 말할 수가 없습니다 — 한번, '그리고 오직 한 사람에게	동화출판공사
1986	수필	우리들 가슴마다 피는 영원은 — '여수기(旅愁記)'에서	문예춘추사
1986	수필	노을빛 사랑 속에 이 젊음을 — 니이체의 말/생각하는 갈대/ 운명애/자아실현	동화출판사
1986	수필집	한 우물을 파라	자유문학사
1986	수필	지적인 여성이 되기 위하여 — 생명의 사상	원음사
1986	수필	젊은이여 오늘을 어떻게 살 것인가	민중서관

발표일	분류	제목	발표지
		─ 인생에 대하여	
1986	수필	모든 삶에는 뜻이 있다	청년사
		─ 철학만으로 산 사람/	
		철학은 누구의 것인가/	
		무엇이 삶을 변화시키는가/	
		도산 안창호 선생/물흐르듯 사는 삶/	
		죽는 날까지 배움의 자세로	
1986	수필	어머니, 당신은 희생과 사랑의	인생과 문학사
		합창이외다 ─ 어머님의 교훈	
1986	수필	인생을 위한 45장(신일철 편)	철문출판사
		─ 이상적 지식인상	
1986	수필	현대인의 허무와 절망	민예사
		─ 불안과 고독의 인간학적 의의	
1986	수필	韓國의 멋(국민 전인 교육 총서: 1)	금성출판사
1987	수필	사랑과 행복의 길목에서	자유문학사
		─ 누가 대신 살아 줄 것인가/	
		자기의 시간을 사랑하라/	
		분수와 감사에 대하여/너는 빈 가슴을	
		갖고 있느냐	
1987	수필	다정한 말 한마디	현대문학사
		─ 너는 참으로 젊은가	
1987	수필	가장 곱고 순수했던 시절들	문예춘추사
		─ 지상에서 가장 아름다운 것,	
		조화, 사제애, 마음 공부, 얼굴	
1987	교양서	현대의 한국(Ⅱ)/사상과 비평 12	삼성문화사

발표일	분류	제목	발표지
1987	수필	우리가 우리에게 — 고독과 사색	동아서원
1987	교양서	명교수 명강의 2 — 인생의 길	배재서관
1987	수필집	사랑은	자유시대사
1987	수필	생의 불앞에 두 손을 쪼이며 — 행복/앉은뱅이 꽃의 노래/ 자연 예찬론/부성애/산	율곡문화사
1987	수필집	人生, 그 순간에서 영원까지	자유시대사
1987	수필	그대가 아픔의 껍질을 벗을 때 — 생의 의미/ 사랑의 나무에 앉는 파랑새/ 누가 대신 살아 줄 것인가/ 재수할 수 없는 인생	민중서각
1987	수필	지성과 사랑이 여무는 길에(공저)	한국양서
1987	수필집	내 生의 거울 앞에서	자유시대사
1987	수필	사색의 만남 명상의 만남(이상배 편)	
1987	수필집	思索이 흐르는 강가에서	자유시대사
1987	수필	그 아름답고 소중한 이야기(공저)	은빛출판사
1987	수필	내가 너를 사랑한다는 말은(공저)	동광출판사
1988	수필집	갈대는 바람에 흔들려도	자유시대사
1988	번역서	知識人: 삶의 고독한 존재 (레이몽 아롱)	문지사
1988	수필	내 영혼의 숲속에 내리는 빛	지원
1988	수필집	내 가슴에 간직한 한마디 말	자유시대사
1988	수필집	산다는 것	문학사상사
1988	수필	기다림으로 남는다 하여도	영광출판사

발표일	분류	제목	발표지
		― 지상에서 가장 아름다운 것	
1988	수필집	안병욱 에세이	교육도서
		1 뜻이 있는 곳에 길이	
		2 삶의 보람을 찾아서	
		3 사색인의 향연	
		4 마음의 창문을 열고	
		5 행복의 미학: 인생은 예술처럼	
		6 철학 노트	
		7 아름다운 창조	
		8 진리의 샘터에서	
		9 너와 나의 만남	
		10 영원한 자유인	
		11 생의 푸른 초원에서	
		12 지혜롭게 사는길	
1988	수필	배움의 길 사랑의 길	광야
		― 인생에서 가장 고귀한 것	
1989	수필	쓸쓸한 영혼을 흔드는 이 술잔	기린원
		― 생을 사는 자세/	
		저마다 유산을/말씀	
1989	수필	길을 묻는 여성을 위한 인생론	여원출판국
		― 사랑을 부르는 핏줄의 안식처/	
		심지 않고 거두려는 어리석음	
1989	수필집	인생을 별처럼 살자	성정출판사
1989	수필집	나, 세상의 해가 되리라	고려문화사
1989	수필집	안병욱 명상록	삼육출판사

발표일	분류	제목	발표지
1989	수필집	입을 열기 전에 귀를 열어라	자유문학사
1989	수필	생각하며 살아가는 까닭은 —중용, 멋의 미학	동화출판공사
1989	수필	슬픔으로 남는 행복 —산과 인생/세 가지의 지혜/ 인생이라는 책/인생의 시험/ 인생의 세 가지 선택/인간다운 삶/ 제 분수에 맞게	명지
1989	수필집	안병욱 희망론	삼육출판사
1989	수필	길을 묻는 젊은이들에게 — 조화	덕성문화사
1989	교육서	등불이 되어 오소서	문교부
1989	수필	명상은 불어오는 바람처럼 (이상배 편)—일생일사의 철칙	동화문학사
1990	교양서	현대의 세계(現代 思想과 論壇 5) — 인생의 자각과 세계의 전망	한국중앙문화공사
1989	수필	홀로와 더불어 — 인생이란 농사/ 심는대로 거둔다/참과 별과 길	여원출판국
1989	교양서	세계사와 민족의 이상	철학과 현실사
1989	수필	늦지 않은 출발점에서 — 지상에서 가장 아름다운 것/ 하루에 한 번쯤은/시작의 지혜/기도의 힘	화랑문화사
1989	수필	사랑하는 이여 나의 빛이여 —사랑의 선물	한국매일출판사
1989	수필	생의 불 앞에 두 손을 쪼이며 — 행복/앉은뱅이 꽃의 노래/	한국매일출판사

발표일	분류	제목	발표지
		자연 예찬론/부성애/산	
1989	수필	엄마의 옷—송정산 선생과 김 여사	인왕
1989	번역서	지상에서 가장 아름다운 삶을 위하여(로버트 M. 마키버)	문지사
1989	수필	사랑은 한 송이 꽃이고 당신은 하나의 씨앗입니다—산의 철학, 얼굴	영학출판사
1989	수필집	나의 뜻 나의 삶	철학과 현실사
1989	수필집	미와 진실의 합창	삼육출판사
1989	수필	잊을 수 없는 사람 —하숙방 친구/시인 윤동주	동인기획
1989	수필	왜 살며 어떻게 살 것인가 —성공의 철학	동화출판공사
1989	수필	돌과 속삭인 인생 노우트: 안병욱 외 에세이	고려출판문화공사
1991	교양서	세계 지식인의 수난사 —소크라테스: 태연자약하게 독배를 마신 정의/스피노자: 저한테서 파문이란 어떤 것인가를 배우십시오	문학사상사
1991	수필	산다는 것은 길을 찾는 것 (철학 교수 30인이 오늘을 사는 지성인에게)	동화출판공사
1991	수필집	오늘의 명상	전인교육원 출판부
1991	수필집	빛과 지혜의 샘터	철학과현실사
1991	수필집	희망이 있는 곳에 아름다움이 있습니다	자유시대
1991	수필집	뱀의 독과 벌의 꿀: 안병욱	문화행동

발표일	분류	제목	발표지
		아포리즘	
1991	수필집	내일이 오는 길목에서	고려출판문화공사
1991	수필	나의 스승 함석헌 — 자유 평화 진실	해동문화사
1992	수필	우리의 미래를 생각하며 — 보람 있는 인생을 위하여	자유평론사
1991	수필	추위를 이겨 낸 장미는 아름답다 — 좋은 책을 읽어 네 마음의 밭을 갈아라	화랑문화사
1991	수필	사랑과 행복 — 만남과 선택	삼성문화개발
1993	수필	수필	삼성출판사
1994	수필집	한국인아, 세계를 향해서 달리자	삼육출판사
1994	수필집	삶의 완성을 향하여	철학과 현실사
1994	수필	책을 읽는 즐거움 — 책으로 심전경작을	국립중앙도서관
1996	수필	어머니 — 무덤조차 못 찾은 이 불효를	자유문학사
1996	교양서	논어 인생론	자유문학사
1996	수필집	사람답게 사는 길	자유문학사
1996	교양서	명심보감(안병욱 해설)	현암사
1996	수필	삶의 방법 — 생명의 완성	자유문학사
1997	수필집	뜻을 세우고 삽시다	자유문학사
1997	수필집	산다는 것은 무엇인가?	삼육출판사
1998	교양서	민족의 스승 도산 안창호 — 그 생애와 인격과 사상	도산안창호선생 기념사업회
1998	수필집	후회 없이 살아라	자유문학사

발표일	분류	제목	발표지
1998	수필집	때를 알아라	자유문학사
2000	수필집	나를 위한 인생 12장	자유문학사
2000	교양서	19세기 향회와 민란	서울대학교
2001	수필집	인간은 무엇을 위해 사는가	자유문학사
2003	수필집	수필로 읽는 동양 고전	철학과 현실사
2003	수필	오직 올바르게 살자 ── 나의 인생시/정의는 반드시 이루는 날이 있다/이 세상에서 가장 현명한 사람	나산출판사
2004	교양서	안창호 평전	청포도
2005	교양서	유신과 반유신 ── 유신 체제와 반유신 민주화 운동	민주화운동기념 사업회
2005	수필집	길道	자유문학사
2007	교양서	철학의 즐거움 ── 안병욱 교수의 철학 이야기	계명사
2008	교양서	21세기 첫 10년의 한국 ── 파멸적인 과거를 되풀이하지 않아야/ 과거사 청산이 필요한 세 가지 이유/ 진실이 배척되는 사회/과거사 청산 운동은 사회 정의 운동	철수와영희
2008	교양서	국가 폭력과 세계의 진실위원회 ── 안병욱 해설	역사비평사
2010	교양서	한국 민주화 운동의 성격과 논리 ── 한국 민주화 운동에 대한 평가와 인식의 전환을 위하여	선인

발표일	분류	제목	발표지
2013	수필집	인생 사전: 고 안병욱 교수가 남긴 인생 계명 8가지	예원북하우스

작성자 박숙자 서강대 교수

김태길 생애 연보

1920년	11월 15일, 충북 청주군 이류면 두정리 출생.
1929년(9세)	충주공립보통학교 입학.
1935년(15세)	청주고등보통학교 입학.
1941년(21세)	일본 제3 고등학교 입학.
1943년(23세)	일본 도쿄제국대학 법학부에서 수학.
1945년(25세)	일본 도쿄제국대학 법학부 중퇴, 충주여고 시간 강사.
1947년(27세)	서울대 문리대 철학과 졸업.
1948년(28세)	서울여자의과대학 강사.
1949년(29세)	서울대학교 대학원 문학 석사 학위 취득, 이화여대 강사 취임.
1950년(30세)	6·25 전쟁 의용군 합류, 동래포로수용소 및 거제도포로수용소 수용.
1954년(34세)	서울여자의과대학 조교수.
1956(36세)	건국대학교 부교수.
1960년(40세)	미국 존스홉킨스대학교 철학 박사 학위 취득, 한국휴머니스트회 발족.
1961년(41세)	연세대학교 문리대 부교수.
1962년(42세)	서울대학교 문리대 철학과 부교수.
1963년(43세)	철학연구회 초대 회장 취임.
1964년(44세)	한국 철학회 부회장 취임.
1965년(45세)	서울대학교 문리대 철학과 교수.
1971년(51세)	미국 하와이 대학교 교환 교수.

1972년(52세)	삼성 도의문화 저술상 수상.
1977년(57세)	한국수필문학진흥회 회장 취임.(~1980)
1978년(58세)	정신문화연구원 참여.(~1979)
1981년(61세)	수필문우회 발족, 초대 회장 취임.(~2001)
1985년(65세)	대한민국학술원 윤리학 회원.
1986년(66세)	서울대학교 교수직 은퇴, 서울대학교 명예교수, 우산육영회 이사장 취임.
1987년(67세)	철학문화연구소 이사장 취임, 대한민국 학술원상 및 수필문우회. 수필문학상 수상.
1988년(68세)	계간 《철학과 현실》 창간.
1992년(72세)	인촌상 학술 부문 수상, 심경문화재단 설립.
1993년(73세)	한국방송공사 이사장 취임.(~1996)
1995년(75세)	《계간 수필》 창간, 자랑스러운 서울대인 선정.
1998년(78세)	흥사단 명예단우.
2000년(80세)	제28, 29대 대한민국학술원 부회장 취임.(~2004)
2001년(81세)	성숙한사회가꾸기모임 상임공동대표 취임.
2004년(84세)	제30대 대한민국학술원 회장 취임.
2008년(88세)	만해대상 학술상 수상.
2009년(89세)	5월 27일, 별세.

김태길 작품 연보*

발표일	분류	제목	발표지
1956	철학서	윤리학 개설	민중서관
1956	번역서	윤리와 정치(Bertrand Russell)	민중서관
1958	번역서	현대 도덕 철학(Philip Blair Rice)	을유문화사
1961	수필집	웃는 갈대	동양출판사
1962	철학서	도덕적 가치와 인간성: Spinoza 및 Hume의 견해를 중심하여	연세대 문과대학
1963	번역서	서양 철학사(Sterling P. Lamprecht)	을유문화사
1963	철학서	오늘의 고전(김형석 편) —— 윤리학과 언어	삼중당
1964	수필집	빛이 그리운 생각들	삼중당
1964	철학서	윤리학	박영사
1964	교양서	한국인과 문학 사상(공저) —— 우리의 현실과 서구 사상; 개인과 사회, 자유와 통제의 문제를 중심으로 하여	일조각
1967	철학서	한국 대학생의 가치관: 유교 사상과의 비교 연구	일조각

---

* 　김태길, 김형석, 안병욱의 작품연도에서 단행본의 분류는 철학서, 교양서, 수필집 등으로 했고, '수필'은 공저, 편저에 실린 한두 편의 수필을 일컬음.

발표일	분류	제목	발표지
1968	수필집	검은 마음 흰 마음	민중서관
1969	철학서	새로운 가치관의 지향	민중서관
1973	철학서	국민윤리(공저)	한국방송통신
		— 제1부 인간과 윤리	대학
1973	교육서	국민학교 반공 도덕 교육	서울대
		(김태길, 윤명로 공저)	출판부
		— 제1부 도덕 교육의 기본	
1973	철학서	새 인간상의 정초	삼화출판사
1973	철학서	인간 회복 서장	삼성문화재단
1974	수필집	흐르지 않는 세월	관동출판사
1974	교육서	대학원과 문화 발전:	미상
		전국대학원 심포지움	
1974	번역서	인간 사회 질서론(B. 럿셀)	박영사
1976	수필집	창문	범우사
1977	교양서	소설 문학에 나타난 한국인의 가치관	일지사
	철학서	정의의 철학	대화출판사
1978	수필집	철학 그리고 현실	문음사
1978	수필집	마음의 그림자	관동출판사
1978	수필	찬란한 기적 2(공저)	샘터사
		— 성난 군중 앞에 선 스피노자	
1979	철학서	인간의 존엄성과 성실	삼육출판사
1979	철학서	존 듀이의 사회철학	태양문화사
1979	수필	한국 현대 문학 전집 58	삼성출판사
		— 복덕방 있는 거리, 낙엽,	
		오월의 캠퍼스, 대열, 실향 반세기	

발표일	분류	제목	발표지
1979	수필집	고독한 성주들	문음사
1980	수필집	민물고기와 바다	삼성출판사
1980	교육서	대학원 철학 교육에 있어서의 교육 방법과 그 평가 방법에 관한 연구(공저)	서울대 인문대학 철학과
1981	수필집	정열 그리고 지성	금박
1981	철학서	현대 사회와 철학(편저) —— 현대 한국의 윤리적 상황	문학과 지성사
1981	교육서	John Dewey와 George A. Coe의 교육 이론 비교 연구	장로회신학대학
1982	수필집	산처럼 사노라면	청조사
1982	철학서	한국인의 가치관 연구	문음사
1982	철학서	미국인의 선택(김종운, 서광선 공편) —— 존 듀이의 철학관	문학과 지성사
1983	철학서	국민윤리 원론	박영사
1983	철학서	듀이	의명당
1984	수필집	장관대우	범양사
1984	수필집	삶을 어디서 찾을 것인가	자유문학사
1984	수필집	멋없는 세상 멋있는 사람	범우사
1985	수필	진리의 빛을 찾아서 (한국 수필 문학 선집)	청목문화사
1986	수필집	여성을 위한 인생론	기린원
1986	수필집	작은 바보와 큰 바보	자유문학사
1986	수필	그다음은 말할 수가 없습니다 —— 아름다운 인간관계	동화출판공사

발표일	분류	제목	발표지
1986	철학서	삶과 일: 현대인의 직업 윤리(공저) — 삶과 그 보람	정음사
1986	수필	현대 한국 수상록 31 — 아름다운 세상/비오는 내장산/ 만추, 낙엽/노래 잊은 새/새벽/대열/ 이발소/제사/장관대우/단상(초)/졸업식/ 부엌 언니/삼남삼녀/산신당/만생기/ 거울 앞에서/복덕방/실향 반세기/ 글을 쓴다는 것	금성출판사
1987	수필	사랑과 행복의 길목에서 — 5월의 캠퍼스, 사진첩, 마음의 원점, 나의 사랑하는 생활, 졸업식, 장관 대우	자유문학사
1987	수필	다정한 말 한마디 — 아름다운 세상	현대문학사
1987	수필	흔들리는 당신을 위하여 — 정, 조용한 시간	자유문학사
1988	수필집	껍데기와 알맹이	철학과 현실사
1988	교양서	한국 사회와 시민 의식	문음사
1989	교양서	성숙한 시민 개방된 사회(공저)	자유시대사
1989	수필집	홀로 있는 시간에	삼육출판사
1989	보고서	(2000년을 향한) 국가 장기 발전을 위한 학술 연구 보고서 정신·문화· 예술 분야 1 — 한국의 미래상과 한국인의 가치관	한국학술진흥 재단
1990	철학서	Values of Korean people	Dae Kwang

발표일	분류	제목	발표지
		mirroed in fiction	Munwhasa
1990	수필	마음밭에 물을 주며 ── 마음대로 안 되는 것	명문당
1990	수필	늦지 않은 출발점에서 ── 어린이의 사회화 교육/ 멋있는 사람들/독서 그리고 사색/ 순리/미혹/나이가 들면/ 그것은 사랑이 아니다	화랑문화사
1990	수필	오늘을 사는 젊은 지성의 삶 ── 봄과 젊음 그리고 삶	성인문화사
1990	철학서	변혁 시대의 사회철학	철학과 현실사
1990	수필	왜 살며 어떻게 살 것인가 ── 아름다운 인간관계	동화출판공사
1990	교육서	철학과 교육 프로그램 개발 연구(공저)	한국대학교육 협의회 문헌정보실
1991	수필	행복을 파는 가게 ── 사람의 재능/단상과 단하	춘추사
1991	교양서	우리 현실 무엇이 문제인가	철학과 현실사
1991	교양서	윤리와 이념	박영사
1991	교양서	수필 문학의 이론	춘추사
1991	교양서	어떤 수필이 높이 평가되는가(공저) ── 현대 수필의 장점	미리내
1991	수필집	꽃 떨어져도 봄은 그대로	춘추사
1991	교양서	삶과 그 보람	철학과 현실사

발표일	분류	제목	발표지
1991	수필집	나에 대한 사랑의 길	철학과 현실사
1991	수필	어슬렁거려 보는 것도 좋다	민족과문학사
1992	교양서	(현대인의 시민윤리)나와 우리(공저) ── 나, 우리 그리고 가정	고려원
1993	교양서	젊은이의 자기 진단(공저) ── 사람은 무엇을 위해 사는가	둥지
1993	수필	자기를 팔 만큼 가난하지 않고 남을 살 만큼 부유하지 않은(공저) ── 보람 있는 삶의 설계	범우사
1993	수필집	체험과 사색	철학과 현실사
1993	수필	인생을 말한다 ── 삶의 보람, 어디에서 찾을 것인가	자유문학사
1994	수필	어둠이 깊을수록 등불은 빛난다 ── 평범 속의 비범/박종홍 선생님	제삼기획
1994	수필	책을 읽는 즐거움 ── 대학과 독서	국립중앙도서관
1995	교양서	새 시대의 가정 윤리(공저) ── 현대 사회와 가족	신사회공동선 운동연합
1995	교양서	한국 윤리의 재정립	철학과 현실사
1996	교양서	건강하고 미래가 있는 가정(공저)	한울터
1996	수필	어머니 ── 대범한 어머니, 옹졸한 아들	자유문학사
1996	수필	삶의 방법	자유문학사
1996	수필집	삶이란 무엇인가 ── 삶의 보람, 어디에서 찾을 것인가	자유문학사

발표일	분류	제목	발표지
1997	교양서	부모의 책임과 역할(공저) —— 현대 사회와 가족	한울터
1997	교양서	직업 윤리와 한국인의 가치관	철학과 현실사
1997	수필집	사랑하면 닮아집니다	지혜원
1998	철학서	공자 사상과 현대 사회	철학과 현실사
1998	교양서	변혁의 시대, 어떻게 살 것인가(공저) —— 우리들의 시민 의식: 그 문제점과 개선 방향	백산서당
1999	종교서	현대 종교의 논리(공저) —— 새로운 모랄의 창조와 휴머니즘의 과제	범한
1999	교양서	새로운 천년을 바라보며	철학과 현실사
2000	교양서	일상속의 철학: 3분간의 만남	철학과 현실사
2000	수필집	초대	샘터
2000	교양서	무심 선생과의 대화	철학과 현실사
2000	교양서	우리 시대의 윤리(공저) —— 원만한 사회생활을 위한 윤리	한국간행물 윤리위원회
2000	교양서	21세기를 위한 젊은이의 준비 (국민대 목요 특강) —— 정신이 한번 쓰러지면 아무 일도 안된다	나남출판
2001	철학서	유교적 전통과 현대 한국	철학과 현실사
2002	교양서	학부모는 아무나 하나요!(최재선 편) —— 행복을 위한 설계	인간과 자연사
2002	수필집	건강 찾아 80 평생	철학과 현실사

발표일	분류	제목	발표지
2003	수필집	꿈이 있는 사색	인간과 자연사
2003	수필	오직 올바르게 살자	나산출판사
		(계간 《인간시대》 집필자 문집)	
		── 새로운 천년을 바라보며,	
		정직한 사람들 편에 힘을 실어주자	
2004	철학서	윤리 문제의 이론과 사회 현실	철학과 현실사
2005	수필집	겉멋과 속멋	철학과 현실사
2006	수필	공부의 즐거움	위즈덤하우스
		── 학문의 세계, 나름의 멋과	
		기쁨이 있다	
2007	수필집	복덕방 있는 거리	좋은수필사
2010	철학서	우송 김태길 전집	철학과 현실사
		1 윤리학	
		2 변혁 시대의 사회철학	
		3 새 인간상의 정초: 인간 회복 서장	
		4 한국 윤리의 재정립	
		5 윤리학 개설: Naturalism and emotivism	
		6 윤리 문제의 이론과 사회 현실: 존 듀이의 사회철학	
		7 공자 사상과 현대 사회: 유교적 전통과 현대 한국	
		8 새로운 가치관의 지향	
		9 한국인의 가치관 연구: 직업 윤리와 한국인의 가치관	
		10 한국 대학생의 가치관	
		11 소설에 나타난 한국인의 가치관	
		12 흐르지 않는 세월: 무심 선생과의 대화	
		13 철학 그리고 현실: 우리 현실 무엇이 문제인가	

작성자 박숙자 서강대 교수

인간 탐구,
전통과 실존을 가로질러

탄생 100주년 문학인 기념문학제 논문집 2020

1판 1쇄 찍음 2020년 12월 24일
1판 1쇄 펴냄 2020년 12월 31일

지은이 방현석·오형엽 외
펴낸이 박근섭, 박상준
펴낸곳 (주)민음사

출판등록 1966. 5. 19.(제16-490호)
주소   서울특별시 강남구 도산대로 1길 62(신사동)
        강남출판문화센터 5층(우편번호 06027)
대표전화 02-515-2000, 팩시밀리 02-515-2007

www.minumsa.com
www.daesan.or.kr

ⓒ 재단법인 대산문화재단, 2020. Printed in Seoul, Korea.

이 논문집은 대산문화재단과 한국작가회의가 기획, 개최한
'탄생 100주년 문학인 기념문학제'의 일환으로 제작되었습니다.

ISBN 978-89-374-1796-2 03800

* 잘못 만들어진 책은 구입처에서 교환해 드립니다.